U0552626

中华文学史料 第七辑

主 编 ○ 刘跃进
副主编 ○ 孙少华 陈才智

中国社会科学出版社

图书在版编目(CIP)数据

中华文学史料. 第七辑/刘跃进主编. —北京：中国社会科学出版社，2024.5
ISBN 978-7-5227-3497-2

Ⅰ.①中… Ⅱ.①刘… Ⅲ.①中国文学—文学史—史料学—文集 Ⅳ.①I209-53

中国国家版本馆 CIP 数据核字(2024)第 083888 号

出 版 人	赵剑英
责任编辑	郭晓鸿
特约编辑	杜若佳
责任校对	师敏革
责任印制	戴　宽

出　　版	中国社会科学出版社
社　　址	北京鼓楼西大街甲 158 号
邮　　编	100720
网　　址	http://www.csspw.cn
发 行 部	010-84083685
门 市 部	010-84029450
经　　销	新华书店及其他书店

印　　刷	北京明恒达印务有限公司
装　　订	廊坊市广阳区广增装订厂
版　　次	2024 年 5 月第 1 版
印　　次	2024 年 5 月第 1 次印刷

开　　本	710×1000　1/16
印　　张	21
插　　页	2
字　　数	359 千字
定　　价	119.00 元

凡购买中国社会科学出版社图书，如有质量问题请与本社营销中心联系调换
电话：010-84083683
版权所有　侵权必究

目 录

中古文学文献学研究导论 …………………………………… 刘跃进（1）

史料述论

境外汉籍的流布、价值与再生性回归 ………………………… 郑杰文（27）
《中国古籍总目》词籍类斠议 ………………………………… 张仲谋（47）
李绅《追昔游集》版本流传考 ………………………………… 严正道（61）
明代汪一鸾本《吕氏春秋》出版研究 ………………………… 俞林波（74）
孙濩孙《檀弓论文》的版本及评点特色述论 ………………… 毋燕燕（86）

史料新证

论出土文物文献对屈赋神话的印证及补充
　　——以出土器物与壁画、帛画上的神话形象为例 …… 李进宁（101）
《汉武帝外传》成书及编撰意图探析 ………………………… 谭　敏（113）
《洛阳伽蓝记》的作者及创作年代辨证 ……………………… 王建国（125）
试探敦煌僧人邈真赞中的禅律结合 …………………………… 方新蓉（139）
陆九渊视野中的王安石
　　——以《荆国王文公祠堂记》为中心 ………………… 王建生（153）
《宝剑记》在地方高腔中的传播 ……………………………… 刘　恒（170）
赵对澂《酬红记》的序跋品评与传播机制考论 ……………… 张建雄（181）
《孤帆双蹄》初探 ……………………………………………… 房　锐（195）

史料辑考

先秦古赋材料辑考例说 …………………………… 马世年（211）
宋巾箱本毛诗诂训传校读记（二雅部分）…………… 陈　才（225）
王士性年谱新编 …………………………………… 何方形（248）
钱谦益佚文辑考 …………………………………… 陈开林（261）
清代郡邑词集考述（江苏部）……………………… 王靖懿（276）

史料批判

证真与辩诬：百年宋玉研究的两大主题及其意义 ………… 范春义（291）
风流与日常
　　——重勘李杜之争及其垂范意义 ………………… 陈才智（305）
编后记 ……………………………………………………（332）

中古文学文献学研究导论

刘跃进

古代文学研究可以分为文学文献学和文学阐释学两大领域，彼此有相对的独立性。前者强调对史料进行客观的考辨，重视学术的积累；后者则不免有较多的主观成分，阐发意蕴，寻绎智慧的启迪和情感的愉悦。

中古文学文献学，概括起来，不外四大类：一是总集类（严可均文、逯钦立诗等），二是别集类，三是小说文论类，四是正史、别史类。平心而论，这些书要通读一遍，似乎花费不了太多的时间。按理说，可供研究的问题总还可以穷尽，但事实上却远非如此。这里所讨论的，仅限于作家生平事迹、作品年代、本事、真伪及流传方面的有关史料和研究现状等内容，大体不出文献学范围，所以叫中古文学文献学导论。

这里集中讲述四个问题：一是关于中古的概念，二是关于纸张的发明与中古文学的关系，三是中古时期多元文化的发展，四是中古文学文献概览。

第四个部分是重点。

一 关于"中古"的概念

中国的"中古"概念与西方的"中世纪"概念不完全一致。

西方的"中世纪"，通常指文艺复兴的一段历史。1860年，瑞士历史学家布克哈特（Burckhardt）在《意大利文艺复兴时期的文化》中最早创造了"文艺复兴"概念。此前的历史，可以上溯到公元4世纪，下限到15世纪末，西方的"中世纪"大约有一千年历史。在一般论述中，"中世纪"意味蒙昧与落后，而法国历史学家雅克·勒高夫（Jacques Le Goff）

主编《中世纪的面孔》（申明华译，商务印书馆 2022 年版）选取了一百多个历史人物进行描述，发现中世纪的特点之一便是新英雄形象的产生。

在中国，"中古"概念根据论者所处时代的不同，所指时期也不同。《易·系辞》："《易》之兴也，其于中古乎？"《汉书·艺文志》"世历三古"，颜师古注引三国孟康说："伏羲为上古，文王中古，孔子为下古。"此指商周之际。左思《蜀都赋》"开国于中古"，此指战国。鲍照《河清颂》"视之中古，则相如、王褒之属驰金羁于后"，则指汉代。其也称作"中世"，如《商君书·徕民》"中世有汤武，在位而民服"，《韩非子·五蠹》"上古竞于道德，中世逐于智谋"，或商周之际，或春秋时代，而《史通·采撰》"但中世作者，其流日烦"，所举的例子是嵇康的《高士传》，皇甫谧的《帝王世纪》。则在刘知几心目中，中古，或中世（指魏晋），这与我们所说的"中古"概念相近。

近代以来，中国学术界一般认同刘师培的《中国中古文学史》，把中古文学理解为魏晋南北朝文学。曹魏文学最辉煌的时代是汉末建安二十五年间，而建安文学的兴盛又不仅仅是在建安年间突然出现，而是东汉以来渐渐演变而成的。所以，研究中古文学至少应当从东汉做起。陆侃如先生认为魏晋时期最突出的特征就是玄学思潮，而扬雄堪称玄学思想的集大成者，所以他编《中古文学系年》从公元前 53 年扬雄出生开始。其实，刘师培心目中的中古文学，范围可能还要广泛一些。尹炎武在《刘师培外传》中称："其为文章则宗阮文达文笔对之说，考型六代而断至初唐，雅好蔡中郎，兼嗜洪适《隶释》《隶续》所录汉人碑版之文。"① 这段话比较准确地概括了刘师培的中古文学史观念，实际是指秦汉魏晋南北朝文学，刘师培另外一部专著就叫《汉魏六朝专家文研究》。今天所说的"汉魏六朝文学"，包括北方十六国、北魏、东魏、西魏、北齐、北周、隋代文学。

笔者赞同这种观点，但是，笔者的中古文学概念，下限可能要到中晚唐时期。笔者划分中古文学的重要依据，就是文字载体纸张的发明、运用、抄写。通常认为，纸张的发现，至少可以上溯到西汉，这可以作为中古文学的开端，是纸质钞本时代的开端。雕版印刷的发明，约在晚唐五代

---

① 《刘师培全集》，中共中央党校出版社 1997 年版，第 16 页。

时期，① 文学转入新的形态，标志着中古文学的结束。宋朝人不屑于做注，不屑于卖弄学问，这是印刷史的巨大转折和知识流通的变化导致的。

二　物质载体的变化推动了文学创作的繁荣

我们知道，中国早期的经学传承，主要靠口传心授，五经各有师承，这在《汉书·儒林传》有明确的记载。从现存的资料看，早期经学家们所依据的五经文本，似乎差别不是很大，关键在一字差别之间如何解说。弟子各得其师而有所发展，到后来，必由师学发展而成为家学。但家学为标师承有自，仍要标榜师学。西汉时期，今文经学占据着官方统治的地位，但是他们各执一端，解说往往差异很大。在没有大量简帛书籍传播知识的情况下，弟子们对老师的师法、家法只能全盘照搬而别无选择。谨守师法，努力保持原样，就成为当时经生们所追求的目标。因此，师法与家法对于汉代学术而言，与其说是限制，不如说是经生们的自觉追求。各派之间要想维护自己的正统地位，就以家法与师法的传承作为依据来证明自己渊源有自。显然，这不仅仅是学术问题，更是政治话语权的问题。这当然已经远远超出学术范围。东汉以来，随着纸张的逐渐普及，书籍编纂取得了质的飞跃，学术文化呈现大众化的倾向，也出现了集大成的倾向。今文经学支离其文、断章取义的做法，也就逐渐失去其神圣的光环。从西汉末叶到东汉时期，在思想文化界出现一种文化下移的趋势。如果我们细心梳理这个时期著作的资料来源，就会发现，有很多资料不见于今天存世的五经或者正史，或采自其他史籍，甚至采自民间传说亦未可知。据此，他们还可以对神圣经典及其传说提出质疑，匡谬正俗。这正说明当时的知识分子有了更多的阅读选择。正是在这样的背景下，马融、郑玄才有可能汇集众籍、修旧起废，完成汉代今古文经学的集大成工作。左思《三都赋》脱稿后，"豪富之家，竞相传写，洛阳为之纸贵"。《太平御览》卷六〇五载，东晋元兴元年（402），桓玄在建康自立称楚帝，就曾下令废除竹简，皆用黄纸抄写文件，纸的应用和推广逐渐取代了简帛。学术文化也因此而有了从量变到质变的飞跃。

---

① 宿白：《唐宋时期的雕版印刷》，文物出版社1999年版。

三　多元文化的融合促成了文学观念的变化

　　从东汉开始的中国文化思想界，经历了一场空前的文化变革：儒学的衰微，道教的兴起，佛教的传入，形成了三种文化的冲突与融合。第一种是外来文化（如佛教）与中原文化的冲突与融合；第二种是传统文化与新兴文化（如道教）的冲突与融合；第三种是官方文化与民间文化的冲突与融合。正是这三种文化的交融，极大地改变了东汉的文化风貌，也从根本上改变了中国文化的发展方向。这样就形成了魏晋南北朝文化的独特性。

　　从中国思想史、学术史的发展来看，这时期的学术思想表现得最为活跃。所以能够形成这种多元化的特色，是当时社会各方面综合因素相互作用的结果。首先，这个时期的社会结构大多处于分裂状态，战乱此起彼伏，朝代更替频繁。在这种情况下，统治集团很少有精力来顾及思想文化事业。相对而言，政治权力对于文化事业的干预比较少，思想文化就必然呈现一种放任自流的状态。在这种多元化的局面中，就当时文学发展而言，最值得注意、也是最重要的一个特点，就是它的回归文学的非功利性特征。在中国文学发展史上，摆脱政教的束缚，将文学视为抒发情感的工具，追求艺术的完美，的确是这个时期文学的重要特征。这一点，与此前的文学迥然有别。

　　老庄学说的兴起，导致文学上呈现一种鲜明的异端色彩。一个时期内，生活的怪异化，思想的极端化，形成了这个时期文人生活的重要特征。从两汉之际的桓谭《新论》，到东汉中后期的王充《论衡》、王符《潜夫论》以及仲长统《昌言》等，无不如此。怪异化、极端化的结果，就构成了"张力"的态势，就拓展了文化发展的空间，就形成了后世看到的丰富多彩的魏晋南北朝文学。这样说，并不是说这个时期的总体文学成就特别大，而是说这个时期的许多作家，文学成就各有高下，而其文学个性却异常鲜明突出，越名教而任自然，像祢衡的癫狂放肆，嵇康的"非汤武而薄周孔"，潘岳的"乾没不已"，陶渊明的"质性自然"，谢灵运的躁动不安，如此等等，均在文学史上堪称一"绝"。个性的张扬，表现在文学理论主张上，表现在文学创作方面，就是对独创性的自觉追求。曹丕说"诗赋欲丽"等"四科不同"，陆机说"夸目者尚奢，惬意者贵当,言穷者无隘,论达者唯旷",皆意在张扬文学个性。儒学以礼教为本,主张克己复礼,反对怪力乱神,提倡中庸,反对极端。这种传统的观念,极大地束缚了中国文人的思想。在这样一个传统势力极盛的历史背景下,强调提出文学个性的问题,往往意味着儒学的式微,意味着摆脱束缚和自由发展的新的趋势。《世说新语》《搜神记》《文赋》《文心雕龙》《诗品》等,无论是内容还是形式,在三千余年中国文学史上不仅是空前的,基本上也可以说是绝后的。曹操诗歌的雄浑悲凉、陶渊明诗的平淡自然、玄言诗的"微言洗心"、宫体诗的缠绵悱恻等,均以其特立独行而在文学史上占据重要的地位,皆堪称中国文学史上一"极"而无愧。而今,随着全球经济一体化以及文化多元化趋势的加速,我们的文学队伍急剧分化,理论研究相对困惑。认真总结六朝时期对外文化的吸收融合的经验教训,至今仍然有着借鉴意义。

佛教的传入,催生了辨声意识,对于文学艺术发展有重大影响。

(一) 辨声

清人钱大昕《论三十字母》《论西域四十七字》,近人刘复《论守温字母与梵文字母》并认为:"守温的方法,是从梵文中得来的。"这时已经是宋元时代的事了。事实上,在汉末,西域辨声之法即为中土士人所掌握,最有趣的事例莫过于"反切"之说。《颜氏家训·书证》说:"郑玄以前,全不解反语,《通俗》反音,甚会近俗。"《颜氏家训·音辞》:"孙叔言创《尔雅音义》,是汉末人独知反语。至于魏世,此事大行。"陆德明《经典释文序录》说:"古人音书,止为譬况之说。孙炎始为反语,魏朝以降,蔓衍实繁。"颜师古注《汉书》颇引服虔、应劭反语,这两人均卒于汉末建安中,与郑玄不相先后,说明汉末以来已经流传反切之说。但是为什么要用"反切",历代的研究者均语焉未详。宋人沈括《梦溪笔谈》卷十五说:"切韵之学出于西域,汉人训字止曰读如某字,未用反切。然古语有二声合为一字者,如不可为叵,何不为盍,如是为尔,而已为耳,之乎为诸之类,似西域二合之音,盖切字之原也。"清代学者顾炎武《音学五书》、陈澧《切韵考》等对于反切的考辨既深且细。近世著名学者吴承仕《经籍旧音序录》《经籍旧音辨证》、王力《汉语音韵学》、魏建功《古音系研究》也对此作了钩沉索隐的工作,但是,他们均没有回答"反切"为什么会在汉末突然兴起这个基本问题。

宋代著名学者郑樵在《通志·六书略》"论华梵下"中写道："切韵之学，自汉以前，人皆不识。实自西域流入中土。所以韵图之类，释子多能言之，而儒者皆不识起例，以其源流出于彼耳。"宋代著名目录学家陈振孙《直斋书录解题》卷三也明确写道："反切之学，自西域入中国，至齐梁间盛行，然后声病之说详焉。"这段话说明了反切自西域传入中国的事实，同时指出了它与声病之学兴起的重要关系，确实具有相当的价值。现代著名学者罗常培《汉语音韵学导论》也指出："惟象教东来，始自后汉。释子移译梵策，兼理'声明'，影响所及，遂启反切之法。"姜亮夫先生《切韵系统》（收在《敦煌学论文集》，第393页）说："（切韵）一般都说始于魏的孙炎（详顾炎武《音论》、戴东原《声韵考》、陈兰甫《切韵考》外篇及钱大昕《养新录》等所引魏晋以来说。其实依章太炎先生的考证，还在孙炎之前，应劭注《汉书》已月用反切。慧琳《一切经音义》景审序，以为始服虔，则更在应前）。其实这个字音的分析，很可能是受佛教东来，佛教翻译的影响。"周祖谟《〈颜氏家训·音辞〉篇补注》也说："至若反切之所以兴于汉末者，当与佛教东来有关。清人乃谓反切之语，自汉以上即已有之，近人又谓郑玄以前已有反语，皆不足信也。"大的框架确定之后，需要作具体的论证。而要论证这样一个棘手的问题，就必须论证印度原始语言与反切到底有什么具体的关系。为此，美国著名学者梅维恒（Victor H. Mair）撰写了《关于反切源起的假设》（*A Hypothesis Concerning the Origin of the Term Fanqie*）认为"反切"与梵文"varna-bheda-vidhi"有直接的关系。"varna-bheda-vidhi"在语义学的意义上是字母拼读/拆分规则（Letter-Cutting-Rules），在以口传为主要文化传承方式的印度，这种字母拆读规则（分解连声）在各种文学、历史、哲学著作中非常重要，在文学修辞、历史解释与义理创新方面有极为广泛的应用。其中"bheda"与汉语"切"字的意思相符；而"varna"不仅仅声音与汉语"反"字相近，而且在意义上也非常接近。"varna"有覆盖、隐蔽、隐藏、围绕、阻塞之意，可以被译成"覆"。而环绕等义，在汉语中又可以写成"复"，它的同义词便是"反"。因此，不论是从语义学还是从语音学的角度看，在梵文"varna"和汉语"反"字之间具有相当多的重叠之处。这篇文章认为，当时了解梵语"varna-bheda-vidhi"意义的僧侣和学者受到这组术语的启发而发明了"反切"之说。

台静农《中国文学史》（上海古籍出版社2012年版）专辟有《佛典

翻译文学》，论后汉魏六朝的佛典翻译以及译经的文体问题。作者认为，马鸣的《佛本行经》就是一首三万多字的长篇诗歌，戏剧性很强。译本虽然没有用韵，但是阅读起来，那感觉就像是读《孔雀东南飞》等古代乐府诗歌。佛经《大乘庄严论》，类似于《儒林外史》。20世纪以来的重要学者，如郭绍虞、罗根泽、饶宗颐对中古文论的研究，钱锺书、季羡林、王瑶等对中古诗文的阐释，都论及了佛学对于中古文学的深刻影响。

（二）四声

清代段玉裁在《六书音均表·论古四声》说："考周秦汉初之文，有平上入而无去。洎乎魏晋，上入声多转而为去声，平声多转为仄声，于是乎四声大备，而与古不侔。有古平而今仄者，有古上入而今为去者，细意搜寻，随在可得其条理。"周祖谟撰《魏晋音与齐梁音》，作者逐一分析了魏晋音与齐梁音的不同，认为段玉裁说上古音无去声未必确切，但是他指出魏晋以后四声大备，"还是大体符合事实的"。《高僧传》多次论及"小缓、击切、侧调、飞声"之说，与《文心雕龙·声律篇》中的"声有飞沉""响有双叠"的说法不无相通之处。他们都把汉语的声音分为两类，即平声与仄声。这与"四声"只有一步之遥。

钟嵘《诗品序》中说："至平上去入，则余病未能；蜂腰鹤膝，闾里已具。""四声"之说刚刚兴起，很多人还没有掌握，就连竟陵八友之一的梁武帝也要向周舍询问四声的问题。而据阳松玠《谈薮》载："重公尝谒高祖，问曰：'弟子闻在外有四声，何者为是？'重公应声答曰：'天保寺刹'。及出，逢刘孝绰，说以为能。绰曰：'何如道天子万福。'"这说明，"四声"在当时还很不普及。四声是平仄的细化。陆厥用魏晋以来诗人论音的只言片语来论证所谓"四声"古已有之，其实是很牵强的。其实，这些概念，是在齐梁时期才被正式提出的。如前所述，齐梁人在辨析梵文与汉字语音方面的差异曾投下极深的功夫，目的是转读佛经，翻译佛教经典。梵文是拼音文字，梵文字母称为"悉昙"。将梵文经典翻译成汉语，难免要涉及声调抑扬搭配问题。慧皎《高僧传》就指出："能精达经旨，洞晓音律，三位七声，次而无乱，五言四句，契而莫爽，其间起掷荡举，平折放杀，游飞却转，反叠娇哢，动韵则流靡弗穷，张喉则变态无尽。"永明年间，竟陵王萧子良、文惠太子萧长懋多次召集善声沙门，造经呗新声。特别是在永明七年的二月和十月，有两次集会，参加人数众多，《四声切韵》的作者周颙、《四声谱》的作者沈约、《五格四声论》的作者王斌更是其中活跃人物。所有这些，在《高僧传》《续〈高僧传〉》及僧祐《略成实论记》中有明确记载。这些文士都生长在"佛化文学环境陶冶之中"，[①]都熟知转读佛经的三声。中国声韵学中的四声发明于此时，并此时运用是自然之理。

关于"四声"，至少有三个问题需要讨论：一是"四声"之目是谁最早提出的；二是四声是如何发现并确立的；三是对四声的具体理解。

关于"四声"之目的提出者，目前所知有四种看法，其一是王融首创说。钟嵘《〈诗品〉序》说："王元长创其首，谢朓、沈约扬其波。"又《梁书·庾肩吾传》："齐永明中，文士王融、谢朓、沈约文章始用四声，以为新变。"把王融置于首位，似亦主此说。其二是沈约首创说。王通《中说·天地》篇称李百药说诗"上陈应刘，下述沈谢，四声八病，刚柔清浊，各有端序"。阮逸注："四声韵起自沈约。"这种看法目前居于主流。北京大学中国文学史教研室编《魏晋南北朝文学史参考资料》、郭绍虞主编《中国历代文论选》皆以为沈约利用了前人声韵研究的成果，从文学的角度，正式确定四声的名目。其三是周颙首创说。《文镜秘府论·天卷》引刘善经《四声指归》曰："宋末以来，始有四声之目，沈氏乃著其谱论，云起自周颙。"唐封演《封氏闻见记》："周颙好为韵语，因此切字皆有纽，皆有平上去入之异。永明中，沈约文辞清拔，盛解音律，遂撰《四声谱》。"唐皎然《诗式·明四声》也说前人"不闻四声，近自周颙、刘绘流出，宫商畅于诗体，轻重低昂之节，韵合清高，此未损文格。"其四是周颙、沈约同时创立说。1934年，陈寅恪《四声三问》中说，"佛教输入中国，其教徒转读经典时，此三声之分别亦当随之输入"。周颙、沈约，"一为文惠之东宫掾属，一为竟陵王之西邸宾僚，皆在佛化文学环境陶冶之中，四声说之创始于此二人者，诚非偶然也"。

四声的发现与确立，陈寅恪先生提出的四声肇始于佛经转读的观点最有影响。从释慧皎《高僧传·经师论》《唱导论》、释僧祐《梵汉译经音义同异记》等文献记载来看，齐梁人在辨析梵文与汉字语音方面的差异曾投下极深的功夫，目的是转读佛经，翻译佛教经典。万绳楠先生整理的

[①] 参见陈寅恪《四声三问》，收入陈寅恪《金明馆丛稿初编》，上海古籍出版社1980年版，又见万绳楠先生整理《陈寅恪魏晋南北朝史讲演录》，黄山书社1987年版。

《陈寅恪魏晋南北朝史讲演录》中再次强调指出，这些文士都生长在"佛化文学环境陶冶之中，都熟知转读佛经的三声。中国声韵学中的四声发明于此时，并此时运用是自然之理"。俞敏长篇论文《后汉三国梵汉对音谱》，叹为观止。俞敏先生力排众议，根据僧律中有关禁止"外书音声"的规定，强调指出："谁要拿这种调儿念佛经谁就是犯罪。陈先生大约不知道他一句话就让全体佛教僧侣犯了偷兰遮罪或突吉罗罪了，这太可怕了。"所以，他认为陈先生的说法"简直太荒谬了"。他还说，"汉人语言里本有四声，受了声明影响，从理性上认识了这个现象，并且给它起了名字，这才是事实。"

近来还有学者提出，四声的发现不仅受传读佛经的影响，还与魏晋以来的"诵诗"之风颇有关系。如果根据这个思路推究，江南民歌的影响似乎也不能低估，因为从这种新声杂曲中，他们可能会在"歌者之抑扬高下"之间发现"四声可以并用"（顾炎武《音学五书·音论中》）。换句话说，在歌唱中同样一个字，是可以"随其声讽诵咏歌"而有不同的音调，其结果"亦皆谐适"（江永《古韵标准》）。当然这些结论在很大程度上带有推测的性质。

至于对四声含义的具体理解和评价，学术界的讨论也很热烈。詹锳《漫谈四声》《四声与五音及其在汉魏六朝文学中之应用》具体辨析声调问题，论及五音的应用；逯钦立《四声考》详细讨论了所谓"纽"的问题、四声与五声的异同等；郭绍虞《永明声病说》《声律说考辨》《声律说续考》等也论及了四声与五声的关系，以及四声趋于二元化的问题等；黄耀堃还就此问题与郭绍虞先生展开讨论。饶宗颐《〈文心雕龙·声律篇〉与鸠摩罗什〈通韵〉》论及声韵说兴起与印度文化的关系。此外，日本学者兴膳宏先生《从四声八病到四声二元化》也论及了四声中抑扬高下与平仄的对应关系，都是很见功力的学术论文，有重要参考价值。

（三）八病

在隋唐以前的文献记载中未见"八病"一词，唯《〈诗品〉序》提到"蜂腰""鹤膝"二名。隋末王通《中说》可能是中国最早提到"八病"的文献资料。上文引述过的李百药论诗，阮逸注"四声韵起自沈约，八病未详"，说明隋末时"八病"之目似已在世间流传，但未见具体解说，也未有确指创始者。从现存材料看，较早将八病的创始归诸沈约的当推初唐卢照邻。他在《〈南阳公集〉序》中说:"八病爱起,沈隐侯永作拘囚。"皎然《诗式》也说:"沈休文酷裁八病,碎用四声,故风雅殆尽。"宋代以来,沈约创为"八病"的说法似已为世人所普遍接受。北宋李淑《诗苑类格》、南宋魏庆之《诗人玉屑》都载有八病说,并题曰沈约。不过,由于还有许多疑问,怀疑者始终大有人在。杨慎集六朝五言诗为《五言律祖》,序称:"岂得云切响浮声兴于梁代,平头上尾创自唐年乎?"① 纪昀《沈氏四声考》亦称:"齐梁诸史,休文但言四声五音,不言八病,言八病自唐人始。"② 今人启功先生《诗文声律论稿》对此亦表示怀疑,认为唐宋学者对八病的解释"多不近情理"。但大都稍带一提,并未做过专门深入的讨论。

1985年,日本学者清水凯夫发表《沈约声律论考——探讨平头上尾蜂腰鹤膝》,翌年又发表《沈约韵纽四病考——考察大韵小韵傍纽正纽》,清水的结论依据在这样几个原则基础之上。第一,沈约的诗是忠实遵守其理论的,以此见解为立足点,从沈诗中归纳声律谐和论。第二,以《宋书·谢灵运传论》的原则和《文镜秘府论》中的声病说为基础,在这个范围内探究以"八病"为中心的声律谐和论的实际状况。这时不将"八病"看作是一成不变的,而将它看作是变迁的。第三,考察沈诗的音韵时,视情况亦从古音上加以考察。结论是:"八病为沈约创始是不言自明的事实。"③

对此,笔者在1988年撰写了《八病四问》提出异议。笔者的四问是:第一,永明诗人、特别是沈约何以不言"八病"?第二,关于"八病"的文献记载何以越来越详?第三,沈约所推崇的作家作品何以多犯"八病"?第四,沈约自己的创作何以多不拘"八病"?④

现在来看,拙文尚有不少问题。最根本的问题是,笔者所依据的声韵主要是《广韵》;《广韵》虽然隶属于《切韵》系统,但是,毕竟已经过去数百年,音韵的变化颇为明显,只要我们将《切韵》、《唐韵》和《广韵》稍加比较就可以明了这一点。而且退一步说,我们所用的确实反映

---

① (明)杨慎:《五言律祖序》,邓子勉编《明词话全编·杨慎词话》,凤凰出版社2012年版,第810页。
② (清)纪昀:《沈氏四声考》卷上,《畿辅丛书》本。
③ 清水凯夫诸论文并载《六朝文学论文集》,重庆出版社1989年版。
④ 刘跃进:《门阀士族与永明文学》附录,生活·读书·新知三联书店1996年版。

了真实的《切韵》音系，那么问题来了：《反切》系统反映的是哪一种音系？是江南音，是南渡洛阳音，抑或是长安音？音韵学家和历史学家对这些问题是有很多争论的。如果没有较有力的根据，在引用《切韵》系统的韵书来说明某一时代、某一地域的用韵情况，其立论的根据是颇可怀疑的。另一方面的问题是，笔者所依据的材料主要是大家耳熟能详的正史和各家诗文集，没有条件关注更新的研究成果。

譬如说，关于声病的概念，成书于公元纪元初叶的印度著名的文艺理论专著《舞论》（又译作《戏剧论》）第十七章就专门论述过三十六种诗相、四种诗的庄严、十种诗病和十种诗德。这是梵语诗学的雏形。后来的梵语诗学普遍运用庄严、诗病和诗德三种概念而淘汰了诗相概念。"病"（dosa），在梵文中，其原义是错误或缺点。在汉译佛经中，一般译作"过失"，有时也译作"病"。黄宝生《印度古典诗学》对此有过详尽的论述。① 钟嵘《诗品》也常用病的概念品评诗人。如上品"晋黄门郎张协诗：其源出于王粲。文体华净，少病累。又巧构形似之言。"有时又单称"累"，如序称："若专用比兴，患在意深，意深则词踬。若但用赋体，患在意浮，意浮则文散，嬉成流移，文无止泊，有芜漫之累矣。"中品称何晏、孙楚、王赞："平叔鸿鹄之篇，风规见矣。子荆零雨之外，正长朔风之后，虽有累札，良亦无闻。"在齐梁时期，诗病也是一个重要的概念。

问题是，中土士人所倡导的声病之说，与印度是否有某种关联？美国学者梅维恒、梅祖麟教授撰写了《近体诗源于梵文考论》(*The Sanskrit Origins of Recent Style Prosody*) 对此给予了确切肯定的回答。这篇文章主要讨论了三个问题。第一，印度古典诗歌理论中的"病"（dosa）的概念问题，也就是前面已经介绍过的《舞论》的记载。第二，关于沈约在《宋书·谢灵运传论》中提到的"一简之内，音韵尽殊；两句之中，轻重悉异"，结合谢灵运、鲍照、王融、萧纲、庾肩吾、庾信、徐陵等人的作品探讨了"轻"与"重"的问题，从而详细描述了中国古典诗歌从元嘉体、到永明体、到宫体，再到近体的嬗变轨迹。第三，详细论证了佛经翻译过程中经常用到的"首卢"（sloka）概念问题。这里的中心问题是，是什么原因刺激了中土文士对于声律问题突然发生浓郁的兴趣？作者特别注

---

① 黄宝生：《印度古典诗学》，北京大学出版社1993年版。

意到了前引《高僧传·鸠摩罗什传》中的那段话，认为沈约等人提出的"病"的概念即源于印度《舞论》中的 dosa，传入的时间最有可能是在公元 450—550 年。而传播这种观念的核心人物是鸠摩罗什等人。[①]

在此基础上，日本学者平田昌司根据德国《德国所藏敦煌吐鲁番出土梵文文献》（*Sanskrithand Schriften Aus Den Turfanfunden*）收录《诗律考辨》（*Chandoviciti*）残叶，认为印度的诗律知识很有可能是通过外国精通音韵的僧侣传入中土的，同时由于《诗律考辨》有许多内容与《舞论》中的观点相一致，那么也应该有理由相信，沈约及其追随者除接触到"首卢"之外，也一定接触到《舞论》方面的有关资料。永明声病说以四句为单位规定病犯，跟首卢相像。首卢的诗律只管一偈四句，不考虑粘法。拙著《门阀士族与永明文学》曾指出"律句大量涌现，平仄相对的观念已经十分明确。十字之中，'颠倒相配'，联与联之间同样强调平仄相对；'粘'的原则尚未确立"。这个结论似乎可以和梅维恒、梅祖麟、平田昌司等先生的论证相互印证。

关于八病的具体解说，唐前未见记载。《文镜秘府论》西卷《文二十八种病》首列这八病，并有详尽的解说，这也许是最早的解说，自然成为解释"八病"说的最原始的权威资料。宋代以来，对于八病的理解分歧越来越大。纪昀《沈氏四声考》综合诸家之说而断以己意，颇为详赡。刘大白又作《关于"八病"的诸说》，罗列中外异说，其中平头三说、上尾二说、蜂腰三说、鹤膝四说、大韵小韵各二说、旁纽、正纽与古说无异。这只是反映了 20 世纪 30 年代以前的研究情况。近五十年，正如上述，八病问题的讨论时常见诸书刊，就大陆而言，郭绍虞先生《蜂腰鹤膝解》、杨明先生《蜂腰鹤膝旁纽正纽辨》是近年发表的力作，尽管只是一家之言，却有重要参考价值。

四　中古文学史料

（一）总集编撰与综合研究

文学总集的编纂，与集部观念的形成密切相关。

[①]　该文载于《哈佛亚洲研究》1991 年第 2 期总第 51 卷。

集部观念，由来已久。汉代以降，典籍浩繁，至刘歆"总括群篇，撮其指要"，以类相从，著为《七略》，而后班固依《七略》而著《汉书·艺文志》，目录之学，由此而生。魏晋时期，文体意识自觉，郑默始制《中经》，荀勖更著《中经新簿》，于是经史子集，四部渐明。《隋书·经籍志》遂之擘分典籍，集其大成。集部又有别集、总集之分，云："别集之名，盖汉东京之所创也。自灵均已降，属文之士众矣，然其志尚不同，风流殊别。后之君子，欲观其体势，而见其心灵，故别聚焉，名之为集。"又云："总集者，以建安之后，辞赋转繁，众家之集，日以滋广，晋代挚虞，苦览者之劳倦，于是采摘孔翠，芟剪繁芜，自诗赋下，各为条贯，合而编之，谓为《流别》。是后文集总钞，作者继轨。属辞之士，以为覃奥而取则焉。"揆之所载，别集以屈原《楚辞》为首，总集以挚虞《文章流别集》居先。

继挚虞《文章流别集》四十一卷之后，有谢混《文章流别本》十二卷、刘义庆《集林》一百八十一卷、孔逭《文苑》一百卷等。此外，杜预有《善文》五十卷①，李充有《翰林论》三卷，荀勖有《杂撰文章家集叙》十卷，张湛有《古今箴铭集》十四卷，谢灵运有《诗集》五十卷、《赋集》九十二卷，宋明帝有《晋江左文章志》，等等，这些都见载于《隋书·经籍志》，总共"一百七部，二千二百一十三卷，通计亡书合二百四十九部，五千二百二十四卷"。说明总集的正式编撰始于晋代，这是文章发展的必然要求。

《隋书·经籍志》集部首录《楚辞》十部，二十九卷；次别集，四百三十七部，四千三百八十一卷；次总集，一百零七部，二千二百一十三卷。这种先别集、再总集的编纂次序，符合文献生成的一般规律。然而，时序迁移，原典漫灭。今之所存的汉魏六朝别集，虽或间有旧编别集，但从现存数据看，多数别集成于宋元以后，乃编者根据此前总集、类书等群籍汇纂而成。从一定意义上说，总集、类书往往是汉魏六朝别集编纂的资料渊薮。

---

① 总集的编纂，一说始自杜预《善文》。骆鸿凯《文选学》即持此说。杜预卒年早于挚虞。不过，从《隋书·经籍志》来考察，此书似限于应用文，不包括诗赋。又，华廙，晋初人，亦有《善文》，"集经书要事"。见《晋书》本传。《隋志》不收。华书似是类书，杜书则属文章"总集类"。《汉魏六朝集部珍本丛刊》收录张溥辑《汉魏六朝百三名家集》本《晋杜征南集》一卷，有何绍基评点。

1. 《文选》和《玉台新咏》

《文选》研究主要涉及编者、成书年代、文体分类、选录标准、版本注释以及《文选》学等问题。《玉台新咏》研究也是如此，主要讨论编者、书名、成书年代、版本以及《玉台新咏》与《文选》的比较等问题。

2. 唐宋以来所编中古文学总集

《文馆词林》、《古文苑》、《文苑英华》《全上古三代秦汉三国六朝文》和《先秦汉魏晋南北朝诗》等。

《汉魏六朝集部珍本文献丛刊》所收典籍，起于北宋天圣明道刻本《文选》，讫于清钞本《文章缘起》，总计261种。包括宋元刻本15种，明刻本154种，明活字本3种，名家稿钞本31种，其他版本58种。其中有名家批校的有110多种，精椠名校，汇为百册，蔚为大观，是迄今为止收录汉魏六朝集部文献最为系统、最为丰赡的大型丛书。在选目方面，《丛刊》尽可能地呈现存世汉魏六朝集部典籍的整体风貌，所选底本绝大多数是现存最早、或有名家批校题跋的版本，兼具研究和收藏价值。

3. 有关中古文学研究其他资料

包括前十七史、《资治通鉴》、前汉史书、后汉史书、鱼豢《典略》、许嵩《建康实录》、张敦颐《六朝事迹编类》、慧皎《高僧传》、宝唱《比丘尼传》等。

4. 文献类编及考订

包括僧祐《弘明集》、道宣《广弘明集》、僧祐《出三藏记集》、宝唱《经律异相》、佚名《太平经》、陶弘景《真诰》、虞世南《北堂书钞》、欧阳询《艺文类聚》、徐坚《初学记》、杜佑《通典》、郑樵《通志》、马端临《文献通考》、蔡邕《独断》以及《晋令》、诸家中古会要、《两汉三国学案》、《汉魏南北朝墓志集释》、《汉魏南北朝墓志汇编》、《四库全书总目》、《四库提要辨证》及其他。

5. 考史诸作

考订类著作，以顾炎武《日知录》三十二卷、钱大昕《十驾斋养新录》二十卷、《廿二史考异》一百卷，王鸣盛《十七史商榷》一百卷、《蛾术编》八十二卷，赵翼《廿二史札记》三十六卷、《陔馀丛考》四十三卷，等等为杰出代表。《日知录》包括作者三十多年读书心得，涉及经义、故事、世风、礼制、科举、艺文、训释名义、辨古事真妄、论史书笔记、论古书注释等。

6. 中古文学的综合研究

刘师培《中国中古文学史》、陆侃如《中古文学系年》以及诸家文学史（曹道衡、沈玉成、徐公持等）。

（二）中古诗文研究文献

1. 魏晋诗文研究文献

魏晋诗文的断限，如果严格按照字面的理解，应从魏文帝曹丕登基并改元黄初元年（220）算起，到晋武帝司马炎灭吴统一中国并改元太康元年（280）为曹魏时期；从太康元年到晋惠帝以后爆发的八王之乱并导致西晋败亡的建兴四年（316）为西晋时期；从晋元帝南渡，偏安江左，并改元建武元年（317）到刘裕代晋建宋的永初元年（420）这期间为东晋时期。但是，文学的发展有其相对于政治制度变化的独立性。在政治上，黄初元年，是一个明显的历史断限，而在文学上却不尽然；魏晋诗文的发展并不以此为基始，而应远溯东汉中期。在历史上久负盛誉的建安文学，如果执着于历史时期的划分，当归属东汉，因为"建安"是汉献帝的年号。因此，研究魏晋诗文，汉魏之际的变迁理应作为一个特定的时期；建安以迄黄初、太和为第二时期；司马氏已掌实权的魏正始（240—249）以迄西晋灭亡为第三时期；东晋偏安江左为第四时期。

汉魏之际的三曹、建安七子（《典论·论文》：鲁国孔融文举，广陵陈琳孔璋，山阳王粲仲宣，北海徐干伟长，陈留阮瑀元瑜，汝南应玚德琏，东平刘桢公干）、诸葛亮、蔡琰以及魏晋之际的竹林七贤（阮籍、嵇康、山涛、向秀、阮咸、王戎、刘伶）、正始玄学家何晏、王弼以及三张（张载、张协、张亢）、二陆（陆机、陆云）、两潘（潘岳、潘尼）、一左（左思）。

东晋诗坛最大的诗人是陶渊明。陶渊明，又名潜，字元亮，私谥靖节，别号五柳先生。其卒年，《宋书》本传载曰元嘉四年（427）。其生年及里居历来有不同的意见，下面还要叙及。生平见《宋书·隐逸传》、颜延之《陶征士诔》、萧统《陶渊明传》以及宋代以后诸家所编年谱，主要的已辑录在许逸民先生编《陶渊明年谱》中，包括王质、吴仁杰、张缜、顾易、丁晏、陶澍、杨希闵、梁启超、古直等编九种，卷末附录朱自清、宋云彬、赖义辉的三篇专论，也都论及行年考订问题。关于陶渊明的研究，钟书林《陶渊明研究学术档案》（武汉大学出版社2014年版）收录梁启超、鲁迅、古直、郭绍虞、朱光潜、朱自清、李长之、逯钦立、王瑶、袁行霈的专题论文，附有钟优民的综述文章以及近四十年陶渊明研究论著提要、大事记（1900—2003），便于浏览。

2. 南朝诗文研究文献

晋恭帝元熙二年（420）六月，刘裕称皇帝，建元永初，废晋帝为零陵王，历史上的南朝由此开端。为与赵宋区别，习称刘宋，延续59年。宋顺帝昇明三年（479）四月，萧道成称皇帝，改元建元，宋亡。为与北齐区别，习称南齐，与同宗萧氏主政的梁朝区别，又称萧齐，延续23年。齐和帝萧宝融中兴二年（502）四月，萧衍称皇帝，改元天监，齐亡。为与后梁区别，习称萧梁，延续55年。①梁敬帝萧方智太平二年（557）十月，陈霸先称皇帝，改元永定，梁亡。至陈后主祯明三年（581）隋文帝杨坚称帝改元开皇元年，陈代延续33年。从公元420—589年，南朝前后延续169年。

南朝文学与魏晋文学大不相同。从汉到魏，政权从大一统分散到三家手中，思想上由儒家正统转向诸说纷呈；从魏到西晋，又从分裂走上短暂的统一，思想界则倡导回归正统，实际却是玄学盛极一时；从八王之乱到东晋偏安，政权中心又由北方移至江南，文化也随之而南。《史通·言语》："江左为礼乐之乡，金陵实图书之府。故其俗犹能语存规检，言喜风流，颠沛造次，不忘经典。"魏晋政治、经济的变化对文学的影响既深且广，可以说，文学的每一次变化首先都是随着政治的变迁而启动的，用刘勰的话说，即"歌谣文理，与世推移"。进入南朝以后，四朝二十四帝，约一百七十年间，政权虽屡经变换，而文学却始终保持着相对的稳定性和连续性。这是因为，第一，政治文化中心始终在江南建业一带；第二，南朝最高统治者都是渡江后起的士族；第三，思想界没有发生太大的波动；第四，南朝帝王多好文学，留有别集。②所有这些，使得南朝文学的发展有其相对独立于政治发展的特殊性，即南朝政坛虽经四朝。而文学

---

① 南齐和萧梁，均出自兰陵萧氏，系同宗。《齐梁文化研究丛书》收录《南兰陵萧氏著作综录》《南兰陵萧氏人物评传》《南兰陵萧氏家族文化史稿》《齐梁萧氏文化概论》《齐梁故里与文化》等有系统的研究，上海古籍出版社2015年版。

② 以刘宋为例：《隋书·经籍志》著录《宋武帝集》十二卷，梁二十卷，录一卷。《宋文帝集》七卷梁十卷，亡。《宋孝武帝集》二十五卷梁三十一卷，宋废帝《景和集》十卷，《明帝集》三十三卷。

上却大致只有三段，亦即元嘉文学（谢灵运、颜延之、鲍照）、永明文学（《文镜秘府论》、永明声病说）和宫体诗赋。

3. 十六国北魏至隋诗文研究文献

晋武帝在公元280年统一中国，不过二十年就发生内乱。晋惠帝司马衷永康元年（300）四月，赵王司马伦起兵杀贾后及其追随者，自封相国。次年废晋惠帝，自立为帝。齐王、成都王、河间王等起兵讨伐，赵王败死，同盟者又相互火并，"八王之乱"由此拉开大幕。此后十余年，内忧外患，五胡乱华，最终导致西晋衰亡，"五马渡江"。公元317年，在南渡大族的拥戴下，司马睿在建康（今南京）称帝，改元建武元年，是为偏安江南的东晋政权。

晋室乱起，直至北魏统一华北大部分地区，各地前后出现二十多个相对独立的政权，其中由匈奴、鲜卑、羯、氐、羌等主要少数民族所建立的王朝，史称五胡。北魏崔鸿呈奏《十六国春秋》表，所指十六国为前赵、后赵、前燕、前秦、后燕、后秦、南燕、夏、前凉、蜀、后凉、西秦、南凉、西凉、北凉、北燕等。为便于记诵，十六国可简称为：一蜀一夏，二赵，三秦，四燕，五凉。

郦道元《水经注》、杨衒之《洛阳伽蓝记》、贾思勰与《齐民要术》、颜之推与《颜氏家训》等。

这个时期最重要的作家是庾信。

隋代文学的意义：

一是南北作家云集；

二是科举考试意义。

朝廷设置各种科目，通过考试，选拔优秀人才，这是国家聚拢人才的重要手段。汉代设立五经博士，培养人才，形式多样。梁武帝天监八年（509）下诏："其有能通一经、始末无倦者，策实之后，选可量加叙录。虽复牛监羊肆，寒品后门，并随才试吏，勿有遗隔。"[①] 这就为寒门入仕开辟了一条通道。

南北统一之后，隋文帝曾下诏鼓励"武力之子，俱可学文，人间甲仗，悉皆除毁。有功之臣，降情文艺，家门子侄，各守一经"[②]，在尚武

---

① （唐）姚思廉：《梁书》卷二《武帝纪中》，中华书局1973年版，第49页。
② （唐）魏徵、（唐）令狐德棻：《隋书》卷二《高祖纪下》，中华书局1973年版，第33页。

风气盛行的北朝社会,这一政策的导向意义十分明显。隋炀帝对文化建设更加重视,即位之初的大业元年正月就下诏:"若有名行显著,操履修洁,及学业才能,一艺可取,咸宜访采,将身入朝。"① 在他们的倡导下,隋代文化政策发生了很多变化。科举制的确立就是其中一项重要措施。

《北史·杜正玄传》载:"隋开皇十五年,举秀才,试策高第。曹司以策过左仆射杨素,怒曰:'周孔更生,尚不得为秀才,刺史何忽妄举此人?可附下考。'乃以策抵地,不视。时海内唯正玄一人应秀才,余常贡者,随例诠注讫,正玄独不得进止。曹司以选期将尽,重以启素。素志在试退正玄,乃手题使拟司马相如《上林赋》、王褒《圣主得贤臣颂》、班固《燕然山铭》、张载《剑阁铭》《白鹦鹉赋》,曰:'我不能为君住宿,可至未时令就。'正玄及时并了。素读数遍,大惊曰:'诚好秀才!'命曹司录奏。"② 该书又载其弟杜正藏于开皇十六年举秀才。"时苏威监选,试拟贾谊《过秦论》及《尚书·汤誓》《匠人箴》《连理树赋》《几赋》《弓铭》,应时并就,又无点窜。时射策甲第者合奏,曹司难为别奏,抑为乙科。正藏诉屈,威怒,改为丙第,授纯州行参军。"③ 王应麟《辞学指南》(《玉海》附)注曰:"此拟题试士之始也。"④

开皇十五年,全国只有杜正玄一人应秀才,可见秀才中第很难。故《通典·选举三》说:"初,秀才科等最高,试方略策五,有上上、上中、上下、中上,凡四等。"隋炀帝大业二年(606),炀帝诏令置明经科、进士科,大约也是为了解决这个难题。⑤ 王定保《唐摭言》卷一:"进士科始于隋大业中,盛于贞观、永徽之际",当时有"三十老明经,五十少进士"之说,可见,考中进士之不易。明经为国子生,进士为外县考生。国子生多贵族子弟,考试内容为帖经和策论。进士科最初以试策(时务)为主,《新唐书·选举志》载,唐高宗永隆二年(681),刘思立建言:"明经多抄义条,进士惟诵旧策,皆亡实才,而有司以人数充第。乃诏自

---

① (唐)魏徵、(唐)令狐德棻:《隋书》卷三《炀帝纪上》,中华书局1973年版,第63页。
② (唐)李延寿:《北史》卷二十六,中华书局1974年版,第961—962页。
③ (唐)李延寿:《北史》卷二十六,中华书局1974年版,第962页。
④ (宋)王应麟:《辞学指南》,见《玉海》卷二百一,清光绪九年浙江书局刊本。
⑤ 沈兼士:《选士与科举——中国考试制度史》,漓江出版社2017年版,第76页,又见唐长孺《魏晋南北朝隋唐史三论》,武汉大学出版社1992年版,第396页。

今明经试帖粗十得六以上,进士试杂文二篇,通文律者然后试策。"① 所谓"杂文"虽非诗赋,亦箴铭论表之类。这时已距大业二年过去七十五年。关于科举考试与文学的不解之缘,程千帆《唐代进士行卷与文学》②,傅璇琮《唐代科举与文学》③、陈飞《唐代试策考述》④、徐晓峰《唐代科举与应试诗研究》⑤有细致深刻的论述。

一是推动唐诗发展的声韵之学。

开皇二年(582),颜之推建议隋文帝依照梁乐来修订雅乐,文帝以梁乐乃"亡国之音"加以拒绝。平陈后,当时著名学者、文人牛弘以"中国旧音多在江左"为由再次建议文帝根据梁、陈旧乐修订雅乐。所谓"中国旧音多在江左"实际上是肯定江左音乐的"正统"地位,于是文帝"诏弘与许善心、姚察及通直郎虞世基参定雅乐"。⑥

早在1920年,吴承仕辑录汉魏六朝注音资料,参照《经籍·诂》体例,编《经籍旧音》二十五卷,可惜,此书未曾问世。作者生前刊行《经籍旧音序录》一卷,《经籍旧音辨证》七卷(中华书局1986年版)。吴承仕《经典释文序录疏证》,旁征博引,汇集古书相关记载,要言不烦,线索清晰(中华书局1984年版)。

姜亮夫先生、殷焕先先生曾计划编《经籍·音》,1985年笔者在杭州大学求学时,曾参与这项工作,抄录《老子释文》卡片。可惜,这项工作迄今未见结果。继《故训汇纂》(商务印书馆2003年版)之后,宗福邦等又主编《古音汇纂》(商务印书馆2019年版)相与配套,已由商务印书馆出版。

二是陆德明《经典释文》和陆法言《切韵》。

在经学方面,有陆德明的《经典释文》三十卷,校订了十四部经典:《周易》《古文尚书》《毛诗》《周礼》《仪礼》《礼记》《春秋左传》《春

---

① (宋)欧阳修、(宋)宋祁等合撰:《新唐书》卷四十四《选举制上》,中华书局1975年版,第1163页。又,陶宗仪等撰《说郛三种》(百卷本)卷十收录《事始》"试杂文"条:"贞观八年始令贡士试杂文。"上海古籍出版社1988年版。吴在庆《科举试赋及对唐赋创作影响的几个问题》(载《听涛斋中古文史论稿》,黄山书社2011年版)对此有深入讨论。

② 程千帆:《唐代进士行卷与文学》,上海古籍出版社1980年版。

③ 傅璇琮:《唐代科举与文学》,陕西人民出版社2003年版。

④ 陈飞:《唐代试策考述》,中华书局2002年版。

⑤ 徐晓峰:《唐代科举与应试诗研究》,北京大学出版社2015年版。

⑥ (宋)司马光:《资治通鉴》卷一百七十七,中华书局1974年版,第5525页。

秋公羊传》《春秋穀梁传》《孝经》《论语》《老子》《庄子》《尔雅》等。其中不仅有儒家经典，也有道家著作。除《经典释文》外，作者还有《老子疏》十五卷，《易疏》二十卷。可见他的学术视野是很开阔的。作者整理《经典释文》，兼采众本，保存异文，考察字音，辨正字形，分析字义，对于阅读古书，具有重要的参考价值。①

《经典释文》卷首所列为唐代官职。序称："粤以癸卯之岁，承乏上庠，循省旧音，苦其太简……校以《苍雅》，辄撰集《五典》《孝经》《论语》及《老》《庄》《尔雅》等音，合为三十秩三十卷，号曰《经典释文》。"陆德明经历的癸卯之岁，有陈后主至德元年（583）和唐贞观十七年（643）两种可能。《四库全书总目》提要谓："考癸卯为陈后主至德元年，岂德明年甫弱冠，即能如是淹博耶？或积久成书之后，追纪其草创之始也。"② 钱大昕跋文称："元朗（陆德明字）于高祖朝已任博士，史虽不言其卒年，大约在太宗贞观之初，若癸卯岁则贞观十七年也，恐元朗已先卒，即或尚存，亦年近九十，不复能著书矣。"③ 吴承仕《经典释文叙录疏证》认为"至德癸卯，年近三十矣"。王利器又引《册府元龟》卷九十七云："贞观十六年四月甲辰，太宗阅德明《经典释文》，美其弘益学者，叹曰：德明虽亡，此书足看传习。因赐其家布帛百匹。"确信"《释文》成书于至德元年者"。南方陈朝的至德元年，北方已是隋文帝开皇三年（583）。无论具体年月如何，《经典释文》三十卷成于文化走向一统的时期，是无可置疑的。

经典重释，需要有语言文字的统一基础。《切韵》的编纂，顺应了时代的潮流。《切韵序》称："昔开皇初，有刘仪同臻，颜外史之推，卢武阳思道，魏著作彦渊，李常侍若，萧国子该，辛咨议德源，薛吏部道衡等八人，同诣法言门宿，夜永酒阑，论及音韵。"④ 上述八人中，卢思道、李若、辛德源、薛道衡、魏澹等五人来自北齐，颜之推和萧该、刘臻三人来自江南。陆法言为陆爽之子，祖上为代人。这个家族涌现出不少文化名人。陆法言在《切韵》编纂中起到组织协调作用，真正发挥作用的是颜

---

① 黄焯：《经典释文汇校》，中华书局2006年版。
② （清）永瑢等：《四库全书总目》卷三十三，中华书局1965年版，第270页。
③ （清）钱大昕：《潜研堂序跋》，上海古籍出版社2010年版，第91页。
④ 《陆法言〈切韵·序〉释要》，参见殷焕先《语言学论文集》，商务印书馆2015年版，第59页。

之推和萧该。所以序言说："欲更捃选精切，除削疏缓，颜外史、萧国子多所决定。"①

  颜之推和萧该之所以能够发挥核心作用，是因为江南的音韵学经南齐末年永明文学的洗礼，已经相当普及。周颙有《四声切韵》，沈约有《四声谱》，《文心雕龙》专辟《声律》一篇，说："凡切韵之动，势若转圜。讹音之作，甚于枘方。"②《颜氏家训》也有《音辞》，论各地语言现象。说明他们都是知音者。萧该注意从音和义两个方面研究古书，著《汉书音义》《文选音义》，不是偶然的现象。从江式《求撰集古今文字表》看，语言学在北方也有发展，但是音韵学不及南方。《颜氏家训·音辞》提到了阳休之撰《切韵》一事，这大概与阳休之在南方生活学习有关。他不仅看到萧统编《陶渊明集》，也应当看到周颙的《四声切韵》。他自己编了一部实用韵书，书名也叫《切韵》。但在南方人颜之推看来，"阳休之造《切韵》，殊为疏野"。③ 阳休之的书又名《韵略》，大约同书异名。《文镜秘府论》云："齐仆射阳休之，当世之文匠也，乃以音有楚、夏，韵有讹切，辞人代用，今古不同，遂辨其尤相涉者五十六韵，科以四声，名曰《韵略》。制作之士，咸取则焉，后生晚学，所赖多矣。"④ 尽管颜之推认为阳著粗疏，但在北方还是产生了影响。说明大家都需要这样的著作。萧该入长安，颜之推到邺下，把江南的音韵学知识传到北方。隋朝统一全国后，以他们俩为核心的八人聚集在一起，总结历代成果，汇集南北方音，最后由陆法言完成《切韵》一书，独享其名。李涪《李氏刊误》"切韵"条称："精音切韵，始于后魏。校书令李启撰《声韵》十卷，夏侯咏撰《四声韵略》十二卷，撰集非一，不可具载。至陆法言采诸家纂述，而为己有。"⑤ 这个看法不无道理。

  既然是南北方音的汇总，终究要有一条主线，也就是音韵学所强调的

---

① 《陆法言〈切韵·序〉释要》，参见殷焕先《语言学论文集》，商务印书馆2015年版，第60页。

② （南朝梁）刘勰著，范文澜注：《文心雕龙注》，人民文学出版社1958年版，第553—554页。

③ （北齐）颜之推撰，王利器集解：《颜氏家训集解》，上海古籍出版社1980年版，第474页。

④ ［日］遍照金刚原撰，王利器校注：《文镜秘府论校注》，中国社会科学出版社1983年版，第104页。

⑤ （唐）李涪：《李氏刊误》，《说郛三种》卷十三，上海古籍出版社1988年版。

音系。《切韵序》说:"榷而量之,独金陵与洛下耳。"① 是以金陵音和洛阳音为主。两者又不是完全对等,应当是以金陵音为主,洛阳音为辅。当然,所谓金陵音,业已不是纯粹的江南音,南渡士人把洛阳音带到江南,与江南音合成为南渡洛阳音。对此,陈寅恪《从史实论〈切韵〉》说:"洛阳旧音,为金陵士族所保存沿用,自东晋历宋、齐以至颜黄门时,已达二百数十年之久,则沾染吴音,自所难免也。"因此,《切韵》音系,确如周祖谟所断言:"《切韵》音系的基础,应当是公元六世纪南北士人通用的雅言,而审音方面的细微差别,主要根据的是南北士人的书音。""《切韵》是一部极有系统而且审音从严的韵书。它的音系不是单纯用某一地行用的方音为准,而是根据南方士大夫如颜、萧等人承用的雅言、书音,折衷南北的异同而定的。"这个音系确定之后,很快就成为官方的标准,唐代韵书多由此书。王国维《书吴县蒋氏藏唐写本唐韵后》:"唐人盛为诗赋,韵书当家置一部。故陆(《切韵》)、孙(《唐韵》)二韵,当时写本当以万计。"② 音韵学知识的普及,为唐诗的繁荣发展奠定了语音方面的基础。

4. 乐府诗研究文献

乐府诗的起源、含义及分类、乐府诗研究基本材料(《史记·乐书》、《汉书·礼乐志》、《宋书·乐志》、《古今乐录》、《隋书·音乐志》、郭茂倩《乐府诗集》、左克明《古乐府》)、汉代乐府研究(《郊祀歌》十九章二十首、《安世房中歌》十七首)。重要作品《孔雀东南飞》《木兰辞》《敕勒歌》是研究的热点。

5. 中古其他诗歌研究文献

《柏梁台诗》、苏李诗文辨伪、《古诗十九首》、《盘中诗》、《回文诗》。

(三)中古小说文论研究文献

1. 古小说的概念与分类、古小说的著录、综合研究

现存旧题汉人小说:《燕丹子传》《西京杂记》《神异经》《十洲记》《汉武故事》《汉武内传》《列仙传》《神仙传》《汉武洞冥记》《赵飞燕外

---

① (北齐)颜之推撰,王利器集解:《颜氏家训集解》,上海古籍出版社1980年版,第473页。

② 王国维:《观堂集林》,中华书局1959年版,第370页。

传》《杂事秘辛》等，真伪问题。

杂录小说、志怪小说：《博物志》《玄中记》《述异记》《齐谐记》《续齐谐记》《拾遗记》《殷芸小说》《启颜录》《列异传》《搜神记》《搜神后记》《观世音应验记》《异苑》《幽明录》《宣验记》《冥祥记》《冤魂志》等，作者问题。

这个时期的重点是《世说新语》。

2. 中古文论研究文献

曹丕《典论·论文》、挚虞《文章流别论》、李翰《翰林论》、葛洪《抱朴子》、谢灵运《宋书·谢灵运传论》、任昉《文章缘起》、萧绎《金楼子》、王通《中说》等。代表性作品是陆机的《文赋》、钟嵘的《诗品》和刘勰的《文心雕龙》。

《文心雕龙》是研究重点，涉及刘勰的家世、生平以及晚年北归莒县定林寺说。《文心雕龙》的版本主要有唐钞本《文心雕龙》残卷、元至正本《文心雕龙》。

《文心雕龙》研究著作：黄侃《文心雕龙札记》、范文澜《文心雕龙注》、刘永济《文心雕龙校释》、杨明照《增补文心雕龙校注》、周振甫《文心雕龙注释》及其主编《文心雕龙辞典》。

史料述论

境外汉籍的流布、价值与再生性回归

郑杰文

(山东大学儒学高等研究院)

中华优秀传统文化的基本载体之一是古籍。研究和发掘中华文化，古籍是宝贵的资料；传承和推广中华文化，古籍是兼具象征意义与传播价值的重要载体。因而，无论是学术研究还是文化传承，都离不开古籍，都要以古籍的系统整理为基础。

长期以来，学术界把1911年及其以前传抄、印制的汉文书籍称为古籍。而在学术日益国际化的今天，我们应把它们称为"汉文古籍"，简称"汉籍"。

一 汉籍流散境外史略

由于历史原因，流散中国大陆以外地区和世界其他国家的汉籍数量十分庞大。据史料记载，汉籍早在魏晋南北朝时期即开始外流至周边国家，但最初流出的主要是汉译佛经，其流向国家则以位于朝鲜半岛的高句丽和地处日本群岛的日本国为主。

在高句丽第17代国王小兽林王即位的第二年（372），"秦王苻坚遣使及浮屠顺道送佛像、经文，王遣使回谢，以贡方物"（《三国史记·高句丽本纪·小兽林王》）。此时中原地区的汉译佛经数量已相当可观，那么当时从中国流入高句丽的佛经中应有汉译佛经。小兽林王时，高句丽还曾仿效中国的太学制度"立大学，教育子弟"，其所用教材虽无明文记载，但可推知其中应有来自中国的儒家经典。

据日本现存最早的文献《古事记》记载，早在公元3世纪前后的应神天皇时期，百济国在向日本"上贡"贤人时还随同贡上了来自中国的

《论语》《千字文》二书。另据《日本书纪》载，日本钦明天皇十三年（552）冬十月，朝鲜半岛的百济国圣明王遣使向天皇"献释迦佛金铜像一躯，幡盖若干，经论若干卷"。据以上二则记载可知，当时流入日本的汉籍，都来自朝鲜半岛的百济国。而据《南史·梁本纪》百济圣明王先后4次派使者至梁求取封号、佛典、《毛诗》博士及工匠、画师等的记载可知，百济国所得汉籍当直接来自中国。

自隋唐时期始，汉籍开始更多地流向周边国家。据成书于公元9世纪后期的日本所藏汉籍书目《本朝见在书目录》，当时的日本皇廷所藏汉籍已达1569部；而约略同时的《隋书·经籍志》著录四部典籍仅3127部，《旧唐书·经籍志》著录四部典籍仅3062部，由此可见当时仅日本收藏的汉籍种类即已达中国著录典籍种类的一半。

而且，在8世纪中期，日本开始出现准汉籍。成书于741年的《怀风藻》诗集收录64位日本诗人的120首汉诗作品，其中141处引用中国诗歌典故或成语，40余处明显模仿中国诗歌句式，真实反映了日本文学对中国文学的接纳以及东传汉籍在日本的渗透和影响。而唐德宗时来到中国的日僧遍照金刚（774—835），在归国后用汉语撰写了《文镜秘府论》，专门论述中国南北朝至中唐的诗歌理论，该书至今仍是中国文学批评史研究尤其是中古文学理论研究不可或缺的学术文献。

两宋至元明时期，汉籍外流的流向仍以日本、高丽等周边国家为主，种类也更为多样。中国元、明两朝正当日本的"五山时代"，日本列岛战乱频仍，远离战火的佛教寺庙成为维系文化于不坠的场所，日本僧人也成为中日之间文化交流和汉籍东传的主体力量。据严绍璗先生考证，当时日本僧人从中国获得汉籍的途径主要有两种：一是相知馈赠，二是以钱购买。历经400年时光之后，日本保存至今的明代与明代之前的汉籍，仍有近8000种。

据《高丽史·忠肃王世家一》记载，1281年高丽儒学提举安珦至元大都，抄录《朱子全书》并带回国。而元仁宗在位时（1311—1320），曾将原宋廷秘阁所藏4371册计1700卷图书赏赐给娶了其公主的高丽忠肃王。至明弘治元年（1488）正月，济州三邑推刷敬差官崔溥因在海上遭遇风暴漂流至宁波、台州一带，返国后将其经历用汉语写成《锦南漂海录》，并由其外孙刊刻行世。而李朝朝鲜人李睟光曾于明万历十八年（1590）、二十二年（1594）、二十五年（1597）、三十九年（1611）多次出使北京，并用汉语撰《朝天录》《续朝天录》《芝峰先生集》等记其事。

在保持以往单向接收汉籍的同时,周边国家的准汉籍作品也日渐丰富。中国北宋时期的高丽李仁老即著有《破闲集》,李奎报著有《东国李相国集》和《白云小说》等"准汉籍",且一直流传至今。朝鲜半岛的高丽王朝于1011—1082年依照北宋开宝四年(971)开雕的汉译《开宝大藏经》雕版印刷《大藏经》,从而开了汉籍在高丽刊刻(此种刊本亦即高丽本)的先河。之后,高丽王朝通过从中国购买书板和自雕书板的形式,开始了翻刻各种汉籍的活动。如高丽王文宗之子王煦(即释义天,又称大觉国师)曾从宋朝带回《清凉疏》板片;一些福建书商也帮助高丽人刊刻书板,并用商船运至高丽以牟取厚利。

除朝鲜半岛外,日本的和刻本汉籍也已发展壮大。就"内典"而言,和刻汉籍大约发端于8世纪的"百万塔本"《陀罗尼经》;就"外典"而言,则应肇端于大约13世纪的"陋巷子本"《论语集注》。据日人真柳诚、友部和弘编订的《中国医书渡来年代总目录(江户时代)》一书统计,江户时代传入日本的中国医书近千种,平均每种被翻刻约2.2次,金匮类和内经类甚至多达5.3次和4.3次。这一数据充分显示了和刻汉籍规模之庞大,也证明了和刻本在境外汉籍研究中的重要价值。

16世纪以来,"地理大发现"逐渐将世界各地联系成一个整体。最早通过新航路来到中国的西方人是隶属欧洲罗马教廷的耶稣会传教士。为了传播天主教教义,耶稣会士结合中国文化来解说天主教教义。这一传教策略既激发了耶稣会士对中国文化的兴趣,也促使这些传教士购买汉籍、编写汉语学习手册,以增进对中国文化的掌握。17—19世纪,这些传教士在中国搜集的汉籍被陆续带回西方。除传教士外,来自欧洲的外交使节也将大批汉籍带回欧洲,如清康熙二十六年(1687),法国国王路易十四派遣白晋等人来华,康熙皇帝即向路易十四赠送了大批汉籍。

特别值得一提的是,在19世纪中期以前,俄国是搜集汉籍最多的欧洲国家,而驻北京的俄国东正教传教团则是为俄国搜集汉籍的主力。康熙五十四年(1715),以修士大司祭伊腊离宛为首的第一届俄国东正教传教团来到北京,为在雅克萨战争中被俘的俄国战俘提供宗教服务。嘉庆二十三年(1818),沙皇政府进一步明确了俄国东正教驻北京传教团的使命,其任务"不是宗教活动,而是对中国的经济和文化进行全面研究,并应及时向俄国外交部报告中国政治生活的重大事件"。在一百余年时间中,俄国东正教传教士将自中国搜集到的大量汉籍运回俄国,如随第九届东正教传教团抵达北京的俄国传教士比丘林于道光元年(1821)回国时,带走了12箱汉、满文书籍。稍后于道光十九年(1839)随第十二届俄国东正教传教团来到中国的汉学家王西里,也全力搜购各种中国书籍,回国时带走汉、满、藏、蒙文中国书籍849种2737册,其中既有《昭明文选》《文苑英华》《两都赋》《列侠传》《聊斋志异》这样的文学作品,也有《三字经》《千字文》等启蒙读物。

19世纪中期后,在对华侵略战争中,英、法、俄等欧洲列强从中国掠夺、搜集了大批珍贵的汉籍。如光绪三十四年(1908),俄国人科兹洛夫对位于今内蒙古阿拉善盟的黑城遗址进行了盗掘,将包括大批汉籍在内的珍贵文物运回俄国。据初步统计,科兹洛夫共运回俄国西夏文文书8090件,汉文文书488件,此外还有藏文、蒙文、波斯文文献。

除欧洲各国外,日本也在这一时期搜购、掠夺了大批珍贵汉籍。据日人野田笛浦《得泰船笔语》卷三载,日本文政九年(1826),中国书商自称贩运至日本的汉籍品种约达当时国内文献品种的十之七八。另据日人向井富所编《商舶载来书目》,自1693年至1803年,仅从长崎一地即有4781种汉籍流入日本。清光绪三十三年(1907),晚清四大藏书楼之一的皕宋楼所藏汉籍珍本4146种被日人岛田翰购去,现藏于日本静嘉堂文库。

除日本列岛、朝鲜半岛及欧洲诸国外,中国台湾地区也保存着大批汉籍。中国台湾地区所藏汉籍有两个主要来源:一是1948年底至1949年初国民党政府自大陆抢运大量汉籍至台湾,二是1965年美国国会图书馆将第二次世界大战期间寄存于美国的原北平图书馆所藏汉籍归还中国台湾。1948年12月21日,国民政府将故宫博物院、中央研究院历史语言研究所、中央图书馆、中央博物院筹备处等机构所藏的第一批文物712箱,运往台湾。1949年元旦过后,国民政府又将第二批文物3502箱运往台湾。1949年1月29日,第三批文物1248箱以及从日本追讨回的第一批文物4箱,被运往台湾。两年以后,日本又将从中国劫掠的105箱文物分6批陆续归还国民党政府,从日本运往台湾高雄。这些抢运到中国台湾的文物,除毛公鼎、散氏盘等青铜器外,还有众多的汉籍善本和外交档案,如文渊阁《四库全书》、中英《南京条约》文本,此外还有王羲之《快雪时晴帖》、苏轼《寒食帖》等名家手札、书画等。

1941年初,为保护民族文化遗产,王重民、徐鸿宝将原北平图书馆藏于上海租界的2720种3万余册汉籍善本装成102箱，运至美国，寄存于美国国会图书馆。由于政局变化，这批汉籍直至1965年始由美国归还中国台湾。据钱存训回忆，1965年11月17日，这批汉籍由美国军舰"盖非将军号"运至台湾基隆，转交给台北"中央图书馆"，不久移至台北"故宫"收藏。1967年，台北"中央图书馆"编成《国立中央图书馆"典藏"国立北平图书馆善本书目》一册。

二 境外汉籍分布概况及其价值

经初步统计，全球现存汉籍约35万部，分藏于中国大陆以及港澳台地区，亚洲之日本、韩国和越南，以及欧洲、美洲等地。其中境外汉籍是对中国大陆所藏汉籍的有效补充，对于推动汉学研究深入开展、完整继承与发扬中华优秀传统文化，具有无可替代的价值。

（一）中国港澳台地区

中国港澳台地区有着丰富的汉籍收藏。

台湾地区收藏汉籍较多的图书馆有：台北"国家图书馆"（原台北"国立中央图书馆"），藏汉籍善本约26万册；台北"故宫博物院"图书文献馆，藏汉籍善本约21.5万册；"中央研究院"历史语言研究所傅斯年图书馆，藏汉籍善本约5万册；台湾大学图书馆，藏汉籍3万余册；台湾师范大学图书馆，藏汉籍约3万册；私立东海大学图书馆，藏汉籍约5.6万余册。结合馆藏目录与走访调查，台湾地区所藏汉籍大约有64.1万册，8万余部。

香港地区的汉籍收藏主要集中于各高校图书馆。《香港所藏古籍书目》共收录香港大学、香港中文大学、香港浸会大学、香港科技大学、香港城市大学等11家图书馆所藏汉籍约8万册，1万部。

澳门地区的汉籍多藏于澳门大学图书馆及何东图书馆。澳门大学图书馆藏汉籍约1.3万册，1600余部；何东图书馆藏汉籍约4000册，500部。此外，教堂、寺庙等宗教机构亦藏有不少汉籍，其中多数属宗教类汉籍。据统计，澳门地区所藏汉籍约1.7万册，约2100部。

去其重复，中国港澳台地区所藏汉籍约73.8万册9.2万余部。

中国港澳台地区藏有大量稀见汉籍版本，与大陆馆藏具有很强的互补性。港澳台地区所藏汉籍的学术价值主要体现在宋元本、稿本、名家批跋及残本合璧四个方面。

受纸张自然寿命等因素限制，宋元本汉籍极为稀见。据统计，存世宋元本约有6000部，其中800余部藏于台湾。台湾所藏宋元本汉籍多为大陆缺藏版本，如台北"国家图书馆"所藏宋刊公牍纸印本《李贺歌诗编》与《集外诗》、宋绍熙眉山初刻本《东都事略》、宋建本《纂图分门类题注荀子》、宋咸淳建本《新编方舆胜览》、宋本《忠经篆注》以及宋建本《纂图互注周易》、宋蜀本《欧阳行周文集》，均是该书现存最早的版本，且大陆缺藏。此外，台北"国家图书馆"藏有宋淳熙婺州本《广韵》，为浙刻巾箱本。此本校勘精审，较之大陆所藏宋乾道五年（1169）建宁府黄三八郎刊本，讹误要少得多。周祖谟在《跋张氏泽存堂本广韵》中言及："宋刊巾箱本者，盖源出监本，而颇有修订。……在宋刻之中，当以巾箱本为最善。"这些宋元本在文物性和学术性上，都具有极高的价值。

除刻本外，台湾还藏有数量众多的明清稿本。据统计，仅台北"国家图书馆"与"中央研究院"历史语言研究所傅斯年图书馆就藏有近500部明清稿本。这些稿本中，不乏一流学者的著作，如台北"国家图书馆"所藏清惠栋辑《尚书大传》、清钱仪吉手定《碑传集》、台北故宫博物院所藏清陈澧《春秋三传》等手稿。此外，台湾地区藏有清代学者焦循的多种手稿，目前已知有《推小雅十月辛卯日食详疏》一卷、《雕菰楼经学丛书》四十二卷、《易义解诂》三卷、《神风荡寇记》一卷及《书义丛抄》残卷二册。如能集中整理出版台藏焦循手稿，必将对焦循及"扬州学派"的研究产生重大影响。傅增湘在《藏园群书题记》附录中言及："名人遗着手稿，未经刊行者，为前贤精神所寄，尤为瑰宝。"黄永年先生也曾指出，稿本多有著者增改勾乙之处，"从校勘角度来说，原稿、清稿均是此书的本来面目，最可信据，如其上有增改且可窥见其治学方法与思路变迁，为最不易得之资料"。台藏明清稿本能为明清学术和文化研究提供新的文献资料，具有无可替代的学术研究价值。

台湾地区所藏汉籍保留了大量的名家批跋，如黄丕烈、缪荃孙、孙原湘、邓邦述、袁克文等题跋，毛晋、杨守敬、丁晏、刘文淇、胡培翚等批校、吴翌凤、林则徐、孙星衍、陈奂、朱彝尊等手书题记。以黄丕烈为例，台湾地区所藏黄氏批跋本约140种，取黄氏手跋与潘祖荫、缪荃孙等人的辑本进行比对，可发现辑本中有很多讹、脱、倒、衍的情况，有些文字异同，无关宏旨，并不影响文义，但也有不少异文涉及是非问题，往往可以借助黄氏手跋订正各家辑本的讹脱。如《荛圃藏书题识》卷五子类二和《士礼居藏书题跋记》卷四载黄丕烈跋校明铜活字蓝印本《墨子》，其中一句跋语并作"嘉庆丙辰春三月七日，从友人斋头赏牡丹归，烧烛书此。荛翁"。核对原跋，"丙辰"实为"丙寅"，《题识》《题跋记》并误。丙辰为嘉庆元年（1796），丙寅为嘉庆十一年（1806），之间相差十年之久。考《墨子》另外两跋，俱写于丁卯年，为嘉庆十二年（1807）。如此，可知三篇跋文是在两年内相继写成的。清江标《黄荛圃先生年谱》据《题跋记》所载，将"三月七日从周香岩手得明蓝印铜活字本《墨子》跋"一事误系于嘉庆元年，据原跋，此事应在嘉庆十一年。因此，我们或许可以充分利用当今的便利条件，广泛收集黄氏原跋，在诸家辑本的基础上，对黄氏的藏书题跋重新纂集校录，为广大读者提供一个更为完整、精善的本子。这样的工作，对于研究黄丕烈的学术贡献和清代版本目录学均具有重大意义。

部分汉籍在流传过程中出现了支离分散的情况，一书几分，各藏一方。值得庆幸的是，部分汉籍虽碎璧不全，却尚能拼配互补，甚至成为完帙。这种汉籍残本合璧的工作，很早就有学人关注并付诸实践。商务印书馆1958年影印的《古本戏曲丛刊四集》中，明万历顾曲斋刻本《古杂剧》等20种书分别由北京图书馆、上海图书馆以及郑振铎所藏残本拼配而成。孟称舜编明崇祯六年（1633）刻本《新镌古今名剧柳枝集》《新镌古今名剧酹江集》二集，也是聚各家所藏，才得配成全帙。2002年开始进行的《中华再造善本》工程，确定了所谓的"同书同版配补"原则，使一些同书同版本而分藏几地者尽可能地拼配合璧。如"工程"一期中所收唐李善注《文选》六十卷，国家图书馆藏有北宋刻递修本的后半二十一卷（十七至十九、三十至三十一、三十六至三十八、四十六至四十七、四十九至五十八、六十），而台湾"中央图书馆"则藏有同书的前半十一卷（一至六、八至十一、十六），二者正可互补。2013年出版的《子海珍本编》第一辑也在此方面做出了有意义的探索。如《大德重校圣济总录》一书，"中央研究院"存日本抄本二百卷122册，日本宫内厅书陵部仅存覆宋刊本残本三十五卷，大陆 4 家图书馆共存残本三十七卷（内一卷重复），《子海珍本编》在影印时，将各残本合为一体，为学界提供了最为全面的版本。由此可见，这些散落的汉籍亟待重新组合。在残本汉籍合璧的层面，大陆与港澳台藏书具有很强的互补性。

（二）日本、韩国和越南

除中国外，亚洲地区的汉籍收藏主要集中于日本、韩国、越南等深受儒家文化影响的国家。

日本是境外收藏汉籍最丰富的国家。儒家文化最初经由朝鲜传入日本，从公元 7 世纪起，日本派出十几批遣唐使来华学习，儒家文化从此风靡日本上层社会，并渗透到思想、艺术、风俗等方方面面。大批汉籍也由此源源不断地东传日本。目前，日本所藏汉籍主要集中在图书馆、大学及各类研究机构，如内阁文库、宫内厅书陵部、日本国立国会图书馆、东洋文库、静嘉堂文库、尊经阁文库、东京大学东洋文化研究所、京都大学人文科学研究所、庆应大学斯道文库等。以上机构多已编写馆藏目录，中国学者严绍璗根据目录及走访调查，撰写了《日藏汉籍善本书录》，著录历代传入日本而至今尚存的汉籍善本 1 万余部。此外，尚有大量汉籍为寺院或私人收藏。估计日本存藏汉籍约有 120 万册，15 万部。

中国的战国时期，朝鲜半岛开始使用汉字。西汉时，朝鲜半岛已深受儒家文化的影响。公元 372 年，高句丽王朝仿照中国太学设立教育机构，从此儒家文化成为朝鲜半岛的官方学术。目前，韩国重要的汉籍收藏机构及所藏汉籍数量为：韩国国立中央图书馆，藏汉籍约 2.5 万册，约 3000 部；首尔大学奎章阁，藏汉籍近 9 万册，约 1.1 万部；韩国学中央研究院藏书阁，藏汉籍近 3 万册，3700 余部；成均馆大学尊经阁图书馆，藏汉籍 2 万余册，2500 余部；高丽大学图书馆，藏汉籍近 10 万册，1.2 万余部；延世大学图书馆，藏汉籍约 6.5 万册，8000 余部。1981 年版《奎章阁图书中国本综合目录》著录汉籍 3.3 万部，2005 年出版的韩国延世大学全寅初等根据韩国 28 所藏书机构的藏书目录而撰写的《韩国所藏中国汉籍总目》著录汉籍 1.25 万部，估计韩国存藏汉籍 33 万册，4 万余部。

东南亚各国因其地理及气候原因，纸张保存不易，加之战火不断，所存汉籍数量稀少。越南是东南亚各国中受中国文化影响最深的国家，历史上曾有不少汉籍传入，但永乐十六年（1418），明成祖遣人悉取越南古今书籍送至金陵，此后越南又屡遭兵燹，目前越南保存的古籍多非汉籍，而是汉字与喃字混合使用的汉喃。东南亚各国所藏汉籍的总量约为1.6万余册，约2000部。

去其重复，亚洲除去中国（含港澳台）以外的地区所藏汉籍约有155万册，19万余部。在这批汉籍中，尤以日本所藏汉籍数量最为丰富、学术价值最高。

隋唐以来，汉籍东传是中日文化交流的重要内容。日本平安时期学者藤原佐世所著《日本国见在书目》著录汉籍1500余部，反映了日本平安前期（约为中国晚唐时期）日本收藏汉籍的情况。近代以来，中国战乱频仍，许多珍善本汉籍毁于兵燹，同时期的日本则相对稳定，故其汉籍收藏具有延续性和系统性。目前，日本藏汉籍主要由皇家藏汉籍（宫内厅书陵部）、公家藏汉籍（内阁文库、东洋文库、金泽文库、东京国立博物馆、足利学校等）、私家藏汉籍（静嘉堂文库、杏雨书屋、恭仁山庄）、大学藏汉籍（东京大学、京都大学、关西大学、龙谷大学、大谷大学）及宗教组织藏汉籍（真福寺、日光山轮王寺、天理图书馆）五部分组成。

宫内厅书陵部是日本皇室的藏书机构，其前身是创建于日本大宝元年（701）的图书寮。经过13个世纪的积累，目前，宫内厅书陵部藏有唐人写本6部、宋本72部、元本74部及大量明清汉籍，其中不乏海内外孤本。

内阁文库是日本国立公文图书馆收藏古籍的部门，也是目前日本最大的汉籍收藏机构。内阁文库藏有近19万册汉籍，其中宋本20余部，元本70余部。内阁文库所藏汉籍中，有1700余部不见于《中国古籍善本书目》。此外，内阁文库还藏有大量汉籍医书，其中包括"医经"33部、"经脉"6部、"诊法"21部、"方论"334部，构成了境外中国明清医学文献的最大宝库。足以见其储藏量之丰富与价值之重要。

静嘉堂文库是日本最大的私人文库。如前文所述，1907年静嘉堂文库收购晚清藏书家陆心源皕宋楼的藏书。皕宋楼为晚清四大藏书楼之一，以收藏宋版书著称。陆心源之子陆树藩将皕宋楼藏书中的4146种珍本售予静嘉堂文库，这也使得静嘉堂文库的宋元珍本汉籍收藏在日本仅次于皇室宫内厅书陵部。目前，静嘉堂文库藏有宋本120余部、元本150余部、名人写本70余部，还有稿抄本260余部，其中的《白氏六帖事类集》三十卷、《三苏先生文粹》七十卷、《说文解字》十五卷等18部宋本汉籍被确定为"日本重要文化财"，实为汉籍的无价之宝。

日本关西大学约藏有 15 万册汉籍和准汉籍，主要藏于内藤文库、鬼洞文库、中村文库、吉田文库、长泽文库、增田文库、泊园文库等处。其中，内藤文库藏有日本学者内藤湖南与王国维、罗振玉的往来书信以及王国维赠送的封泥、维吾尔木活字。这些藏品见证了近代中日之间在文化、学术方面的密切交流。长泽文库则藏有日本学者长泽规矩也生前收藏的大量汉籍目录。长泽规矩也正是以这些汉籍目录为资料来源，写成了中国古典文献学名著——《中国版本目录学书籍解题》。

调查表明，日本目前存藏了自隋唐起东传的唐写本、宋元本汉籍千余种，这些孤本、珍本汉籍门类广泛，品种众多，品相完整，具有珍贵的版本价值和极高的研究意义。

（三）欧洲

欧洲地区各藏书机构的馆藏汉籍多来自私人收藏，且历史悠久。目前，我们已对英国、法国、西班牙、俄罗斯、梵蒂冈等国作了调查统计。

至迟从 17 世纪末开始，法国来华传教士中的汉学家就开始大量购买汉籍并陆续运回法国，见于史料记载的有 3 次：1697 年白晋教士将康熙皇帝赠送的 49 册汉籍带回法国并入藏当时的王家图书馆（Bibliotheque Royale）；1699 年洪若翰教士也将其在中国收集的汉籍带回了法国，并入藏王家图书馆；1720 年傅圣泽教士回国时，将他在中国购买的 77 箱 3980 卷（册）中文图书运到广州后全部捐献给法国皇家图书馆，为法国汉学研究的开创奠定了基础。1734 年，法国出版过一部《王家图书馆古籍书目》，其中专门著录了王家图书馆的馆藏汉籍。清末，部分来华的法国军人也将掠夺的汉籍带回本土。上述汉籍中的绝大部分今存于法国国家图书馆。法国国家图书馆所藏汉籍，门类广泛，品种众多，学术价值高。据初步调查，法国国家图书馆所藏汉籍的数量在 2 万部左右（包括一定数量的满文文献和日本、韩国、越南出版的准汉籍），其中 1912 年以前的旧藏有 9000 多部，此后陆续入藏的有 5000 多部，另外还有伯希和旧藏 4700 多部（还有部分敦煌卷子和 1320 通金石拓片）。此外，法兰西学院汉学研究所亦藏有汉籍善本约 5000 部。里昂大学图书馆、东方语文学院图书馆亦有一定数量的汉籍收藏。初步估计，法国所藏汉籍总量约为 16 万册，2 万余部。

作为传统汉学重镇，法国藏有大量珍稀汉籍。法国国家图书馆所藏清俞蓥撰、清康熙年间抑畏堂刊本《夏冰录》三卷为一孤本，明万历间朱东光刻"中立四子集"《庄子南华真经》十卷亦极为稀见。除具有文物、版本价值外，法国所藏汉籍还具有极高的学术资料价值。法国国家图书馆所藏清张澍的《凉州府志备考》稿本，异于国内所藏《凉州府志备考》的4种版本。从《凉州府志备考》的5种版本的比较中，可见张澍在撰写此书的过程中几经增删，精益求精，反映了前代学者之精勤严谨。此外，法国国家图书馆所藏清抄本《平定缅甸奏稿》为研究清缅第三次战争提供了原始资料；清稿本《温氏玉音集》《续温氏玉音集》是研究山西温氏家族和山西地方史的重要资料，均具有极高的学术价值。

19世纪以前，由于英国国教会与罗马天主教会间的矛盾，英国未向中国派出传教士。鸦片战争以后，英国外交官与传教士纷纷前来中国，大量汉籍被他们带回英国，并捐赠或售卖给图书馆。1843年12月，英国女王将从中国战场上得到的5箱中文书籍赠送大英图书馆。1847年英国政府把小马礼逊（Morrison the younger）购买的11500本汉籍赠予大英图书馆。1881年和1887年分批入藏大英图书馆的戈登文件包括与李鸿章等晚清重要人物的信件和一些太平军将领的函件，这是关于太平天国起义的重要资料。大英图书馆还于1900年入藏了45卷《永乐大典》。此外，欧雷尔·斯坦因三次赴中亚考察的过程中（1900—1901，1906—1908，1913—1916），带回了数量极为可观的手卷、锦旗、壁画和木简，它们分别保存在大英博物馆、印度事务部图书馆（藏文和梵文文件）和位于德里的中亚文物博物馆（主要收藏壁画）。大英图书馆建立后，斯坦因的藏品分藏于大英博物馆（壁画）和大英图书馆（手写经文和木简）。其中大英图书馆收藏有1.4万余件，由国际敦煌项目部管理。其中，大多数木简是行政管理档案，而敦煌手卷则多为佛教经书，但也包括了相当数量的非宗教文件。这些非宗教文件为了解公元6—10世纪中国对西北地区的管理提供了宝贵资料。目前，大英图书馆藏汉籍约2.5万册3000余部（包括原大英博物馆及印度事务部图书馆所藏汉籍）。此外，英国收藏汉籍的重要单位还有：牛津大学博德利图书馆，藏汉籍约2万册2500余种；剑桥大学图书馆、剑桥大学李约瑟研究所，两处机构藏汉籍约1.7万册2100余种；伦敦大学亚非学院，藏汉籍约1万册1200余种。据初步统计，英国所藏汉籍总量约7.2万册约1万部。

在彼得大帝的提倡下，18世纪早期，俄罗斯是欧洲各国中与中国文化交流最为密切的国家。目前，俄罗斯的汉籍收藏集中于莫斯科与圣彼得堡两地。莫斯科的俄罗斯国家图书馆藏汉籍近4万册约5000部；圣彼得堡的俄罗斯国立图书馆藏汉籍约5000册600余部；圣彼得堡大学东方系藏汉籍2万余册2500余部；俄罗斯科学院东方文献研究所藏汉籍近4万册5000余部。喀山、伊尔库茨克等地亦有部分汉籍收藏。俄罗斯所藏汉籍总量近11万册1.3万余部。

西班牙的汉籍收藏多来自方济各会士与多明我会士。目前，这些汉籍主要集中于西班牙国家图书馆和西班牙皇家历史学院图书馆。西班牙马德里自治大学东亚研究中心编《西班牙图书馆中国古籍书志》收录汉籍约1600余册200余部。

梵蒂冈的汉籍多来自耶稣会士和方济各会士的捐赠，伯希和所编《梵蒂冈图书馆所藏汉籍目录》著录汉籍248部。

除上述五国外，德国、荷兰、意大利、比利时、瑞典等国亦藏有丰富的汉籍。综合估算，欧洲地区藏汉籍约35万册4.3万余部。

俄罗斯作为我国邻邦，收藏了数量可观的汉籍。此前研究者们往往偏重于研究英、法所藏汉籍，忽视了俄藏汉籍这一文献宝库。

俄罗斯的汉籍收藏起于东正教的传教活动。1724年彼得大帝颁布法令创办俄罗斯科学院，并命令派遣到各国的外交和贸易代表团必须在当地购买介绍该国概况的书籍。汉籍主要由东正教驻华传教团所购买，东正教传教团自1715年至1864年定期地被派往中国。在此期间，总计有14班俄国东正教传教士和学生在这里传教、学习，从事宗教、外交和文化交流等方面的活动。这些人中，收藏汉籍最负盛名的是比丘林、王西里及斯卡奇科夫。比丘林（1777—1853），1808年1月作为第九届俄罗斯驻华宗教使团团长抵达中国，前后居住北京13年之久。1821年，比丘林回俄国，带了汉文和满文书籍12大箱，地图和图谱六大卷。这批行李被认为十分珍贵，为了完整无损地运到彼得堡，沙皇甚至派了一支队伍沿途护送。王西里（1818—1900）于1840年随东正教传教士团来华，在北京居留10年，用大学拨付的资金购买了需要的书籍，包括中国史籍、文学作品（包括小说和弹词类）、儒家经典、佛教和道教著作。他的藏书今藏于圣彼得堡大学东方图书馆。斯卡奇科夫（1821—1883），1849年以第13班布道团随班学生兼天文师的身份来华，1857年返回俄国。斯卡奇科夫共收有中文书籍1378部，其中刻本1115部，抄本263部；满文书籍57部，其中刻本53部，抄本4部；总计1435部11697册。这批书籍今藏于俄罗斯国家图书馆，其中的抄本收藏在图书馆的手稿部，而刻本则收藏在东方图书中心。此外，日本在侵华战争时期，在大连建立了南满洲铁道株式会社图书馆。利用各种手段，收藏了大量珍贵汉籍。1945年日本投降后，苏联红军进驻大连，接收南满洲铁道株式会社图书馆，很多珍贵汉籍被运回苏联。其中不仅包括海源阁所藏宋元版汉籍，还包括55册《永乐大典》。1954年苏联列宁图书馆将"满铁"大连图书馆所藏52册《永乐大典》送还我国。其余的大多数藏书至今仍藏在俄罗斯国家图书馆东方文献中心。

以俄罗斯国家图书馆所藏汉籍为例，其所藏宋元版汉籍数量远超大英图书馆和法国国家图书馆。海源阁旧藏《管子》《说苑》《淮南鸿烈解》《荀子》《击壤集》等多部宋元孤本悉藏于此。除宋元本外，馆中还有百余种名家旧藏的明本佳刻，如明嘉靖本《齐东野语》，为钱谦益旧藏，上有钱谦益的批语；嘉靖本《宋文鉴目》，为汲古阁和朱彝尊旧藏；嘉靖三十七年本《两汉博闻》为汲古阁和刘喜海旧藏；《皇明律范》为康有为旧藏。此外还有数十部明抄本，如《大明集礼》《皇明圣政录》《寰宇纪闻》等，都为稀见之本。此外，尚有大批稀见的清本，如荣新江于此发现的三种《西域水道记》刻本，上有批注、浮签等，为研究该书提供了重要资料。19世纪俄国外交官斯卡奇科夫曾为其所藏333部写本汉籍编目，这些稿抄本目前亦藏于俄罗斯国家图书馆。2006年，俄罗斯国家图书馆邀请俄国当代著名汉学家李福清整理斯卡奇科夫藏书，李氏发现斯卡奇科夫的藏书目录并不完整，因而在此基础上增订并出版《康·安·斯卡奇科夫所藏汉籍写本和地图题录》。

俄藏汉籍的数量与质量均不输西欧所藏汉籍，其在文献学与文物学诸方面都极具价值。然而目前俄藏汉籍缺乏系统的编目、整理和研究。

（四）美洲

美洲地区的汉籍收藏集中于北美。19世纪初，汉籍通过传教士输入北美，20世纪上半叶，北美图书馆纷纷成立东亚藏书室，各类汉籍收藏迅速增加。第二次世界大战后，海外汉学研究的中心从欧洲转移到美国，目前北美的汉籍收藏已能与欧洲媲美。

美国汉籍收藏的编目整理工作较为完善。据《美国哈佛大学哈佛燕京图书馆中文善本书志》及"哈佛大学哈佛燕京图书馆藏善本特藏资源库",哈佛燕京图书馆藏汉籍善本约 6 万册,7500 余部;据《美国国会图书馆藏中文善本书录》及《美国国会图书馆藏中文善本书续录》,美国国会图书馆藏汉籍善本约 3 万册 3700 余部;据《普林斯顿大学图书馆藏中文善本书目》,普林斯顿大学葛思德东方图书馆藏汉籍善本约 1.5 万册 1800 余部。此外,哥伦比亚大学东亚图书馆、芝加哥大学远东图书馆、加州大学伯克利分校东亚图书馆、耶鲁大学东亚图书馆、康奈尔大学华生图书馆、华盛顿大学图书馆、纽约公共图书馆亦有一定数量的汉籍收藏。初步统计,美国所藏汉籍总量约为 20 万册约 2.5 万部。

加拿大的汉籍多藏于大学图书馆。据《加拿大多伦多大学东亚图书馆藏中文古籍善本提要》著录,多伦多大学东亚图书馆藏汉籍善本近 7000 册 800 余部。此外,不列颠哥伦比亚大学亚洲图书馆藏有汉籍善本约 1.5 万册 1800 余部。加拿大所藏汉籍总量约为 2.2 万册 2000 余部。

综合估算,北美地区藏汉籍 22 万余册约 2.7 万部。

(五)澳洲

澳大利亚国立图书馆存汉籍 500 余种,悉尼大学、澳大利亚国立大学、墨尔本大学、新西兰奥克兰大学等高校均存藏不多。澳大利亚麦考瑞大学陈慧于澳大利亚调查得到原王韬藏书 800 余册。

综合估算,澳洲藏有汉籍约 1.6 万余册约 2000 部。

综上初步调查,估计境外汉籍约存 287 万余册 35 万余部。

上述汉籍不但分藏于境外数百家藏书机构,且至今缺乏全面的版本目录,更没有进行过系统整理,从而不利于深入发掘和传承中华优秀传统文化。

三 境外汉籍的再生性回归

(一) 境外汉籍再生性回归历史回顾

境外汉籍的回归,是汉籍流出达到一定规模之后的学术行为。据《旧五代史·恭帝纪》,后周显德六年(959)八月,朝鲜半岛的高丽国朝贡时,曾回赠给后周一批汉籍,包括"《别序孝经》一卷、《越王孝经新义》八卷、《皇灵孝经》一卷、《孝经雌图》三卷"。但这批汉籍在当时没有引起多大反响，或许因为这批汉籍当时并未在国内失传。

至北宋初年，境外汉籍终于引起了国家统治者的重视。当时，重视"文物之治"的皇家不仅注重搜求域内流传的各种文献，还注重向周边国家搜求曾经流出的汉籍。如《宋史·外国列传七·日本》记载，北宋雍熙元年（984），日僧奝然乘商船入宋，向宋太宗献上郑玄注《孝经》一卷、唐太宗之子越王李贞撰《越王孝经新义第十五》一卷，"皆金缕红罗标，水晶为轴"。宋太宗对此应非常满意，因此才会欣然答应奝然的"诣五台""求印本《大藏经》"等请求。

另据《高丽史·宣宗世家》，1091 年，"李资义等还自宋，奏云：'帝闻我国书籍多好本，命馆伴书所求书目录授之。乃曰：虽有卷第不足者，亦须传写附来'"。宋王朝不久又开列了《百篇尚书》以下、共计 128 种求书目录。而《宋史·外国列传三·高丽》载，元祐七年（1092），高丽"遣黄宗悫来献《黄帝针经》"，这应是对宋廷去年求书一事的回应。而这部至北宋初年即已在中国大陆亡佚的《黄帝针经》的回归，在当时医学及医籍整理界都引起了极大的反响，以至于宋哲宗在其回归当年就"诏颁""于天下"。

晚清、民国时期，是汉籍尤其是珍稀汉籍大量流失、损毁的时期，回归条件并不充分。尽管如此，一些有识之士还是作了一些初步的境外汉籍搜求工作，为当代的再生性回归工作提供了便利。如晚清学者杨守敬在出使日本期间，大力搜访汉珍本信息，撰成《留真谱》《日本访书志》等。而外交家黎庶昌则在出使日本期间，重金求购国内失传之汉籍，得 26 种 200 余册，后请杨守敬协助汇辑刊刻而成《古逸丛书》200 卷；傅云龙、张元济、王古鲁等学者，也纷纷通过多种渠道搜求海外珍佚汉籍，并影印收录于《四部丛刊》《簪喜庐丛书》等中。这些文人学士们凭借个人微薄之力搜集整理的境外汉籍，曾在国内学术界引起不小反响，也开启了境外汉籍的现代回归之路。

20 世纪 50—80 年代，尽管受国际局势的影响，汉籍回归工作比较沉寂，回归汉籍的数量较少，但回归工作未曾中断。在这一时期，最具代表性的回归汉籍是苏联、东德等国归还的《永乐大典》。其中，苏联归还 64 册，东德归还 3 册，俱藏于今中国国家图书馆。1981 年，中共中央印发了《关于整理我国古籍的指示》（中发〔1981〕37 号），其中特别指出：

"散失在国外的古籍资料,也要通过各种办法争取弄回来,或复制回来。"改革开放尤其是21世纪以来,境外汉籍的回归工作日渐兴盛,并取得了丰硕成果。

首先是国内学者的境外访书活动增多,随之涌现诸多访书记和境外汉籍书目,如崔建英《日本见藏稀见中国地方志书录》(书目文献出版社1986年版)、荣新江《海外敦煌吐鲁番文献知见录》(江西人民出版社1996年版)、严绍璗《日本藏宋人文集善本钩沉》(杭州大学出版社1996年版)、《日本藏汉籍珍本追踪纪实》(上海古籍出版社2005年版)、《日藏汉籍善本书录》(中华书局2007年版)、杨天石《近代中国史事钩沉——海外访史录》(社会科学文献出版社1998年版)、李锐清《日本见藏中国丛书目初编》(杭州大学出版社1999年版)、王小盾等《越南汉喃文献目录提要》(台北"中央研究院"中国文哲研究所2002年版)、黄仕忠《日藏中国戏曲文献综录》(广西师范大学出版社2010年版),等等。这些访书目录都为境外汉籍的再生性回归留下了可供按图索骥的线索。

其次是各种境外汉籍珍本的再生性回归及其影印出版。其中综合性丛书类有上海古籍出版社推出的"海外珍藏善本丛书"(1993—2000年版)、《域外汉文小说大系》(2011年版),人民出版社与西南师大联合出版的《域外汉籍珍本文库》(2008—2015年版),复旦大学出版社推出的《越南汉文燕行文献集成》(2010年版)和《韩国汉文燕行文献选编》(2011年版),广西师范大学出版社与商务印书馆联合推出的《中国古籍海外珍本丛书》,等等。专题性丛书类则有《日本藏中国罕见地方志丛刊》(书目文献出版社1986—2003年版)、《法藏敦煌西域文献》(上海古籍出版社1994年版)、《英藏敦煌文献》(四川人民出版社1995年版)、《朝鲜时代书目丛刊》(中华书局2004年版)、《朝鲜时代汉语教科书丛刊》(中华书局2005年版)、《日本所藏中国稀见戏曲文献汇刊》(广西师范大学出版社2006年版)、《域外诗话珍本丛书》(北京图书馆出版社2006年版)等。其他零星出版的境外汉籍,更是不可胜数。这些境外汉籍的再生性回归和影印出版,都为国内学界对境外汉籍进行深入、系统研究提供了便利条件。

综观当前的境外汉籍回归工作,虽成绩显赫,却也存在不少问题,从而使这项意义重大的文化事业受到了或多或少的制约。概括而言,由于缺乏统一性与协调性,目前境外汉籍回归工作尚停留在各自为政、互不相谋的阶段。各家科研机构或各个项目团队通常根据各自的学术特长、科研方向甚至是科研兴趣来制定各自的科研任务，并根据科研任务的具体要求，谋求跟境外的某家或数家藏书机构的横向合作或国际合作，而各机构或各团队之间缺乏沟通，彼此互不了解，造成了重复劳动和资源浪费的局面。

（二）当前境外汉籍再生性回归的主要工作

在境外汉籍回归工作已取得成绩的基础上，针对当前工作的不足，应启动实施全球汉籍合璧工程，完善境内汉籍存藏体系，为传承发展中华优秀传统文化提供系统典籍资源，从而裨补中华文化完整性，铸就中华文化新发展。

全球汉籍合璧工程的首要任务是调查境外汉籍收藏情况。工程将采取实地走访与核对目录相结合的工作方式对全球汉籍进行一次全面的摸底调查，重点考察中国台湾地区、中国香港地区、中国澳门地区、日本、韩国、越南、泰国、英国、法国、德国、荷兰、意大利、梵蒂冈、比利时、西班牙、瑞典、挪威、丹麦、捷克、匈牙利、俄罗斯、美国、加拿大的图书馆及藏书机构的汉籍收藏情况，为全球各大藏书机构编写或修订与中国大陆现行古籍目录体制接轨的馆藏汉籍目录，从而为海内外研究者提供翔实可靠的文献信息。对于乾隆六十年（1795）以前的稀见善本，在深入研究的基础上撰写书志。同时，根据藏书量的多少，按区域或国别将馆藏目录统编为联合目录，以利于全面考察汉籍的流传及其影响。在各类联合目录的基础上，形成《境外所藏汉籍联合目录》，准确掌握全球现存汉籍的数量及分布情况，摸清中国传统学术和国际汉学的家底。

境外保存的汉籍中有不少是珍本乃至孤本，在学术研究和文化传承中具有不可替代的价值和作用。然而境外所藏汉籍不仅缺乏系统整理，其保存状况亦不尽如人意，许多珍本亟待抢救和保护。若将缺失文献全部回购，固然最为理想，但机遇绝少，难度巨大，耗时漫长。为尽快让这些珍贵资料为世人所知所用，合璧工程应促成汉籍珍本再生性回归。再生性回归指利用摄影、扫描等技术手段获得境外汉籍的副本。在开展境外调查编目的同时，确定遴选标准，比对大陆地区馆藏情况，遴选大陆地区缺藏的汉籍以及稀见版本或名家批跋本，按区域或国别分批开展复制工作。最终完成境外汉籍珍善本的复制出版工作。

汉籍往往承载着中华民族的文化血脉和思想精华。编目与复制体现了合璧工程在文献调查、回归层面的学术意义，在此基础上，还需择要对境外汉籍进行文本化梳理，并通过标点、校勘、注释等形式开展深度整理，发掘文献内涵的现代性，实现汉籍的接受转换，增强汉籍的传承价值和受众范围。最终形成高质量的现代整理本。

在对境外汉籍进行编目、复制、整理的同时，还应建设全球汉籍合璧数据库。数据库是指应用数据库技术对传统的文献资源、电子媒体资源重新整合而成的网络数据库系统。全球汉籍合璧数据库旨在囊括全球汉籍，网罗国内外珍本和稀见图书，构建缜密的数据库学术系统，纳入大批精校精注古书，提供强大的数据库检索功能。全球汉籍合璧数据库应包括三大子数据库，即全球汉籍目录数据库、境外汉籍珍本全文图像数据库、汉籍与汉学研究论著数据库。这三大数据库分别针对汉籍编目、复制、研究的成果而展开。

目录数据库以从国内外搜集到的大量中文汉籍目录为基础，加以整合、完善及编辑，形成一个具有收书广博、数据精准、检索方便等特点的大型汉籍书目数据库。数据库的检索栏目应包括书名、作者、作者朝代、刊刻朝代、校者、跋者、馆藏地等。

全文图像数据库应收录从国内外复制、影印来的汉籍珍本图像，并与目录数据库链接而形成汉籍图像数据库。收录的汉籍图像应为各地馆藏中的珍本，且采用高清 TIFF 格式，具有极高的可读性。

研究论著数据库是把国内外汉学研究论著进行搜集、整合，形成的一个大型研究成果数据库。凡是与本课题相关的研究成果，都将优先收入本数据库中。本数据库的建设将会随着后期研究的不断展开而逐步收录更多研究成果。

（三）境外汉籍再生性回归的重要意义

实施境外汉籍的再生性回归，对于传承发展中华优秀传统文化和中华民族的伟大复兴，都具有无可替代的思想意义与文化价值。

境外汉籍的再生性回归，对于完善汉籍存藏体系，裨补中华文化完整性，具有重要意义。自西汉以来，历代王朝无不重视图书文献的收藏与整理工作，并将文籍粲然大备视为文教兴盛的重要标志。尽管如此，受天灾人祸的影响，仍有数量众多的汉籍不断散亡。近代特别是中华人民共和国成立以来，公共图书馆的普及、藏书条件的改善，为汉籍收藏创造了良好的条件。据成书于 2009 年的《中国古籍总目》统计，目前中国大陆存藏有汉籍约 20 万种。但如上所述，自古以来，有数量众多的汉籍流散到海外各地，其中不乏大陆缺藏的珍善本。因而存藏于中国大陆的这 20 万种汉籍只是汉籍全体的一部分，并不能反映中华文化的全貌。若能实现境外汉籍的再生性回归，不仅能在数量上大大丰富境内所藏汉籍，而且能够完善目前的汉籍存藏体系，裨补中华文化完整性。

境外汉籍的再生性回归，为当前传统人文学术研究提供了新思路和新启示。汉籍是中华文明的载体，汉籍的境外流布是中西文化交流的重要形式之一，对境外汉籍进行调查、复制，不仅是文献整理工作，更是一次从特定角度对中西文化交流的历史回顾与学术检视。如法国作为欧洲汉学研究重镇，收藏有大量的汉籍。从法国汉籍藏书机构及汉学家对汉籍的收藏、译介和研究中，可以观察到中法文化交流的阶段性特征。17—18 世纪的法国早期汉学家以传教为目的，主要对《周易》《诗经》这两类书籍进行译介、研读，以此作为熟悉中国古代语言、了解中国哲学思想和文学艺术的媒介。19 世纪以来，法国出现了诸多专业的汉学研究者，其译介、传播汉籍的目的不仅仅限于传教，且研究范围也逐渐扩展，所藏汉籍开始涉及中国传统文化的方方面面。而伴随法藏汉籍数量、品种的日益丰富，也促使中法之间文化交流日渐频繁，法国汉学研究日渐深入。调查、研究境外汉籍的流布过程，既为中西文化交流史提供了新的研究资料和视角，也为改变中西文化交流史研究中狭隘的本土意识提供了契机。

境外汉籍的再生性回归，为传统人文学术研究方法的变革提供了动力。20 世纪 20—40 年代，文史学界盛行胡适所倡导的"大胆假设，小心求证"的治学方法，重视研究资料的积累与考辨。在这股学风影响下，包括大量汉籍在内的文史研究资料得到系统的校订、整理，为当时及其后的人文学术研究提供了坚实支撑。20 世纪 50 年代，出于巩固新政权在意识形态领域统治地位的需要，学术界开展了批判胡适运动，胡适所倡导的学术方法被视为烦琐考据而被舍弃，取而代之的是"重理论，轻资料"的学术方法流行。八九十年代，随着国门的敞开，西方现代学术思潮涌入中国，人文学术研究方法也在时代的裹挟下发生变革，系统论、控制论、信息论等西方新兴学术方法风靡人文学术界。回首 20 世纪后半期的人文学术研究，无论是"重理论，轻资料"的方法倾向，还是八九十年代西方新兴学术方法的风靡，都由忽视中国传统人文学术的重要载体——汉籍所致，因而其成果缺乏恒久的学术生命力。有鉴于此，20世纪末以来，人文学术研究中的资料整理与学术考辨重新受到学者重视。近几十年人文学术蓬勃发展的学术动力，一方面来自不断发现的简帛文献等新资料，另一方面，则来自对传统文献的深度整理与发掘。在此背景下，实现境外汉籍的再生性回归，不仅能为人文学术研究提供新资料、注入新活力，而且将在更大范围、更深程度上推动中国人文学术变革，锻造具有中国特色的学术话语体系，最终实现国际汉学研究中心回归中国。

《中国古籍总目》词籍类斠议

张仲谋

（江苏师范大学文学院）

自20世纪30年代以来，词学界一直在探索尝试编撰词籍的专科目录。1934年，龙榆生在《词学季刊》第1卷第4号发表《研究词学之商榷》，把词学的目录之学作为有待开拓的新的研究领域，并呼吁词学界联手编纂一部《词籍目录提要》，为将来从事词学工作大开方便法门。1940年，唐圭璋在《金陵学报》第10卷第1、2期上发表《宋词版本考》，共辑录宋代词人有传世版本的词集197家，版本1714种，另附录有词集而久佚者106家。另据谢灼华《中国文学目录学》，约在30年代，陶湘曾编撰《词籍总目提要》十卷，李维曾编撰《诗余总目提要》十二卷。1962年，饶宗颐在香港大学出版社出版《词籍考》，后于1992年在中华书局修订再版，易名为《词集考》，计考述唐宋金元词集369种。1985年，吴熊和在其《唐宋词通论》中提出"今后词学研究"应予开展的八个方面的工作，其中之一即为"历述词籍目录版本，作《唐宋词籍总目提要》"。1990年，王洪主编《唐宋词百科大辞典》在学苑出版社出版，其中"典籍"部分为杨成凯编撰，共著录唐宋词别集338家，不同版本707种，总集中全编8种、选本167种，合集75种，合计957种。1996年，马兴荣、吴熊和、曹济平主编《中国词学大辞典》由浙江教育出版社出版，计著录词总集275种，别集905种，词话96种，词韵11种，词谱11种，合计著录各类词籍1298种。1997年，吴熊和、严迪昌、林玫仪合编《清词别集知见目录汇编》由台北中研院中国文哲研究所印行，计著录清词别集2382家，不同别集或不同版本6276种。2004年，王兆鹏《词学史料学》由中华书局出版，全书计著录词谱54种，词韵18种，词集丛编65种，词选132种，清代以前词别集700种，词话95种（另待访词话52种），合计著录历代词籍1064种。其他如王绍曾先生主编《清史稿艺文志拾遗》，王兆鹏《两宋所传宋词别集版本考》，蒋哲伦、杨万里《唐宋词书录》，邓子勉《宋金元词籍文献研究》，等等，也都为词籍版本目录考索作出了贡献。

正是在这样的学术背景下，2012年出版的《中国古籍总目·集部·词类》才备受关注。因为《中国古籍总目·前言》称"《中国古籍总目》是现存中国汉文古籍的总目录"，所以不妨把《中国古籍总目·集部·词类》视为最新问世的"词籍总目"（以下即简称"词籍总目"）。按照集成汇总、后出转精的一般规律来说，这个"词籍总目"也应该是收录词籍最多最全的。然而近期细读其书，并就词集、词话、词谱、词韵各类书目与此前各书加以比对，则感到不无遗憾。因为这个久受瞩望而终于问世的词籍总目，在词籍收录、著录及文字校核等方面，都存在一些问题。这里根据个人阅读札记谈谈看法，不妥之处请编者与词学同道批评指正。

举要来说，该书目存在的问题，主要表现在以下六个方面。

一 词籍失收

因为《中国古籍总目·集部》的编者为国家图书馆古籍部的专家，熟于文献，故"词籍总目"增补了一些词籍的稿钞本。如清杨洁撰《蝶仙词》二卷（国家图书馆藏清光绪间钞本）、清李大观撰《以耕堂词钞》一卷（南京图书馆藏清钞本）、清金居敬撰《百美新词》（国家图书馆藏稿本）等，即为《清词别集知见目录汇编》中所未见。又如"词谱之属"中彭凤高撰《词削》八卷（四川图书馆藏稿本），"词韵之属"中礼思鹏撰《南北词等韵音切合参》（上海图书馆藏稿本），等等，也都是过去少见提及的。

从收录词籍总量来看，"词籍总目"计收录"丛编之属"93种，"别集之属"1966种，"总集之属"216种，"词谱之属"42种，"词韵之属"12种，"词话之属"75种，合计2404种。因为《中国古籍总目》是按版本著录，不同版本即视为另一种词籍。如柳永《乐章集》有5种版本，《稼轩词》有9种版本，姜白石词有12种版本。故其所收词籍2404种，除去不同版本因素，实际所收词籍数量甚少，既没有超出《中国词学大辞典》，也没有超出王兆鹏《词学史料学》的收录范围。对于一部卷帙浩繁的目录书来说，收录不全是可以理解的，但就"词籍总目"而言，这种缺失似乎不是局部的偶然的漏列，而是多方面的大面积的疏漏。根据个人掌握的资料数据，现存词籍的总量约有5000种，也就是"词籍总目"所收词籍数的两倍以上，这就使得《中国古籍总目·集部·词类》之所收与"现存词籍总目"的说法相去甚远了。

以"别集之属"来说。"词籍总目"计收别集1966种。其中唐宋金元词别集计收196家，352种。宋词别集计为154家（去除误收明张肯《梦庵词》一家），286种。而根据此前的研究著录情况来看，唐圭璋先生《宋词版本考》考述宋人有传世版本的词集195家，有辑本的78家；饶宗颐先生《词集考》，考述唐宋金元词别集293种；王洪主编《唐宋词百科大辞典》中杨成凯撰"典籍"部分，计著录唐宋词别集338家，不同版本707种；王兆鹏、刘尊明主编《宋词大辞典》，著录宋词别集325种；王兆鹏《词学史料学》著录唐五代词别集25家，宋代338家，金元88家，合为451家。如果逼近考察，这些数字可能会略有出入，不同版本的认定去取更有较大弹性，但无论如何，"词籍总目"著录唐宋金元词别集196家，其中宋词别集154家，均与词集传存的实际情况有较大差距。

以笔者较为熟悉的明词别集来说，漏收情况更为突出。《中国词学大辞典》著录明词别集119家，王兆鹏《词学史料学》著录270余家。拙著《明词史》（2015年修订版）附录《明词别集叙录》不收《明词汇刊》辑本，计著录明词别集83种。而"词籍总目"计收明词别集33家，39种。即使去除1911年之后的赵尊岳《明词汇刊》辑本因素，明词别集亦远不止此数。试举其目如刘（镏）昺《春雨轩词》、韩奕《韩山人词》、马洪《花影集》、顾恂《唉蔗余甘词》、吴宽《匏庵词》、方凤《改亭诗余》、陈铎《草堂余意》、顾应祥《崇雅堂乐府》、杨仪《七桧山人词》、朱让栩《长春竞辰余稿》、葛一龙《艳雪篇》、俞彦《近体乐府》、茅维《十赍堂集》、郑以伟《灵山藏诗余》、施绍莘《秋水庵花影集》、徐尔铉《核庵诗余》、曹元方《淳村词》等，均为明代实有之词集，在这里均未见著录。

另外，在"集70546820"编码下，著录王屋《草贤堂词笺》十卷、《蘗弦斋词笺》一卷，钱继章《雪堂词笺》一卷，吴熙（亮中）《非水居词笺》三卷，凡四种。首先来说，在一个编码下罗列多种词集，对于目录书来说,是不妥的。因为不是一书中附录其他小集,而是几种词集由同一家刊行,故应该分别编码。其次,在崇祯八年至九年由吴熙同时刊行的还有曹堪《未有居词笺》五卷,而这个曹堪就是在清初词坛上声名籍甚的大词人曹尔堪。这五种词集均藏于国家图书馆善本书室,而编者取其四而略其一,或许是因为意识到曹堪即曹尔堪,而曹尔堪入清后成进士而为侍读学士,故不宜视为明人。其实吴熙后来改名吴亮中,与曹尔堪为顺治九年(1652)同榜进士,亦不宜看作明人。词集刊于崇祯八年,当然是明词别集;而著者入清后中进士为官,当视为清人,这是需要分开说的。也就是说,把吴熙、曹尔堪标为清人,而著录其词集版本为明崇祯八年吴熙刻本,这样分别表述是没毛病的。但笔者专门向后翻到曹尔堪的《南溪词》,发现此处只著录了《南溪词》的两种版本,并没有提到他入清之前的《未有居词笺》五卷,于是曹尔堪的这部收词309首的少作词集,就被人为地抹杀了。

  再来看数量最著的清词别集的情况。"词籍总目"计收清词别集为1165家,1574种。而吴熊和、严迪昌、林玫仪三位先生合编的《清词别集知见目录汇编》所收清词别集为2382家,6275种。两相比照,多寡悬殊。因为清词别集数量至伙,收全了当占历代词籍的十之八,按"词籍总目"所收亦占三之二,所以对于词籍书目编者来说,《清词别集知见目录汇编》应是最为基本的参考书。而且《清词别集知见目录汇编》在每种词集后都注明了藏书单位,除海外及少数私家收藏之外,国内图书馆藏书查核极为方便。然而从"词籍总目"来看,这部书似乎并没有进入编者的视野。若是看到了而有所筛选,我们也看不出取舍的标准。虽然《中国古籍总目·集部》之《前言》声称该书"吸收了古代文献研究的最新成果",但从清词别集书目来看,编者对于近二三十年的词学研究成果,并没有充分吸收利用。

  以"词话之属"而言,单是唐圭璋先生增订后的《词话丛编》(中华书局1986年版)一书所收已达85种,《中国词学大辞典》收录词话96种;王兆鹏《词学史料学》叙录词话95种(另待访词话52种);谭新红《清词话考述》述及书目356种,其中仅经眼者(即《词话丛编》所收清词话69种,《词话丛编》未收清词话经眼者132种)已达201种。相比之下,"词籍总目"之"词话之属"收录词话仅及75种,去除所收李良年《词坛纪事》等伪书4种,《词学筌蹄》《第十一段锦词话》误收书2

种，以及不同版本项 15 种，则实际收录词话仅为 54 种。而且这不仅是挂漏问题，其缺失的原因让人很难理解。如《词话丛编》所收录的胡仔《苕溪渔隐词话》、俞彦《爰园词话》、邹祗谟《远志斋词衷》、李渔《窥词管见》、查礼《铜鼓书堂词话》、焦循《雕菰楼词话》、沈祥龙《论词随笔》、邓廷桢《双砚斋词话》等著名词话，均不见收载，这是很难解释的。即使不去检核近年来次第出版的《词话丛编续编》《词话丛编补编》《词话丛编二编》，难道词学界普遍使用的唐圭璋先生《词话丛编》也不拿来采用吗？如果说所用"词话"概念不同，另有标准，亦应有所说明。

另如"词谱之属"收录 42 种，去除因不同版本而重出者 12 种，实际收录 30 种；"词韵之属"收录 12 种，重出者 2 种，实际收录 10 种。相比此前出版的王兆鹏《词学史料学》、江合友《明清词谱史》，皆有缺漏。这也表明"词籍总目"的编撰者对于此前的研究成果，没有给予应有的关注。

二　词籍误收

误收书表现为两种情况。

第一种情况是误收非词籍之书。

其一是误以曲入词。如"别集之属"所收明雪蓑子撰《风入松八十一阕》（集 70546821），实际是曲集而非词集。按《风入松》，既为词调名，亦为散曲曲牌，然作为词调，常见者为吴文英"听风听雨过清明"之 76 字体，而作为散曲曲牌，虽然句格相同，但词为双调，曲为单调。雪蓑子《风入松》皆为单调，其为散曲无疑。此书旧时不易见，今有宁荫棠编注《雪蓑子手稿校注》（济南出版社 1997 年版），可以参看。

又如所收毛奇龄撰《拟连厢词》一卷（集 70547037），实际是一种戏曲形态的作品。毛奇龄《西河词话》卷二谈到词曲转变时，曾经提到这种过渡性的艺术形式。他说："嗣后金作清乐，仿辽时大乐之制，有所谓连厢词者，则带唱带演。以司唱一人，琵琶一人，笙一人，笛一人，列坐唱词。而复以男名末泥，女名旦儿者，并杂色人等入勾栏扮演，随唱词作举止。如参了菩萨，则末泥祗揖。只将花笑捻，则旦儿捻花类。北人至今谓之连厢，曰打连厢，唱连厢，又曰连厢搬演。"此处著录的毛奇龄《拟连厢词》一卷，即毛氏仿作二种，一曰《不卖嫁》，二曰《不放偷》，均收录在《西河合集》中。杜桂萍女史著《清初杂剧研究》,以之归入杂剧,或未必妥当。但其有人物,有情节,有表演,有伴奏,显然应属于戏曲。

其二是误以诗入词。如清初万斯同撰《新乐府词》二卷(集70546984),实际是诗集而非词集。万斯同是著名史学家,以诗古文见长,从不写词,故《全清词》(顺康卷)及补编不见其只字。这里著录的《新乐府词》二卷,又称《石园新乐府》或《明乐府》,是取明朝事为题入诗,计60余首,有以诗补史之意,而与词无关。

又如清顾曾烜撰《华原风土词一百首》(集70548057),实际是诗中自成一体的竹枝词之类。华原是陕西耀州之古称,今为铜川市耀州区,顾曾烜曾于光绪年间任耀州知州,故有此作。如其中常被征引的"曼衍鱼龙百戏场,分棚啸侣各行觞。春人来去纷如织,箫鼓千村赛药王。"其竹枝词意味是显而易见的。今已收入《中华竹枝词全编》。

其三是误以著者诗文别集入词。如潘照撰《从心录》一卷(集70547718)。潘照字鸾坡,号桃源渔者,江苏吴江人。所著诗文杂著合称《杂脍羹》(即《钓渭间杂脍》),有嘉庆十九年(1814)小百尺楼刻本,今有广西师范大学出版社出版《北京师范大学图书馆藏稀见清人别集丛刊》影印本,《杂脍羹》见于《丛刊》第十三册。书中各卷依次为《海喇行》《涑水抄》《从心录》《西泠旧事百咏》。《从心录》一卷,亦属"杂脍",其先后次第为《鸾坡居士红楼梦词》凡32首、《温柔乡词十八章》、《曲儿头诗三十首》、《又曲儿头诗十首》、《闲情偶赋》、《京都杂咏》、《耆英下会图记》、《赠枕泉上人》(柏梁体百有八韵),最后是单折戏曲《千秋岁庆寿》。一卷小集里几乎淹有众体,有诗有文有赋有曲,唯独没有词。在《杂脍羹》所收四种小集中,《海喇行》中有《海喇词七阕》,《涑水抄》中亦有词6首,唯独《从心录》中无词。潘照为众多红学家所熟知,当然是因为《鸾坡居士红楼梦词》以及《温柔乡词十八章》,然而《红楼梦词》是七律,《温柔乡词》是七绝,整个一卷《从心录》,实际连一首词也没有。但就因为《红楼梦词》与《温柔乡词》的名目,《清词别集知见目录汇编》亦误以《从心录》为词集。

其四是误以通俗文学形式弹词入词话。如"词话之属"所收清顾彩撰《第十一段锦词话》一卷(集70548732)。编者或缺乏词学积累,见"词话"二字,便径自收入,而稍有词学经验的人是不敢如此轻下判断的。实际此所谓"词话"是指元明时期流行的一种有说有唱的曲艺形式，如《大唐秦王词话》《金瓶梅词话》之类，不是诗话、词话之义。此书有道光时刻《昭代丛书》本，卷首有顾彩之友张潮《题辞》云："昔杨升庵作《廿一史弹词》，自盘古以迄金元，分为十段，名曰《十段锦》。虽使不识字人妇人女子，当无有不解者，盖所谓通俗之文也。吾友顾子天石续作《第十一段锦》，专叙有明一代之事，直欲与升庵相颉颃，有非俗笔之所及。"张潮《题辞》既交代了著述缘起和书名由来，同时也明确了此书之所谓"词话"的俗文学性质。撇开词学素养不谈，于著录之书的文本及题跋均不加理会，便轻下判断，亦有悖文献目录之学的要义。

第二种情况是误收伪书。

如"词谱之属"所收明程明善《啸余谱》（集70548629），这实际是一部剽掠汇编之书，或者说是一部词曲音乐文献的丛刻，其中《北曲谱》取自朱权《太和正音谱》，《南曲谱》取自沈璟《南九宫十三调曲谱》，《诗余谱》则取自徐师曾《文体明辨》之《词体明辨》。《文体明辨》成书于隆庆四年（1570），其中"诗余"一体含词谱与例词长达9卷，共收录词调332调，据不同体式分为424体，按"歌行题""令字题"等分为25类。这实际可以看作一部相对独立的词谱著作。当万历四十七年《啸余谱》刊行时，《文体明辨》成书已有近半个世纪了。"词籍总目"著录程明善《啸余谱》而不提徐师曾《词体明辨》，固然是没看到相关研究而不知真相，但客观上构成了对知识产权的漠视和对剽掠行为的纵容。

又如"词话之属"所收录的清李良年撰《词坛纪事》三卷（集70548703）、李良年撰《词家辨证》一卷（集70548704）、彭孙遹撰《词统源流》一卷（集70548705）、彭孙遹撰《词藻》四卷（集70548706），这四种书始见于《学海类编》，后又收入《丛书集成初编》，其实都是伪书，是好事者从徐釚《词苑丛谈》中裁出而另行编次的，与清初之彭孙遹和李良年没有一点关系。唐圭璋先生校注《词苑丛谈》时已经发现并指出，其后《中国词学大辞典》、王兆鹏《词学史料学》、谭新红《清词话考述》等均曾指出这四种书的伪书性质。孙克强、张东艳并撰《〈词统源流〉等四部词话伪书考》一文，通过考辨，进一步证实了唐圭璋先生的判断。而"词籍总目"对这些词学研究成果未能吸收，仍旧以讹传讹，这就不应该了。

三　分类之误

其一为别集误入总集。如"总集之属"所收"明汪廷讷辑"《坐隐先生精订草堂余意》（集70548486），文献属性与作者皆误。其著者既不是别号"坐隐先生"的汪廷讷，该书也不是受《草堂诗余》影响之词选，而是词曲大家陈铎逐首追和《草堂诗余》的个人词别集。其中147首词作，分别题属追和之唐宋词原作者的名字凡49人，只有同一词调追和2首者，后一首才题"陈大声"之名。因为满眼皆唐宋词名家，自晚明以来，如黄虞稷《千顷堂书目》等，不察陈铎与汪廷讷合谋之恶作剧，皆为其所误，以一人之别集误作通代之词选。拙著《明词史》（人民文学出版社2002年版）有考辨。

其二为总集误入别集。如"别集之属"所收《支机集三卷》（集70546817），著录作"明蒋阶撰，明周积贤、明沈忆年辑"，这里对《支机集》的性质、作者均有误判。实际这是蒋平阶（著录阙一"平"字）与其两个弟子周积贤、沈忆年三家词的合集，人各一卷，按类应作为合集归入"总集之属"。又如"别集之属"著录的邹祗谟《远志斋词衷》（集70546919），实际是词话而非邹氏词别集。又《兰皋诗余近选》二卷（集70547233），是顾璟芳等六家词的合集，亦应入"总集之属"。

其三为总集误入词谱。如"词谱之属"所收的孔传铎辑《红萼轩词牌》（集70548639），此书因有"词牌"二字，每被望文生义地误作词谱著作。实际在清代顺康时期尚无现代的"词牌"概念，此处的"词牌"非词调、曲牌之牌，而是指纸牌、酒牌之牌，当时又称"叶子"。《红萼轩词牌》又称《词坛雅政》，这个"雅政"即指"觞政"。这是后世扑克牌的滥觞，晚明以来颇为流行。如万历年间流行的《酣酣斋酒牌》，是48张；稍后陈洪绶绘刻《水浒叶子》，是40张；清代任熊绘制的《列仙酒牌》，也是48张。孔传铎辑《红萼轩词牌》则多达120张，每张上刻有一首词，周边有花边纹饰，黄裳先生《来燕榭书跋》有此书影，看上去很像现在的扑克牌样式。著录者称此为巾箱本，当然也不能算错，实际其形制小巧玲珑，目的是便于席间单张把玩。孔传铎所作《诗余牌引》云："别制词牌，取其便于觞政。"说得很明白，可知《红萼轩词牌》显然是酒牌而非词谱。如果作为词籍来看或可归入总集选本之属，认作词谱就差得太远了。

其四为词谱误入词话。如"词话之属"下所收明周瑛《词学筌蹄》八卷（集70548692），此非词话，而是词谱，并且是现存最早的一部词谱，据周瑛自序当成书于弘治七年（1494），比嘉靖十五年（1536）初刻的张綖《诗余图谱》早了42年。其中有图谱、有例词，同一词调不重出，其词谱性质是显而易见的。周瑛《自序》略谓："《草堂》旧所编，以事为主，诸调散入事下；此编以调为主，诸事并入调下。且逐调为之谱。圈者平声，方者侧声，使学者按谱填词，自道其意中事，则此其筌蹄也。"按：筌蹄，语出《庄子·外物篇》，"筌"为捕鱼器具；"蹄"为捕兔器具，后以"筌蹄"比喻达到目的之手段或工具。即此书名，已可见其教导初学者按谱填词的功能，与一般的总集判然有别。"词籍总目"把该书误作词话，或是因循他书，或是据书名臆测，但未经目验是肯定的。

四 著录之误

著录之误可分为两种情况。

第一种情况是词籍作者的张冠李戴。

如"词话之属"著录张炎《词源》和《乐府指迷》，亦因版本选择不当而致缠夹不清。本来是张炎撰《词源》二卷，沈义父撰《乐府指迷》一卷，自晚明时题陈继儒辑《宝颜堂秘籍》将张炎《词源》下卷抽出，与陆辅之《词旨》合成一帙，并题《乐府指迷》之名流布，遂造成《乐府指迷》在此后公私书目上著录的混乱。实际晚明人编集的那些花样翻新的"小种之书"，在版本、文字方面徒增讹误，在文献著录时当慎取或不取。《中国古籍总目》在著录张炎《词源》二卷之后，又据《广百川学海》等著录《玉田先生乐府指迷》一卷（集70548686）等，客观上就使本来已有定论的说法又滋淆乱了。

又如王世贞有《词评》一卷，杨慎有《词品》六卷，《中国古籍总目》"词话之属"却有一条《王弇州辞品六卷拾遗一卷》（集70548695），作者项则仍是"明杨慎撰"。其实无论是明刻本还是清刻《函海》本，书名《词品》前均不见"王弇州"三字。这里把王世贞（弇州）与杨慎

《词品》纽结到一起，想来也是因袭旧误造成的。

又"总集之属"著录清初词选《古今词汇》，同一部词选且为同一个版本（均为清康熙十八年刻本），编者竟然出现了三种说法。中国科学院图书馆藏本即邓之诚题记本说是卓回辑，国家图书馆藏本一说是严沆辑，一说为王士禛辑。事实是《古今词汇》卷首有严沆所作序，而王士禛不过是列名参订者之一。盖图书馆初始著录轻下判断，"词籍总目"的编者复因袭旧说，遂造成同书同版而著录编者歧异的情况。

第二种情况是词人词籍年代著录有误。

如"丛编之属"中孔传铎辑《名家词钞六十种六十卷》（集70546405），其中所收60家词人皆为顺康时人，然独有《楚江词》著者杨春星标为"明杨春星撰"；再查后面"别集之属"，亦作"明杨春星撰"，且置之明人队中，看来不是偶然误书。查杨春星其人，虽然生卒年不详，但其为清康熙九年（1670）进士，官至吏部郎中，当然是清人。又如"别集之属"中《文江酬唱》一卷（集70546830），以著者李元鼎为明人。实际李元鼎降清后累官至兵部右侍郎，在贰臣队中声名藉甚，当然不能算作明人。又如厉鹗撰《樊榭山房词》二卷（集70547203），著录作"清初刻本"，亦不准确。厉鹗生于康熙三十一年（1692），其《樊榭山房词》刻于乾隆年间，说"清刻本"庶几即可，说"清初刻本"则不妥。

又如"总集之属"著录北京大学图书馆藏曹亮武等辑《荆溪词初集》（集70548533），版刻年代作"明末刻本"，显误。曹亮武生于明崇祯十年（1637），甲申易代时只有8岁；而《荆溪词初集》卷首有曹亮武康熙十七年（1678）冬所作序，蒋景祁序称"曹子南耕选刻《荆溪词》，始自戊午，予尝共事焉"。一般版本著录称其为康熙十七年刻本，实际可能还要稍晚一些。但无论如何，著录作"明末刻本"就未免太离谱了。

五 重复著录

如"别集之属"宋代部分有《梦庵词》一卷（集70546517），误以明初张肯为宋人。版本著录作"强村丛书十六种本，宋明十六家词本"，实际这两种丛书皆以张肯为明人，知原书不误，乃编者自误。而后面复有《梦庵词》一卷（集70546799），则以张肯为明人。

重复著录更多的是同一种词籍而误作他书。如"别集之属"前收郑熙绩撰《蕊栖词》（集70547002），版本著录作"百名家词钞本"（康熙刻）、"百名家词钞初集本"（康熙刻）。后面隔二页复有邓熙绩撰《蕊栖词》（集70547115），版本著录作"清金阊绿荫堂刻本"。按清代词集名《蕊栖词》者只有郑熙绩一家，所以后者之邓熙绩显然为郑熙绩之误（郑与邓繁体字形相近）。又其版本著录似为二种，其实则一。聂先、曾王孙所辑《百名家词钞》，就是在康熙二十五年（1686）前后由苏州著名书坊金阊绿荫堂刻行的。此二者一著录丛刻之名，一著录书坊名，仿佛是两个不同的版本，其实是一回事。又前者著录作"百名家词钞本"（康熙刻）、"百名家词钞初集本"（康熙刻），亦为重复之举。《百名家词钞》版刻情况较为复杂，但常见的百卷本一般分为两个部分，即初集六十家，甲集四十家。郑熙绩《蕊栖词》即见于初集。但无论是初集还是甲集，都属于《百名家词钞》，所以这里以"百名家词钞本"与"百名家词钞初集本"并列如二书是不妥当的。

又如"别集之属"中先收钱聚嬴《雨花庵诗余》一卷（集70547523），后面复有钱斐仲《雨花庵诗余》一卷（集70547895），其实皆为女词人钱斐仲所撰的同一种词集。钱斐仲，名聚瀛（是瀛洲之瀛，不是输赢之嬴），以字行。

《冰蚕词》的作者著录更具个性。《总目》著录了两种《冰蚕词》（集70547911、集70547912），而且皆出于《同声集》本，但作者项一为"清于胡撰"，一作"清承龄撰"。按《同声集》为词集丛编，张曜孙编，其中收录道光、咸丰年间词九种九卷（或把庄士彦《梅笙词》后附录一卷算上称九种十卷）。事实上《冰蚕词》只有一种，为满族词人承龄撰。《总目》编者之所以杜撰出一个词人"于胡"来，应是把承龄姓名割截的结果。承龄是满族镶黄旗人，姓"伊胡鲁"氏，或作"于胡鲁"。《续修四库全书总目提要》著录《粟香室丛书》，即作"冰蚕词一卷，清于胡鲁承龄撰"。《清词别集知见目录汇编》亦是如此。盖相关图书馆编目者没见过这么长的姓名，所以就想当然地一分为二，成为于胡和承龄两个词人，至于为何对那个"鲁"字弃之不顾，就不得而知了。

还有另外一种情况，是因为版本认定有误而致重复著录。如"词谱之属"中程明善《啸余谱》（集70548628），版本著录以北大、台图所藏为"明万历四十七年刻本"，以国图等所藏为"明万历间流云馆刻本"，其实是同一个版本。今《续修四库全书》第1736册收有明刻《啸余谱》之影印本，卷首有程明善手书《啸余谱序》，末署"万历己未仲夏之吉古歙程明善书于流云馆"。万历己未即万历四十七年（1619），可知各图书馆所藏明刻《啸余谱》均为万历四十七年己未程明善流云馆自刻本，特各家著录有别而已。

又如"别集之属"中清王鉴撰《问红轩词》（问红轩苹香絮景词）一卷（集70547737），版本著录作"清道光十六年刻本，上海；清道光十七年刻本，国图；清道光十八年刻本，北师大"。过去刻书还是很费钱的，同一种词集，每年一个版次，连续三年，无论王鉴多么有钱，这种可能性都不大。所以笔者更相信这是同一个版本，而刊刻年代的差异实际是由三家藏书单位判断不同所致。查王鉴《问红轩词》，序跋题辞甚多。张祥河《问红轩词序》作于"道光戊戌（十八年）冬十一月望日"，戴延祄《问红轩词题辞》作于"（道光十六年）丙申小雪后一日"，王鉴《问红轩词跋》作于"道光十七年除夕前二日"。可知三家藏书单位著录皆不无依据。当然，"词籍总目"著录时应有所裁断，三说相较，作道光十八年刻本较为稳妥，笼统地说，道光年间刻本当然也无问题，但这里照抄各家说法，实际上是一种重复著录，当然是不妥当的。

类似情况还有李堂撰《梅边笛谱》二卷（集70547673），版本著录一作嘉庆十四年冬，一作嘉庆十六年冬。查该集卷首诸序，吴锡麒序作于嘉庆十五年庚午仲春，严元照序作于嘉庆十六年辛未季夏，郭麐序作于嘉庆十四年己巳四月，故藏书单位著录有前后参差。

六　文字讹误

如"别集之属"，宋李石撰《方舟诗余不分卷》（集70546556），"卷"误作"类"；张镃撰《玉照堂词钞》（集70546626），"堂"误作"常"；元吴澄《吴文正公词》（集70546754），"正"误作"澄"；明代雪蓑子撰《风入松八十一阕》（集70546821），"蓑"误作"蓑"；清代《织烟楼词钞偶存》一卷（集70546838）著者汪秉健，"汪"误作"江"；王昶辑《琴画楼词钞》所含各种别集，著录时"画"皆误作"书"（前面"丛编之属"不误）；曹贞吉《珂雪词》（集70546972），"珂"误作"柯"；朱彝尊《曝书亭词手稿原目》一卷（集70547028），"稿"误作"搞"；华胥《画余谱》（集70547057），"画"误作"书"；孙致弥《梅沜词》（集70547101），"沜"误作"片"；《蕊栖词》（集70547115）著者郑熙绩，"郑"误作"邓"；沈皞日《柘西精舍诗余》（集70547119），"西"误作"石"；《清涛词》（集70547215）著者孔传鋕，"鋕"误作"志"；《兰皋诗余近选》（集70547233）作者之一顾璟芳，"璟"误作"景"；《菉庵诗余》（集70547275）著者吴斐，衍一字作吴斐文；朱泽生撰《鸥边渔唱》（集70547291），脱一"鸥"字；杨芳灿撰《移筝词》（集70547296），"词"误作"语"；周皑撰《香草题词》（集70547318），"香"误作"芳"；沈纕撰《浣纱词》（集70547326），"纱"误作"钞"；屈秉筠《韫玉楼词》（集70547400），"楼"（廔）误作"庆"；《楚畹阁诗余》（集70547663）作者季兰韵，"季"误作"委"；《笛家词》四卷（集70547676）著者胡金胜，"胡"误作"湖"；华长卿《黛香馆词钞》（集70547886），"黛"误作"膡"（盖稿本用"黛"之异体作"臘"，编者遂误作腾）；关锁《梦影楼词》（集70547997），书名误作《景廔词》，"景"与"影"通，"廔"为"楼"之异体，实际脱一"梦"字；浙江图书馆藏岑应麟《蠹龟遗稿不分卷》（集70548134），"龟"字当为"龛"字之误，证据是光绪元年会稽岑氏刻本即作《龙龛遗词》，陶睿宣、陶方琦序亦作《龙龛遗词序》，且冯干校辑《清词序跋汇编》收录有陶方琦《龙龛遗稿识语》，即见于此稿本；储慧《哦月楼诗余》（集70548271），"储"误作"隽"；谢学崇《小苏潭词》（集70548356），"潭"误作"谭"；潘飞声《花语词》一卷（集70548377），"语"误作"词"。又"总集之属"中《古香岑草堂诗余四集》（集70548438），第四种当为《草堂诗余新集》，"新"误作"续"，遂与第二种重复。《兰皋明词汇选》（集70548490）编者胡胤瑗，"瑗"误作"瑷"；缪荃孙校辑《国朝常州词录三十一卷》（集70548608），著录时将云自在龛的"龛"误作"盦"。

目录之学，求全不易，此非知之难，行之唯难。以上所述，仅是作为一个词学研究者，就《中国古籍总目》所收词籍书目的一孔之见，其中或有苛责之处。比如说，《中国古籍总目》作为一部"图书馆目录学"之书，是按照图书馆所藏词籍进行著录，《中国古籍总目》所覆盖图书馆之外的词籍，自然不在《总目》的视野之中。又其中一些著者、年代、版本之讹误，亦与词籍藏地原初编目之误判有关。尤其是一些所谓的"伪书",如《学海类编》及《丛书集成初编》所收李良年《词坛纪事》、彭孙遹《词统源流》之类,在词学界看来是清代好事者杜撰之伪书,而在图书馆学界来说,则有照书著录之分,无辨别真伪之责,这也是应予理解和说明的。

李绅《追昔游集》版本流传考

严正道

（西华大学师范文学院）

李绅是中唐著名诗人，与元稹、白居易同为新乐府诗的倡导者。其诗集名为《追昔游集》，由其独自编定，流传至今。不过，由于李绅诗名远逊于元、白，诗歌成就亦不能与元、白相媲美，导致其诗集关注度不高，版本流传情况更鲜为人知。目前对其版本情况有所介绍的，一是傅璇琮、杨牧之先生主编之《中国古籍总目·集部》，录有李绅诗集的存世版本8种，分别是：①五唐人集本（汲古阁本）；②唐四十四家诗本（明抄）；③唐诗百名家全集本（康熙刻，光绪重刻）；④四库全书本（乾隆写）；⑤清宣统二年上海着易堂石印本；⑥清东武刘氏味经书屋抄本；⑦中晚唐名家诗集本，清印，拾遗一卷；⑧百家唐诗本，清初抄本，拾遗一卷。二是卢燕平的《李绅集校注》，以唐四十七家诗本为底本，参校毛晋汲古阁本，与《支遁集》合订的明抄本，以及百家唐诗本、唐诗百名家全集本、味经书屋抄本、四库本、全唐诗本。[①] 比较两者，可见主要版本基本一致，区别在于前者没有把常见版本——全唐诗本录入，而后者忽略了中晚唐名家诗集本，或因其藏于台北博物馆而没有发现。以上著述对于李绅诗集现存版本流传情况记载虽然比较全面，但毕竟还是比较简略的著录，版本之间的相互关系、源流变化，不同时代的版本流布与收藏情况，以及各个版本的特点与优劣比较等都不甚清楚。而最重要的是，他们都遗漏了一个重要版本，即胡震亨唐音统签本，因其作了补遗并分列一卷，成为后来四卷本的最早雏形，在李绅诗集整理上是重要一步，不应被忽略。有鉴于此，笔者试对其各个时期的流传情况及版本收藏作一系统梳理和细致考察。

---

① 卢燕平：《李绅集校注·前言》，中华书局2009年版，第3页。

一

关于李绅诗集之名，文献记载略有不同，有称其为"追昔游集"、"追昔游诗"、"追昔游"或"追昔游编"者，如孙猛先生所言："李绅《追昔游》三卷，《经籍考》卷六十九'游'下有'集'字，沈录何校本何焯批语云：'公垂诗南渡时已仅存此三卷'。按《追昔游诗》，《新唐志》卷四、《崇文总目》卷五、《书录解题》卷十九、《宋志》卷七皆著录三卷，《书录解题》《遂初堂书目》别集类标题作《追昔游编》，《宋志》则径标《李绅诗》。"① 为何会出现如此差异，最有可能的原因就是版本流传抄写过程中人为的随意改动。考虑到以上文献记载的差异，李绅诗集的名称应当以其自编时的命名为准，据《文苑英华》卷七百一十四收录有李绅《追昔游集序》一篇，故李绅诗集原名当为"追昔游集"。原序云：

> 追昔游，盖叹逝感时，发于凄恨而作也。或长句，或五言，或杂言，或歌，或乐府、齐梁，不一其词，乃由牵思所属耳。起梁溪，归谏署，升翰苑，承恩遇，歌帝京风物，遭谗邪，播历荆楚，涉湘沅，逾岭峤荒陬，止高安，移九江，泛五湖，过钟陵，溯荆江，守滁阳，转寿春，改宾客，留洛阳，廉会稽，过梅里，遭谗者，再宾客，为分务，归东周，擢川守，镇大梁。词有所怀，兴生于怨，故或隐显，不常其言，冀知者于异时而已。开成戊午岁秋八月。②

据序文知李绅自编其诗集于开成三年（838年）八月，按时间以自身经历为序，自梁溪即元和十四年为山南节度使崔从观察判官始，至镇大梁即出任宣武节度使终。诗歌内容多述其历官足迹，以及迁谪荣辱之感、升沉不定之慨，抚今追昔，纪游抒怀，故名曰《追昔游集》。编为三卷，共

---

① 孙猛所作李绅《追昔游集》校记，见陈振孙《直斋书录解题》卷十九，孙猛校注，上海古籍出版社1987年版，第570页。
② 《文苑英华》卷七百一十四，《文渊阁四库全书》第1339册，上海古籍出版社1987年影印本，第732页。

收诗69篇106首，其中大多为编订时的追忆之作，也有部分为旧时所作。此后历朝历代所见李绅诗集皆来源于此自编三卷本。

关于《追昔游集》的版本流传，晚唐五代不见有书目记载，故其流传情况不得而知。两宋时期，官修和私修书目都有相关的记载，说明其不但为国家藏书，在民间亦有流传。从这些书目的著录情况看，除诗集名稍有不同外，卷数都是三卷，完全一致，说明其在流传中没有散佚或出现新编本，并且各家所见都源于李绅自编本，这在唐代众多的文人著作流传过程中是比较少见的。官修书目如《崇文总目》《新唐书·艺文志》记载简略，只录作者及卷数，而私修书目（如晁公武《郡斋读书志》、陈振孙《直斋书录解题》）记载稍详，不但附有诗人小传，亦对其诗歌内容、风格有所评论，故为后人所重视，如《郡斋读书志》重在给诗人立传及阐释诗歌内容，以便于读者了解诗人及其诗歌。不过，必须指出的是，晁公武虽博学严谨，但也有疏忽之处，导致后人因此以讹传讹，其言"《追昔游》者，盖赋诗纪其平生所游历。谓起梁汉，归谏署，升翰苑，及播越荆楚，逾岭峤，止高安，移九江，过钟陵，守滁阳，转寿春，留洛阳，廉会稽，分务东周，守蜀镇梁也"。① 这里言李绅"守蜀镇梁"实有误。李绅自序中所言"川"是指洛川（洛阳），非宋代所言之四川，晁公武这里显然是想当然。而这也导致后人以讹传讹，如明人曹学佺《蜀中广记》卷一百《著作记第十》将李绅《追昔游集》著录为宦游于蜀地文人之著作，且以晁氏此论为证，实大谬矣。而《直斋书录解题》重在评论其人其诗，云：(《追昔游编》)"皆平生历官及迁谪所至，述怀纪游之作也。余尝书其后云：'读此编，见其饰智矜能，夸荣殉势，益知子陵、元亮为千古高人。'"② 这段评语不管其是否客观实际，都对后人影响很大，如胡震亨《唐音统签》题跋即承续此观点。

不仅官私书目皆予以著录，其抄本也在北宋初就已经出现，如北宋初著名学者宋绶就曾手自抄录此集，至南宋时该抄本最终为楼钥所得，其《跋宋宣献公书李公垂诗编》云：

---

① （宋）晁公武著，孙猛校注：《郡斋读书志校证》卷十八，上海古籍出版社1990年版，第898页。

② （宋）陈振孙：《直斋书录解题》卷十九，孙猛校注，上海古籍出版社1987年版，第570页。

  李公垂诗编自号《追昔游》，宋宣献公手书之，可谓两绝。乾道七年，尝宿剡川之龙宫寺，见李公诗碑，今在编中而有阙文，亟为求石刻于寺，补百余言。宣献字画精妙，而参以恶札，如碱砆列于璠玙中，益叹前辈之难及也。宣献父名皋，不惟于本字缺笔，"高"字亦去其口，尤见真迹不疑。如此等书皆亲自传录，春明三世以博洽称，有以也。夫公垂短小精悍，才气绝人，其自言治行之伟如此，人品真可与文饶相上下。惜乎二公德度如此，恩仇太明，以此得名位，亦以此掇祸。《大雅》曰："君子实维，秉心无竞。谁生厉阶，至今为梗。"诗人之意谓厉阶之生由夫好竞者为之也，牛李二党更相摩轧数十年，而唐益以衰，可不戒哉！①

  宋宣献公即宋绶，《宋史》称其"博通经史百家，文章为一时所尚"，"家藏书万余卷，亲自雠校"②，其所抄《追昔游集》底本或许为自家所藏。其书法亦有名，当时"作字尤为时所推右"③，故楼钥将其书法与《追昔游集》称为"两绝"，甚为珍爱。楼钥也是著名学者兼藏书家，字大防，号攻媿主人，明州鄞县（今浙江宁波）人。"初，罢官里居，聚书东楼，逾万卷，皆手雠校，称善本。"④《追昔游集》应当就是其中善本之一，"皆手雠校"就体现在他用龙宫寺石刻校勘《龙宫寺》一诗。《龙宫寺》诗虽为七言律诗，但前有长序，交代作诗缘由，所以有"补百余言"之说，这说明宋绶抄写本有缺漏。从这篇跋文中我们可以得出以下几点版本信息：（1）此诗集为宋绶亲自传录，是文献记载最早的李绅诗集抄本，同时兼具书法价值；（2）楼钥对诗集进行了校勘，既利用石刻材料补漏，也指出其中涉及的文字避讳；（3）对李绅诗歌及人品的评价问题。楼钥肯定李绅人品，认为可与李德裕（字文饶）相上下，但也指出他们性格中的缺点。这种评价与后来陈振孙、胡震亨、毛晋的观点相左，提供了对李绅进行评价的多元观点。可惜的是，这个版本与晁公武、陈振孙收藏的

---

  ① （宋）楼钥：《攻媿集》卷七十七，《文渊阁四库全书》第1153册，上海古籍出版社1987年影印本，第241页。
  ② （元）脱脱等撰：《宋史》卷二百九十一，中华书局1977年版，第9732、9735页。
  ③ 《宣和书谱》卷六，《文渊阁四库全书》第813册，上海古籍出版社1987年影印本，第236页。
  ④ （清）胡文学、李邺嗣：《甬上耆旧诗》卷二，宁波出版社2010年版，第24页。

版本一样都没有流传下来，不能不为之遗憾。

从两宋时期的上述流传情况来看，尽管李绅在唐代诗歌史上的地位不高，但《追昔游集》还是引起了文人们的较多关注，已经有了一定程度的校勘，只是还没有进行补遗。而各家所见版本来源、相互关系、各自特点、后世流传等情况，皆由于缺少相关记载而无从得知。但宋本到了明末清初还有流传，如唐诗百名家全集本附注云据宋本重刻，可见当时宋本尚存。之后各类版本以及各种书目皆不见有宋本的记载，则宋本当已失传。

元代时间不长，文化事业也相对落后，不见有《追昔游集》流传情况的记载。

二

明清时期，文人们热衷于对唐代诗文的整理，加之刻印书发达，像李绅这样的唐五代中小诗人的诗集逐渐为世人所重视，各种抄本或刻本纷纷出现，同时具有集成性质的总集也不少，于是有了我们今天看到的各种版本。

明代书目著录李绅诗集的，官方书目有《文渊阁书目》和《国史经籍志》，私家书目有《唐音癸签》。《文渊阁书目》为明初编制，虽然类似图书登录簿，但所录都是秘阁所藏宋、金、元三朝旧籍，能够比较真实地反映当时宋元版本的留存情况，具有重要的文献价值。其言"李绅《追昔游诗》一部一册"[1]，可见宋元版本尚存，但具体情况不得而知。稍后的《国史经籍志》卷五著录为三卷，表明保存比较完好，没有散佚。不过，由于宋元版本稀有罕见，藏书家也往往秘不示人，而明人对于唐诗的热情，遂促使了一些抄本、刻本的出现，以及不满足于旧本的遗漏而开始进行的补遗整理。明代的刻本主要有毛晋汲古阁本和季振宜藏明摹刻本，抄本则主要有冯彦渊抄本及唐四十七家诗抄本。

先看刻本。以毛晋的汲古阁本流传最广，影响最大，为毛晋所自刻，

---

[1]（明）杨士奇：《文渊阁书目》卷二，《文渊阁四库全书》第675册，上海古籍出版社1987年影印本，第164页。

与孟浩然、孟郊、温庭筠、韩偓四人诗集合刊，称为《五唐人诗集》。今国家图书馆、上海图书馆、辽宁图书馆均有收藏。笔者所见为国家图书馆所藏，与韩偓《香奁集》同在第5册。半页9行19字，小字双行，白口，左右双边。分上、中、下三卷，每卷卷首各有目录。卷上题"东吴毛晋子晋订"，卷下末尾有毛晋题识，云："字公垂，亳州人。与李文饶、元微之齐名，人号元和三俊。为人短小，俗呼短李。其平生历官及迁谪，略见本序。或谓其饰志矜能，夸荣殉势，益知子陵、元亮为千古高人。然纪游述怀，俯仰感慨，一洗唐人小赋柔靡风气云。湖南毛晋识。"虽然认可陈振孙对李绅之批评，但也肯定李绅对中晚唐诗风改变的贡献，比较客观公允。但毛晋所说之本序即李绅自序，并不见于本集，疑原本已佚。1926年上海涵芬楼曾据此影印出版。

　　季振宜藏明摹刻本，见于于敏中等《天禄琳琅书目》卷十《明版集部》，其著录《追昔游诗集》时云："晁公武《读书志》中载《追昔游诗集》，云开成戊午八月绅自为之序。此本书首不载序文，盖至明时从旧本摹刊，其序已佚之矣。"① 不刊李绅原序只因旧本已佚，故疑此旧本为宋本，或与汲古阁底本同源。《书目》又录其中钤盖印章及位置如下："积山"，朱文；"黄姬水印"，白文，俱目录；"季振宜藏书"，朱文，目录、卷上、卷下；"和仲"，朱文；"柱下史"，白文，卷上。其中印章可考者有黄姬水、季振宜。黄姬水（1509—1574年），字淳父，长洲（今江苏苏州）人。黄省曾之子，曾学书于祝允明，诗文俱有时名，著有《白下集》《高素斋集》等。也曾校勘刻印书籍，如荀悦《汉纪》、范仲淹《范文正公集》等。季振宜，号沧苇，为清初著名藏书家、版本学家。据此则原书为明黄姬水收藏，清初归于季振宜，乾隆时为内府藏书，之后不知所踪。

　　相较于汲古阁本的普遍易得，抄本显然因其孤本性质而更为珍贵。冯彦渊抄本为明末藏书家冯知十手抄。冯知十，字彦渊，海虞（今江苏常熟）人，与冯舒（字己苍）、冯班为兄弟，并为明末著名藏书家、刻书家。曾起兵抗清，城破后被杀（见同治《苏州府志》卷一百五十），抄本为其长子冯武收藏，故在抄本后题为"明故海虞烈士彦渊冯公遗书"。然

---

① （清）于敏中等：《天禄琳琅书目》卷十，徐德明点校，上海古籍出版社2007年版，第343页。

清人王文进《文禄堂访书记》卷四云:"《追昔游诗》三卷:唐李绅撰。明冯己苍抄本。"① 实有误,冯己苍为冯彦渊兄弟,非同一人。此本与《支遁集》《贞白先生陶隐居文集》合订为一册,存于台湾图书馆,南京图书馆有缩微胶片。《北平图书馆善本书目》《中国善本书目提要》《国立中央图书馆善本书目》均有著录。笔者所见为南京图书馆缩微胶片,半页9行20字,黑格,左栏外刊"冯氏家藏"四字。分上、中、下三卷,每卷有目录,与汲古阁本同。作者题为"节度使李绅",前有《追昔游集序》,即李绅自序。卷末有冯武题记,云:"太岁丁亥腊月望夜,取校汲古阁本,与此本同。明故海虞烈士彦渊冯公藏书,长子武藏。"太岁丁亥为清顺治四年(1647年),在冯知十殉难后不久,有纪念之意。题记言与汲古阁本同,大概是指卷数、编排次序、内容文字等,实际上还是有所不同,最显著的不同就在于此本有李绅原序,而汲古阁本无。卷内钤盖有"冯彦渊读书记""冯彦渊收藏记""知十""冯长武印""窦伯父""海滨渔父""谦牧堂书画记""汉阳叶名琛名沣同读过""东郡宋存书室珍藏""国立北平图书馆印藏"等印记,知此本在清代经众多藏书家辗转收藏,如杨绍和、揆叙、叶名琛等,流传至今。

唐四十七家诗抄本,题名为《追昔游集》,三卷,抄编者不详,今存国家图书馆。卢燕平《李绅集校注》云以此为底本,实际上此本有多处残缺,且没有对《追昔游集》外的诗歌进行补遗,作为底本值得商榷。

以上明刻本、抄本本源上皆从李绅自编三卷本而来,可见在长期的流传过程中其版本总体上变化不大,直到胡震亨《唐音统签》的出现。实际上在胡震亨《唐音癸签》中《追昔游集》仍著录为三卷,说明胡震亨之前尚无人进行补遗,因此这个任务也就落到了他的身上。在《唐音统签》中不但收录了《追昔游集》三卷,更为重要的是对李绅诗歌进行了补遗,另编为一卷,总共四卷,于是才有了李绅诗集的四卷本,而后来的各种四卷本则都是在此基础上发展而来的。

如前所论,李绅在编订《追昔游集》时只是收录了元和十四年至开成三年间其宦途生涯中的一部分诗歌,之前以及这段时期内不符合其审美标准的诗歌皆不收录,如著名的《古风二首》《乐府新题二十首》《莺莺歌》等。大概是为了弥补这种缺憾,胡震亨开始有意识地对《追昔游集》

---

① (清)王文进:《文禄堂访书记》卷四,上海古籍出版社2007年版,第265页。

外的诗歌进行补遗。其前言云:"绅以文艺节操显称,致位宰辅,罹党祸,没后复追论削官云。今汇绅诗为一卷,《追昔游诗》三卷,绅所自次,另为编,合四卷。"[1] 自卷五百四十至卷五百四十三。一般而言,搜集整理的补遗作品大都编排于后,而胡震亨则打破常规,将补遗诗编为一卷,编排在首,曰李绅诗之一,李绅自编三卷反而在后,曰李绅诗之二、之三、之四。李绅生平小叙也放在补遗卷前,而李绅自序则出现在卷之二。自序之后又有胡震亨所写小记,先概述其主要内容,次评其优劣,言"李公垂此编成于将还朝向用之岁,追念迁谪后所历,外转宦地,汇次所为诗,一生遭被堂陷,播越升沉之概,毕修焉。间尝参考史传所弗合者,爰谱其岁月以便读者检术。若如宋贤序录,律以高人淡怀,谓不免夸殉世荣,则非余所暇论也"[2]。可以看出胡震亨是赞同陈振孙对李绅诗歌之评价的。后又附有李绅主要事迹考。所记时间在"己巳夏",故知胡震亨编辑此集在 1629 年。

补遗一卷收录的诗有:《古风二首》《奉酬乐天立秋夕有怀见寄》《赋月》《莺莺歌》《乐天藏文集东都圣善寺刻石为记因成四韵以美之》《山出云》《上党奏庆云见》《华山庆云见》《华顶》《江南暮春寄家》《欲到西陵寄王行周》《和晋公三首》《江亭》《端州江亭得家书二首》《忆汉月》《赠韦金吾》《答章孝标》《柳二首》《朱槿花》《红蕉花》《至潭州闻猿》《闻猿》《龟山寺鱼池》,以及残句 3 句,共 28 首。这些诗有些注明出处,有些未注明,除《赋月》《赠韦金吾》外,其他基本都可以确定为李绅之作。这些补遗的诗歌来源于李绅创作的不同时期,在内容和风格上都不同于《追昔游集》,反映了他一生诗歌创作的不同风貌,弥补了《追昔游集》三卷本的不足,具有重要的文献和文学研究价值。之前的三卷本一脉相承于李绅的自编本,至此才有了另一种李绅诗集的版本即四卷本,这对于李绅诗集的流传是一个重要变化,后来的唐诗百名家全集本及全唐诗本正是在此基础上的进一步完善。从这个意义上讲,胡震亨对李绅诗集的整理和流传厥功至伟。不过,由于《唐音统签》是唐五代诗歌的总集,并没有对李绅诗集进行单独编排,卷次顺序也不符合常规,加之

---

[1] (明)胡震亨:《李绅诗前言》,《唐音统签》卷五百四十,《续修四库全书》第 1616 册,上海古籍出版社 2002 年版,第 623 页。

[2] (明)胡震亨:《〈追昔游诗〉记》,《唐音统签》卷五百四十一,《续修四库全书》第 1616 册,上海古籍出版社 2002 年版,第 626 页。

《唐音统签》卷帙浩繁，编成之后由于种种原因未能付印，所以此版本李绅诗集很少为人所知。《全唐诗》编竣后，几乎更为人遗忘，长期以来仅以孤本流传，现仅存有范希仁抄补本。直到20世纪90年代，上海古籍出版社的《续修四库全书》、海南出版社的《故宫珍本丛刊》据此影印，才重新为人所知。

从以上版本在明代的流传来看，宋元版李绅诗集已经是罕见，流传日渐稀少，代之而出现的主要是明人的各种抄本和刻本。而唐诗总集《唐音统签》的出现则标志着李绅诗集出现了新的版本，即四卷本，其散佚诗歌终于得到重新整理，从而让我们可以更详尽地了解李绅诗歌创作、思想经历的全貌，而这也影响了清代李绅诗集的整理和流传。

三

清代李绅诗集的版本流传更为多样，除了传统的三卷本，进行补遗的四卷本不断出现，在胡震亨《唐音统签》的基础上又作了一些补充，但总体变化不大。此外，随着清代总集及丛书编撰的盛行，李绅诗集的流传更为普遍，由此也衍生了不少抄本。

较早的总集是康熙四十一年（1702年）东山席氏（启寓）琴川书屋所刻《唐诗百名家全集》，其主要收录中晚唐诗人集，所择必精，大都以宋本为底本，又据其他诗集版本进行校勘、补遗，所以为世所重。叶燮《百家唐诗序》云："虞山席治斋虞部，壮岁官于□朝，即陈情乞归养，高卧家园，以著述为己任。暇日出其箧衍所藏唐人诗，自贞元、元和以后，时俗所称为中晚唐人，得百余家，皆系宋人原本，一一校雠而付之梓。"[1] 可见包括李绅诗集在内，各家诗集都是以宋本为底本，并依据所见其他版本作了细致校勘。此本今存，藏于包括国家图书馆在内的多家图书馆。笔者所见为南京图书馆所藏，为第二函第十二册，分上、中、下三卷，卷下附补遗诗。半页10行18字，白口，左右双边，单鱼尾。卷前刻有"琴川书屋校刊""吴郡席启寓文夏编录"等版权信息，又云"男永

---

[1] （清）叶燮：《百家唐诗序》，《己畦集》卷八，《四库全书存目丛书·集部》第244册，齐鲁书社1997年版，第82页。

恂、前席同校",知校刊者为席启寓之子席永恂、席前席。为突出与前人的不同,席氏在刻本的具体内容设计上别出心裁,具体表现如下。(1)集名云"追昔游诗集",既不重复原名"追昔游集",又不因袭前人"追昔游诗"之讹误,大概是因其进行了补遗,故有意以示不同。(2)作者云"宣武节度使中书侍郎同平章事尚书右仆射赵郡公李绅公垂",按照常规,撰者前所缀官爵名号以最显耀者为是,"宣武节度使"一职在李绅仕宦生涯中并不突出,此意在说明李绅编辑诗集之时间。(3)上、中、下三卷目录合刻,与明本各卷目录分刻不同,设计更合理,便于读者查阅检索。(4)下卷附补遗诗,注云:"别本不载",实则与《唐音统签》大同小异。增补了原集未收的诗30首,残句1句,与胡震亨《唐音统签》相比,多出《赠毛仙翁》《长门怨》二诗,《题白乐天集》一诗与《乐天藏文集东都圣善寺刻石为记因成四韵以美之》为同一诗,题名不同而已,残句则只收其一。从这些情况看,《唐诗百名家全集》显然是在《唐音统签》的基础上增补而来,只是《长门怨》一诗并非李绅作品(见前文)。席氏如此,恐有掠美之意。(5)别裁众本,校勘文字。之前,宋楼钥曾就其所见碑刻校勘所得宋绶手抄本,但此本早已佚失,之后尚无人进行校勘,席氏此本据《唐文粹》《文苑英华》《唐诗纪事》《唐诗类苑》等校勘,具有重要文献价值。如《忆登栖霞寺峰》,席本校云:《文苑英华》作"忆登栖霞寺峰望怀","望怀"更突出登高抒情之意,似更妥。又《闻里谣》一诗,席本校云:"一本'谣'下有数字,《英华》作'效古歌'。'闻里谣'疑'乡里谣'。"《全唐诗》本作"闻里谣效古歌",据席本题名当作"闻里谣","效古歌"为其下注,似更符合本意。诸如此类,可见其校勘精审,多有参考价值。总体来看,此本不但在形式上编排有序,更为合理,在内容上所作的补遗、校勘,更具有重要文献价值,与之前诸本相比堪为善本,称其为最好的本子也不为过。而其最大的遗憾则是没有刊刻李绅原序。但瑕不掩瑜,此本刊刻后流布广泛,《全唐诗》所本即来源于此,此后又不断有重刻本出现,如光绪八年(1882年)的重刻本和1920年的上海扫叶山房石印本。

另一个以总集形式流传的是全唐诗本,也是唐音统签本之外的又一个四卷本。《全唐诗》分李绅诗为四卷,从卷四百八十至卷四百八十三,前三卷一依李绅自编本,而第四卷称为"杂诗",实则全部是补遗诗。这些补遗诗基本上是依《唐诗百名家全集》而来,但在编排上却效仿《唐音统签》将补遗诗分为一卷，与《追昔游集》三卷并列，编排于后，使之更符合一般惯例，更容易为后人所接受。可见全唐诗本综合了唐音统签本与唐诗百名家集的优点，至此，李绅诗集才真正得到广泛传播。

以丛书形式流传的是四库全书本。三卷本，无李绅原序，无目录，未补遗。前有四库馆臣所作提要，言及诗集基本情况时云："此集皆其未为相时所作。晁公武《读书志》载前有开成戊午八月绅自序，此本无之。诗凡一百一首。"知其底本已失原序，而据《四库全书总目提要》言其底本来源为"浙江范懋柱家天一阁藏本"，又《浙江采集遗书总录·辛集》注《追昔游集》三卷为写本，可见底本是天一阁所藏的一部手抄三卷本，其他情况则不得而知。提要还针对前人的评价提出了自己的观点，云："今观此集，音节啴缓，似不能与同时诸人角争强弱。然舂容恬雅，无雕琢细碎之习，其格究在晚唐诸人刻画纤巧之上也。"这是对李绅诗歌比较客观的评价。与全唐诗本相比，此本唯少补遗诗一卷，其余则大致相同。

清代流传的抄本有百家唐诗本和东武刘氏味经书屋抄本。百家唐诗本，四卷本，《追昔游诗》三卷，拾遗一卷。今存，藏于国家图书馆。《百家唐诗》，清初抄本，今存54种，李绅诗集在第六册，与《温庭筠诗》、《唐司空曙水部集》、《崔补阙集》（崔峒撰）合为一册。半页9行20或22字，蓝格，白口，四周双边。钤盖有"宛平王氏家藏""慕斋鉴定""宝翰堂藏书印""胡氏茨村藏本"等印，上述印章皆为明末清初北京著名藏书世家王氏家族所有，分别是王崇简，其子王熙，其孙王克昌，王熙女婿胡介祉[①]，据此可确定为清初抄本。那么抄者为谁？据王克昌《宝翰堂藏书考·序》言："皇清定鼎，（王崇简）以名宿入翰林，移居外城。积俸所入，悉以置书，若饥者之于食，渴者之于饮。既致政闲居，犹孜孜矻矻，丹黄不去手。人间有异书则重价购之，或力不能购，辄命人缮写。青箱堂之连床架屋几与栋平，故京师之藏书，惟文贞公惟多。"[②]据此可以推测李绅诗集乃至百家唐诗皆有可能为王崇简命人所缮写。这在李绅诗集中可以找到一些证据，如在诗集中存在大量文字讹误而被人径直涂改修正的现象，应该是王氏命人缮写时抄写者比较随意，错讹、缺漏百出，故不得不亲手校订。也正因为这个原因，此本存在诸多的问题，并不是一个

---

① 参见郑伟章《宛平王氏藏书考》，《藏书家》第19辑，齐鲁书社2015年版，第21—27页。
② （清）王克昌：《宝翰堂藏书考·序》，清抄本，国家图书馆藏。

好的本子。虽然改正了一些讹误，但还是存在不少，如《过梅里》"今列题于后"作"今历题于后"，"翡翠坞"一诗作"悲翠坞"；《杭州天竺灵隐二寺二首》题下注"此寺殷富"作"此寺因富"。诸如此类，不能直视。抄写也比较混乱，如《上家山》为独立诗题，应单行抄写，却与上文相连。更有甚者，卷下漏抄《灵蛇见少林寺》《拜宣武节度使》《到汴州三十韵》三首诗。补遗诗一卷虽然有些注明出处，却也错讹叠见，如《重到惠山二首》，《追昔游诗》卷下已收，此处却视为补遗诗，不过却将其一七言律拆为两首七言绝，又将"江亭"一诗抄为"江宁"，"闻猿"一诗抄为"怀猿"。因此，由于抄写者的随意和愚妄，尽管王氏作了一定的校对，但仍无法改变其为恶本的事实。如果不指出这些问题，将贻害无穷。

东武刘氏味经书屋抄本。三卷本，与《刘蜕集》合抄为一册。味经书屋为清人刘喜海室名。刘喜海（1793—1852），字吉甫，一字燕庭，山东诸城人。治金石文字之学，又好藏书抄书，有宋刻唐人文集数十家，皆系精本。李绅诗集或从其所藏宋刻所抄。此本版式为半页11行22字，绿格，白口，四周双边。题名为"追昔游诗"，作者书"节度使李绅"，分上、中、下三卷，无李绅自序，无目录，版心有"东武刘氏味经书屋校抄书籍"字样。此本今藏于国家图书馆。

清代流传的刻本主要有中晚唐名家诗集本及宣统二年上海著易堂石印本。中晚唐名家诗集本，据《中国古籍总目·集部》藏于台北故宫博物院，限于相关条件笔者目前未亲见，具体情况留待日后补充。著易堂石印本，与《孟东野诗集》合刻为四册，分上、中、下三卷，石印大字本，半页12行26字，小字双行同，白口，四周双边，单鱼尾，文字清晰。扉页有"宣统二年仲夏依汲古阁原本精校石印"，知底本为毛晋汲古阁刻本。版心分别有"上海著易堂校印"，"长洲张荣培、植甫重校"，所谓"重校"并非校勘，而是与汲古阁本核对。末有毛晋题识，可见除排版不同外，内容、格式完全仿照汲古阁本而来。

从上述清代版本的流布来看，主要有以下几个特点：（1）宋本在清代还有留存，但只限于个别藏书家收藏，翻检各种书目皆不见有宋本的记载，说明大多数文献目录学者都难觅其踪迹，基本上不再流传，以至最终散佚，但直接以之为底本的刻本或抄本还是流传了下来；（2）清人对李绅诗集的整理补遗虽然不遗余力，成果也不少，但相互因袭，始终没有超越胡震亨的《唐音统签》，这大概是受当时文献有限的影响，直到今人陈尚君先生重新翻检爬网各种文献，总其成果，完成最后的补遗；（3）清代是中国古代文学的集大成时期，对待传统文学遗产的态度包容开放，而不囿于文学派别之争，因而像李绅这样的中小诗人他们的作品得到充分整理，并作为民族文学遗产的一部分得到广泛传播。总集、丛书的出现具有总结的性质，扩大了其受众面，更易于为普通人所接受，而各种刻本、抄本以及复刻本的出现，标志着其为一般文人所接受的同时，也更加速了其流传。所以才有了我们今天看到的各种版本，才提供了今人更接近诗人诗歌原貌的机会。

小　结

综合以上各个时代李绅诗集的流传情况，总体上可分为两个版本系统，一个是三卷本系统，一个是四卷本系统。三卷本系统一脉相承李绅自编本，除了有无李绅自序的区别，分卷形式、诗歌次序与数量几乎一致，历经千年的流传，能够保持如此完整的诗集实属不多。四卷本系统虽然多出一卷，其实也是在三卷本基础上所作的补遗，而不是后人的另编本，所以两者实质上是同源的。至于版本优劣，三卷本中毛晋汲古阁本较优，流传也广泛，但缺损原序及没有进行补遗而影响了其价值；四卷本中，胡震亨《唐音统签》本、席启寓《唐诗百名家全集》本是较好的本子，其中前者长期被遗忘，今人整理李绅诗集时更被无视，因而更具研究整理价值，而百家唐诗本则是恶本，对李绅诗集的流传百害而无一益。

明代汪一鸾本《吕氏春秋》出版研究

俞林波

（济南大学文学院）

一 版式著录

汪一鸾本校刻于万历三十三年（1605）。汪一鸾本，每半页9行，每行18字，四周单边，单白鱼尾，白口，鱼尾上方刻书名，鱼尾下方刻卷次，页数。第一卷首页版心最下方有"汪尚刻"三字。

书前有高诱《吕氏春秋序》，方孝孺《读吕氏春秋》，书后有汪一鸾《吕氏春秋自序》，曰："余屡求善本，因得数种，乃与友人郑微仲参校之。付梓杀青，不揣其妄而为之序。时万历乙巳季冬朔新安汪一鸾撰。"

郑大心，生卒年不详，字微仲，余门人，自号皈微生，鲍应鳌门人，汪一鸾好友。

丁丙《善本书室藏书志》卷十八曰："《吕氏春秋》二十六卷，（明万历刊本），汉河东高诱训解，明新安汪一鸾重订。前列高诱《序》、方孝孺《读吕书》，后又万历乙巳季冬汪一鸾《自序》，谓'屡求善本，因得数种，乃与友人郑微仲参校付梓'。毕尚书沅校刊所据本，列此为第五。"[1]

蒋维乔等《吕氏春秋板本书录》"万历乙巳汪一鸾校本"条曰："此本与前数本，颇相殊异，《汪序》自称'余屡求善本，因得数种，乃与友人郑微仲参校之'，是其源或不与他本同也。"[2]

汪一鸾，生卒年不详，新安（今河南新安县）人。

---

[1] 丁丙：《善本书室藏书志》，光绪二十七年（1901年）丁氏刻本。
[2] 蒋维乔、杨宽、沈延国、赵善诒：《吕氏春秋汇校》，中华书局1937年版，第13—14页。

二　汪一鸾《刻吕氏春秋序》释读

《吕氏春秋序》曰：

《吕氏春秋》，自刘子政校之，而其文确矣。自高似孙注之，而其义昭矣。此犹以为雄于诸子而已。盖自其《十二纪》已在《戴记》中名为《月令》，是则于六经为祢，岂特于诸子为宗哉？史称不韦为秦相国时，始皇尊为仲父，故得恣行其意，乃广集宾客，各著所闻，为《十二纪》《八览》《六论》，训解共十七万余言。其先则悬诸国门，千金不易；其后则着在《录》《略》，累叶不磨。赞之者曰："不韦，一贾人子耳，一朝阳挂通侯，阴崇太上，则举其所欲为，何所不可为；乃兢兢与侧注若箸，长垂若彗者相周旋，思成一家言，以标万世的。书成，诸宾客不署一名，而独题曰《吕氏春秋》，不已贤乎？"疵之者曰："《春秋》，鲁史旧名，而吾夫子取义，世遂尊曰夫子作《春秋》，其后乃有《晏子春秋》《虞氏春秋》，此亦其所专诣之作，非假乎他人也。不韦集诸宾客之力，而终尽攘之，不已饕乎？"嗟夫！如以其人而已，则毋论修儒，亦毋论良贾，即其以姬居货，就使当秦寡妇清，有不在台下风而受其唾乎？如以其言而已，则人但知不韦能以其财而豢诸宾客耳，能以其势而围诸宾客耳，孰知执其才识卓在诸宾客之上，固有以膻悦之猕收之薄正乎？余于治经之外，酷好是书，讽诵其文，钻研其义，句梳字栉，衡絷权铅，不啻如秦吏以秦法而治秦狱也。久之而得其情，乃抚卷而叹曰：秦固有如此人，秦固有如此书乎？夫诸宾客非一人，所立非一家，所承非一派，所出非一词。有如音焉，举宫则戾羽；有如味焉，举苦则糅甘，此而欲会于一，以考其成，岂不难哉？乃今谛观此书而亭论之，其中《劝学》《尊师》《先己》《用众》《孝行》《至忠》诸篇，无非孔、曾之言，与夫尧、舜、禹、汤、文、武、伊、周之事，其于儒家宗旨已得之矣，夫固此书之大本大原乎！其次莫若老、墨二家，然于老子不取其翕张取与和光同尘之说，而独取至公、至正、无为、自然之旨。于墨子不取兼爱、尚同之说，而独取去私、守法、节丧、首时之旨。其于二家深哉。而其所以剂之矣。又其次莫若法家、兵家，然于法则独以管子为尊，下申、韩而斥商鞅，是盖论于法之外乎？于兵，则荡兵、偃兵之论，固皆王者之师，而并气专精在心未发之旨，超超乎金版《六韬》之上乎！纵横家鬼谷、苏、张揣摩捭阖，在所勿齿，而闻收周策数事，则皆解纷息争之旨，熏然仁者之心哉！名家则目孔穿、公孙龙、惠文诸子为淫辞，而黄白坚切，少出齿牙之慧，非马臧牙之辨，远为之辟易矣。至于《上农》《任地》《辨土》《审时》诸篇，深得周家井田重农立国之本，而商君阡陌，隐在所斥，《六论》之以农终也固宜。若乃《十二纪》，《戴记》收为《月令》，则是吾儒钦天授时立政之典，莫可得而轻议也夫！岂区区天文时令阴阳五行机祥谶纬诸家之说乎？繇斯以谈，可谓纲臣而目精，体严而用博，经矣而下包乎子也，圣矣而亦包乎贤矣，王矣而下包乎霸也。使秦人而能遵此以行，即未必递万世而为君，岂遽二世而已哉？顺生毕数精通神覆之旨，已为二氏之胎，固不在诸家之中，然亦不出吾儒之外。至论其文，则神奇而不吊诡，浩荡而不谬悠，峻洁而不凌兢，婉约而不懦缓，含弘而不庞杂，独造而不偏枯，遍采诸家之文而斧藻之，遂夐出其表，如去荆、去人之类，不可胜举，斯又后世文章家之所望而震焉者，则乃其绪余哉！似孙以此书为文，出诸子之右，则余以不韦卓在宾客之上，亦非过矣。嗟夫！以始皇而论，不可无此人，亦不可无此书；以秦人而论，不可无此书，然不必有此人；至举世而论，则不可有此人，甚不可无此书矣。余屡求善本，因得数种，乃与友人郑微仲参校之。付梓杀青，不揣其妄而为之序。时万历乙巳季冬朔新安汪一鸾撰。①

汪一鸾此序评论《吕氏春秋》如下。

（一）于六经为称

汪一鸾认为《月令》来自《吕氏春秋·十二纪·纪首》，肯定了《吕氏春秋》对《月令》的发明专利。

汪一鸾曰："若乃《十二纪》，《戴记》收为《月令》，则是吾儒

---

① （战国）吕不韦：《吕氏春秋》，汪一鸾万历三十三年校刻本。

钦天授时立政之典，莫可得而轻议也夫！岂区区天文时令阴阳五行机祥谶纬诸家之说乎？"《十二纪·纪首》被收入《礼记》，成为儒家经典，钦天授时，顺时施政，是影响中国封建社会统治之道十分重要的思想。

（二）于诸子为宗

1. 儒家：吕书之大本大原

《劝学》《尊师》《先己》《用众》《孝行》《至忠》诸篇，无非孔、曾之言，与夫尧、舜、禹、汤、文、武、伊、周之事，其于儒家宗旨已得之矣。

（1）《劝学》

《吕氏春秋》"劝学"，继承的是荀子的"学"思想。《荀子》有《劝学》篇，《吕氏春秋》也有《劝学》篇，这是《吕氏春秋》对《荀子》在篇目上的继承，是其重视"学"的重要表现。《吕氏春秋·开春》曰："学岂可以已哉？"[1] 这是对《荀子·劝学》开篇所云"学不可以已"[2] 的回应和继承。《荀子·非十二子》曰："不知则问，不能则学。"[3] 《吕氏春秋·谨听》亦曰："太上知之，其次知其不知。不知则问，不能则学。《周箴》曰：'夫自念斯，学德未暮。'学贤问，三代之所以昌也。"[4] "不知则问，不能则学"这句话当是《吕氏春秋》从《荀子》之中得来，也是《吕氏春秋》对"学"重视的表现。

（2）《尊师》

为学必尊师，儒家尊师，看重师道尊严。《论语·述而》曰："子曰：'三人行，必有我师焉！择其善者而从之，其不善者而改之。'"[5] 《孟子·滕文公上》曰："人伦明于上，小民亲于下。有王者起，必来取法，是为王者师也。"[6] 又《孟子·尽心下》曰："圣人，百世之师也。"[7] 荀

---

[1] 陈奇猷：《吕氏春秋新校释》，上海古籍出版社2002年版，第1437页。
[2] （清）王先谦：《荀子集解》，中华书局1988年版，第1页。
[3] （清）王先谦：《荀子集解》，中华书局1988年版，第100页。
[4] 陈奇猷：《吕氏春秋新校释》，上海古籍出版社2002年版，第710页。
[5] （宋）邢昺：《论语注疏》（《十三经注疏》本），中华书局1980年版，第2483页。
[6] （宋）孙奭：《孟子注疏》（《十三经注疏》本），中华书局1980年版，第2702页。
[7] （宋）孙奭：《孟子注疏》（《十三经注疏》本），中华书局1980年版，第2774页。

子明确提出"隆师""贵师"的观点。① 《荀子·修身》曰:"非我而当者,吾师也;是我而当者,吾友也;谄谀我者,吾贼也。故君子隆师而亲友,以致恶其贼。"② 《荀子·大略》曰:"国将兴,必贵师而重傅,贵师而重傅则法度存。国将衰,必贱师而轻傅,贱师而轻傅则人有快,人有快则法度坏。"③

《吕氏春秋》发展了荀子"隆师""贵师"的观点,设有《尊师》篇专讲"尊师"的问题,进一步提出"尊师"的观点。④ 《吕氏春秋》还列举十圣人、六贤者尊师疾学的事例来证明"尊师"的重要性。⑤

(3)《先己》

孔子指出凡事首先"求诸己"。《论语·卫灵公》载孔子曰:"君子求诸己,小人求诸人。"⑥ 《先己》篇探讨修身、治国、平天下之道,伊尹认

---

① 荀子之所以主张"隆师""贵师",是因为"师"非常重要,《荀子·修身》曰:"礼者,所以正身也;师者,所以正礼也。无礼何以正身?无师,吾安知礼之为是也?礼然而然,则是情安礼也;师云而云,则是知若师也。情安礼,知若师,则是圣人也。故非礼,是无法也;非师,是无师也。不是师法而好自用,譬之是犹以盲辨色,以聋辨声也,舍乱妄无为也。"[(清)王先谦:《荀子集解》,中华书局1988年版,第33—34页。] 无礼无以正身,无师无以正礼,有师则礼正,"情安礼,知若师,则是圣人也",所以,荀子重师法,如《荀子·儒效》所说:"有师法者,人之大宝也;无师法者,人之大殃也。"[(清)王先谦:《荀子集解》,中华书局1988年版,第143页。]

② (清)王先谦:《荀子集解》,中华书局1988年版,第21页。

③ (清)王先谦:《荀子集解》,中华书局1988年版,第511页。

④ 《吕氏春秋·劝学》曰:"学者师达而有材,吾未知其不为圣人。圣人之所在,则天下理焉。在右则右重,在左则左重,是故古之圣王未有不尊师者也。尊师则不论其贵贱贫富矣。若此则名号显矣,德行彰矣。故师之教也,不争轻重尊卑贫富,而争于道。其人苟可,其事无不可,所求尽得,所欲尽成,此生于得圣人。圣人生于疾学。不疾学而能为魁士名人者,未之尝有也。疾学在于尊师,师尊则言信矣,道论矣。"(陈奇猷:《吕氏春秋新校释》,上海古籍出版社2002年版,第198页。) 如果一个人的老师通达理义而其自身又有才能,那么这个人定当成为圣人。《吕氏春秋》认为圣人的出现不是因为上天赋予他独特的秉性,而是"生于疾学",而疾学的关键在于尊师,在于有良师的教导。

⑤ 《吕氏春秋·尊师》曰:"神农师悉诸,黄帝师大挠,帝颛顼师伯夷父,帝喾师伯招,帝尧师子州支父,帝舜师许由,禹师大成贽,汤师小臣,文王、武王师吕望、周公旦,齐桓公师管夷吾,晋文公师咎犯、随会,秦穆公师百里奚、公孙枝,楚庄王师孙叔敖、沈尹巫,吴王阖闾师伍子胥、文之仪,越王勾践师范蠡、大夫种。此十圣人六贤者,未有不尊师者也。今尊不至于帝,智不至于圣,而欲无尊师,奚由至哉?此五帝之所以绝,三代之所以灭。"(陈奇猷:《吕氏春秋新校释》,上海古籍出版社2002年版,第207页。)

⑥ (宋)邢昺:《论语注疏》,《十三经注疏》,中华书局1980年版,第2518页。

为"欲取天下，身将先取"，做事的根本，首先是修身养性，保养好自己的身体，吐故纳新促进新陈代谢，保持肌理的顺畅。精气常新，尽去邪恶之气，才能尽享天年。这是治理天下的第一步，是为"先己"。"先圣王，成其身而天下成，治其身而天下治"，身修而天下治，① 是儒家的思想。

（4）《用众》

《用众》篇则探讨运用众人之长，依靠众人之力，《用众》曰："夫取于众，此三皇、五帝之所以大立功名也。凡君之所以立，出乎众也。立已定而舍其众，是得其末而失其本。得其末而失其本，不闻安居。故以众勇无畏乎孟贲矣，以众力无畏乎乌获矣，以众视无畏乎离娄矣，以众知无畏乎尧、舜矣。夫以众者，此君人之大宝也。"② 《荀子·劝学》曰："君子生非异也，善假于物也。"③ "用众"就是假借众人、众物之所长而为己所用。

（5）《孝行》

曾参作《孝经》，讲究"以孝事君"。《吕氏春秋·孝行》继承了此思想，认为管理天下、治理国家必须务本，"务本莫贵于孝"，孝是三皇五帝之本务、天地万事之纲纪。人主孝，则声名彰显、臣民服从、天下赞誉；人臣孝，则忠诚事君、清廉为官、从容死难；士民孝，则辛勤耕耘不疲惫、努力打仗不败逃。④ 否则，就是不孝，如《吕氏春秋·孝行》引曾参所说："居处不庄，非孝也。事君不忠，非孝也。莅官不敬，非孝也。

---

① 《先己》曰："汤问于伊尹曰：'欲取天下若何？'伊尹对曰：'欲取天下，天下不可取。可取，身将先取。'凡事之本，必先治身，啬其大宝。用其新，弃其陈，腠理遂通。精气日新，邪气尽去，及其天年。此之谓真人。昔者先圣王，成其身而天下成，治其身而天下治。故善响者不于响于声，善影者不于影于形，为天下者不于天下于身。《诗》曰'淑人君子，其仪不忒。其仪不忒，正是四国'，言正诸身也。故反其道而身善矣；行义则人善矣；乐备君道，而百官已治矣，万民已利矣。三者之成也，在于无为。无为之道曰胜天，义曰利身，君曰勿身。"（陈奇猷：《吕氏春秋新校释》，上海古籍出版社2002年版，第75页。）

② 陈奇猷：《吕氏春秋新校释》，上海古籍出版社2002年版，第236页。

③ （清）王先谦：《荀子集解》，中华书局1988年版，第4页。

④ 《吕氏春秋·孝行》开篇曰："凡为天下，治国家，必务本而后末。所谓本者，非耕耘种植之谓，务其人也。务其人，非贫而富之，寡而众之，务其本也。务本莫贵于孝。人主孝，则名章荣，下服听，天下誉。人臣孝，则事君忠，处官廉，临难死。士民孝，则耕芸疾，守战固，不罢北。夫孝，三皇五帝之本务，而万事之纪也。夫执一术而百善至、百邪去、天下从者，其惟孝也。"（陈奇猷：《吕氏春秋新校释》，上海古籍出版社2002年版，第736页。）

朋友不笃,非孝也。战陈无勇,非孝也。五行不遂,灾及乎亲,敢不敬乎?"①"孝"就是治理天下之法宝、管理国家之法术,即所谓"执一术而百善至、百邪去、天下从者,其惟孝也"。

(6)《至忠》

儒家主张用贤,推崇贤君贤臣,《至忠》:"至忠逆于耳、倒于心,非贤主其孰能听之?故贤主之所说,不肖主之所诛也。人主无不恶暴劫者,而日致之,恶之何益?今有树于此,而欲其美也,人时灌之,则恶之,而日伐其根,则必无活树矣。夫恶闻忠言,乃自伐之精者也。"②《至忠》则列举了贤君与贤臣、奸臣的事例,为君要辨别忠臣与奸臣。

2. 老、墨二家

老、墨二家,然于老子不取其翕张取与和光同尘之说,而独取至公、至正、无为、自然之旨。于墨子不取兼爱、尚同之说,而独取去私、守法、节丧、首时之旨。其于二家深哉。

(1)取老子至公、至正、无为、自然之旨

《吕氏春秋》以老聃为"至公",③取老子至公思想,追求天下为公,天下非一人之天下也,天下之天下也,④提倡君主禅让其位。

老子主张道法自然,无为而治,《吕氏春秋》取老子这一思想,主张君主无为而治,为君之道,无知无为。⑤

---

① 陈奇猷:《吕氏春秋新校释》,上海古籍出版社2002年版,第736—737页。
② 陈奇猷:《吕氏春秋新校释》,上海古籍出版社2002年版,第584页。
③ 《吕氏春秋·贵公》曰:"荆人有遗弓者,而不肯索,曰:'荆人遗之,荆人得之,又何索焉?'孔子闻之曰:'去其"荆"而可矣。'老聃闻之曰:'去其"人"而可矣。'故老聃则至公矣。"(陈奇猷:《吕氏春秋新校释》,上海古籍出版社2002年版,第45页。)
④ 《吕氏春秋·贵公》曰:"昔先圣王之治天下也,必先公,公则天下平矣。平得于公。尝试观于上志,有得天下者众矣,其得之以公,其失之必以偏。凡主之立也,生于公。故《鸿范》曰:'无偏无党,王道荡荡;无偏无颇,遵王之义;无或作好,遵王之道;无或作恶,遵王之路。'天下非一人之天下也,天下之天下也。阴阳之和,不长一类;甘露时雨,不私一物;万民之主,不阿一人。"(陈奇猷:《吕氏春秋新校释》,上海古籍出版社2002年版,第45页。)
⑤ 《吕氏春秋·任数》曰:"至智弃智,至仁忘仁,至德不德。无言无思,静以待时,时至而应,心暇者胜。凡应之理,清净公素,而正始卒;焉此治纪,无唱有和,无先有随。古之王者,其所为少,其所因多。因者,君术也;为者,臣道也。为则扰矣,因则静矣。因冬为寒,因夏为暑,君奚事哉?故曰君道无知无为,而贤于有知有为,则得之矣。"(陈奇猷:《吕氏春秋新校释》,上海古籍出版社2002年版,第1075—1076页。)

(2) 取墨子去私、守法、节丧、首时之旨

墨家去私守法，《吕氏春秋》取之，《去私》曰："墨者有巨子腹䵍，居秦，其子杀人。秦惠王曰：'先生之年长矣，非有它子也，寡人已令吏弗诛矣，先生之以此听寡人也。'腹䵍对曰：'墨者之法曰"杀人者死，伤人者刑"，此所以禁杀伤人也。夫禁杀伤人者，天下之大义也。王虽为之赐，而令吏弗诛，腹䵍不可不行墨者之法。'不许惠王，而遂杀之。子，人之所私也，忍所私以行大义，巨子可谓公矣。"① 墨者巨子腹䵍的儿子杀人，腹䵍不徇私情，守墨者法和秦法而杀其子，被称为"公矣"。

墨家主张节葬节丧，《吕氏春秋》取之，有《节丧》《安死》两篇专门讨论节葬节丧的问题。

墨家强调时机的重要，《吕氏春秋》取之，有《首时》一篇，曰："墨者有田鸠欲见秦惠王，留秦三年而弗得见。客有言之于楚王者，往见楚王，楚王说之，与将军之节以如秦，至，因见惠王。告人曰：'之秦之道，乃之楚乎？'固有近之而远，远之而近者。时亦然。"②

3. 其他诸家：大多取其仁义之言

(1) 法家：以管子为尊，下申、韩而斥商鞅

先秦法家包括齐法家和晋法家，齐法家的代表作是《管子》《慎子》，晋法家的代表作则是《商君书》《韩非子》。齐法家和晋法家是不同的③，如张岱年先生所说："齐法家与三晋法家的主要不同之点，是立论比较全面，既强调法治，也肯定道德教育的必要性，避免了商、韩忽视文教的缺点。"④ 汪一鸾所言吕书取法家之言"以管子为尊，下申、韩而斥商鞅"，此论准确。《吕氏春秋》主张以仁义治国，德治为主，法治为辅，尤其批判商鞅的严刑峻法。

---

① 陈奇猷：《吕氏春秋新校释》，上海古籍出版社2002年版，第56—57页。
② 陈奇猷：《吕氏春秋新校释》，上海古籍出版社2002年版，第773页。
③ 关于二者的差异，杨玲博士在对《管子》《商君书》《韩非子》进行深入比较研究的基础上得出结论说："《管子》对和谐、适度、公平的提倡、注重和追求证明了齐法家所具有的'中和'的治国理念，而从《商君书》的'壹'到《韩非子》的'道'体现出的正是晋法家对绝对君主专制的追求。"（杨玲：《先秦法家思想比较研究——以〈管子〉、〈商君书〉、〈韩非子〉为中心》，博士学位论文，浙江大学，2005年，第2页。）此说可作参考。
④ 张岱年：《管子新探序》，胡家聪《管子新探》，中国社会科学出版社1995年版，第2页。

（2）兵家：提倡义兵，而非偃兵

在秦国利用其英勇善战的将士征服天下势如破竹的情况之下，提倡偃兵显然不顺应历史发展的潮流。不得不用兵，《吕氏春秋》则提倡用"仁义"之兵，《荡兵》曰："古之圣王有义兵而无有偃兵。兵诚义，以诛暴君而振苦民，民之说也，若孝子之见慈亲也，若饥者之见美食也；民之号呼而走之，若强弩之射于深溪也，若积大水而失其壅堤也。"① 义兵拯救苦民，保护苦民，不滥杀无辜，义兵要诛杀的是暴君。义兵，有一份仁义之心。

（3）纵横家：不取其纵横捭阖之说辞，取其解纷息争、仁者之心

纵横家出于周代的"行人之官"，② 即外交官，纵横家"权事制宜"以游说，其下者为之，就会背信弃义、不择手段。郑杰文先生将纵横策士的性格特征概括为三点："不安现状，追逐富贵利禄"；"骋才驰能，实现人生价值"；"唯重为用，不拘旧有观念"。③ 这一概括十分到位。

《吕氏春秋》保留的纵横家的资料不多，先秦纵横家的代表人物张仪、苏秦各记一事。《报更》曰："张仪，魏氏余子也，将西游于秦，过东周。客有语之于昭文君者曰：'魏氏人张仪，材士也，将西游于秦，愿

---

① 陈奇猷：《吕氏春秋新校释》，上海古籍出版社 2002 年版，第 389 页。

② 《汉书·艺文志》曰："从横家者流，盖出于行人之官。孔子曰：'诵《诗》三百，使于四方，不能专对，虽多亦奚以为？'又曰：'使乎，使乎！'言其当权事制宜，受命而不受辞，此其所长也。及邪人为之，则上诈谖而弃其信。"［（汉）班固：《汉书》，中华书局 1962 年版，第 1740 页。]《汉书·艺文志》著录纵横家著作十二家：《苏子》三十一篇、《张子》十篇、《庞暖》二篇、《阙子》一篇、《国筮子》十七篇、《秦零陵令信》一篇、《蒯子》五篇、《邹阳》七篇、《主父偃》二十八篇、《徐乐》一篇、《庄安》一篇、《待诏金马聊苍》三篇。[（汉）班固：《汉书》，第 1739 页。] 十二家之中，张仪、苏秦的名气最大，惜《张子》《苏子》原书皆已亡佚。1973 年，长沙马王堆汉墓出土了西汉初期的大批帛书，其中的一种，帛书整理小组定名为《战国纵横家书》。《战国纵横家书》包括二十七章，唐兰先生研究指出："二十七章中有十章见于《战国策》，八章见于《史记》，除去两书重复，只有十一章著录过，其余十六章都是佚书。"（唐兰：《司马迁所没有见过的珍贵史料——长沙马王堆帛书〈战国纵横家书〉》，马王堆汉墓帛书整理小组编《马王堆汉墓帛书〈战国纵横家书〉》，文物出版社 1976 年版，第 126 页。）杨宽先生认为这十六章佚书之中有关苏秦的资料辑录于《汉书·艺文志》所着录的《苏子》三十一篇。（杨宽：《马王堆帛书〈战国纵横家书〉的史料价值》，马王堆汉墓帛书整理小组编《马王堆汉墓帛书〈战国纵横家书〉》，文物出版社 1976 年版，第 168 页。）我们认为此说有道理。

③ 郑杰文：《能辩善斗——中国古代纵横家论》，山东人民出版社 1995 年版，第 464—468 页。

君之礼貌之也。'昭文君见而谓之曰：'闻客之秦。寡人之国小，不足以留客。虽游然岂必遇哉？客或不遇，请为寡人而一归也，国虽小，请与客共之。'张仪还走，北面再拜。张仪行，昭文君送而资之，至于秦，留有间，惠王说而相之。张仪所德于天下者，无若昭文君。周，千乘也，重过万乘也，令秦惠王师之，逢泽之会，魏王尝为御，韩王为右，名号至今不忘，此张仪之力也。"① 张仪游说秦惠王取得了极大的成功，获得了宰相的地位。张仪平息纷争，仁义而存东周，《吕氏春秋》在此对张仪的事功是肯定的。

然而，《吕氏春秋》对纵横家另一代表人物——苏秦又是批判的，《知度》曰："桀用羊辛，纣用恶来，宋用唐鞅，齐用苏秦，而天下知其亡。"②

淳于髡，也是纵横策士。③《吕氏春秋·离谓》曰："齐人有淳于髡者，以从说魏王。魏王辩之，约车十乘，将使之荆。辞而行，有以横说魏王，魏王乃止其行。失从之意，又失横之事。夫其多能不若寡能，其有辩不若无辩。周鼎着倕而齕其指，先王有以见大巧之不可为也。"④《吕氏春秋》对淳于髡的既要合纵又要连横的辩说是批判的，指斥他"有辩不若无辩"。

总之，对于纵横家，《吕氏春秋》不取其纵横捭阖之说辞，取其解纷息争、仁者之心。

(4) 名家：取其名实之说，斥其诡辩之论

名家不只有诡辩之论，更探讨名实相副的问题。《公孙龙子·名实论》曰"物以物其所物而不过焉，实也"，⑤ "名实谓也"，⑥ 公孙龙认为"名"是"实"的称谓，名实要一致，⑦ 正名实十分重要，故"古之明

---

① 陈奇猷：《吕氏春秋新校释》，上海古籍出版社2002年版，第902页。
② 陈奇猷：《吕氏春秋新校释》，上海古籍出版社2002年版，第1104页。
③ 郑杰文：《能辩善斗——中国古代纵横家论》，山东人民出版社1995年版，第309—346页。
④ 陈奇猷：《吕氏春秋新校释》，上海古籍出版社2002年版，第1188页。
⑤ 王管：《公孙龙子悬解》，中华书局1992年版，第87页。
⑥ 王管：《公孙龙子悬解》，中华书局1992年版，第91页。
⑦ 《公孙龙子·名实论》指出彼名只能专用于称谓彼实，此名只能专用于称谓此实，彼名、此名不能混用，即彼名不能用于称谓此实，此名也不能用于称谓彼实。这也是公孙龙《名实论》一篇的主旨所在，王管注曰："名之与实，审而求符。谓名谓实，必慎其初。丝毫不假，勿使舛午，执之以正天下。古有明王，其道在是。连称'至矣'，推挹已极。公孙造论微恉，于本篇结穴瞻之矣。"（王管：《公孙龙子悬解》，中华书局1992年版，第92页。）

王！审其名实，慎其所谓"。①

《吕氏春秋·正名》曰："名正则治，名丧则乱。使名丧者，淫说也。说淫则可不可而然不然，是不是而非不非。故君子之说也，足以言贤者之实、不肖者之充而已矣，足以喻治之所悖、乱之所由起而已矣，足以知物之情、人之所获以生而已矣。凡乱者，刑名不当也。人主虽不肖，犹若用贤，犹若听善，犹若为可者。其患在乎所谓贤、从不肖也，所为善、而从邪辟，所谓可、从悖逆也，是刑名异充而声实异谓也。夫贤不肖、善邪辟、可悖逆，国不乱、身不危奚待也？"②"名正则治，名丧则乱"，正名，使名实相符，是为了使国家得到治理，这与公孙龙"正名实而化天下"③的政治学说一脉相承。

（5）农家：深得周家井田重农立国之本

先秦重视农业，农家之书多有，④可惜皆已失传。先秦农家之书，幸得《吕氏春秋》保存。《六论》之末《士容论》最后四篇为《上农》《任地》《辩土》《审时》，四篇文章讨论农业问题，是农家思想。《上农》等四篇文章对于我们研究先秦的农业弥足珍贵，一直以来受到研究先秦农业的专家学者的重视。夏纬瑛先生著有《吕氏春秋上农等四篇校释》一书，其《序言》曰："《上农》一篇，讲的是农业政策；《任地》、《辩土》、《审时》三篇，讲的是农业技术。无论农业政策和农业技术，都和当时的社会情况有关。这四篇文献，应该是研究我国农业技术史和社会发展史的

---

① 王管：《公孙龙子悬解》，中华书局1992年版，第91页。

② 陈奇猷：《吕氏春秋新校释》，上海古籍出版社2002年版，第1029页。

③ 公孙龙主张"正名实而化天下"，《公孙龙子·迹府》曰："公孙龙，六国时辩士也。疾名实之散乱，因资材之所长，为'守白'之论。假物取譬，以'守白'辩。谓白马为非马也。白马为非马者：言白所以名色，言马所以名形也；色非形，形非色也。夫言色则形不当与，言形则色不宜从；今合以为物，非也。如求白马于厩中，无有，而有骊色之马；然不可以应有白马也。不可以应有白马，则所求之马亡矣；亡则白马竟非马。欲推是辩，以正名实，而化天下焉。"（王管：《公孙龙子悬解》，中华书局1992年版，第33—34页。）

④ 《汉书·艺文志》著录"农家"之书一百一十四篇，分为九家：《神农》二十篇、《野老》十七篇、《宰氏》十七篇、《董安国》十六篇、《尹都尉》十四篇、《赵氏》五篇、《泛胜之》十八篇、《王氏》六篇、《蔡癸》一篇。其中，班固可以确定为先秦之书的是《神农》二十篇、《野老》十七篇；可以确定为汉代之书的是《董安国》十六篇、《泛胜之》十八篇、《蔡癸》一篇；"不知何世"者是《宰氏》十七篇、《尹都尉》十四篇、《赵氏》五篇、《王氏》六篇。[（汉）班固：《汉书》，中华书局1962年版，第1742—1743页。]

好资料。"① 此论至确。

四篇文章确实深得周家井田重农立国之本。

（三）论其文：后世文章家之所望而震焉

汪一鸾曰"至论其文，则神奇而不吊诡，浩荡而不谬悠，峻洁而不凌兢，婉约而不懦缓，含弘而不庞杂，独造而不偏枯"。汪一鸾认为《吕氏春秋》文辞具有如此突出的优点，故后世文章家多有推崇，所谓"后世文章家之所望而震焉者"。

---

① 夏纬瑛：《吕氏春秋上农等四篇校释》，农业出版社1979年版，第2页。

孙濩孙《檀弓论文》的版本及评点特色述论

毋燕燕

（重庆第二师范学院文学与传媒学院）

《檀弓》编入《礼记》后仍有单篇流传，据文献记载，宋代《檀弓》单篇别行已初见端倪，如陈骙《檀弓评》、徐人杰《檀弓传》、陈普《檀弓辨》、谢枋得《檀弓批点》，惜仅存谢书，主要点评《檀弓》字法、句法、文法之妙，与古文运动有密切联系。明代评点《檀弓》之作较宋更丰，现存者有——杨慎《檀弓丛训》、林兆珂《檀弓述注》、陈与郊《檀弓辑注》、姚应仁《檀弓原》、徐昭庆《檀弓通》、郭正域《檀弓》、牛斗星《檀弓评》，主要侧重疏通文意及阐释文本艺术特色。清代评注《檀弓》延续了明代评注文法的传统，如孙濩孙《檀弓论文》（以下简称《论文》）、谢佑琦《檀弓评注》、汪有光《批檀弓》等著作，同时又有侧重《檀弓》典章、史实等诸方面的考辨，如毛奇龄《檀弓订误》、邵泰衢《檀弓疑问》、程穆衡《考订檀弓》、夏炘《檀弓辨诬》、孙玉检《檀弓正误》等。孙濩孙《檀弓论文》，继承了宋明以来《檀弓》注疏侧重文法的传统，同时又注重《檀弓》所记人事、典章制度的考证，文笔源头的探究及对后世散文的影响。《论文》语言形象生动，释义深入浅出，拓展了《檀弓》文句的意蕴美。《檀弓论文》未被《四库全书》收录，至今鲜为人知，兹不揣浅陋，仅就版本概况、撰写缘由及点评特色略陈己见。

一 《檀弓论文》的版本

孙濩孙（1668—1738），字邃人，号沛村，高邮人。八岁能文，十三岁游庠，有神童之称。年六十方与子孙中同举雍正癸卯（1723）乡科，已酉（1729）应内阁试，庚戌（1730）进士，曾任司经局正字、刑部浙江司主事、官至监察御史。著《檀弓论文》二卷、《华国编唐赋选》二卷、《华国编文选》八卷、《是政堂文钞》六卷。①《论文》专论《檀弓》章法、句法之妙，圈点旁批甚细。《清史稿·艺文志》未著录此书，《四库提要》将其列入《存目》，《皇朝通志·艺文略二》卷九十八，《皇朝文献通考·经籍考四》卷二百十四有著录。今存版本如下。

（一）清康熙刻本

1. 《檀弓论文》二卷，康熙六十年林居仁家塾刻本，4册1函，8行18字，小字双行，白口，左右双边，双鱼尾，钤"江阴刘氏""复""刘复""止水斋""沈宝谦印"诸印。又有6册1函，皆藏清华大学图书馆。

2. 《檀弓论文》二卷，清康熙辛丑安徽泗县林居仁刻本，2册1函，半页8行，行18字，小字双行，版框17.1cm×12.3cm，白口，双黑鱼尾，左右双边。分上、下篇，封面镌"天心阁藏板"朱印，钤"许守贞印"、"字补之号阙斋"印。正文前有康熙六十一年夏五月望日毗陵钱谦益的序文、《孙氏家塾〈檀弓论文〉十则》、康熙辛丑冬月泗滨林居仁序言。国家图书馆、中国人民大学图书馆、南开大学图书馆、郑州大学图书馆等均藏此本。《四库全书存目丛书》经部收录的《檀弓论文》二卷，据国家图书馆藏清康熙刻本影印，但《檀弓论文》下篇缺第35页、第62页。

（二）清光绪七年（1881）重刊本

《檀弓论文》二卷，孙濩孙撰，林中枂参阅，2册1函，半页8行，每行18字，小字双行同，双黑鱼尾，白口，左右双边。分上、下篇，常州状元第庄藏板。有武进薛绍元序言，简略介绍了作者事迹、《檀弓论文》特点、为何复刊诸事、《孙氏家塾〈檀弓论文〉十则》、康熙辛丑冬月泗滨林居仁序言，而无毗陵钱氏序文。今藏复旦大学图书馆、吉林大学图书馆、华中师范大学图书馆等。

由此可见，《檀弓论文》版本流传脉络清晰，最早是康熙刻本，后世重刊本皆祖此本，除册数差异、后刊本加入时人序言外，皆2卷，半页8行，每行18字，小字双行同，双黑鱼尾，白口，左右双边。除《四库全书存目丛书》本有缺页外，其他皆保存完整，本文便以光绪七年刻本为

---

① （清）阮元主编：《淮海英灵集·乙集》卷一，国家图书馆藏嘉庆三年本。

研究对象。

二　《檀弓论文》撰写缘由与体例

（一）《檀弓论文》撰写缘由

孙濩孙认为《大学》《中庸》是《礼记》的精华，此二篇虽被宋儒列入四书，却未降低《礼记》在五经中的地位。《檀弓》主旨、文气、神韵均可与《大学》《中庸》《论语》《孟子》媲美，甚至凌驾于四书之上，此一篇足以使《礼记》与《易》《诗》《书》《春秋》四经并列，《檀弓》在《礼记》中的地位不言自明。

《檀弓》文法利于科举考试。清代是科举制度的成熟阶段，明经是其中的重要科目，而《檀弓》集先秦散文精华于一身，其文辞、章法、立意易被初学者掌握，为时文写作提供了轨范。《孙氏家塾〈檀弓论文〉十则》（以下简称《家塾论文十则》）之七曰：

> 《檀弓》最利举业，其所记多孔门威仪文辞，拟之作论语文，则气象口吻、摹画刻肖，一也。说理精实幽深，而出之以空灵隽快，师其用意、用笔，作《学》、《庸》文，则不落学究窠臼，二也。议论波澜，奇变百出，而醇乎其醇，无《战国》纵横之习，作《孟子》文又当效之，三也。至于单句、排比、截讲、挨叙、起伏、照应、虚缩、吞吐、钩联、映带，凡制艺中大小题，所有格局法律无一不修。能读《檀弓》，则于守溪、荆川之以古文为时文者，且逾半矣。①

《檀弓》文辞简练典雅、说理精辟而有气势、议论淳朴而灵动、句式多变、令人目荡神怡、百读不厌。《左传》文简意奥，初学者不易卒读，《檀弓》文简却有宕逸之气，笔峭且有流动之感，便于模仿。"炼之至乃如不炼，遒紧中有宕逸之神，峭劲中有流动之趣，无笔人学之，则变玩而利出晦而明，而浮滑冗蔓之习又不犯其笔端，诚为入门最上一乘。东坡云：'熟读《檀弓》，当得文章体制'，然则八家之所说出可知矣。穷源以

---

① （清）孙濩孙：《檀弓论文·凡例》，光绪七年本，第4页。

测流,庶几学海而至海焉尔。"① 且兼备叙事和议论两种体裁,"其谨严似《春秋》,蕴藉似三百篇,殆炉冶诸经而成一家言者,熟此则推之《左》、《公》、《谷》,再将而秦汉、唐宋诸家文章之宗派门径了如指掌矣。"② 无怪乎一代文豪苏轼认为,熟读《檀弓》可领会文章体例,足见《檀弓》文法对后世散文的影响。

　　文章重在神韵,《檀弓》文辞简朴却"意余言中,神游象外,"③ 这种为文之法,可为时文所用。如:"宋襄公葬其夫人"章,孙濩孙点评曰:"醯醢形其细;百瓮,言其多,愚甚矣。而曾子语全不直斥其非,但将'既曰'、'而'、'又'字,口中拨弄一番,冷婉之言已足唤醒痴迷。"④ 明器,是殉葬的器物,不是实用之器,一般是陶瓷、木石、金属所作,宋后多为纸制。宋襄公却给陪葬的明器装满食物,违背了明器的用意,故曾子曰:"既曰明器矣,而又实之",⑤ 简短九个字却表明了曾子的态度及温婉谨慎的性格,宋襄公对其夫人的深情及此举的不合礼之处。阅读《檀弓》要体会它的言外之意,蕴外之旨,应"以体会神理为主,次之则当讲明乎法,知其以法运神,则神之抑扬往复者愈出,其以神御法,则法之变化出没者,不穷规矩耶"。⑥ 掌握了"以神御法""以法运神"的方法,文章造诣定会提升。

(二)《檀弓论文》评点体例与符号

　　孙濩孙《论文》点评符号考究,为研究清人评点形式提供了样本。经文采用夹批形式评点《檀弓》章法、句法之妙;末评则先言主旨,随后对文法、笔法及源流影响逐一评述;"附注"博采先儒注疏,唯以陈澔《集说》为主,徐扬贡《读礼通考》全录,"每条训释字句俱隐括诸说,但取明白简易以便初学,其与诸说不同者,务必折衷一是。历来拘牵蒙混诸家,则不惮详辨其非,而独出己见",⑦ 以供读者参考详玩。此书圈点

---

① (清)孙濩孙:《檀弓论文·凡例》,第3—4页。
② (清)孙濩孙:《檀弓论文·凡例》,第2页。
③ (清)孙濩孙:《檀弓论文·凡例》,第2页。
④ (清)孙濩孙:《檀弓论文·上篇》,第74页。
⑤ (清)孙濩孙:《檀弓论文·上篇》,第74页。
⑥ (清)孙濩孙:《檀弓论文·凡例》,第3页。
⑦ (清)孙濩孙:《檀弓论文·凡例》,第6页。

有一套完备的符号系统：尖圈指出文章纲领，连圈标识神聚之处，套圈点出文眼，连点标明句法、字法，横截分隔大小段落。

圈点符号、意义及示例

符号	意义	示例
◗ ◗	理出纲领	仲子舍其孙而立其子。
○ ○	标识神聚之处	穆伯之丧，敬姜昼哭。文伯之丧，昼夜哭。
◎	点明文眼	哭之有二道，有爱而哭，有畏而哭。
、、、、	标明句法字法	仲子亦犹行古之道也。
—	分割段落	夫仲子亦犹行古之道也。丨子游问诸孔子。

注：以便排版，示例采用横排，加粗处为符号标记处。

以上评点符号对文句的标注，目的使读者一目了然。结合篇章中夹注对《檀弓》中每章的布局、文笔、字词等使用之妙的细致点评，末评的精彩解说，"附注"对存在异义的文字仔细考辨。如：

◗◗隐◗出◗字◗浑◗而◗妙◗　　　　　　○　　　○

子上之母死而不丧，门人问诸子思曰："昔者子之先君子丧出母乎？"曰："然。""子之不使白也丧之，何也？"子思曰："昔者先君子无所失道，道隆则从而隆，道污则从而污。□则安能？为□也妻者，是为白也母，不为□也妻者，是不为白也母。"故孔氏之不丧出母，自子思始也。

此篇全用吞吐伸缩文法，首二句立案，叙门人两层问语，一虚一实，俱以婉折出之。叙子思语亦作两层，上三句答"丧出母"句，下五句答"不使丧"句，似乎上虚下实，而所以不使丧之故，已在上层暗中吐露。盖意中明是说，礼之隆杀视被出者，失道之大小却以先君子与自己比量，及说到妻，便用缩笔吞住。下四句一反一正，与上层文意，似全不连属，而含糊中正有草蛇灰线之妙。末二句回应起处"始也"二字，见不丧出母原非正礼，乃以义起耳，言外指点更耐人寻味。

【附注】污，犹杀也。按旧注云：礼为出母齐衰杖期，而为父后者无服。伯鱼子上，皆为父后，礼当无服，而伯鱼丧出母，乃贤者过之之事。子思为父讳过，故以圣人无所失道为对，据此则伯鱼过情犹可。岂圣人听子之失礼，反不若子思训子以义乎？吴氏则有谓子思兄死，使白继之，即主尊者之祭，则不敢服私亲也。若然则子思何不明告门人，而故为此鹘突语乎。二说皆不可通，惟孙月峰先生云：细玩其意，似伯鱼母过小，子上母过大，最为得旨。盖君子交绝不出恶声，况圣贤处人伦之变，自处于厚，故于其出也，使之以微罪行，于今人之问，亦以微辞答也，读者以意会则知古人文法，皆从神理体贴出来。①

《论文》先采用夹批方式标记出"子上之母死而不丧"章的文眼、句眼及句法之妙；然后在点评部分论述此章虚缩、吞吐、起伏、照应、钩联、映带等文法的具体使用，言简意赅，便于初学者掌握；"附注"部分选取前人具有代表性的阐释加以点评，陈述己见，可见孙濩孙研读《檀弓》的用心。

三 《檀弓论文》评点特色

最早讨论《檀弓》文法的人是苏轼，黄庭坚云："尝问东坡作文之法，坡云：'但熟读《檀弓》，当得之。'既而取《檀弓》，一篇读数百过，然后知后世作文不及古人，如观日月也。"② 苏轼对《檀弓》文法论述的文字，今未见。宋谢枋得《批点檀弓》、明杨慎《檀弓丛训》两书的评论稍显简略；清徐扬贡的评论多语焉不详。故孙濩孙《论文》，详评《檀弓》一文中"单句、排比、截讲、挨叙、起伏、照应、虚缩、吞吐、钩联、映举"等文法，③ 以备时文之用。

---

① （清）孙濩孙：《檀弓论文·上篇》，第4—5页。
② （明）沈大翼：《山堂肆考》卷一二六，《四库全书》本。
③ （清）孙濩孙：《檀弓论文·凡例》，第4页。

(一) 栉疏章法、句法之妙

《檀弓》善用正反、明暗、虚实、顺逆、繁复、简省之法,文章跌宕起伏,波澜百变。孙氏《论文》对《檀弓》章法之美、虚词之妙、用词之神及文句的源流关系均有详细论述。

重视《檀弓》章法的跌宕起伏、首尾照应。如"有子问于曾子曰"章,关于"丧欲速贫,死欲速朽"是否为孔子所言,有子、曾子、子游三人之间的对答,其中又引出桓司马自为石椁、南宫敬叔载宝归朝之事。短短274字涉及8个人名、13次对话、3件事情,而叙述得脉络清晰、此起彼伏。《论文》评点曰:"通篇以有子为主,前半从有子引出曾子,从曾子引出子游,如独茧抽丝,绵绵不绝。后半从子游收到曾子,又从曾子徼到有子,如众流趋壑,滴滴归源。而其中线索以夫子之言为起伏、为纵擒,又如长山之蛇击首尾应,击尾首应,击其中而首尾皆应也。"① 此章文辞隽永,耐人寻味,看似繁杂,实则有章可循。

重视虚词在文中的作用。虚词的巧妙使用,可增添文章神韵。"伯鱼之母死"章中语气词"噫"字的妙用,丧礼规定,父亲在时为母服丧,则有祥有禫,如果父在为出母则不服丧。伯鱼母改嫁且去世已一周年,伯鱼此举不合当时礼法,但生养之恩难忘。故《论文》曰:"此则纯用微言冷语,盖以父而禁子未哭其母,最难出口。……'其甚也'之上加一'噫'字,乃怪叹之辞。试删去便直率少情,琢句炼字,一笔不苟。"② 一"噫"字道出诸多婉转难言的情感,孔子当时的情貌跃然纸上。再如"孔子与门人立"章中"与""而""亦"三个虚词的使用,濩孙认为"文只六句,而句句相生,首句含第四句,着眼在一'与'字,便见门人一步一趋,心目中注定圣人,已为'嗜学'伏脉。二句含第五句,着眼在一'而'字,便见忽然'尚右',必有其故,已为'姊之丧'伏脉。第三句含与末句明应,着眼在一'亦'字,便见平日原未尚右,已为皆尚左伏脉。第五句乃通篇解穴处,然妙在第四句,以顿挫之故,一折更醒,末句复笔回应,更觉有情。一篇转换全在虚字,故能浑成一气"。③ 6句41个

---

① (清)孙濩孙:《檀弓论文·上篇》,第62—63页。
② (清)孙濩孙:《檀弓论文·上篇》,第24页。
③ (清)孙濩孙:《檀弓论文·上篇》,第38页。

字看似减省，却因巧用虚词而将复杂的事情，表述得清晰明了。

注重对《檀弓》简练文笔的品评。如"高子皋之执亲之丧"章中对"难"字的点评，"上三句极力形容，为'难'字伏脉，下只虚断一句便足，而'难'之一字又极有分寸，用意用笔真如切玉水犀也"。① 一个"难"字，准确描述了高子皋为亲服丧时，悲伤之情及仁孝之心。再如"扶君，卜人师扶右"章的简练文笔，"记薨时所用之人，却追叙疾时所用之人，又即平时所用之人。其运意则一层引出三层，而其用笔则以三层归并两层，两层又归并一层。详略伸缩之妙，如岫云舒卷，变态百端。"② 语言简练却内涵丰富，看似无心却句句有深意。《论文》对《檀弓》文法的用词之妙和文简义丰之美，都逐一做了点评，为后学模仿《檀弓》文法做了详细指导。

（二）追溯源头，探寻影响

《檀弓》长于叙事、议论，文辞严谨蕴藉，熟读《檀弓》，春秋三传的文法便能掌握，后世以先秦散文为典范的文章宗派的文法也就易于把握了。《家塾论文十则》之三云："先君子尝言：《戴记》中序事文如《曲礼》、《王制》、《月令》诸篇，其纂次则仿《尚书》、禹贡、《顾命》，《易传》之《序卦》、《杂卦》也；议论文如《文王世子》、《学记》、《乐记》诸篇，其敷陈则仿《尚书》之《道训》、《释诰》，《易传》之《文言》、《系辞》也。《檀弓》兼有二者之长，且其谨严似《春秋》，蕴藉似三百篇，殆炉冶诸经而成一家言者，熟此则推之《左》、《公》、《谷》，再将而秦汉、唐宋诸家文章之宗派门径了如指掌矣。"③ 故《论文》注重探究《檀弓》文法、笔法的源头和影响。

《论文》追溯了《檀弓》对先秦典籍文法的继承。如"妻之昆弟为父后者"章，"头绪虽多，而若网在纲，有条不紊。体制从《尚书·顾命》篇出，所谓言之赜而不可恶者欤"。④ "朋友之墓，有宿草而不哭焉"章中"有宿草而不哭"句，是从"《论语》：'新谷旧谷，钻燧改火'脱胎而出也。妙语翻新，何等名隽。"⑤ "悼公之母死"章中"悼公之母"四字，

---

① （清）孙濩孙：《檀弓论文·上篇》，第34—35页。
② （清）孙濩孙：《檀弓论文·上篇》，第55页。
③ （清）孙濩孙：《檀弓论文·凡例》，第2页。
④ （清）孙濩孙：《檀弓论文·下篇》，第4—5页。
⑤ （清）孙濩孙：《檀弓论文·上篇》，第9页。

"已不许其为哀公之夫人矣，此亦春秋笔法也"。① 从章法、句法、笔法诸角度追溯《檀弓》文法对《尚书》《春秋》《论语》等先秦典籍叙事方法的借鉴和吸收。

《论文》探寻了《檀弓》的章法、句法、文辞对后世文学的影响。《檀弓》对史传文学的影响，如"叔孙武叔之母死"章夹写忙乱之事的方法，为《史记》荆轲刺秦王所借鉴。②"曾子与客立于门侧"章中情景画面的布局，为史家提供了借鉴。"史家画景描情，全在布置得好。'趋而出'三字中有吞声急行之状，若不先写曾子，其徒光景从何人眼中看出。且无先立于门者，则已出而哭于巷矣，此首句闲冷之妙也。若先叙门人告曾子以父死，则神理散缓，不肖当日情景，此次句紧凑之妙也。'趋'字急矣，却用两'将'字，反行其不敢急，而'出'字，一何之缓矣，特下一'反'字，以见其不当缓。先伏一'门'字，以为巷与次之界限，预安一'侧'字，以留'趋而出'之路径。首句'客'字，末句'北面'字，似乎闲文，不知有客在门，则曾子原是阼阶之主人。其徒反次，则曾子用北面客之礼。首尾关锁，天然映带，其融注精练处，已开班马法派。"③《檀弓》为后世文学体裁和风格提供了轨范，"邾娄复之以矢"章用训诂体写记事文的笔法，柳宗元写柳州小记时多有采用；④ "司士贲告于子游曰"章婉而多讽的语言风格为《世说新语》所效；⑤ "穆公问于子思"章文笔的冷峻锋利，"已开后人攻辩文体，《孟子》、《国策》多效此种笔仗"；⑥ "卫献公出奔"章，"议论能踞其巅，故而明白正大，为后世奏疏轨范"；等等，⑦ 可见《檀弓》文法的典范作用。

（三）严谨释义，考辨分歧

《四库提要》认为《论文》"是为时文而设，非诂经之书也"，⑧ 然栉

---

① （清）孙濩孙：《檀弓论文·下篇》，第 51 页。
② （清）孙濩孙：《檀弓论文·上篇》，第 55—56 页。
③ （清）孙濩孙：《檀弓论文·上篇》，第 59—60 页。
④ （清）孙濩孙：《檀弓论文·下篇》，第 21 页。
⑤ （清）孙濩孙：《檀弓论文·下篇》，第 73 页。
⑥ （清）孙濩孙：《檀弓论文·下篇》，第 17 页。
⑦ （清）孙濩孙：《檀弓论文·下篇》，第 38 页。
⑧ （清）纪昀等：《四库全书总目》，中华书局 1997 年版，第 311 页。

疏文法，为后学提供文章轨范只是此书的一个重要方面。孙濩孙以评论《檀弓》文法为主，对历代注疏家纠葛的文义、字义以及丧葬制度做了严谨的考证，也算诂经之书。如对《檀弓》上"孔子少孤"章的释义及"慎"字意思的考证，以及古时合葬制度的阐释。

此篇煞有深意，盖因合葬原非古礼。况父母之葬，相去远近年岁不同，当时贫富各异，处此者当敬慎以出，因时制宜，不必拘执于合葬之说。故特记孔子之合葬，以见其踌躇审度光景。一"慎"字与"然后得"三字，乃其精神眼，欲令人于言外领悟也。……旧注云："'不知其墓'者，不知父墓之所在也；'殡于五父之衢'者，殡母丧也，礼无殡于外者，今乃在衢，欲致人疑问，或有知者告知也；'慎'当读作'引'。人见柩行于路，皆以为葬，然以引观之，此则殡引耳。"种种讹舛，遂使后儒聚讼，疑孔子岂有终母之世而不寻父葬之地者，又疑岂有母死而忍殡于衢路者，解说不去，因并疑此条之伪妄，而不知总因句读一错，文义不明，遂埋没作者深心也。今细加考订，当"不知其墓殡于五父之衢"作一句读，犹云不知其墓中之柩，乃是殡于五父之衢也，盖殡即孔子父之殡。按《仪礼注》："大敛后，于西阶掘地作坎，置棺于中而涂之，谓之殡。"是殡葬皆埋土中，但有浅深之异耳。想圣父死时，或因没于道路而殡于五父之衢，与今人权厝相似，总是造次光景，人之见者，皆以为葬。乃当日殡时，道路人相传之语，不足为据。乃母死将葬，卜地于防，孔子思忖再四，若当日父已深葬，则复启其柩为不忍，安得不慎重出之。邹曼夫之母，是当日目击者，因问而知果系浅殡，则今人正该备物成礼，而与母合葬矣。然后自五父之衢启殡而合葬于防，此正圣人随时量度以取中处。按《家语》云："孔子之母即丧，将合葬焉"。曰："古者不祔葬，为不忍先死者之复见也。"《诗》曰："死则同穴。"自周公以来，祔葬矣，玩此则正见当日踌躇审量之意，可为本文"慎"字明证。细玩"然后得"三字，正与"慎"字相应，非茫然不知其墓所在，而今始得之也，况本文"殡"字上，并无"母"字。"慎"字从未有作"引"字读者，安容穿凿。此条为千古疑案，愚蓄疑既久，思之至废寝食，一旦豁然，敢以质之好古者，非敢臆说也。[1]

---

[1] （清）孙濩孙：《檀弓论文·上篇》，第10—13页。

《论文》先概括本段的主旨，然后对关键字和句读进行考辨，认为"慎"非先儒解释的"殡引"，而是指严肃谨慎的态度，即"敬慎"。因"孔子少孤，不知其墓，殡于五父之衢"句读错误导致历来注疏的舛误，遮蔽了作者的思想，正确断句应将"不知其墓殡于五父之衢"十字合为一句。孙濩孙认为孔子因年幼而不知其父当时是浅殡还是深殡，今日合葬是否与礼相合，以出此举求知情者解惑，故"慎"也，而"然后得"三字也暗含孔子对父母合葬之事的敬慎态度。周公时已有合葬之俗，孔子谙熟礼法，不会将母亲殡于五父之衢，且"母死将葬，卜地于防"已说明其母墓地所在，可知五父之衢应是其父殡葬之地，遂援引郑玄对《礼仪·士丧礼》"掘肂见衽"句的释义来佐证己说。孙濩孙的断句得到江永的认同。江永《礼记训义择言》曰："此章为后世大疑，本非记者之失，由读者不得其句读文法而误也。近世高邮人孙邃人，谓'不知其墓殡于五父之衢'当连读为句。而'盖殡也，问于邹曼父之母'为倒句，有裨于《礼经》者不浅。盖古人埋棺于坎为殡，殡浅而葬深，孔子父墓实浅葬于五父之衢，因少孤不得其详。但见墓在五父之衢，不知其为殡也，如今人权厝而覆土掩之，谓之浮葬，正此类也"，① 高度肯定了孙濩孙的断句法。清末学者朱彬《礼记训纂》此章的句读也采用了孙氏此说。

　　此外，"齐谷王姬之丧"章对"王姬"身份的考证，认为此"王姬"可能是齐襄公之母，"记者于王姬之上，加一'谷'字，当是谥号之类，正以别于襄公之妻，亦未可知，而改'谷'作'告'，似觉无据，此当阙疑"。② 此外，对"叔仲皮学子柳"章对先儒注释的六条纠错、③ "季武子寝疾"章对"微"的辨析等，④ 都可以看出孙濩孙对《檀弓》的文句、字义严谨细致的考辨态度。

结　语

　　孙濩孙《论文》是《檀弓》在清代单篇别行中的一部重要著作，虽

---

① （清）江永：《礼记训义择言》，中华书局1985年版，第22页。
② （清）孙濩孙：《檀弓论文·下篇》，第7—8页。
③ （清）孙濩孙：《檀弓论文·下篇》，第74—75页。
④ （清）孙濩孙：《檀弓论文·下篇》，第2—3页。

非一部纯粹诂经之书,却从鉴赏维度探究了《檀弓》的艺术特色,彰显了其思想和艺术的两个成就。《论文》在品评文法的同时,其文辞也值得回味。孙濩孙喜欢用譬喻使抽象的说理形象化。如用"海涵地负之观""铁画银钩之势"传递"子游问丧具"条的章法之妙。① 用"如独茧抽丝,绵绵不绝""众流趋壑,滴滴归源""长山之蛇击首尾应,击尾首应,击其中而首尾皆应"说明"有子问于曾子"章的谋篇叙事之妙。② 这些形象生动的语言在《论文》中比比皆是,细微准确地向初学者传递了《檀弓》文法的难言之妙,以供借鉴摹写。

---

① (清)孙濩孙:《檀弓论文·上篇》,第71—72 页。
② (清)孙濩孙:《檀弓论文·上篇》,第62—63 页。

史料新证

论出土文物文献对屈赋神话的印证及补充
——以出土器物与壁画、帛画上的神话形象为例

李进宁

(四川师范大学文学院)

面对考古新发现,具有一定学术价值的出土文物、文献资料相继进入人们的科研视野,它们对于神话故事的印证及补充的思考越来越成为学界关注的热点。从屈赋神话的研究而言,它亦能够为其带来新的研究路径和解读方法。由于这些出土文献所呈现的神话传说,内容丰富、形式多样,不同时代、不同区域具有不同的文化底蕴和神话风貌,而且有些内容更能显示神话的原始面貌和情致,又由于有些出土文物文献与屈原生活的时代相去未远,能够较为客观地反映当时社会生活和思想观念的现实,因此更易于从中寻找到屈赋神话的主要特征及与北土神话的异同点,最终能够在相互比勘中明确屈赋神话的流变播迁过程,理清其中增删附益内容等诸多悬而未决的问题。鉴于此,笔者欲从出土文物文献中择取青铜器、漆器以及壁画等载体上所展现的神话形象作为研究对象,以期印证或补充屈赋神话。

一 青铜器、漆器、铜镜、瓦当和金石玉器等文物资料上所展现的神话图像印证或补充了屈赋神话

从图像学角度而言,对于出土文物文献上的神话图像所表达的神灵形象,一般都能够通过直观的视觉效果表现出来,让人们大致了解神话图像所表达的价值观念和文化蕴涵。但是由于雕刻、捺印或摹写于这些文物资料上的神灵形象一般较为古老,并且常常具有原始、模拟和抽象性等特征,又由于实物本身包含时空条件的限制等因素,它往往以某种特殊的方

式把自身所附带的神秘性、模糊性、歧义性等特征传达给世人。毋庸置疑，这种情况为人们准确判断或解读出土文物文献上的神话类型及隐喻的意象等内容带来了难以释怀的困惑。近年来的考古发现或出土的商周秦汉时代的金石玉器等文物文献，其上所镌刻或铸造的各种抽象性图像纹饰即是如此。

首先，商代人面龙纹盉与屈赋神话中人首龙身的半人半神的神灵形象相互印证。出土于河南省安阳殷墟的"人面龙身盉"的盉盖为龙角人面形状，其背后与左旋缠绕于盉身的龙体相连接，并自然泯合于盉腹的龙凤纹，形成了一幅独特而有所意旨的原始信仰与艺术交织的画面。从神话发生学考察，其造型本身明显体现了初民对于龙图腾信仰崇拜的痕迹，其中半人半兽的神话元素正是英雄神或先祖神的写照。它可以印证于屈赋神话中的女娲、伏羲、烛龙、雷神等神话形象，这些神灵都具有"人面蛇身"、"人头龟（蛇）身"或"人首龙身"等半人半兽的生物特征，从文化传播学或民族志的视角来看，南北文化信仰体系具有一定的传承性，或者可以认为巫风淫祀的楚文化是有意识地部分继承和发展了商部族的神灵崇拜文化。

其次，三星堆青铜神树等相关出土文物文献与屈赋神话"十日代出""羿焉彃日"等神话传说以及其他神圣动植物相互印证及补充。20世纪80年代出土于四川广汉三星堆遗址的青铜"太阳神树"能够直观地反映"十日神话"和"金乌负日"神话的大致内容。从其产生年代来看，它相当于二里头晚期到商代早期的文明，是较早以实物形式表现远古神话的作品。根据实物观察可知，一号青铜神树的树干由三层树枝组成，每层树枝又由顶端结有果实的三条枝丫形成一个整体，其中一枝丫上扬，果实上站立一鸟，另外两处枝丫下垂，而且树的一侧还有一条剑状羽翅的神龙援树而下。神树与神龙的一体形象，使青铜神树显示出非凡的艺术魅力与浓厚的象征意义。以此观之，它类似于《楚辞》和《山海经》曾多次描述的东方神木——"扶桑"形象。二号青铜神树由于只有下半段，整体欠缺，但从形态来看，它与一号青铜神树大同小异。其区别主要表现于神树树体娇小、神鸟停歇于枝头花蕾的叶片上而已，它应当是文献记载的"若木"形象，或许就是《离骚》中"若木"和《天问》中"若华"的具象化。如果从这两棵青铜神树对应关系分析，它们就是神话世界中太阳神东起西落的东海扶桑和西土若木，两者遥相辉映，形成了一幅完美的"神乌负日"而周游天界的天象图。其实，此种现象从 1978 年出土的战国曾侯乙墓的黑漆朱绘扶桑弋射纹匫也有体现。匫盖的一端绘有两条背向缠绕的尾端五爪人面蛇；对面一端的两侧绘有一高一低两棵末梢处有一面太阳纹的大树，与三星堆青铜神树不同的是，高树上由 11 条枝丫组成，顶端居二神鸟；低树由 9 条枝丫组成，顶端居两尊人面神兽。从图像上看，其中一端两树间有凹地，一人引弓射向树上的神鸟，此当为日中金乌，射乌者，当为神话传说中的后羿；而另一端两树间一只负弋金乌中箭而趋于坠落中，后羿背负橐鞬持弓引箭立于树下。以整体图像可以看出它取材于中国古代神话传说"后羿射日"的故事内容。在《山海经》、《楚辞》、《庄子》和《淮南子》等现存文献中，均保存了此类神话传说，如：

  汤谷上有扶桑，十日所浴，在黑齿北。居水中，有大木，九日居下枝，一日居上枝。(《山海经·海外东经》)
  东（南）海之外，甘水之间，有羲和之国。有女子名羲和，方日浴于甘渊。羲和者，帝俊之妻，生十日。(《山海经·大荒南经》)
  大荒之中，有山名曰孽摇頵羝。上有扶木，柱三百里，其叶如芥。有谷曰温源谷。汤谷上有扶木，一日方至，一日方出，皆载于乌。(《山海经·大荒东经》)
  女丑之尸，生而十日炙杀之。在丈夫北。以右手鄣其面。十日居上，女丑居山之上。(《山海经·海外西经》)
  南海之外，黑水青水之间，有木名曰若木，若水出焉。(《山海经·海内经》)
  大荒之中，有衡石山、九阴山、洞野之山，上有赤树，青叶，赤华，名曰若木。(《山海经·大荒北经》)
  饮余马于咸池兮，总余辔乎扶桑。折若木以拂日兮，聊逍遥以相羊。(《离骚》)
  绝都广以直指兮，历祝融于朱冥。枉玉衡于炎火兮，委两馆于咸唐。贯颛蒙以东揭兮，维六龙于扶桑。(《九叹·远游》)
  暾将出兮东方，照吾槛兮扶桑。(《九歌·东君》)
  西北辟启，何气通焉？日安不到？烛龙何照？羲和之未扬，若华何光？(《天问》)
  羿焉彃日？乌焉解羽？(《天问》)

> 十日代出，流金铄石些。(《招魂》)
> 折若木以蔽光兮，随飘风之所仍。(《悲回风》)
> 昔者十日并出，万物皆照，而况德之进乎日者乎。(《庄子·齐物论》)

根据上述引文可知，尽管先秦文献所记较略，然而从只言片语中我们还可以拼接出大致完整的"十日代出"、"金乌负日"或"后羿射日"等相关的神话图景。至汉代，从《淮南子》的神话叙事中，我们才真正看到了富于逻辑性和趋于完整性的后羿射日神话故事。

> 逮至尧之时，十日并出。焦禾稼，杀草木，而民无所食。猰貐、凿齿、九婴、大风、封豨、修蛇皆为民害。尧乃使羿诛凿齿于畴华之野，杀九婴于凶水之上，缴大风于青邱之泽，上射十日而下杀猰貐，断修蛇于洞庭，擒封豨于桑林。(《淮南子·本经训》)
> 扶木在阳州，日之所曊。建木在都广，众帝所自上下，日中无景，呼而无响，盖天地之中也。若木在建木西，末有十日，其华照下地。(《淮南子·地形训》)

这是有关太阳神话在人们思维意识中的反映，它不仅表达了初民对于太阳的敬畏之情，而且表达了痛恨之意，这种思维意识的呈现主要是远古时代生产力和认识水平低下，人们对于太阳的矛盾心理所致。如黄河流域一带被命名为辛店文化和仰韶文化的部族文明圈，在此出土的具有抽象太阳纹饰的彩陶[1]；青海、广西、江苏、内蒙古等地发现的远古时代遗留下来的具有太阳形图案或符号的岩画；等等，或许正是当时的人们对于太阳的神圣崇拜和敬畏心理的表现。又如甘肃"东乡出土的一件双肩耳罐上共画了十二个太阳，而郑州大河村出土的仰韶文化晚期的彩陶罐上也画有十二个太阳。"[2] 即使甲骨卜辞中也有许多日神崇拜的记载，这些都足以证明太阳在人们心目中的重要地位。另外，在一些民俗特征比较明显的民居瓦当上，也可以看到这些远古传说的变形图纹，如陕西临潼秦代建筑遗

---

[1] 张朋川：《中国彩陶图谱》，文物出版社2005年版，第73页。
[2] 张朋川：《中国彩陶图谱》，第73页。

址出土的神树纹瓦当①；河北金山咀秦代建筑遗址采集瓦当②；陕西兴平侯村秦宫殿遗址采集瓦当③；辽宁绥中姜女石秦行宫遗址出土瓦当④；等等。这些纹饰图案均能够直观地反映神话意象（如"神树、神鸟、太阳"等）抽象性写实痕迹，从整体来看，其形象虽然隐去了三星堆青铜神树和神鸟的直观性特征，但是两相比较后，还是可以清晰地看出，"图案的造型应该是太阳鸟栖息在神树上……表现的正是传说中的两棵神树——树根立于地面，由于受当面的局限，树干虬曲向上，顶端回折下垂，有些瓦当的树干部分用凸起的圆棱表现，树干两侧亦有分出的枝杈和花朵，在当面顶部两棵树干的转折处可明显地看到相对而立的两只乌（鸟）"。⑤据此可知，这种现象当是人们对于青铜"太阳神树"的抽象变形记录，这种神话书写是对屈赋神话故事的直观性印证，同时也是对屈赋神话关于后羿射日的丰赡与多源性神话的补充。

复次，东汉铜镜"仙人止博图"与屈赋神话"六博"道具相互印证和补充。两汉时期，由于受到谶纬思想的影响，人们往往把虚拟勾勒的怪力乱神之事转化为客观具象，表现于不同的载体，而与人们朝夕相处的铜镜则成了最佳选择。因此，为期望神灵的佑护或长生不老考虑，时人便把铜镜作为表达自己美好愿望的理想载体。从新近出土的铜镜铭文及其图纹考察，我们依稀能够感受到古人的神话思想和审美观念。如保存于深圳博物馆的一枚东汉铜镜，镜背图纹华丽、装饰精美，尤其是呈现仙境生活的"仙人止博图"，更是栩栩如生，美轮美奂。两位仙人分别跪坐于博局盘的一边，凝视空中掷起的博箸，神情自若，仪态万方，尽显恬淡安逸、悠游自在之姿，充满了田园生活的趣味。铜镜周边以浮雕图纹的方式，分别饰以鹤、虎、鹿、马、辟邪及铜柱等仙界灵物。由此可知，"仙人止博图"中的"博"戏已经被人们纳入了仙界谱系。其实，它与屈赋所记载的六博棋的消遣娱乐功能应是异曲同工，《招魂》在描述"归反故室"的

---

① 赵康民：《秦始皇陵北二、三、四号建筑遗迹》，《文物》1979年第12期。
② 河北省文物研究所等：《金山咀秦代建筑遗址发掘报告》，《文物春秋》（增刊）1992年第S1期。
③ 陕西省考古研究所编著：《陕西兴平侯村遗址》，三秦出版社2004年版，第86页。
④ 辽宁省文物考古研究所编著：《姜女石——秦行宫遗址发掘报告》（上册），文物出版社2010年版，第33页。
⑤ 李新全：《秦神树纹瓦当考》，《考古》2014年第8期。

快乐时光和美好生活时,这样写道:"菎蔽象棋,有六博些。分曹并进,遒相迫些。成枭而牟,呼五白些。晋制犀比,费白日些。"① 在兰膏明烛,娱酒不废的仙境生活中,屈原把赏玩六博作为"招魂"的工具,其魅力不言而喻。可见,通过神话图像与文本记录的彼此印证,不仅释疑了传说中的"六博"谜团,还真正感受到了"六博"之神韵。

要之,根据上述出土文物文献上的神话图像与屈赋神话的胪列比照,我们不难发现,屈原以诗化语言所记录下来的神话故事、神圣动植物等内容,一般都比较简短、抽象,颇富概念化的原始状态,或许由于时过境迁、人事更迭,使人更加难于理解其中内涵。但是,出土文物文献上这些惟妙惟肖的神话图像或表达神话故事的雕铸印刻则以"时代固化"的形式直观地印证或补充了屈赋神话之不足。它不仅在神话学史上具有一定的学术意义,而且对于我们深入探讨不同时代或不同区域的神话故事、神灵形象等都具有一定的参考价值和启迪意义。

二 出土壁画、帛画等文献资料上展现的神话图像印证并补充了屈赋神话

在出土的文物文献中,壁画、帛画等绘画资料是保存当时社会生活、生产劳动、思想认知和价值观念等最为直观的实物载体,即使有些画作具有非写实性和多维性等特征,但是它仍然可以通过一定的恢复还原,表现或再现当时的社会情景和自然环境。从出土或发现的壁画、帛画等来看,壁画保存较为完整,而且最为丰富。但丝帛缣纸由于自身缺陷及其工艺技术等问题,流传后世者较少。鉴于此,我们将以出土壁画、帛画所描绘的神话图像为主,印证并补充屈赋神话的部分神灵形象。

首先,探讨早期壁画的源流及其摹画主体的神话叙事转向问题。从考古学意义而言,出土的壁画多指两汉以来表现当时人们思想文化、宗教信仰和社会生活的墓室壁画,以及以地面岩石等为载体而创作的图画。从历时性角度而言,壁画在原始社会就有一定的发展,初民在社会生产和生活之余,往往乐于将各种劳动场景和生活娱乐场面刻画在一定载体上以反映

---

① 洪兴祖:《楚辞补注》,中华书局1983年版,第211—212页。

当时的社会实践状况。如阴山岩画、连云港将军崖岩画等,他们是早期人类生活风貌的客观写照。春秋战国以来的壁画,比较重视思想意识的教化作用,一般以自然神、英雄神、先祖神或社会生活等为主要元素加以描摹。如孔子观乎明堂之图景,"睹四门墉有尧舜之容、桀纣之像,而各有善恶之状、兴废之诫焉。又有周公相成王,抱之负斧扆,南面以朝诸侯之图焉"。从古之先贤明哲与亡国之君的音容笑貌中,孔子看到的是王朝的兴废更替和世事变迁,但是在巫风盛行的楚邦则是另一番景象。东汉王逸在论及屈原《天问》时说:"楚有先王之庙及公卿祠堂,图画天地山川神灵,琦玮僪佹,及古贤圣怪物行事。周流罢倦,休息其下,仰见图画,因书其壁,何而问之,以渫愤懑,舒泻愁思。"① 即使在《招魂》篇中屈原也以宫廷之奇景诱于魂灵曰:"红壁沙版,玄玉之梁些。仰观刻桷,画龙蛇些。"② 可见,此时壁画的内容已经发生了关键性的变化,也就是说,它由原来以描写生产生活和身边故事为主转移到了刻画圣贤怪谲和幽冥鬼神世界等内容。而且,这些壁画的刻画地点也发生了微妙的变化,即由原来的洞穴崖壁和宫殿明堂转移到了"先王之庙及公卿祠堂"等祭祀场所,这或许是壁画多样化的发展趋势。从出土文物文献来看,这一转变在汉代尤为兴盛,它或许与汉代"事死如事生"的孝敬观念有一定的因果关系,同时也是汉代统治阶级树立威信和巩固统治的需要。

《后汉书·西南夷传》记载,东汉永平年间,"郡尉府舍皆有雕饰,画山神海灵奇禽异兽,以炫耀之,夷人益畏惮焉"。③ 显而易见,它的目的不是祭祀仙灵鬼神,也不是仰慕圣君贤臣,而是用来震慑夷人诸蛮,其功用明显异于壁画的原初功能。而稍后的王延寿在《鲁灵光殿赋》中对于壁画内容给予了翔赡的描绘。赋曰:"图画天地,品类群生。杂物奇怪,山神海灵。写载其状,托之丹青。千变万化,事各缪形。随色象类,曲得其情。上纪开辟,遂古之初。五龙比翼,人皇九头。伏羲鳞身,女娲蛇躯。鸿荒朴略,厥状睢盱。焕炳可观,黄帝唐虞。轩冕以庸,衣裳有殊。下及三后,淫妃乱主。忠臣孝子,烈士贞女。贤愚成败,靡不载叙。

---

① 洪兴祖:《楚辞补注》,第85页。
② 洪兴祖:《楚辞补注》,第206页。
③ (南朝宋)范晔撰,(唐)李贤等注:《后汉书》卷八十六,《南蛮西南夷列传第七十六》,中华书局1965年版,第2857页。

恶以诫世,善以示后。"① 从其描述内容观之,王逸所言并非子虚乌有或主观臆测之语。而这些内容或许可以佐证屈原《天问》之"问"的内容应该是有所凭借和依托的,也就是说当时人们的信仰和思想观念会通过壁画的方式显现在"先王之庙及公卿祠堂"之上。

其次,出土的汉代壁画对于屈赋神话的印证及补充。从出土的壁画内容来看,汉代的墓葬壁画以描摹神话传说、神仙故事等为创作主体。无论是被称为人类始祖神的伏羲女娲还是河神河伯,无论是仙境中的蟾蜍、玉兔还是四灵瑞兽等都成了壁画取材的主要内容。他们将这些神话、仙话的神灵形象移植到地宫以借助于他们的神力实现自己梦寐以求的"长生不死"的美好愿望,于是驱鬼祛邪、镇墓厌胜的祥瑞之神纷至沓来并嵌入了人们避邪祈吉的脆弱心灵深处。毋庸置疑,这些壁画内容反映了"活着的人们"热切渴望死者的灵魂能够顺利升入天国的美好愿景,另外,也为"活着的人们"带来了莫大的心理安慰和精神寄托。实际上,这是古人对于社会生活现象的真实反映,它不仅体现了当时人们的神仙信仰和朴素的世界观,还为我们探研古人社会生活状况和精神世界提供了可资信赖的实物素材,如1976年在洛阳邙山南麓出土的西汉中期的卜千秋墓壁画就是典型事例。壁画内容是以墓主夫妇"升仙"过程及其相关神仙人物作为描摹主体。壁画显示,手捧金乌骑在三头凤上的卜氏和持弓乘龙的卜千秋前后相随于披羽执节的仙翁和羽人之后,在他们的指引和护佑下二人身驾祥云,翩然飞升。而作为壁画的最高神也是配偶神——人首蛇身的女娲伏羲则有别于常见的交尾状形象,其中身着彩衣、端庄娴静的女娲面对具有蟾蜍和桂树的月亮居于卜氏之前;而蓄须飘袂、神态安详的伏羲则淡然地凝视着一轮具有神鸟的光芒四射的太阳,殿后于墓主卜千秋。

这些神话元素的出现证明了墓主的愿望及世人的思想观念和精神世界,同时更让我们了解了在神话主体相对稳定的情况下,它所具有的可塑性和流动性特征。又如1992年发掘于洛阳西郊浅井头的西汉中后期的墓壁画,与卜千秋墓壁画有异曲同工之妙。但是,洛阳烧沟61号墓壁画、偃师辛村新莽墓壁画和山东沂南北寨村出土汉墓壁画中不仅具有代表阴阳观念的女娲伏羲神像,而且背后有一位居于二者之间并且双臂拥揽他们的神人形象。显而易见,新的神话元素随着时代变化已经注入其中。从考证

---

① 赵逵夫主编:《历代赋评注·汉代卷·鲁灵光殿赋》,巴蜀书社2010年版,第809页。

材料看,对于神人的功用,学界诸说不一。一般认为这位神人就是屈赋《九歌》中的东皇太一即"太一神"。如吴曾德解释说,他"或许是天神中最最尊贵的'太一'神","一手抱伏羲,另一手抱女娲,像是强行把他俩结合在一起。一男一女的结合还需外来的力量,可知他们本心是不情愿的"①;贺福顺在相关材料的基础上也认为拥抱伏羲、女娲的天神就是天帝即太一神②;刘弘亦称:"这种神话图像居中的大神即汉代的至上神太一神。"③那么,为什么均有此种猜测呢?从现存文献关于"太一"的记载我们不难找出答案。《吕氏春秋·大乐》曰:"太一出两仪,两仪出阴阳。阴阳变化,一上一下,合而成章……万物所出,造于太一,化于阴阳。"④"太一"的根源性和先导性可见一斑。《礼记·礼运》亦云:"礼必本于太一,分而为天地,转而为阴阳,变而为四时。"⑤ 而《淮南子·说林篇》则称:"黄帝生阴阳,上骈生耳目,桑林生臂手,此女娲所以七十化也。"⑥ 不论是"太一"还是"黄帝"均具有化生阴阳之意,换言之,太一神创设了阴阳,而阴阳化生万物,这样有关世界万物起源的观念便在汉代人的思维意识中形成并成了山东沂南北寨村出土伏羲女娲的"现实",因此认为此神是"太一"神还是符合当时社会现实的猜想的。

另外,在河南永城太丘2号汉墓西侧过梁上还有一幅表现河神河伯的壁画,画面中部呈现的是三条神鱼驾辕拉着坐在车上的河伯神,其右侧是一匹三首独角兽保驾护航,身后乐舞交织、百戏簇拥,一派威风凛凛的场面。无独有偶,在河南南阳王庄魏晋画像石墓盖顶上也发现了一幅河伯图,画面上是四条神鱼拉着一辆具有华盖的大车,驭者双手执辔,河伯端坐其上。从这些河伯出行图来看,它虽然没有屈赋神话中的河伯那样安逸洒脱,但是也从另一层面向我们展现了多姿多彩的河伯神话形象。再者,在卜千秋墓壁画上我们还能够目睹少阴神蓐收的尊颜。此形象或许就是屈

---

① 吴曾德:《汉代画像石》,文物出版社1984年版,第108页。
② 贺福顺:《〈高媒画像小考〉一文商榷》,《考古与文物》1992年第1期。
③ 刘弘:《汉画像石上所见太一神考》,《民间文学论坛》1989年第4期。
④ 许维遹:《吕氏春秋集释》,中华书局2009年版,第108—109页。
⑤ (清)阮元校刻:《十三经注疏·礼记注疏》,中华书局1980年版,第1654页。
⑥ (汉)刘安编,何宁撰:《淮南子集释》卷十七,《说林训》,中华书局1998年版,第1186页。

赋中所描述的"豕首纵目,被发鬤只。长爪踞牙,诶笑狂只"① 的蓐收。由于其狰狞容貌及肃杀气势,在屈赋神话叙事中往往被置于西方神明行列,如"凤凰翼其承旗兮,遇蓐收乎西皇"②"忽吾行此流沙兮,遵赤水而容与。麾蛟龙使梁津兮,诏西皇使涉予。路修远以多艰兮,腾众车使径待。路不周以左转兮,指西海以为期。"③

总之,在屈赋神话中出现的太一、女娲、伏羲、河伯、蓐收、神乌及羽人等神话、仙话形象均以直观可视的画面呈现在世人面前,为我们以全新的视角认识和解读屈赋神话提供了难能可贵的实物资料。

最后,从出土帛画所显现的神话要素来看,它也能够以原始素朴的神话图像直观地印证或补充屈赋神话形象。尽管缣帛等材质具有不易保存性和使用范围的局限性等客观因素,但是仍有几幅弥足珍贵的缯帛画重见天日,其上所绘的神灵形象和神话、仙话故事,向我们直观地展示了时人崇拜和祈祷的对象及人们心目中的极乐世界,体现了一定阶层的思想意识和价值观念。如长沙东郊陈家大山楚墓出土的"夔凤引魂升仙图",描绘了一名双手合掌、侧身而立的女子形象在龙凤的引导下,神情自若地朝着灵魂寓所缓缓而去的动态图,犹如屈赋《招魂》的写意再现。而长沙子弹库楚墓出土的"人物御龙图",则描绘了一名峨冠博带、手抚佩剑的男子形象,真可谓"高余冠之岌岌兮,长余佩之陆离",他精神焕发、坚定自信地驭龙而行于天庭,颇似"驾龙辀兮乘雷,载云旗兮委蛇。长太息兮将上,心低徊兮顾怀"④的东君神话形象。另外,子弹库《楚帛书》"十二神像"图及其相应文字所涉及的四季神、雹戏(伏羲)、祝融、共工和相土等神灵形象,不仅可以印证屈赋中描述的这些神话形象,而且可以丰富和补充诗化语言中的神灵形象及神话叙事的非完整性。如被后世妖魔化和丑化的共工形象,在帛书中则被刻画为创世大神和英雄神形象,或许这样的神话形象才是最初的共工神。从出土年代来看,这三幅帛画都是比较接近于屈原时代的作品,其中所描绘的神话形象更能展现当时人们的社会认知及神灵崇拜的现实,同时还反映了颇富浪漫主义的精神追求及民族风范。

---

① 洪兴祖:《楚辞补注》,第218页。
② 洪兴祖:《楚辞补注》,第170页。
③ 洪兴祖:《楚辞补注》,第45页。
④ 洪兴祖:《楚辞补注》,第74页。

再者，长沙东郊浏阳河旁马王堆出土的西汉初期长沙国丞相、轪侯利仓及其家属墓葬中所发现的"引魂升天图"，完整地表现了汉初民众关于天地人三者关系的终极思考。这幅精美的"T"字形帛画由天上、人间和地下三部分组成，对于天地二界尤其是"天国"着墨最繁。如帛画上部描绘了人首蛇身的"烛龙"和女娲形象，两旁附有代表日月的神鸟负日和月精蟾蜍，其下左右分别是腾跃的飞龙和神豹，引颈回首的仙鹤和扬足欲驰的神鹿，以及错落有致地分布于扶桑树上的九个太阳。显而易见，这是西汉初年的人们对于颇富巫风淫祀特色的楚文化的接受和发展，它表现了战国以来广为流传的神仙信仰和灵魂不死观念，也能够彰显五行学说和谶纬思想在上层社会的认可与接受。由于汉初统治阶级对于楚文化的继承和改造，直接影响了民众的思想认知和价值导向。因此，两相比较，我们易于从屈赋神话中寻觅到这些神灵形象的踪迹。

概而言之，通过对出土的具有神话意象的壁画、帛画等画作的分析，我们可以从不同层面和角度直观地感受当时人们的民俗民信及其日常生活情景。从某种意义上而言，它应当是时人生活场景的缩影和精神面貌的真实记录，因此可以曲折地印证并补充屈赋中所反映的某些神话传说和仙话故事。

三 结语

通过出土文物文献等资料中所呈现的有关神话传说、仙话故事等内容的爬梳整理，我们从多个方面印证和补充了屈赋神话中所体现的神灵形象。无论是文字记载、图片展示还是考古实物的推测比对，大多能够在青铜器、漆器、壁画、帛画等文物文献中寻找到与屈赋神话相对应的神祇形象或变迁中的神话形象。不可否认，这些出土文献中所展露的神话形象或许只是沧海一粟、一鳞半爪，但是我们可以利用这些看似既微不足道又不可或缺的内容以管中窥豹的方式推测其大略，以此追踪神灵形象的变迁过程，进而探索我国神话的发展演变规律。

由于把屈赋中所反映的神话元素与出土文物文献等资料相结合，在彼此印证和相互对比中寻找异同点，从而为屈赋神话研究打开新的视角和路径，在这一方面我们缺少有迹可循之途，更无成熟的学术思路和研究方法，因此我们只能在此研究领域投石问路，于摸索中前行了。但是，先秦时期丰富的神话资源尤其是南方文化中无拘无束的精神世界的确为我们提供了空间，诚如张正明在《楚文化史》中所说："楚国社会是直接从原始社会中出生的，楚人的精神生活仍然散发出浓烈的神秘气息……天与地，神鬼与人之间，乃至禽兽与人之间，都有某种奇特的联系，似乎不难洞悉，而又不可思议。"① 可见以楚国为中心的文化圈在神话传说、仙话故事等方面为我们留下了不少精神遗产。然而由于时隔久远，我们不能从屈赋所描述的神话故事中直观地感受古人心目中神灵仙踪的模样，但是近年来地下文物的出土为我们带来了开创新局面的契机，即使是秦汉时期的文献材料也能够为我们探讨和研究屈原时代的精神世界带来一定的裨益，我们也可以从这些出土文物中得到较多的古人的日常生活或精神意识等信息。因此从这个意义上说，出土文献中的神话形象是对屈赋神话有益的补充和完善。

---

① 张正明：《楚文化史》，上海人民出版社1987年版，第112页。

《汉武帝外传》成书及编撰意图探析

谭 敏

(西南民族大学文学与新闻传播学院)

汉武帝是古代有名的喜好神仙的皇帝，有关他好仙求仙的事迹在历史上产生了广泛的社会影响。汉魏六朝出现了不少关于他的小说，如《汉武帝内传》《汉武故事》《汉武帝别国洞冥记》等，当时著名的神仙传记合集《列仙传》《神仙传》中也有不少关于他的描写。这些作品在文学史、道教神仙信仰发展史上，都产生了重要的影响。而后世出现的《汉武帝外传》，却鲜为人知，底本仅出《正统道藏》洞真部记传类，其影响力几乎仅在道教系统内。它与汉武帝相关的其他神仙传记有什么关系，体现了怎样的编撰意图，这值得进一步探讨。

一

《汉武帝外传》不见于历代史志目录和私家著述，其成书、版本和流传情况显得模糊不清。而《汉武帝内传》广为人知，自《隋志》以后著录不断，除《隋志》著录为三卷本外，两《唐志》以下均为二卷本，明清以后，内传又出现了一卷本。为什么后世《汉武帝内传》由二卷本变为一卷本，并有外传问世呢？《四库全书》收录的江苏巡抚采进本已为一卷本，关于其变化缘由，《四库全书总目》指出："《玉海》引《中兴书目》曰：'《汉武帝内传》二卷，载西王母事。后有淮南王、公孙卿、稷丘君八事，乃唐终南元都道士游岩所附。'今亦无此八事，盖明人删窜之本，非完书矣。"[①] 明

---

① （清）永瑢等：《四库全书总目》卷一四二"子部，小说家类三"，中华书局 2008 年版，第 1207 页。

人删除了汉武帝与西王母故事后的 8 个有关神仙的故事，故而篇幅由二卷变为一卷。内传中原有的内容应该被收入外传，台湾学者李丰懋先生就持此观点："现在通行的将《汉武内传》、《汉武外传》分而为二，乃是后世书录家所作的分类与题名而已。"① 但是外传内容并非仅仅出自内传如此简单，朱越利先生进而指出："今《外传》除《中兴书目》所举三事名目外，尚有东方朔、拳夫人、李少翁、鲁女生、封君达、李少君、东郭延、尹轨、蓟达、王真和刘京，凡十四事。盖明人从《内传》中截取游岩所附八事，又增六事，另行刊出，名为《外传》。本书现存诸本中，以《道藏》本早出。"② 明代编撰的《正统道藏》中有《汉武帝内传》和《汉武帝外传》各一卷，明代应是内外传之分的开端，由于外传最早见于道藏，其作者可能是道士或与道教有关。

《汉武帝外传》的写作体例与内传不同，并非围绕传主汉武帝叙述一个完整的故事，而只是将其他神仙传记中与汉武帝有关的神仙会集在一起，内容几乎完全照搬以前的仙传故事，只是个别故事做了简单的删改，因此外传只有编辑价值，而无独立叙事价值。

《汉武帝外传》收录的神仙共计 14 人，其中 12 人出自《列仙传》和《神仙传》。出自《列仙传》的有：稷丘君、东方朔、钩弋夫人。出自《神仙传》的有：淮南王、鲁女生、封君达、李少君、东郭延、尹轨、蓟达、王真和刘京。另外两位《列仙传》和《神仙传》没有收录，来源于《史记·封禅书》和《史记·孝武本纪》，他们是公孙卿和李少翁，这二人是当时活跃在汉武帝身边的有名的方士。

《汉武帝外传》文首一句"武帝既闻王母至言"，从形式上看，外传很明显是接着叙述汉武帝遇西王母故事的《汉武帝内传》在写，从成书时间看，内传在先，外传在后，外传的产生显然是受内传影响所致。为了弄清二者的联系，首先需要区分内传与外传的概念。关于内传，《辞源》的解释为："人物传记也称内传。《隋书·经籍志》史部杂传有《汉武内传》三卷。"关于外传，《辞源》的解释是："为史书所不载的人物立传；或于正史外另为做传。记录遗闻逸事，都叫外传。如《汉武帝外传》、《飞燕外传》等。"内传有史实依据，外传却不尽然。《汉武帝内传》几乎

---

① 李丰懋：《仙境与游历：神仙世界的想象》，中华书局 2010 年版，第 177 页。
② 朱越利：《道藏分类解题》，华夏出版社 1996 年版，第 193 页。

历来书录都有记载，如被归入《隋书·经籍志》杂传类、《旧唐书·经籍志》杂传类。虽然历来书录大都认为其并非正史，乃小说家言，但还是予以收录，对其相当重视。《汉武帝内传》虽然形式荒诞不经，但至少是正史之外的一种补充，反映了武帝求仙好道的一面。而《汉武帝外传》，应该是内传之外的又一种补充，通过外传，内传中没有的或不完全相同的内容将得以呈现。

因此，《汉武帝外传》的编撰目的值得探讨，它必然有不同于内传的意义才有独立存在的价值。那么《汉武帝内传》中汉武帝的形象如何，反映了怎样的内涵呢？《汉武帝内传》叙述了汉武帝由于好道，引得西王母降临凡间授予他仙经和成仙之法，表现了对其好道的肯定，宣扬了神仙实有的思想，同时又反复描写汉武帝在神仙面前的谦卑渺小，反映神仙思想对皇权的超越。内传中，汉武帝虽然得到神仙的垂青，但最终未能成仙。总之，在《汉武帝内传》中，汉武帝的形象是不光辉的，他是个失败的修道者。作为内传补充的外传，绝非仅有简单的编辑收录价值，那它又展示了怎样的汉武帝形象和思想内涵，体现了怎样的编撰意图，后文通过具体分析，将得以揭示。

二

《汉武帝外传》中收录的神仙都与汉武帝有关，从这些神仙与汉武帝发生关系的特点看，大体可以分为两大类：一类是与汉武帝有直接关系的神仙，如东方朔、妃子拳夫人、王侯淮南王、向武帝兜售神仙术的方士李少翁、李少君、公孙卿、泰山道士；一类是有间接关系的神仙，他们或是武帝时期的神仙，或是与这些神仙相关的神仙。

在第一类与汉武帝有直接关系的神仙中，最有名的当数臣子东方朔。《汉武帝外传》中关于东方朔的叙述与《列仙传》不同，在《列仙传》里，武帝与东方朔的交往写得很简略，"东方朔者，平原厌次人也。久在吴中，为书师数十年。武帝时上书说便宜，拜为郎。"[1] 在《汉武帝外传》中，东方朔的叙述比较详细。

---

[1] 《列仙传》，张继禹主编《中华道藏》第45册，华夏出版社2004年版，第9页。

武帝既闻王母至言，说八方巨海之中有十洲，并是人迹所不到处。又始知东方朔非世俗常人，是以延之曲室，亲问十洲所在、所有之物名故，帝书记之。朔对云："臣学仙者耳，非得道之人。以国家之盛美，将招儒、墨于名教之内，抑绝俗之道于虚诡之迹，臣故韬隐逸而赴王庭，藏养生而侍朱阙矣。亦由尊上好道，且复欲抑绝其威仪也。曾随师主履行，北至朱陵、扶桑、蜃海、冥夜之丘、纯阳之陵、始青之下、月宫之渊，内游七丘，中旋十浙，践赤县而游五岳，行陂泽而息名山……"①

外传以东方朔的故事为开端，而东方朔的故事以"武帝既闻王母至言"开始，从形式上看是接着《汉武帝内传》在写，这样就把内传、外传简单地联系起来了。其实外传中的这段内容完全摘录自《十洲记》的第一段。关于《十洲记》，《四库全书总目》题为《海内十洲记》，认为："旧本题汉东方朔撰……盖六朝间人所依托。"②《十洲记》与东方朔相关，《汉武帝外传》将其收录，作为东方朔神仙事迹的一部分。

《汉武帝外传》中与武帝有直接关系的神仙还有妃子拳夫人。拳夫人的叙述与《史记·外戚传》中大致相同，写她生有异象，其母怀孕14个月方才生下她，她的一生发生了很多神异之事。其叙述比《列仙传》中的描写更为详细生动。

《汉武帝外传》中王侯淮南王与武帝也有直接关系。淮南王的故事在《汉武帝外传》中没有《神仙传》的精彩，《神仙传》有八公造访、八公煮药、白日飞升、鸡犬升天的叙述，故事性很强。《汉武帝外传》只叙述武帝欲向淮南王学道，淮南王不肯，武帝欲杀之，后来淮南王不知所踪。但二者关于淮南王成仙的叙述基本还是一致的。与武帝有直接关系的神仙还有泰山道士，他与武帝在泰山封禅时相遇，准确地预言武帝脚伤。这个故事与《列仙传》中的稷丘君故事一样，只是文辞略有不同。

此外，与武帝有直接关系的还有方士群体。关于向武帝兜售神仙术的齐国方士的故事，《汉武帝外传》除了收录《神仙传》中的李少君，还将

---

① 《汉武帝外传》，《道藏》第5册，文物出版社、上海书店、天津古籍出版社1988年版，第58页。本文所引《汉武帝外传》皆出此书，第58—64页。

② （清）永瑢等撰：《四库全书总目》卷一四二，第1206页。

《神仙传》中没有而《史记》有载的李少翁、公孙卿也收录了。

第二类是与汉武帝有间接关系的神仙。这些神仙要么是武帝时期修道成仙者，要么是这些修道者的传人。这些故事不仅涉及他们与汉武帝的关系，而且记录和梳理了道教在汉魏六朝的传承情况。

《汉武帝外传》中鲁女生的故事与《神仙传》大致相同而内容更为详尽，应该来源于《神仙传》，增加了女仙传鲁女生《五岳真形图》的情节，点出此图与武帝所受《王母文》相同。

> 忽见一女人坐山涧中。女生知是神人，因叩头再拜，稽首乞长生之要。良久，女人曰："我三天太上侍官者也。汝当得仙，故得见我。我将授汝宝文秘要，可以威制五岳，役使众灵。"乃出《五岳真形图》以与之，并告其施用节度。女生道成，一旦与亲知故人别，云入华山中去。后五十年，先相识者逢女生于华山庙前，颜色更少，乘白鹿，从玉女三十人，并令谢其乡里亲故人，甚分明也。其《五岳图》与《王母文》正同。

外传这样叙述，就与《汉武帝内传》中西王母传给武帝《五岳真形图》之事联系了起来。《五岳真形图》是早期道教重要符箓，据说是道士入山的附身符，最早出现其记载的文献就是《汉武帝内传》。内传中王母所传之图在大火中消失了，而在外传有关鲁女生的故事里，此图又出现了，"女生初时以图传蓟子训，训后传封君达，君达后入玄丘山，临去传左元放"，这样记录其实就清楚地交代了道教重要典籍《五岳真形图》的流传情况。

鲁女生是历史上真实的人，《后汉书·方术列传》记载："泠寿光、唐虞、鲁女生三人者，皆与华佗同时……鲁女生数说显宗时事，甚明了，议者疑其时人也。董卓乱后，莫知所在。"[①]《汉武帝外传》如此记录鲁女生的事迹，其实就把神仙故事与现实中道教的传承情况联系起来了，体现了神仙传记将历史与神仙信仰相结合的特点。

外传中封君达的故事也来自《神仙传》，但最后增加了《五岳真形图》传承情况以及作用，这样就将《汉武帝内传》中《五岳真形图》的

---

① （宋）范晔撰，（唐）李贤等注：《后汉书·方术列传》，中华书局1999年版，第1851页。

流传情况交代得更为清楚了，由此也可见《五岳真形图》在当时确实是重要的道教秘籍，在道教的发展过程中具有重要作用。

闻鲁女生得真人《五岳图》，连年请求之。女生后见授，并具告节度。君达先在人间二百余年，乃入玄丘山中，不知所在。临去，以《五岳真形》传左元放。元放以传葛孝先也。青牛道士受鲁女生言：家有《五岳真形》，一岳各遣五神来卫护图书。所居山川近止者，川泽神又但遣侍官防身营家，凶逆欲见伤害，皆反受其殃。有相谋议已者，五神杀凶主，皆亦验应于梦想。又辟除五方五瘟、水火之灾，可带履锋刃。此真形冥心，精加奉敬，敬而甚于君父。每事宜有所施行，皆先于静处烧香，启五岳君也。五君恒书道士善事，又司道士之奸秽，言人之不正。不正者祸身，奸秽者祸门。是以宜深忌慎之。道士带此文形，及执持以履山林者，百山地源灵主皆出境拜迎，形见光景，防护遏恶，尊贵岳形，信逮我一身，鬼神犹执卑降之礼，何况凡人而可慢之哉？

东郭延的故事来自《神仙传》，内容与之相同，故事中他将道术传尹先生。外传中尹先生（即尹轨）的故事与《神仙传》不同，《神仙传》中尹轨故事性强，外传只简单介绍了神仙之间的传承，"延先承少君劫，初以灵飞术传蓟子训，子训亦受传神丹经"。根据神仙之间的关系，仙传中的东郭延应是历史上的真人东郭延年，在其故事流传过程中，道士将其误写为东郭延。东郭延年、封君达是历史上的真人，《后汉书·方术列传》载："甘始、东郭延年、封君达三人者，皆方士也。率能行容成御妇人术，或饮小便，或自倒悬，爱啬精气，不极视大言。甘始、元放、延年皆为操所录，问其术而行之。君达号'青牛师'。凡此数人，皆百余岁及二百岁也。"[1]

外传中蓟子训（即蓟达）的故事与《神仙传》相同，他是李少君的徒弟，擅长道术。在史书中有他的记载，《后汉书·方术列传》中有关他的描述很是神奇，可见其在当时的巨大影响：

---

[1] （宋）范晔撰，（唐）李贤等注：《后汉书·方术列传》，第1857页。

蓟子训者，不知所由来也。建安中，客在济阴宛句。有神异之道。尝抱邻家婴儿，故失手堕地而死，其父母惊号怨痛，不可忍闻，而子训唯谢以过误，终无它说，遂埋藏之。后月余，子训乃抱儿归焉。父母大恐，曰："死生异路，虽思我儿，乞不用复见也。"儿识父母，轩渠笑悦，欲往就之，母不觉揽取，乃实儿也。虽大喜庆，心犹有疑。乃窃发视死儿，但见衣被，方乃信焉。于是子训流名京师，士大夫皆承风向慕之。①

《汉武帝外传》中还有一些神仙与汉武帝几乎没有关联，他们只不过是生活在武帝时期修道成仙者的传人，也被收录入此书。

外传中刘京的故事来自《神仙传》。他是蓟子训的徒弟，魏武帝时人，长于炼养术。王真的故事与《神仙传》相同，他是蓟子训的徒弟，而蓟子训又是李少君的徒弟，故与武帝有渊源关系，被列入《汉武帝外传》。王真擅长炼养之术，魏武帝召之相见，"魏武帝时亦善招求诸方术道士，皆虚心待之，但诸得道者，莫肯告之以要言耳"。王真是历史上的真人，《后汉书·方术列传》载：

王真、郝孟节者，皆上党人也。王真年且百岁，视之面有光泽，似未五十者。自云："周流登五岳名山，悉能行胎息胎食之方，嗽舌下泉咽之，不绝房室。"孟节能含枣核，不食可至五年十年。又能结气不息，身不动摇，状若死人，可至百日半年。亦有室家。为人质谨不妄言，似士君子。曹操使领诸方士焉。②

《汉武帝外传》中收录的神仙都与汉武帝有着或近或远的关系，而这些神仙很多都是历史上的真人，他们的事迹在史书上有不少记载，如《史记·滑稽列传》中有东方朔，《史记·外戚传》有拳夫人，《后汉书·方术列传》有鲁女生、蓟子训、东郭延年、封君达、王真。从有关他们的神仙事迹的记录反映不仅武帝好道，武帝时代也多神仙和修道者，由此可见汉武帝时期神仙信仰的氛围异常浓厚，同时，以汉武帝为中心，也梳

---

① （宋）范晔撰，（唐）李贤等注：《后汉书·方术列传》，第1854页。
② （宋）范晔撰，（唐）李贤等注：《后汉书·方术列传》，第1857—1858页。

理出自汉武帝时期至刘京所处的汉魏之际，道教传承的情况。

三

《汉武帝外传》的内容几乎均来自汉魏六朝与汉武帝有关的神仙传记《列仙传》和《神仙传》，但编者在收录的过程中，也非原封不动地照搬，而是对原始文献进行了有意的增加、改变和删除，从而体现了编者的编书目的。

首先看看《汉武帝外传》增加的内容。该书增加了两位与汉武帝密切相关的方士，《汉武帝外传》除了收录《神仙传》中的李少君，还将《列仙传》《神仙传》中没有而《史记》有记载的李少翁、公孙卿也收录了。

李少翁是汉武帝时著名的方士，他颇得武帝欢心，但后来因伪造法术灵验暴露被武帝所杀，《史记》与《汉武帝外传》的叙述大致相同。但《汉武帝外传》在原有故事的基础上加了一段李少翁死后成仙的故事，还补充了东方朔乃谪仙的叙述，因而宣扬神仙信仰的目的很突出。

> 文成被诛后月余，使者籍货从关东还，逢于漕亭，谓使者曰："为吾谢帝，不能忍少日，而败大事乎？帝好自爱，后四十年求我于劳成山，方共事，不相怨也。"使者还，具言之。乃令发其棺视之，无所见，唯有竹筒一枚。帝疑其弟子窃其尸而藏之，乃收捕验问，了无踪迹。帝大悔诛。复征诸方士，更于甘泉杞太一。又别设一座，祀文成，帝亲执礼。会束郡送一短人，长五寸，衣冠具足。帝疑其山精。帝令在案上，召方朔。朔至，呼短人曰："巨灵，汝何忽叛来？阿母还未？"短人不对，因指谓帝曰："王母种桃，三千年一作子，此儿不良，已三过偷之，失王母意，故被谪来此。"帝大惊，愈知朔非世上人也。短人谓帝曰："王母使臣来告陛下，求道之法，唯有清静，不宜躁扰，后五年与帝会。"言终不见。帝愈恨，又召问方朔。朔曰："陛下自当知，臣不得说。"终已无言。帝以其神，不敢逼也。

方士公孙卿的故事《神仙传》未收录，《汉武帝外传》中公孙卿之事基本来自《史记·封禅书》。公孙卿向武帝讲述黄帝铸鼎成功后被龙接引成仙的事迹,这段故事其实来自《列仙传》黄帝成仙的故事。《史记·封禅书》写汉武帝得知黄帝升仙后极为羡慕,"于是天子曰:'嗟乎!吾诚得如黄帝,吾视去妻子如脱躧耳。'乃拜卿为郎,东使候神于太室。"① 而《汉武帝外传》这样写道:

> 武帝于是叹曰:"嗟乎,吾诚能及黄帝,视去天下如弃土。"帝祠黄帝冢于乔山,顾问公孙卿曰:"黄帝仙不死,有冢,何也?"对曰:"黄帝仙去,草臣思慕无已,乃葬其衣冠,非真冢也。"武帝又叹曰:"吾后升天,群臣亦当思慕,持吾衣冠,葬于东陵乎?"

《史记》中写汉武帝愿意抛弃妻子换取成仙,在《汉武帝外传》中,改为汉武帝宁愿不要天下而选择成仙,对其成仙的愿望进行了进一步强化,可见宣扬神仙信仰的色彩更为浓厚。《汉武帝外传》中李少君的故事与《神仙传》的完全相同,可见来自《神仙传》。

在历史上,方士这个群体早在春秋战国就出现了,他们主要来自神仙信仰盛行的燕齐地区,靠方术干谒王侯以谋取晋升之阶,世俗功利色彩很强。在第一部神仙传记合集《列仙传》中没有方士的记载,《列仙传》以收录早期神仙和表现神仙出世思想为主,对方士不予收录,可见根本不承认方士是神仙。《神仙传》作者为炼丹大家葛洪,可能因为李少君与金丹术的密切关系,方士仅录李少君一人。而《汉武帝外传》将史书中与武帝有关的重要方士都予以收录,可见对方士的认可与接纳,与《列仙传》《神仙传》相比,《汉武帝外传》的世俗化色彩增加了,宣扬武帝重视神仙之道的意图也鲜明了。

《汉武帝外传》改变了不少《列仙传》《神仙传》中既有的内容。《列仙传》和《汉武帝外传》都有钩弋夫人的故事,但关于其死亡的原因写法不一。《史记·外戚世家》记载:"帝谴责钩弋夫人。夫人脱簪珥叩头。帝曰:'引持去,送掖庭狱。'夫人还顾,帝曰:'趣行,汝不得活!'夫人死云阳宫。"② 可见,钩弋夫人是被武帝害死的。《列仙传》中钩弋夫人

---

① (汉)司马迁:《史记》卷二十八,《封禅书》,中华书局1985年版,第1394页。
② (汉)司马迁:《史记》卷四十九,《外戚世家》,第1986页。

的死因与历史事实相符,故事写道:"后武帝害之,殡尸不冷,而香一月间。"直接言明钩弋夫人被武帝所害,死因与《史记》所载大致相同。而在《汉武帝外传》中却对钩弋夫人的死进行了这样的改写:"后至甘泉,因幸,告帝曰:'妾相运正应为陛下生一男,男年七岁,妾当死,今年必不得归,愿陛下自爱。'言终遂卒。"掩盖武帝害死拳夫人的真相,对汉武帝进行美化粉饰的目的很明显。

《神仙传》中收录了一些与汉武帝有交集的神仙,但在《汉武帝外传》中却对这些内容进行了删除,他们是卫叔卿、墨子、太山老父、王兴。《汉武帝外传》没有收录的神仙,主要反映了两方面的内容。

一是这些神仙置身政治之外逍遥自在,对王权不屑一顾。《神仙传》中神仙卫叔卿见武帝强梁自贵,不识道真,不愿意做汉武帝的臣子传他仙方,弃他而去,表现出傲视人间帝王的仙家气概。

> 卫叔卿者,中山人也。服云母得仙。汉元封二年八月壬辰,武帝闲居殿上,忽有一人,乘浮云驾白鹿集于殿前,武帝惊问之为谁。曰:"我中山卫叔卿也。"帝曰:"中山非我臣乎?"叔卿不应,即失所在。帝甚悔恨,即使使者梁伯之往中山推求,遂得叔卿子,名度世,即将还见……叔卿曰:"吾前为太上所遣,欲戒帝以灾厄之期,及救危厄之法,国祚可延,而帝强梁自贵,不识道真,反欲臣我,不足告语,是以弃去……我有仙方,在家西北柱下,归取,按之合药服饵,令人长生不死,能乘云而行,道成来就吾于此,不须复为汉臣也。"度世拜辞而归,掘得玉函,封以飞仙之香,取而按之饵服,乃五色云母,并以教梁伯之,遂俱仙去,不以告武帝也。①

《神仙传》中墨子的故事,同样讲的是作为神仙的墨子视富贵功名如云烟,不愿侍奉武帝的故事。

> 乃撰集其要,以为五行记五卷,乃得地仙,隐居以避战国。至汉武帝时,遂遣使者杨辽,束帛加璧,以聘墨子,墨子不出。视其颜

---

① 《神仙传》,张继禹主编《中华道藏》第45册,第23页。

色，常如五六十岁人，周游五岳，不止一处也。①

二是外传未收录的神仙故事主要讲述的是神仙虽然授予武帝仙家之法，但武帝由于自身修持不够，难以得道成仙。《神仙传》太山老父的故事中，太山老父授予了武帝仙方，但武帝是否从中受益没有交代。可以推断的是，汉武帝得其方而没有成其道。

太山老父者，莫知其姓名。汉武帝东巡狩，见老父锄于道间，头上白光高数尺，怪而呼问之。老父状如五十许人，而面有童子之色，肌体光华，不与俗人同。帝问："有何道术耶？"老父答曰："臣年八十五时，衰老垂死，头白齿落，有道士教臣绝谷服术饮水，并作神枕，枕中有三十二物，其二十四物以象二十四气，其八物以应八风。臣行之，转老为少，黑发更生，齿堕复出，日行三百里。臣今年百八十矣。"武帝爱其方，赐之金帛。老父后入岱山中去，十年五年时还乡里，三百余年乃不复还也。②

《神仙传》王兴的故事讲的是武帝与平民王兴都从神仙那得到长生之法，但武帝不能坚持服菖蒲，未能长生，而王兴坚持不懈最后成仙了。这个故事表现了成仙贵在坚持，与地位身份无关的思想，不可一世的汉武帝居然输给一介平民，不可谓不是对武帝的极大讽刺。

王兴者，阳城人也，常居一谷中，本凡民，不知书，无学道意也。昔汉武帝元封二年上嵩山，登大愚石室，起道宫，使董奉君东方朔等，斋洁思神，至夜，忽见仙人长二丈余，耳下垂至肩，武帝礼而问之，仙人曰："吾九疑仙人也，闻中岳有石上菖蒲，一寸九节，服之可以长生，故来采之。"言讫，忽然不见，武帝顾谓侍臣曰："彼非欲学道服食者，必是中岳之神，以此教朕耳。"乃采菖蒲服之，且二年，而武帝性好热食，服菖蒲每热者，辄烦闷不快，乃止。时从官多皆服之，然莫能持久，唯王兴闻仙人使武帝常服菖蒲，乃采服之，

---

① 《神仙传》，张继禹主编《中华道藏》第45册，第30页。
② 《神仙传》，张继禹主编《中华道藏》第45册，第50页。

不息,遂得长生。魏武帝时犹在,其邻里老小皆云传世见之,视兴常如五十许人,其强健,日行三百里,后不知所之。①

　　综合以上内容,《汉武帝外传》的编书目的就很明确了。该书明确表示接着《汉武帝内传》写,是内传的续集,但二书的编撰目的不同,《汉武帝内传》意在贬谪、嘲讽汉武帝没有真正的道心,故而成不了仙。而《汉武帝外传》有为汉武帝正名之意,该书几乎收罗了以往与汉武帝有关的全部故事,意在表达这样一个事实,即汉武帝是一个重道的皇帝,汉武帝的时代是个崇道的时代。《汉武帝外传》对早期神仙传记中表现神仙对武帝的轻蔑、鄙弃,对皇权的否定和超越的内容不予收录,还增加了方士的故事以强化对武帝好道的肯定,同时,借助汉武帝,将道教在汉魏时期的发展过程予以呈现。《汉武帝外传》的成书年代距产生《列仙传》《神仙传》《汉武帝内传》的汉魏六朝时期很远,随着道教在后世日益世俗化的发展,早期神仙传记中对王权的否定和超越的内容已经淡化,该书的立意很清楚,通过赞美、肯定武帝这个帝王的好道典型,起到宣扬道教信仰的目的。

---

① 《神仙传》,张继禹主编《中华道藏》第45册,第59页。

《洛阳伽蓝记》的作者及创作年代辨证

王建国
(洛阳师范学院文学院暨河洛文化研究中心)

《洛阳伽蓝记》(以下简称《伽蓝记》)又称《洛阳地伽蓝记》、《洛阳寺记》及《洛阳寺记传》[①]等,是东魏时期流传至今的一部重要典籍。它以记述洛阳的佛寺为主,但实际上包含当时的政治、经济、风俗、人物、地理以及传闻故事等许多内容,对我们研究北魏时期的洛阳都城建制、佛寺建筑和历史古迹等具有十分重要的价值。同时它亦有极高的文学成就,堪与《水经注》相媲美。惋惜的是《伽蓝记》的作者在《魏书》《北齐书》《北史》中并无传记,人们只能靠《伽蓝记》、历代书目著录和《广弘明集》中的小传等零散的记载来研究其姓氏、籍贯、生平及成书等问题。这些问题虽有不少前人讨论,但似仍有未尽之义,故笔者撰文对以上问题加以考辨,求教于前贤同道。

一 姓氏

从隋唐以来的各种著作所记看,《伽蓝记》作者衔之的姓竟有"杨""阳""羊"三种写法。如《隋书·经籍志》、隋费长房《历代三宝记》、唐释道宣《广弘明集》(嘉兴藏本)、《大唐内典录》、唐释道世《法苑珠林》、《旧唐书·经籍志》、宋郑樵《通志·艺文略》、宋陈振孙《直斋书录解题》、《宋史·艺文志》等均著录为"杨"。《广弘明集》(大正藏

---

① 费长房:《历代三宝记》卷9称"《洛阳地伽蓝记》五卷(或为一大卷)",释道世《法苑珠林》作《洛阳地伽蓝记》五卷《传记篇第一百·杂集部》、《洛阳寺记》(《送终篇第九十七·受生部》)及《洛阳寺记传》(《变化篇第二十五·厌欲部》)。

本)、《新唐书·艺文志》、元修《河南志》等作"阳"。唐刘知几《史通》、宋晁公武《郡斋读书志》等作"羊"。究竟衒之为何姓？历来就有争论。但争论者一般弃置"羊"姓不论，多主"杨"姓或"阳"姓。主"杨"姓一派者自《四库提要》始，认为："刘知几《史通》作羊衒之，晁公武《读书志》亦同，然《隋志》亦作'杨'，与今本合，疑《史通》误也。"其后清人李文田，今人余嘉锡、范祥雍、刘跃进、詹秀惠等倾向"杨"姓说。① 主"阳"姓一派者最早出自周延年《杨衒之事实考》："详考《北史》及《魏书》杨氏达者无北平籍，而《魏书·阳固传》固字敬安，北平无终人。有三子，长休之，次诠之，三未详。《北史》固传称有五子，长子休之传云：弟綝之，次俊之，与衒之名字排行颇为相近。休之且长文学，为史官，有声当时，则北平之阳氏以文章传家，已可概见。衒之若果为阳姓，其为休之之弟及族昆弟，必无疑矣。"郑骞、黄公渚、周祖谟、王仲荦、范子烨等力主"阳"姓② 。笔者以为，"阳"姓说固然有其道理，然而仅据籍贯和门风推论《伽蓝记》作者为阳氏，未免失之于武断。从内证、外证以及现存的隋唐文献著录等方面对比分析，"杨"姓说比"阳"姓说更为可靠。

首先，从衒之所著《伽蓝记》（内证）来看。自司马迁《史记》作《太史公自序》后，古人着书多撰"自序"追述其家世和阐述写作宗旨。衒之若果为北平阳氏，阳氏在北朝乃文章世家，衒之为何在《伽蓝记序》中未谈及其家学渊源？非但如此，实际上我们在《伽蓝记》中找不到有关阳氏的只言片语。相反，衒之在《伽蓝记》中自称"杨衒之"："杨衒之云：崇善之家必有余庆，积祸之门，殃所毕集……"③ 尤其值得注意的

---

① 以上学者观点分别见《四部备要书目提要》，中华书局1936年版，第72页；余嘉锡《四库提要辨证》，中华书局1980年版，第431—432页；范祥雍《洛阳伽蓝记校注》，上海古籍出版社1978年版，第355—356页；刘跃进《中古文学文献学》，江苏古籍出版社1997年版，第213页；詹秀惠《洛阳伽蓝记的作者与成书年代》，《国立中央大学文学院院刊》1983年第1期。

② 以上学者观点分别见郑骞《景午丛编》，台湾中华书局1972年版，第454—455页；黄公渚《洛阳伽蓝记的现实意义》，《文史哲》1956年第11期；周祖谟《洛阳伽蓝记校释》，中华书局1963年版，第1—2页；王仲荦《魏晋南北朝史》，人民出版社1980年版，第925页；范子烨《〈洛阳伽蓝记〉考论》，载殷宪主编《北朝史研究》，商务印书馆2005年版，第288—291页。郑骞、范子烨又据《魏书》和《北史》载阳固五子中有休之、诠之、綝之、俊之四人名入史传，独缺二子，进一步推论衒之为阳固第二子。

③ 《洛阳伽蓝记》卷4，"宣忠寺"条，四部丛刊三编影印明如隐堂本。

是，《魏书·阳固传》表彰了清河王元怿被害后阳固所表现的"义举"："神龟末，清河王怿领太尉，辟固从事中郎。属怿被害，元叉（案：《伽蓝记》作'义'）秉政，朝野震悚。怿诸子及门生吏僚莫不虑祸，隐避不出，素为怿所厚者弥不自安。固以尝被辟命，遂独诣丧所，尽哀恸哭，良久乃还。仆射游肇闻而叹曰：'虽栾布、王修何以尚也？君子哉若人！'"《伽蓝记》也同样记录了元怿被害的事件："正光初，元义秉权，闭太后于后宫，薨怿于下省。……拔清河国郎中令韩子熙为黄门侍郎，徙王国三卿为执戟者，近代所无也。"却对阳固只字未提。难道衒之在此故意隐其父辈之美德耶？

其次，从《魏书》《南齐书》《北史》等（外证）来看。据《北齐书·魏收传》载，魏收在编撰《魏书》时，曾得阳休之相助，因谢休之曰："无以谢德，当为卿作佳传。"因此魏收在《魏书》中对阳氏多加褒扬和美化。如休之父固曾为北平太守，以贪虐为中尉李平所弹获罪，载在《魏起居注》。但收书云："固为北平，甚有惠政，坐公事免官。"又云："李平深相敬重。"魏收在《魏书》中载"固有三子。长休之，武定末，黄门郎。休之弟诠之，字子衡。少着才名，辟司徒行参军。"衒之果真为休之兄弟，魏收与衒之同时代且与阳氏关系极为密切，焉得不录衒之入阳氏传？到了唐代，衒之事迹并未完全湮灭无闻，如唐代傅奕辑魏晋以来反佛人物言论，成《高识传》十卷，其中就有杨衒之传。《广弘明集》据《高识传》加以收录，并记有衒之籍贯、官职和《上东魏主启》。唐法琳《破邪论》载杨衒之译佛经一部。隋费长房《历代三宝记》《隋书·经籍志》等著录有衒之《洛阳伽蓝记》。如果衒之真为阳休之兄弟，唐李百药修《北齐书》、李延寿修《北史》当收衒之入阳氏传。可事实并非如此，如《北史》在《阳尼传》附《阳固传》载固有五子，并举休之、𬘯之、俊之三人，还载录了阳固从兄藻，藻子斐，阳固从弟元景，等等。案，衒之的文章、官位与诸阳相比，足够入史传的资格，何故独遗衒之不入阳氏传哉？

最后，我们从现存隋唐文献著录的衒之姓氏来看。虽然大正藏本《广弘明集》作"阳衒之"，但嘉兴藏本《广弘明集》、《隋书·经籍志》、隋费长房《历代三宝记》、唐释法琳《破邪论》、唐释道宣《续高僧传》、《大唐内典录》、唐释道世《法苑珠林》等均作"杨衒之"，且《广弘明集》与《续高僧传》、《大唐内典录》同出道宣之手，道宣断不会把一人之姓两写。可见大正藏本《广弘明集》之"阳"当为"杨"的误刻，因为这一字的繁体"楊"与"陽"音同形近，极易混淆。

如上所述，衒之虽与阳休之兄弟排名相同，但史籍中未见衒之与阳氏家族有任何瓜葛，故衒之必不是阳氏中人物，而当如南朝鲍照、吴均出身寒门而"才秀人微"者，在门阀盛行的南北朝时代，衒之故为史官所忽略。至于有些学者推测当为"衒之"的阳固第三子，应是早卒未留名无事迹可载者，而与衒之无关。因此衒之的姓当以"杨"姓为正。

二　籍贯

衒之的籍贯，唐释道宣《广弘明集》卷六《叙列代王臣滞惑解》说是"北平人"。但据《魏书·地形志》载，北魏时有两个"北平郡"：一属平州，一属定州。于是也形成两种意见，一种认为衒之属定州北平（或云满城，或云完县，或云定县）①；另一种则认为应属于平州之北平（或云天津蓟县，或云河北遵化）②。为何在北魏有两个北平郡？这个问题应从汉代至北魏的行政区划沿革谈起。查《汉书·地理志》及《后汉书·郡国志》，就会发现在两汉时期就有两个叫"北平"的地名，一个是属于幽州刺史部的右北平郡，另一个是属于冀州刺史部中山国的北平县。三国、西晋时期，幽州的"右北平郡"改名"北平郡"，所辖区域与两汉大致相同。而冀州的北平县仍属中山国，地理位置也基本未

---

① 周予同：《中国历史文选》（上），上海古籍出版社2002年版，第325页，认为杨衒之是北魏北平（今河北满城北）人；游国恩等主编：《中国文学史》（一），人民文学出版社2002年版，第337页，认为是北平（今河北完县）人；曹道衡、沈玉成：《南北朝文学史》，人民文学出版社1991年版，第398页，约请谭家健撰写的《洛阳伽蓝记》一节认为是北平（今河北定县）人。按，《魏书·地形志》载，定州北平郡辖蒲阴、北平、望都三县。满城、完县大致在其辖区内，而定县则应属中山郡，而非当时定州北平郡辖区。

② 袁行霈主编：《中国文学史》第2卷，高等教育出版社1999年版，第181页，认为杨衒之是北平（今天津蓟县一带）人。按，蓟县接近阳氏郡望无终，盖认为杨衒之为阳氏人物。曹道衡认为"杨衒之的祖籍为平州其可能性当大于定州，把他说成遵化附近人似比说成今保定或定州市人为妥。"（曹道衡：《关于杨衒之〈洛阳伽蓝记〉的几个问题》，《文学遗产》2001年第3期。）按，蓟县、遵化在北魏均非属平州北平郡所辖，而属幽州渔阳郡。

变。到了北魏，行政区划发生了较大的变革，此时的"北平郡"属平州，所辖区域也完全不同①。而两汉、西晋时的"北平郡"则于元魏太武帝太平真君七年（446）并入渔阳郡，属幽州。孝明帝孝昌（525—527）年间，又从定州中山郡分出一部分，设置北平郡，辖蒲阴、北平、望都三县，郡治北平城（在今河北满城县北）。那么杨衒之究竟属于哪一个"北平"呢？要弄清这一问题，我们必须理解晋唐时期记载人物籍贯的体例。

首先，晋唐时期记载籍贯，一般采用"某人，××（郡）人"或"某人，××（郡）××（县）人"的形式。如《南史·鲍照传》云："鲍照，东海人。"东海，郡名，治所在今山东郯城。刘孝标《广绝交论》："近世有乐安任昉。"任昉，祖籍乐安郡博昌县人。《晋书·傅玄传》："傅玄，北地泥阳人也。"指傅玄是北地郡泥阳县人。《陈书·徐陵传》："徐陵，东海郯人也。"指徐陵是东海郡郯县人。《广弘明集》称："杨衒之，北平人。"这里的"北平"当指郡名而非县名。其次，记载籍贯多采用祖籍而非某人的出生地，记载祖籍的地名多用前代行政区划的地名而非当代行政区划的地名。尤其是南北朝，人口播迁，多非原籍，世家大族为巩固他们在政治、经济和文化等方面的特权，热衷于互相标榜门阀，"竞以姓望所出，邑里相矜"。史书记载人物籍贯，"其地皆取旧号，施之于今"②，多用西晋以前的地名。如《魏书·阳尼传》："阳尼，北平无终人。"检《魏书·地形志》，北魏时期无终属幽州渔阳郡，所谓"北平无终"乃是西晋时期的行政区划。又如《魏书·儒林传·平恒传》："平恒，字继叔，燕国蓟人。"检《魏书·地形志》，北魏时期有燕郡而无燕国，"燕国蓟县"是西晋时期的名称。最为典型的例子就是与杨衒之一起被道宣列为反佛人物的刘昼，《广弘明集》载其籍贯是"渤海人"。《魏书·儒林传·刘昼传》云："刘昼，渤海阜城人也。"检《魏书·地形志》，阜城北魏属武邑郡，"渤海阜城"乃是西晋时的行政区划。道宣

---

① 据《魏书》卷一百六十，《地形志上》，平州北平郡辖朝鲜、新昌两县。其所辖区域大致在西晋时的辽西郡一带。

② 见刘知几《史通·邑里》篇。此处原注云："近代史为王氏传，云：'琅琊临沂人'；为李氏传，曰：'陇西成纪人'之类是也。非惟王、李一族久离本居，亦自当时无此郡，皆是晋、魏已前旧名号。"（刘知几著，浦起龙通释：《史通通释》，上海古籍出版社1978年版，第144页。）知南北朝隋唐时期记载人物籍贯多用魏晋以前旧地名。

《广弘明集》记载籍贯的体例应该是一致的。因此,《广弘明集》说杨衒之"北平人",既非北魏平州之"北平",亦非定州之"北平",而是指西晋时幽州之"北平"。由于《广弘明集》只说了杨衒之籍贯所属的郡,而没有记载所属的县,因此我们只能确定衒之的籍贯为西晋时幽州北平郡,具体属于北平的哪一个县我们还不能确定。

两汉以来,幽州一带虽出现了涿郡安平崔氏、范阳涿县卢氏等著名的文化家族,西晋还出现过张华、卢谌等作家,但毕竟地处北边,与以洛阳为中心的中原文化不能相比,为何在幽州北平会出现杨衒之这样优秀的历史地理学家?这个问题应当从西晋末年的永嘉之乱说起。西晋永嘉以后,黄河以南的广大中原地区陷入"八王之乱"和"五胡乱华"的纷争之中。而幽州由于离洛阳较远,受到战争的波及较小,因此成了当时很多士人躲避战乱的地方。另外,邻近幽州的平州慕容廆此时打起忠于晋朝的旗帜,得到许多汉族士大夫的归附[①],同时也奠定了以后幽州地区学术文化繁荣的基础。据《魏书》《北齐书》记载,出身于幽州地区的学者和文人有平恒(燕国蓟)、卢景裕(范阳涿)、卢观(范阳涿)、祖莹(范阳)、阳尼(北平无终)、阳固(北平无终)、卢元明(范阳)、郦道元(范阳)、祖鸿勋(涿郡)、李广(范阳)、祖珽(范阳遒)、阳休之(北平无终)、卢思道(范阳涿)等,由此可见幽州士人对北朝学术文化的贡献。杨衒之就是在这样的文化背景下出现的。

三 生平及仕历

衒之的生平及仕历,从现存的史料大致知道他曾任奉朝请、期城太守、抚军府司马和秘书监四个官职。奉朝请一职见于《洛阳伽蓝记》卷一:

---

① 据《晋书·慕容廆载记》载:"时二京倾覆,幽、冀沦陷,廆刑政修明,虚怀引纳,流亡士庶多襁负归之。廆乃立郡以统流人,冀州人为冀阳郡,豫州人为成周郡,青州人为营丘郡,并州人为唐国郡。于是推举贤才,委以庶政,以河东裴嶷、代郡鲁昌、北平阳耽为谋主,北海逢羡、广平游邃、北平西方虔、渤海封抽、西河宋奭、河东裴开为股肱,渤海封弈、平原宋该、安定皇甫岌、兰陵缪恺以文章才俊任居枢要,会稽朱左车、太山胡毋翼、鲁国孔纂以旧德清重引为宾友,平原刘赞儒学该通,引为东庠祭酒,其世子皝率国胄束脩受业焉。廆览政之暇,亲临听之,于是路有颂声,礼让兴矣。"可见当时归附慕容廆的士人非常之多。

奈林南有石碑一所，魏明帝所立也，题云"苗茨之碑"。高祖于碑北作苗茨堂。永安中年，庄帝马射于华林园，百官皆来读碑，疑苗字误。国子博士李同轨曰："魏明英才，世称三祖；公干仲宣，为其羽翼。但未知本意如何，不得言误也。"衒之时为奉朝请，因即释曰："以蒿覆之，故言苗茨，何误之有？"众咸称善，以为得其旨归（此处引文依周祖谟《洛阳伽蓝记校释》，以下同）。

此处衒之称自己任奉朝请在"永安中年"，"永安"（528—530）乃孝庄帝年号，永安为号共三年，依常例我们定为永安二年（529）。据《魏书·官氏志》，奉朝请，从第七品。此官职多为起家官职，年龄一般在二十岁左右。如《魏书·李同轨传》："年二十二，举秀才，射策，除奉朝请。"《魏书·文苑传·裴伯茂传》："少有风望，学涉群书，文藻富赡。释褐奉朝请。"《魏书·宋翻传》："少有操尚，世人以刚断许之。世宗初，起家奉朝请。"因此奉朝请一职当为衒之的初任官职，假设杨衒之此时二十余岁，据此可推测其生年约在公元508年。此次马射中，百官读"苗茨碑"皆疑惑不解，而衒之以"以蒿覆之，故言苗茨"释其疑，足见杨衒之博学多识。

衒之在《洛阳伽蓝记》卷1还述及了他与胡孝世共登永宁寺九层浮屠的事：

永宁寺，熙平元年灵太后胡氏所立也。……中有九层浮图一所，架木为之，举高九十丈。上有金刹，复高十丈，合去地一千尺。去京师百里，已遥见之。……装饰毕功，明帝与胡太后共登之。视宫中如掌内，临京师若家庭，以其见宫中，禁人不听升。衒之尝与河南尹胡孝世共登之，下临云雨，信哉不虚！

关于永宁寺立寺及九层浮屠被焚毁的年月，《伽蓝记》都有明确的记载，永宁寺及浮屠兴造于后魏孝明帝熙平元年（516），至后魏孝武帝永熙三年（534）一月浮屠被火烧毁，前后共19年。衒之和胡孝世登塔的年岁，就在这19年间。但最有可能是在武泰元年（528）胡太后及幼主钊被尔朱荣沉于河阴以后的事，因为之前胡太后"禁人不听升"，且衒之还未入仕，很难有登塔的机会和资格。

在《伽蓝记》中衒之自述与胡孝世登塔之后,接着又提及达摩禅师云游永宁寺的情形:

> 时有西域沙门菩提达摩者,波斯国胡人也。起自荒裔,来游中土,见金盘炫日,光照云表,宝铎含风,响出天外,歌咏赞叹,实是神功。自云:年一百五十岁,历涉诸国,靡不周遍,而此寺精丽,阎浮所无也。极佛境界,亦未有此!口唱南无,合掌连日。

菩提达摩乃中国禅宗初祖,《续高僧传》则认为他是南天竺人,曾经游历永宁寺。《伽蓝记》卷一还载,达摩曾到洛阳修梵寺观金刚。由上述记载可知,衒之应在洛阳亲自见过达摩。正因为衒之与达摩有过会面,因此宋释道原《景德传灯录》卷三便记载有一段衒之与达摩问答佛乘及宗旨的对话[1]。余嘉锡认为此当为僧徒好事者附会之谈,不足为信。[2]

杨衒之任期城太守一职见于隋唐多种文献著录。如隋费长房《历代三宝记》卷九:"《洛阳地伽蓝记》五卷,期城郡太守杨衒之撰。"唐释道宣《续高僧传》卷一《菩提流支传》:"斯(按,"斯"为"期"之讹)城郡守杨衒之撰,《洛阳地伽蓝记》五卷。"《大唐内典录》卷4亦作"期城郡守"。唐释道世《法苑珠林》卷一百《传记篇·杂集部》:"《洛阳伽蓝记》一部五卷,元魏邺都期城郡守杨衒之撰"。范祥雍《洛阳伽蓝记校注·杨衒之传略》认为:"期城郡元魏属襄州,与邺都不涉,《珠林》误。"笔者以为,"元魏邺都"当指迁都邺城的东魏时期,而非指期城属邺都所辖。又西魏大统四年(东魏元象元年,538),西魏使云宝袭洛阳,赵刚袭广州,拔之。于是自襄、广以西城镇,复入西魏,东魏即于此时失去期城郡[3]。据此可证衒之为期城郡守当在东魏孝静帝天平元年(534)至元象元年(538),即在作《伽蓝记》之前。

明如隐堂本《洛阳伽蓝记》的作者题称"魏抚军府司马杨衒之",但明吴管古今逸史本、清王谟汉魏丛书本、真意堂本等"魏"字上均

---

[1] (宋)释契嵩《传法正宗记》卷五亦有类似的记载。
[2] 余嘉锡:《四库提要辨证》,中华书局1980年版,第432页。
[3] 令狐德棻:《周书》卷二,《文帝纪下》,中华书局1971年版,第26页。

有"后"字，南宋陈振孙《直斋书录解题》亦如此，著录为"后魏抚军司马杨衒之"。"后"字乃后人所增。由此看来，"抚军府司马"当为杨衒之撰写《洛阳伽蓝记》时的官职。《广弘明集》称衒之"元魏末为秘书监"，"见寺宇壮丽，损费金碧，王公相竞，侵渔百姓"，才写了《伽蓝记》，目的在讽谏"不恤众庶"。又说衒之后来上书排佛，主旨是说释教虚诞，贪积无厌。并请立严敕，明辨佛徒真伪，方使佛法可遵，逃兵还归本役。史载北魏末年至东魏末年任秘书监者有常景、魏收二人。《魏书·常景传》云："普泰初，除车骑将军、右光禄大夫、秘书监。……天平初，迁邺，景匹马从驾。……后除仪同三司，仍本将军。武定六年，以老疾去官。"按《魏书·官氏志》，车骑将军和右光禄大夫皆第一品，仪同三司，属从第一品，但这些均为荣誉官衔，不负实际责任，其真正职务为秘书监。所以秘书监一职，从普泰初年（531）到武定六年（548），应为常景。常景之后，有魏收。《魏书·自序》："文襄崩，文宣如晋阳，令与黄门郎崔季舒、高德正、吏部郎中尉瑾于北第参掌机密。转秘书监，兼著作郎，又除定州大中正。时齐将受禅，杨愔奏收置之别馆，令撰禅代诏册诸文，遣徐之才守门不听出。天保元年，除中书令……"魏收任秘书监的时间则从武定七年（549）八月高澄（文襄）被刺以后至天保元年（550）。从武定六年常景去官至武定七年八月魏收转任秘书监一年左右，此当为杨衒之任秘书监的时间。南北朝后期秘书监为秘书省之长官，监掌国之典籍图书。杨衒之学识广博，兼通文史，并饱读内典，深明佛学，任秘书监亦是一时之选。但由于衒之对高氏所为颇为不满，盖此时意识到高氏篡魏已为时不远，故任职不久即辞官。《广弘明集》所载杨衒之的上书应在任秘书监任上。因为衒之任秘书监时已临近东魏亡国，由此可推测他当卒于北齐时期。

四　《伽蓝记》的创作年代及其他

关于《伽蓝记》的写作缘起，近代学者多从今本《洛阳伽蓝记序》：

至武定五年，岁在丁卯，余因行役，重览洛阳。城郭崩毁，宫室倾覆，寺观灰烬，庙塔丘墟，墙被蒿艾，巷罗荆棘。野兽穴于荒阶，山鸟巢于庭树。游儿牧竖，踯躅于九逵；农夫耕老，艺黍于双阙。麦

秀之感，非独殷墟；黍离之悲，信哉周室！

由上所述，我们得知衒之在武定五年，因行役重览洛阳时，才产生了著作《伽蓝记》的动机。因此周祖谟、范祥雍等先生均认为《伽蓝记》的创作始于武定五年①。但是《历代三宝记》卷九所载杨衒之自序与现存《伽蓝记》的版本颇有不同。陈垣《中国佛教史籍概论·历代三宝记篇》云："杨衒之自序，见《三宝记》九，与今本异同数十字，皆比今本为长。其最关史实者，为今本'武定五年，岁在丁卯，余因行役，重览洛阳'句。《三宝记》作'武定元年中'，无'岁在丁卯'四字，诸家皆未校出。据藏本，则此四字当为后人所加。"②陈氏虽未明言五年与元年为孰是，揆其意似以《三宝记》为然。既然衒之在序中自称"因行役，重览洛阳"，这"行役"二字，使我们怀疑他是因公务带官兵前往洛阳的③。据《魏书·孝静帝纪》载，武定五年（547），东魏共发生两次大的战争，一次是五年春正月，"司徒侯景反，颍州刺史司马世云以城应之。……遣司空韩轨，骠骑大将军、仪同三司贺拔胜，可朱浑道元，左卫将军刘丰等帅众讨之"。"六月，司徒韩轨、司空可朱浑道元等自颍州班师。"另一次是五年九月，"萧衍遣其兄子贞阳侯渊明帅众寇徐州，……冬十月乙酉，以尚书左仆射慕容绍宗为东南道行台，与骠骑大将军、仪同三司、大都督高岳，潘相乐讨渊明。十有一月，大破之"。而洛阳此年无战事，杨衒之当不会随军至洛阳。而在武定元年（543）一月，洛阳发生了一次大的战争，"北豫州刺史高仲密据虎牢西叛。三月，宝炬遣其子突与宇文黑獭率众来援仲密。……齐献武王讨黑獭，战于邙山，大破之……豫、洛二州平"。盖在此年，衒之随抚军将军去洛阳参加了这场高欢讨宇文黑獭的战争，才得以有机会"重览洛阳"。因此衒之重览洛阳的时间当在武定元年。武定元年之前，洛阳已经遭受两次大的破坏。第一次是天平元年（534）京师迁邺时，高欢父子下令洛阳四十万户北徙邺城。翌年，尚

---

① 周祖谟：《洛阳伽蓝记校释》，中华书局1963年版，第7页；范祥雍：《洛阳伽蓝记校注·序》，上海古籍出版社1978年版，第1—2页。
② 陈垣：《中国佛教史籍概论》，上海古籍出版社1999年版，第10页。
③ 按，"行役"有二义：一指因服兵役、劳役或公务而出外跋涉；一泛称行旅出行。此当为第一义。元象元年（538）衒之解职期城太守之后，很可能不久即转任抚军府司马，时东魏战乱颇多，衒之随抚军将军出征当为常事，故云"行役"。

书右仆射高隆之发派十万夫撤洛阳宫殿，运其材入邺。这是洛阳城自孝文帝营建以来的第一次浩劫。接踵而来的就是东、西魏为争夺洛阳地区而燃起的战火对洛阳的破坏。天平四年（537）宇文泰命独孤信进据洛阳。元象元年（538）七月，东魏侯景、高敖曹等围独孤信于洛阳金墉城，侯景纵火烧洛阳内外官寺民居，"存者什二三"①，可见此次毁坏之剧烈。这是洛阳遭受的第一次大浩劫。到了武定元年的这次战争，东魏虽然收复了洛阳城，但历经多次战火的洗劫，此时的洛阳已是"城郭崩毁，宫室倾覆，寺观灰烬，庙塔丘墟"。杨衒之战后重览故都，目睹昔日繁华灿烂的洛阳城即将永远埋藏在战火的灰烬之中，于是顿生"恐后世无传，故撰斯记"的历史使命感，决定记载下这半个世纪洛阳的兴衰史，传给后世的人们。从《伽蓝记》记载的内容来看，它当完成于武定五年（547），因为书中未见武定五年以后的史事。如卷三云："武定四年，大将军迁石经于邺。"大将军即指高澄②。卷四云："武定五年，（孟仲）晖为洛州开府长史。"卷五末提到"北邙山上有'齐献武王寺'"，据《魏书》卷十二《孝静帝本纪》载，高欢死于武定五年春正月，秋七月谥曰献武王。还有一个值得注意的问题是，衒之卷二盛赞颍川荀济"风流名士，高鉴妙识，独出当世"。按，荀济在武定五年八月因反对高澄而被杀于邺城。如果《伽蓝记》完成于是年八月以后，似不会如此称颂一个被高澄视为"谋反"的人③。因此，《伽蓝记》当杀青于武定五年的七八月间。由此推测，衒之武定五年时仍任抚军府司马，故署名"魏抚军府司马杨衒之"④。这与我们上述推定衒之于武定六年始任秘书监的论断前

---

① （宋）司马光：《资治通鉴》卷一百五十八，中华书局1956年版，第4893页。
② 迁石经事又见于《隋书》卷32《经籍志》："魏正始中，又立二字石经，相承以为七经正字。后魏之末，神武执政，自洛阳徙于邺都，行至河阳，值岸崩，遂没于水，其得至邺者，不盈太半。"似指高欢移石经于邺城。而刘汝霖《东晋南北朝学术编年》云："按《北齐书·文宣帝纪》：'往者文襄帝所建蔡邕石经五十二枚。'《孝昭帝纪》：'文襄帝所运石经。'文襄者高澄也。盖高欢于本年（按，指武定四年）八月虽有是命，而当军马倥偬之际，当无暇即实行迁移。至明年正月，欢卒。则移经者当为高澄，故《北齐书》云然。"据《北齐书·文襄帝纪》，高澄于兴和二年（540）加大将军，故衒之称高澄为大将军。
③ 魏收《魏书》就对荀济加以回避，书中未给荀济作传，只在两处提到荀济，都是写荀济"谋反"的事。至唐李延寿撰《北史》才为荀济作传，并称济被杀后"邺下士大夫多传济音韵"，可见荀济当时名望颇高。
④ 参见曹道衡《关于杨衒之〈洛阳伽蓝记〉的几个问题》，《文学遗产》2001年第3期。

后正好相合。反观通常认为《伽蓝记》创作始于武定五年的说法却不尽合理。因为即使衔之从武定五年正月开始创作，至八月完成，也不过是七八个月的时间。作为一部传世名著，《伽蓝记》兼具地志的精确记载、历史的客观纪实和文学的华美曲折等特点，需要经过查找资料、探寻遗迹、访求故老、核实史事、润色加工等许多工作才能完成，显然不会在如此短的时间内一蹴而就，因此《历代三宝记》的"武定元年"说则更符合《伽蓝记》的创作实际。

综上所述，《伽蓝记》的创作当始于东魏孝静帝武定元年（543），约至武定五年（547）的七八月之间完成，衔之撰写此书大约用了五年的时间，此五年间衔之一直任抚军府司马一职。

除《伽蓝记》外，衔之另撰有《庙记》一卷，以往的《伽蓝记》研究者对此书很少关注。此书今散佚，朱祖延《北魏佚书考》辑佚38条，《隋志》、两《唐志》均著录为"《庙记》一卷"，而未录著者名。按，南北朝著《庙记》者非一人。《梁书·吴均传》云："均著《庙记》十卷。"《册府元龟》卷五百五十六《国史部》又云："杨衔之撰《洛阳伽蓝记》五卷，《庙记》一卷。"《册府元龟》记载的《庙记》卷数与《隋志》及两《唐志》相合，因此《隋志》和两《唐志》记载的《庙记》当为杨衔之所著，而吴均《庙记》十卷在《隋志》及两《唐志》中未见载录，盖唐初已亡佚。从朱氏辑佚的《庙记》内容看，率多记载西京宫阙陵墓之事，吴均为南朝人，不宜秽此，亦应为衔之《庙记》的佚文①。此外《北史·隐逸传·崔廓传附子赜传》载北魏卢元明撰有《嵩高山庙记》，《太平寰宇记》卷九十《江南东道》"古固城"下又引有滕公《庙记》②。由于衔之《庙记》记载的是西京之事，其成书当早于《伽蓝记》，即作于永熙三年（534）之前，因为之后北魏分裂为东、西魏，衔之不会再有赴长安考察地理形势的可能。《庙记》全文虽已佚，从其现存的佚文来看，它不但记载长安建筑的地理分布，而且记载秦汉时期西京的宫廷秘事、风俗人情和历史传说等，在写作方式上与《伽蓝记》有很多相似之处。试将两书的部分段

---

① 参见朱祖延《北魏佚书考》，中州古籍出版社1985年版，第126—130页。
② 滕公：《庙记》，年代不详，观《太平寰宇记》所引一则佚文："其城是吴瀨诸县地，楚灵王与吴战，遂陷此城。"乃写江南之事，与诸书所引杨衔之《庙记》不类，殆别是一书也。

落比较如下:①

《三辅黄图》卷四《庙记》曰:长乐宫中有角池、酒池。池上有肉炙树,秦始皇造。汉武帝行舟于池中。酒池北起台,天子于上观牛饮者三千人。又曰:武帝常欲夸羌胡,饮以铁杯,重不能举,皆抵牛饮。

《伽蓝记》卷一:华林园中有大海,即汉天渊池。池中犹有[魏]文帝九华台。高祖于台上造清凉殿。世宗在海内作蓬莱山。山上有仙人馆。[台]上有钓台殿。并作虹蜺阁,乘虚来往。至于三月禊日,季秋巳辰,皇帝驾龙舟鹢首,游于其上。

《史记·秦始皇本纪·正义》引《庙记》云:北至九嵕、甘泉,南至长杨、五柞,东至河,西至济渭之交,东西八百里,离宫别馆,相望属也。木衣绨绣,土被朱紫,宫人不徙。穷年忘归,犹不能遍也。

《伽蓝记》卷三:(元雍)居止第宅,匹于帝宫。白壁丹楹,窈窕连亘,飞檐反宇,缭辕周通。僮仆六千,妓女五百,隋珠照日,罗衣从风。自汉晋以来,诸王豪侈未之有也。

《三辅黄图》卷二引《庙记》云:长安市有九,各方二百六十六步。六市在道西,三市在道东。凡四里为一市。致九州岛之人在突门,夹横桥大道,市楼在重层。

《伽蓝记》卷四:出西阳门外四里御道南,有洛阳大市,周回八里。市南有皇女台,汉大将军梁冀所造,犹高五丈馀。

《太平寰宇记》卷二十五引《庙记》云:旗亭楼在杜门大道南,又有当市楼。张衡《西京赋》云:"廓开九市,通阛带阓,旗亭五重,俯察百隧"是也。

《伽蓝记》卷四:大觉寺,广平王怀舍宅[立]也,在融觉寺西一里许。北瞻芒岭,南眺洛汭,东望宫阙,西顾旗亭,禅皋显敞,实为胜地。是以温子升碑云:"面水背山,左朝右市"是也。

---

① 以下引《庙记》和《伽蓝记》的原文分别依据朱祖延《北魏佚书考》与周祖谟《洛阳伽蓝记校释》。

由上述比较我们可以得出两点结论：其一，从《庙记》可以看出，杨衒之在未作《伽蓝记》时已有丰厚的地学知识积累，他能创作出《伽蓝记》并非偶然；其二，自陈寅恪提出《伽蓝记》的文体源于中古佛学的"合本子注"体著作以来，研究者多信从陈氏之说。但此时期记载人文地理的"《庙记》体"地志著作对《伽蓝记》创作的影响不应被忽视，应引起学者的关注和重视。

试探敦煌僧人邈真赞中的禅律结合

方新蓉

（西华师范大学文学院）

晚唐、五代、北宋时期，敦煌地区的人们有在亡故前后到下葬前的七日之内请人作绘画颜容的邈真图像和邈真赞的风俗，从而"写真、肖像画像赞"① 的邈真赞成为流行文体。有关敦煌邈真赞研究，现已取得一定的成果，如陈祚龙先生《敦煌真赞研究》、郑炳林先生《敦煌碑铭赞辑释》、陈尚君先生《全唐文补编》以及项楚、姜伯勤、荣新江等先生《敦煌邈真赞校录并研究》、张志勇先生《敦煌邈真赞译注》等，从文献整理的角度，对邈真赞文献进行了详尽搜集，在写作时间、赞主等方面进行了精到分析；此外，还有不少的单篇论文从文字、声韵学等角度进行研究。这些都为我们后来的研究打下了坚实的基础。然而敦煌邈真赞仍有研究的空间，它们提供了僧人们的生活方式。限于学识，本文仅为抛砖引玉之作。

一 《百丈清规》

中国佛教宗派有8个（天台宗、三论宗、慈恩宗、华严宗、律宗、密宗、净土宗和禅宗），其中律宗讲究戒律。戒律本来为佛教各派系所执守，但在如何适应中国本土即中国化的情况下实行，各派系必须加以变通。禅宗行安心方便法门，生活色彩较浓厚，"全部的日常生活一转眼间，均已'天堂化'，'佛国化'"②，"崇尚自然与简单的生活"③，"有明

---

① 姜伯勤：《敦煌艺术宗教与礼乐文明：敦煌心史散论》，中国社会科学出版社1996年版，第77页。
② 钱穆：《中国文化史导论》，商务印书馆1994年版，第167页。
③ [美] 费正清：《中国：传统与变迁》，张沛译，世界知识出版社2002年版，第76—77页。

显的内在化、个人化倾向"①。这样，禅宗就与寄住的律寺发生了冲突。唐朝和尚百丈怀海（720—814）于元和九年取代了《四分律》，立天下丛林规式，俗称《百丈清规》。这个纲领主旨保存在宋景德元年学士杨亿（972—1020）的《古清规序》②中。《古清规序》先讲了禅宗从律寺中分离别立禅寺的原因，"百丈大智禅师以禅宗肇自少室，至曹溪以来，多居律寺，虽[列]别院，然于说法、住持未合规度，故常尔介怀。……于是创意别立禅居"，接着讲了禅寺组织管理制度、日常准则。禅寺里，没有绝对权威，没有偶像崇拜，"不立佛殿，唯树法堂者"；僧众过着集体生活，共同吃饭，共同睡觉，"其阖院大众，朝餐夕聚"，"设长连床，施木施架挂搭道具"；注重个体的自觉和自我约束。除要有作为僧人应有的行住坐卧"四威仪"、尊敬长老常常向高僧请教禅法"入室请益"外，一切行动自由。看不看经，参不参禅，都是自己的事，"任学者勤怠。……不拘常准"。从上可以看出，此时别立的禅寺（即后来所称的"丛林"）是一种完全新型的开放的寺院形态，取消了许多戒律，反映的是自性自悟、自我解脱的观念。

然而，我们发现这个元和九年（814）产生的清规并没有影响到敦煌僧人。僧人邈真赞中有时间的都是唐后及五代时期，如 p.4660《金光明寺索法律邈真赞并序》③ 作于龙纪元年（889），p.4660《都僧政曹僧政邈真赞》作于中和三年（883），p.4660《都僧统唐悟真邈真赞并序》和 p.4660《阴法律邈真赞并序》题记于广明元年（880），p.4660《张僧政邈真赞》题于乾符三年（876），p.4660《索法律智岳邈真赞》题记于咸通庚寅年（870），p.4660《河西管内都僧统邈真赞并序》题记于咸通十年（869），p.4660《宋志贞律伯彩真赞》题于咸通八年（867），p.4660《凝公邈真赞》题于咸通五年（864），p.4660《梁僧政邈真赞》题于大中十二年（858），p.4660《译经三藏吴和尚邈真赞》题记于咸通十年（869），p.3630、p.3718《阎会恩和尚邈真赞并序》题记于大梁贞明九年（923），p.3718《范海印和尚写真赞并序》题记于长兴二年（931），

---

① 廖明活：《中国佛教思想述要》，台北商务印书馆2006年版，第530页。
② （宋）杨亿：《敕修百丈清规》卷八所附，《大正藏》第48册，河北省佛教协会2008年版，第1158—1159页。
③ 郑炳林：《敦煌碑铭赞辑释》，甘肃教育出版社1992年版。文中所引用的邈真赞均出自此书。不再出注。

p. 3718《刘庆力和尚生前邈真赞并序》与 p. 3718《马灵佺和尚邈真赞并序》都题于天成三年（928），p. 3718《张喜首和尚写真赞并序》题于己卯岁（919），S. 5405《张福庆和尚邈真赞并序》题于显德二年（955），p. 3792《张和尚生前写真赞并序》于晋岁己巳（909）。敦煌的寺庙里律堂与禅堂不分，僧人们都严守戒律，德行都澄静。也许，就像郝春文先生《唐后期五代宋初敦煌僧尼的生活方式》所说的"古代僧尼的守戒是一个比较模糊的概念，具有一定的时间性、地域性和随意性"，"中国的寺院从来就不存在遵守全部戒律的问题，而只是遵守戒律中哪些条文的问题"[①]，但敦煌僧人邈真赞中禅律结合却非常突出。

二 敦煌僧人邈真赞中禅律结合史料及其写法

邈真赞记述的赞主大约有 90 人，为敦煌当地的名人名僧，其中赞主为释僧的邈真赞约有 49 篇，大抵有两种禅律结合的书写方式。

1. 禅在前、律在后

禅在前、律在后写法在敦煌僧人邈真赞中很少，如 p. 4660《索义辩和尚邈真赞》"禅慧兼明，戒香芬馥"说索义辩和尚明晓禅法与智慧，其戒行像芬芳馥郁的桂花。又如 p. 4660《都毗尼藏主阴律伯真仪赞》"禅枝异秀，律纲奇（辋）"称阴律伯的禅法像大树树枝一样奇异突出，其对戒律的法纪纲常等有着超越群伦的看法。

2. 律在前、禅在后

律在前、禅在后写法在敦煌僧人邈真赞中比比皆是。

有作为对句出现的，如 p. 3726《释门都法律杜和尚写真赞》"非论持律，修禅最能"，即杜和尚轻视对佛经、戒律解释的论著，严守戒律，同时，他又最善于修持禅宗，于是众生的贪、嗔、痴、慢、疑五毒心所形成的千重暗室被他驱散，"千重暗室，藉一明灯"。p. 3792《张和尚生前写真赞并序》也是并举的，"一从秉义，律澄不犯于南宣。静虑修禅，辩决迥殊于北秀"。张和尚严守南山律宗大师道宣所规定下来的戒律，从不触

---

① 郝春文：《唐后期五代宋初敦煌僧尼的生活方式》，《郝春文敦煌学论集》，上海古籍出版社 2010 年版，第 23 页。

犯。同时，抛弃杂念静心修习禅法，辨明裁决佛法义理又跟北宗禅的神秀没有差别。

大量的散句出现，如 p. 4660《金光明寺索法律邈真赞并序》说索法律自身严格要求，遵守戒律，以禅育人，"堂堂律公……行解清洁……灯传北秀，导引南宗"，传承了北宗神秀的禅法，并开导南宗慧能的禅法。p. 3660、p. 3718《阎会恩和尚邈真赞并序》先说姓阎和尚的戒行就像冰清玉洁的明月、光洁明亮的鹅珠，然后再说他深入地通晓奥妙的佛理，心意愉悦地在禅定之池中遨游，"冰冰戒月，皎皎鹅珠。……深通妙理，悦意禅池"。p. 4660《阴法律邈真赞并序》说阴法律，"戒月圆明……人称草系，蛾（鹅）珠尚护。兢兢惕惕，威仪清苦。……教戒门徒，宗承六祖。随机授业，应缘化度"，戒行像月亮一样圆融、明亮，因此被人们称为持戒最严的草系比丘。他如同得到鹅珠，小心谨慎护戒，时常提醒自己，要保持威严的仪态、清峻寒苦。他教导门下弟子要守戒的同时，也以六祖慧能为宗，随机设教，因缘和合，来感化普度众生。阴法律的学生张金炫也是先学律，后学禅。p. 4660《沙州释门都教授炫阇梨赞并序》曰："先住居金光明伽蓝，依法秀律师受业，门弟数广，独得升堂。戒行细微，鹅珠谨护，上下慕德，请住乾元寺，共阴和上（尚）同居。阐扬禅业，开化道俗，数十余年。阴和尚终，传灯不绝，为千僧轨模，柄一方教主。"张金炫先是跟随精通、严持戒律的法秀师父学习，在众多弟子中深得师父真传，他在细小处都守持戒律，就像得到鹅珠一样。后于阴法律住一起。几十年来，阐发禅学，法律圆寂后，他坚持传法而不绝，成为僧人品行、法度方面的模范。又如 p. 4660《勾当三窟曹公邈真赞》说曹公也是如此，"戒圆白月，节比寒松。动中规矩……禅庭蜜（密）示，直达心通。……能方能圆，自西自东"，戒律圆满就像皎洁的月亮，节操坚守就像耐严寒的松树。一举一动都符合规范，他在禅院讲习中对于奥秘的开示能够直达信众的心中，与信众心心相通，他是主持传戒仪式的高僧，又是教授弟子学习佛法及其威仪的教授，一切都随机方便。

守戒大德们坐禅。p. 4660《吴和尚赞》说吴和尚"守戒修禅"，且以坐禅出名，"久坐林窟，世莫能牵"，长久坐住在寺庙和洞窟中坐禅，世间的俗事没有什么能够牵动他的心。p. 4660《禅和尚赞》中的高僧也是如此，"戒如白雪，秘法恒施。乐居林窟，车马不骑"。p. 4660《都僧政曹僧政邈真赞》说曹僧政"戒圆秋月……参禅问道，寝食俱缀（辍）。寸阴靡弃，聚萤映雪"，戒行如同中秋的满月，静坐冥想，询问佛理，连吃饭睡觉都停止了，一寸光阴也不肯放弃，如同东晋车胤捕捉萤火虫、孙康映照积雪勤奋读书。p.4660《凝公邈真赞》说凝公"律通幽远，禅寂无疆。了知虚幻，深悟浮囊。……三衣戒月，恒无改张……空留禅室，锡挂垂杨"，持守戒律，通达深邃遥远之处，坐禅时心神处于无边无际的境界。他了然知晓世间一切虚幻，深刻地领悟了菩萨之戒就犹如渡海人依靠的浮囊。他常年只穿三衣袈裟，长久地守持戒律无丝毫更改。他回归佛国净土，徒然留下空空的禅房。

3. 忽视劳动

产生于印度的佛教，其原始戒律规定不得垦土掘地，不得种树种菜，以免杀死地下的生命，僧尼的生活来源、寺院经济来源，主要还是依靠自己乞食、信众或政府的财物布施、田园供养和赐赠，或通过做佛事获取，这样一来，僧尼成了社会上一个特殊的寄生阶层。然而中国的情形有些不一样，魏晋以来，寺院经济迅速壮大，沙门中"或垦殖田圃，与农夫齐流；或商旅博易，与众人竞利"，"或机巧异端，以济生业"，"或聚畜委积，颐养有余"。① 但同时，人们也普遍视劳作为卑贱之事，一般从事生产劳动者限于依附于寺院的劳动者、沙弥，以免僧人自身沾染"不净"。直到禅宗第四代祖师道信，情况才有了根本性的转变，从而他成为农禅的发端者。道信号召门人都去从事生产劳动，去垦荒耕田，劈柴烧火，认为它是坐禅的基本保障，是修行不可或缺的重要组成部分，而并非什么卑贱可耻的事情。道信的高徒也就是禅宗第五代祖师弘忍坚持其师"作""坐"并重的禅风，"常勤作役，以体下人"，"昼则混迹驱俗，夜便坐摄至晓"，"役力以申供养，法侣资其足焉"②。到了怀海集大成，更是强调劳动，身体力行带动门人共同劳动，《祖堂集》有"日给执劳，必先于公"，"有一日不作、一日不食之言，流播寰宇"的记载。其制定的禅门式规"行普请法，上下均力也"，要求寺僧不分职务高低一律出坡参加劳作。普请法的实施，使农与禅完全结合起来，对禅宗乃至佛教的生存和发展都具有重要的意义。它使禅宗在经济上自给自足、完全独立，从而摆脱

---

① （晋）道恒：《释驳论》，《弘明集》卷六，《大正藏》第52册，河北省佛教协会2008年版，第35页。

② （唐）净觉：《楞伽师资记》卷一，《大正藏》第85册，河北省佛教协会2008年版，第1298页。

了对布施供养的依附。

然而，内地这种农事成为禅的核心主题、成为门人参学发悟祖师示法接引的最重要途径、成为丛林中最基本修禅方式和经济制度的时候，敦煌僧人好像没有受到任何影响。在邈真赞序及赞中，我们没有找到任何有关他们亲自劳动的记载，也许这是因为敦煌僧人坚守戒律吧，也许他们是上层僧人吧①。与农业有关的，也只有几个。如 p. 4660《金光明寺索法律邈真赞并序》提到索法律也只是在教化、守戒的同时，鼓励百姓积极种桑务农，而不是自己参加劳动，"正化从暇，兼劝桑农"，"行解清洁，务劝桑农"。p. 4660《辞弁邈生赞》提到了当时寺院经济的生产方式渐渐向世俗地主化转变，多将土地出租给契约佃农，以直接收取地租，"积谷防饥，储贮数囤。务寄息利，不恳（垦）农田。……释门金举，补暑（署）判官。职当要务，检校福田。……新崇房院，梵宇连绵。道场幡盖，每馥炉烟"。辞弁会积储、贮存好几篅的粮食来预防饥荒。他会把土地租给佃户耕种，对于困难者，不主动要求他们缴纳租税，将田租暂时寄存在佃户手中。他治理寺务的才能受到称赞，所以佛门推举，当了福田判官。他当判官后修建了高大的禅房庭院，佛殿一间连着一间，香火鼎盛，法事天天有，经伞高扬，飘满了香炉焚香的味道。p. 4660《河西都僧统翟和尚邈真赞》中翟和尚"成基竖业，富与千箱"，成就基础，树立功业，储备了上千箱粮食。p. 3541《张善才和尚邈真赞并序》说张善才"茸治鸿资，春秋靡乖而旧积"，虽然管理巨大的资产，但年年都不奢靡享受而照旧积累。

三 敦煌僧人邈真赞中禅律结合意义

1. 敦煌僧人邈真赞中禅律结合是写作程式化的一部分

邈真赞作为学习时的范文性决定其格式化、规范化。比如说内容上，作者按时间先后顺序展开，多在先描述赞主出身高贵，厌倦世间荣华的虚假，割舍爱欲，遁入空门，然后铺叙访道寻师、博学钻研的人生经历，接

---

① 郝春文《唐后期五代宋初敦煌僧尼的生活方式》中提到了一些下层僧人亲自参加了劳动（《郝春文敦煌学论集》，上海古籍出版社 2010 年版，第 52 页）。

着水道渠行，由于学识与德行，得到人们与长官的敬重，赐紫获得僧职，正当传播佛法、普度众生时，无奈圆寂坐化。门人世俗哭泣，表示哀恸和惋惜。同时，我们也注意到了作者重在写其佛学成就，其具体容貌只是轻轻一笔带过，如"师之仪貌，肃穆爽然"等。"'邈'有邈远及写貌之意，其实是用来表现慧远所说的'淡虚写容'这一语境"①，至于如何严肃恭敬就有无限的想象空间了。比如形式上，图文与序赞并存，悬挂于真堂之中，有为生人瞻睹，慰想念之情，留迹后世，虔仰真仪，度化愚人的作用。如 p.4660《张僧政邈真赞》称："写平生之容貌，想慈颜而继轨。"p.4660《河西都僧统翟和尚邈真赞》载："邈生前兮影像，笔记固兮嘉祥。使瞻攀兮盼盼，想法水兮汪汪。"p.3556《都僧统氾福高和尚邈真赞并序》："募良匠丹青，乃绘生前影质。日掩西山之后，将为虔仰之真仪。……图形绵帐，亦度迷愚。百年之后，用奉所依。"比如说语言的重复化，邈真赞中有许多词出现的频率很高，历生、净名、梦奠、兰、莲、当代白眉、戒珠圆洁、龙花（华）、练心、飞锡、三衣、荼毗、示疾、鹅珠、驱鸡、灯、四蛇不顺、二鼠侵藤等。语言重复化必然带来场景的重复化，最常见的如圆寂坐化后的门人聚哭及其堂前列锡杖。p.3556《都僧统陈法严和尚邈真赞并序》"哀伤行路，叹之无穷。悲悼倾城，念之不息"，p.4660《张僧政邈真赞》"门人伤切，号天叩地。释侣怆而含悲，痛贯摧乎心髓"。这种哀痛以至自然风物也发生了变化，如 p.3718《程政信和尚邈真赞并序》"遂则门人伤悼，泪双垂之悲。俗眷哀荒，鹤林变切"，p.3718《张喜首和尚写真赞并序》："疫既集于膏肓，命逐随于秋叶。祥花蔫萎，难以再荣。芳树霜凋，丛林变色。日掩西山将暮，门人粉骨荼毗。日流东海之昏，亲枝恸伤云雁。"锡杖是僧人行路时所应携带的道具之一。僧人圆寂后，僧俗都会睹杖思人。如 p.4660《敦煌都教授李教授阇梨写真赞》"花台飞锡，再会无犹（由）"，p.3718《马灵俣和尚邈真赞并序》"禅庭寥寂，交亏钟梵之声。莲花案前，唯留杖锡之影"，p.3718《程政信和尚邈真赞并序》"空留禅室，树锡垂杨"，莲花座上还放着他游方所持的锡杖，但再也无缘得见了。只留下空空的禅房，只有悬挂在钩上的锡杖还在默默弘扬他的风范。

---

① 姜伯勤：《敦煌艺术宗教与礼乐文明：敦煌心史散论》，中国社会科学出版社 1996 年版，第 83 页。

随着写作大量的程式化，敦煌僧人邈真赞中禅律结合也成为其中的一个组成部分。

  戒珠恒朗，行洁清冰……非论持律，修禅最能。
        ——p. 3726《释门都法律杜和尚写真赞》
  戒圆白月，郁郁桂香。……禅枝异秀，律纲奇（纲）。
       —— p. 4660《都毗尼藏主阴律伯真仪赞》
  冰冰戒月，皎皎鹅珠。……深通妙理，悦意禅池。
      ——p. 3660、p. 3718《阎会恩和尚邈真赞并序》
  戒行细微，鹅珠谨护……阐扬禅业，开化道俗，数十余年。
      —— p. 4660《沙州释门都教授炫阇梨赞并序》
  戒行标奇，戒珠圆洁……守戒修禅。
         ——p. 4640《先代小吴和尚赞》
  戒如白雪，秘法恒施。乐居林窟，车马不骑。
          ——p. 4660《禅和尚赞》
  戒圆秋月……参禅问道，寝食俱缀（辍）。寸阴靡弃，聚萤映雪。
       ——p. 4660《都僧政曹僧政邈真赞》
  三衣戒月，恒无改张……空留禅室，锡挂垂杨。
         ——p. 4660《凝公邈真赞》

  从上可以看出，禅、戒如影随形，且戒行总是用月亮作比，如戒行圆满如同中秋的满月，无丝毫更改；戒行就像明月那样冰清玉洁。且与戒行相关的典故总是鹅珠，戒行像舍身护戒的鹅珠光洁明亮；或者守持戒律，严密地舍身护戒如同得到鹅珠。

  月亮是自心佛性的本体，是佛性的象征，与戒律关系不大。唐代高僧永嘉玄觉禅师去曹溪谒六祖慧能，与慧能相问答而得其印可，他在《证道歌》中云："一性圆通一切性，一法遍含一切法。一月普现一切水，一切水月一月摄。"[①] 世界上凡是有水的地方，即使是一盆水、一杯水都能映出月亮来。然而不管各种水映出千千万万个无数的月亮来，其实月亮只有一个，即一切水月反映的都是天上那一个月亮。寒山诗歌中，也类似表

---

① （唐）玄觉：《永嘉证道歌》，大正藏第48册，第397页。

达,"众星罗列夜明深,岩点孤灯月未沉。圆满光华不磨莹,挂在青天是我心","千年石上古人踪,万丈岩前一点空。明月照时常皎洁,不劳寻讨问西东"。① 在禅宗语录中也有以月为名的,如《指月录》和《续指月录》意旨禅宗学徒通过读诵它们,即可以见到自性佛(月)。然而,在敦煌僧人那里,月亮圆满皎洁,不是象征众生佛性的普有、自有,而是象征戒行的圆满无缺。鹅珠倒是与律戒密切相关,是舍身护戒之典。《大庄严论经》卷十一记载:昔有一比丘,乞食至为国王穿摩尼珠人家门口,珠师停止穿珠,为和尚入内取食。其时一鹅来,吞其珠。珠师持食来而不见珠,怀疑比丘偷珠。比丘恐珠师杀鹅取珠,宁可被怀疑殴打。比丘耳眼口鼻尽出血,鹅来食血,珠师怒,打杀鹅,开鹅腹而见珠,因此痛悔。②

总之,敦煌僧人邈真赞中禅律结合中不仅有语言字词的重复化,而且有修辞的重复化、典故的重复化。

2. 敦煌僧人邈真赞中禅律结合具有示相慑服的作用

《佛垂般涅槃略说教诫经》载释迦牟尼告诫弟子:"汝等比丘,于我灭后,当尊重珍敬波罗提木叉(戒),如暗遇明,如贫得宝,当知此则是汝大师,若我住世无异地也。"③《地藏菩萨本愿经》中,佛告文殊菩萨:"地藏菩萨摩诃萨于过去久远不可说、不可说劫前,身为大长者子。时世有佛,号曰师子奋迅具足万行如来。时长者子,见佛相好,千福庄严,因问彼佛:作何行愿,而得此相?时师子奋迅具足万行如来告长者子:'欲证此身,当须久远度脱一切受苦众生。'文殊师利!时长者子,因发愿言:'我今尽未来际不可计劫,为是罪苦六道众生,广设方便,尽令解脱,而我自身,方成佛道。"④ 可见,在释迦牟尼眼里,尊重戒律与尊重他无二,对众生的度化,重于示相慑服,众生感化于持戒律带来的庄严言行,才会皈依三宝。

"禅宗的兴盛,在一定程度上影响了传统佛教戒律的持守,或者是淡化了戒律的作用。"⑤ 这种禅对戒律的冲击无疑会引发佛神圣性降低的危机。加之,佛教世俗化发展的趋势,使敦煌佛教也呈现强烈的入世性,僧

---

① 徐光大校注:《寒山子诗校注》,陕西人民出版社1991年版,第132页。
② 《大庄严论经》,大正藏第4册,第268页。
③ 《佛垂般涅槃略说教诫经》,大正藏第12册,第1110页。
④ 《地藏菩萨本愿经》,大正藏第13册,第413页。
⑤ 王建光:《中国律宗通史》,凤凰出版社2008年版。

人生活与戒律规定产生冲突,违戒现象日益增多。如 p.3410《沙州僧崇恩处分遗物书》可以看出崇恩非常富有,有田庄土地、房屋、牲畜、绫罗等,还与养女娴柴生活在寺外,并且为其生活进行了将来打算,"娴柴小女在乳哺来,作女养育。……老僧买得小女子一口,待老僧终毕,一任娴柴驱使"①。S.5039《日用帐》可以看出僧人们饮酒,"粟叁一斜,沽酒判官检佛食用"②。S.1497《好住娘赞》更是将僧人虽然剃度了却又无法割舍世俗父母、兄弟、金银等尘缘的眷恋进行了细致描写,"好住娘!好住娘!娘娘努力守空房。好住娘!儿欲入山修道去。好住娘!兄弟努力看好娘。……儿忆耶娘泪千行。好住娘!舍却耶娘恩爱断,好住娘!且随袈裟相对时。好住娘!舍却亲兄与热弟,好住娘!且随师生同戒伴。好住娘!舍却金瓶银叶盏"③。

敦煌僧人邈真赞中禅律结合大量律在前禅在后,说明老百姓、僧人对戒律的看重,换言之,邈真赞对当地人具有示相慑服的作用,具有戒律的作用。律堂与禅堂不分,并且守戒是高僧的必备,是度化众生的品行。都法律,吐蕃时期设置的僧官④,但是我们更认为这个官职里包括僧人对佛教教团内的戒律清规的坚持,所以前面列举到的 p.3726《释门都法律杜和尚写真赞》即使是律禅并举"非论持律,修禅最能",也是律在前,禅在后,并且接下来重点写了"戒珠恒朗,行洁清冰",清净持戒律如宝珠一般圆润光洁,品行高洁就像寒冰一般清洁透亮。同样,前面提到了 p.4660《都毗尼藏主阴律伯真仪赞》中阴律伯虽有"禅枝异秀,律纲奇(輣)"并举,但在这之前却又大肆铺写了戒律,"戒圆白月,郁郁桂香。……禅枝异秀,律纲奇(輣)",戒律像洁白的皓月一样圆满,像馥郁的桂花一样芬芳,也可看出非常重戒律。又如 p.3718《程政信和尚邈真赞并序》序文说程政信和尚在禅房里修行,停留在清净之中,"禅室住净",故能坚持戒律,"贞廉守节,衣钵外而无余",但是在赞文中说"律通邃远,禅诵无疆",他持守戒律通达深邃遥远之处,坐禅诵经,心神处

---

① 唐耕耦、陆宏基编:《敦煌社会经济文献真迹释录》第 2 辑,全国图书馆文献缩微复制中心 1990 年版,第 152 页。

② 唐耕耦、陆宏基编:《敦煌社会经济文献真迹释录》第 3 辑,全国图书馆文献缩微复制中心 1990 年版,第 229 页。

③ 杨宝玉:《英藏敦煌文献》第 3 册,四川人民出版社 1990 年版,第 82 页。

④ 谢重光:《中古佛教僧官制度和社会生活》,商务印书馆 1990 年版,第 132 页。

于无边无际的境界。表面上序文与赞文中关于禅律结合有矛盾的写法，其实更说明了人们对戒律的看重。

3. 敦煌僧人邈真赞中禅律结合表明持戒是禅修的重要法门

在僧人邈真赞中，我们可以看到有的禅僧明确属于北宗禅徒。p.3792《张和尚生前写真赞并序》说张和尚学习戒律的同时，又学习北宗禅，"律澄不犯于南宣。静虑修禅，辩决诇殊于北秀"，同时，在赞词中也明确表明"四禅澄护而冰雪，万法心台龟镜明"，几乎就是北宗神秀偈语"心如明镜台"的翻版。有的禅僧明确属于南宗禅徒。p.3556《贾僧正清和尚邈真赞并序》说清和尚继承六祖慧能遗留的事迹，历七个关口以及八等至，尽力探究禅的本源，"继六祖之遗踪"，"攻七关八并而穷禅"。p.4640《住三窟禅师伯沙门法心赞》载法心和尚"子能顿悟，弃俗悛名"，p.3660、p.3718《阎会恩和尚邈真赞并序》载阎会恩和尚"悟佛教［而］顿舍烦喧，炼一心，而投师慕道……深通妙理，悦意禅池"中的顿悟就是慧能所提倡的。有的是南宗北宗禅兼修。p.4660《金光明寺索法律邈真赞并序》中的赞主索法律"灯传北秀，导引南宗"，传承了北宗神秀的禅法，并开导、引介南宗慧能的禅学。p.4660《河西都僧统翟和尚邈真赞》中翟和尚也是"南能入室，北秀昇堂。戒定慧学，鼎足无伤……机变绝伦"，就像南宗禅创始人慧能和北宗禅的创始人神秀那样，学问和技艺深得师传，造诣精深。对于戒定慧的学问，都公平对待，而加以修持，就像三足鼎一样没有偏颇而损害，他随心应变的宣讲佛法，无与伦比。

然而以上的无论是对北宗禅还是南宗禅的介绍，大多泛泛而谈。即使是 p.4660《禅和尚赞》中也没有对禅和尚的禅学进行叙说，而是重在说其精诚苦行，守戒，"百行俱集，精苦住持。戒如白雪，秘法恒施。乐居林窟，车马不骑。三衣之外，分寸无丝"，也就是说持戒是禅修的重要法门。这一方面是佛教东传，敦煌为其必经之地，翻译戒律的佛典在敦煌地区大量流行，并且往往会因持戒不严受到世俗政权干涉；另一方面就是由于北宗禅的迅猛发展。久视元年（700），北宗六祖神秀被迎请入东都洛阳，武则天"肩舆上殿，亲加跪礼。内道场丰其供施，时时问道……中宗孝和帝即位，尤加宠重"[①]。之后，禅宗成为两京位高势重、显赫一时

---

① （宋）赞宁：《宋高僧传》卷八，《唐荆州当阳山度门寺神秀传》上册，中华书局1981年版，第177页。

的佛教力量，由此在敦煌文学中就以北宗禅的"'持戒安禅'作为教法宣传的面目与特色"①。

敦煌的僧人邈真赞谈到了禅的安心法门，如

苦学三余，心地得髓。

——p.4640《李僧录赞》

练心八解，洞晓三空。平治心地，克意真风。

——p.4660《金光明寺索法律邈真赞并序》

位高心下，惟谨惟恭。禅庭蜜（密）示，直达心通。

——p.4660《勾当三窟僧政曹公邈真赞》

练心如理，克意修持。

——p.4660《都僧统悟真邈真赞并序》

行月高孤，心灯皎智。

——p.4660《张僧政邈真赞》

心游物外，鹅珠去邪。

——p.4660《河西管内都僧统邈真赞并序》

苦心冰檗，业不废荒。

——p.4660《凝公邈真赞》

恒为惠剑，割断爱缠。不假蟾魄，心灯本然。

——p.4660《李教授和尚赞》

师之心镜，已绝攀缘。

——p.2991《张灵俊和尚写真赞并序》

清贞进具，四分了了于心台……邻亚净名大士，澄心在定，山岳无移，练意修禅，海涯驰晓。

——p.3556《都僧统氾福高和尚邈真赞并序》

寸阴是竞，穷八藏于心源。……而乃象瓶在念，传火留心。攻七关八并而穷禅，击三分二序而尽体。

——p.3556《贾僧正清和尚邈真赞并序》

炼一心，而投师慕道。

——p.3660、p.3718《阎会恩和尚邈真赞并序》

---

① 郑阿财：《敦煌佛教文学》，甘肃教育出版社2010年版，第208页。

师之心境，已绝攀缘。

——p. 3718《刘庆力和尚生前邈真赞并序》

心游物外，每离盖缠。

——p. 3718《马灵佺和尚邈真赞并序》

故知心明水镜，理物上下均（匀）停。……四分心台了了。

——p. 3718《张喜首和尚写真赞并序》

行平等之心，高低同间。

——s. 390《汜嗣宗和尚邈真赞并序》

香坛进具，五篇皎净于心膺；坚守戒仪，七聚澄辉于志府。

——p. 2481《副僧统和尚邈真赞并序》

肇诫僧徒，每伏心猿。

——s. 5405《张福庆和尚邈真赞并序》

四禅澄护而冰雪，万法心台龟镜明。

——p. 3792《张和尚生前写真赞并序》

从以上语段中可以看出，敦煌的僧人的修心大多有很强的刻意为之，如"练心""苦心"都有一种苦修、锤炼的意味，并且这种苦修、锤炼又是在坚守四分律的戒律之上，"任忍众苦，加厌本事，下诵六法者练心也"[1]，与内地的平常心是道的自然化禅学完全不同。同时，我们发现敦煌禅很少表现"随其心净则佛土净""直心是净土"[2] 的思想，更多的是回归弥勒佛的西方净土，如 p. 3726《释门都法律杜和尚写真赞》中说杜和尚辞别浊乱的尘世，回应清净佛土的招引与承接，回归极乐世界，就像弥勒佛坐于龙华树下得道成佛，开三番法会，度尽上中下三根众生，"谢此浊世，净域招承。一往极乐，三界无用。龙花（华）三会，洗足先登"，p. 4660《吴和尚赞》也称吴和尚"真身再见，龙花会前"，以本来面目再见于弥勒佛坐于龙华树下。p. 4640《吴和尚邈真赞》、p. 2913《译经三藏吴和尚邈真赞》也说他已乘坐佛法之船往生极乐世界，扔掉钵盂，飞向天国。在欲界第四层的兜率天上，独自漫步，雄伟高大，"乘杯既往，掷钵腾飞。兜率天上，独步巍巍"。此外，

---

[1] 允堪述：《四分律随机羯磨疏正源记》卷二，新纂续藏经第 40 册，第 805 页。
[2] 杨曾文校写：《敦煌新本六祖坛经》，宗教文化出版社 2011 年版，第 36 页。

还有:

> 龙华会上,奉结良缘。
>
> ——p. 3541《张善才和尚邈真赞并序》
>
> 法愿齐赴,龙华会中。
>
> ——p. 2481《副都统和尚邈真赞并序》
>
> 阎浮化毕,净土加滋。
>
> ——p. 4660《沙州释门都教授炫阇梨赞并序》
>
> 魂飞菡萏,魄往西方。
>
> ——p. 3718《程政信和尚邈真赞并序》

灵魂飞往佛菩萨的莲花座侧,魂魄前往西方极乐世界。而这种思想又是南宗禅不赞成的。

综上所述,禅宗在敦煌有广泛的社会基础,但此地的禅宗杂糅了更多的律宗、净土宗色彩,"其寺院大多属于禅律同居的状态;而其信仰则属于以净土为主的庶民佛教"[①],他们以高僧为典范榜样,认为修禅必须重视戒律,用严格的戒律来约束言行,控制情欲,渐修苦修成佛,去往西方极乐世界,与内地奉行的平常心是道、生活化的禅学明显不同。

---

① 郑阿财:《敦煌佛教文学》,第233页。

陆九渊视野中的王安石
——以《荆国王文公祠堂记》为中心

王建生

(郑州大学文学院)

  王安石逝世一百年，声名浮沉。曾配飨孔子庙庭，其新学被奉为官方正统学说。靖康之后，王安石被指斥为亡国罪人。陆九渊作为王安石的同乡，对王安石及其地位百年升沉均有了解，写下了《荆国王文公祠堂记》（下称《祠记》）。对于这篇文字，学术界已有论著予以探讨，如李华瑞《王安石变法研究史》[1]、邢舒绪《陆九渊研究》[2] 开辟专门章节，从学术史、思想史的角度，具体探讨《荆国王文公祠堂记》中陆九渊评判王安石的尺度、内容以及影响等；周建刚《陆九渊〈荆国王文公祠堂记〉与朱陆学术之争》一文则讨论了《祠记》所体现的心学政治观及朱陆之争[3]；杨高凡《陆九渊〈荆国王文公祠堂记〉刍议——兼论朱、陆之争》一文，论述了临川王安石祠堂修建的历程、《祠记》撰写始末、传播及朱熹的批判[4]；等等。学术界对《祠记》内容、评价标准、写作缘由及影响的研究，功莫大焉。但有些问题尚不明确：陆九渊对百年王安石评价是否有全面了解？祠记的文体特性是否影响写作者的论证思路？陆九渊的立场是否代表了知识界对王安石政事学术的反思？缺席的文学评价，究竟是理学家漠视文学的态度的延续，还是王安石文学评价本无疑义？笔者不揣谫陋，试图对上述问题做些探讨，以就教于方家。

---

[1] 李华瑞：《王安石变法研究史》，人民出版社2004年版，第288—294页。
[2] 邢舒绪：《陆九渊研究》，人民出版社2008年版，第157—163页。
[3] 周建刚：《陆九渊〈荆国王文公祠堂记〉与朱陆学术之争》，《江西师范大学学报》（哲学社会科学版）2013年第1期。
[4] 杨高凡：《陆九渊〈荆国王文公祠堂记〉刍议——兼论朱、陆之争》，姜锡东主编《宋史研究论丛》第18辑，河北大学出版社2016年版。

一　陆九渊撰写《祠记》的历史语境

王安石自元祐元年（1086）四月逝世，至淳熙十五年（1188）陆九渊撰写《祠记》，适足百年。在百余年中，王安石政治、学术地位浮沉升降，而文学、品节很少受到质疑。这种分而论之的评价方式，早在王安石去世之初，司马光写给吕公著的书信已定下基调："介甫文章、节义过人处甚多，但性不晓事而喜遂非，致忠直疏远，谗佞辐辏，败坏百度，以至于此。"①

司马光从文章、节义、政治作为等方面评价了王安石：王安石在道德、文章两方面都无可挑剔，但其性情乖异，不走寻常路，不做寻常事，这也就导致了他在政治运作中出现了一系列的问题。"忠直疏远，谗佞辐辏"，黜君子近小人，造成权力中心格局的变动。"败坏百度"一语，极不客气地指责王安石政治革新造成的弊端丛生。

此后百年间，王安石政事成为朝廷论争的焦点。作为政治改革者的王安石，经历两次反复，一次集中在元祐更化时期，一次集中在宋室南渡前后。

高太后主政的元祐时期，废除王安石新政，复归祖宗之法。宋哲宗亲政后，绍圣元年（1094）四月以王安石配飨宋神宗庙庭。宋徽宗崇宁三年（1104）六月，图熙宁、元丰功臣于显谟阁；以王安石配飨孔子庙。政和三年（1113）正月，封王安石为舒王，子雱为临川伯，配飨文宣王庙。靖康年间，杨时就声言"致今日之祸者，实安石有以启之也"，认为王安石变法是北宋衰亡的病根，而他的理由便是："蔡京用事二十余年，蠹国害民，几危宗社，人所切齿，而论其罪者曾莫知其所本也。盖京以继述神宗皇帝为名，实挟王安石以图身利，故推尊安石，加以王爵，配飨孔子庙庭。而京所为，自谓得安石之意，使无得而议，其小有异者，则以不忠不孝之名目之，痛加窜黜。人皆结舌莫敢为言，而京得以肆意妄为。"②

---

① 《续资治通鉴长编》卷三百七十四，元祐元年四月癸巳条，中华书局1992年版，第9069页。

② 《上渊圣皇帝疏》七，《龟山先生全集》卷一，宋集珍本丛刊第29册影印明万历十九年林熙春刻本，线装书局2004年版，第290页。

靖康元年（1126）四月，复以诗赋取士，禁用王安石《字说》，五月，罢王安石配飨孔子庙庭。六月，诏："今日政令，惟遵奉上皇诏书，修复祖宗故事。群臣庶士亦当讲孔、孟之正道，察安石旧说之不当者，羽翼朕志，以济中兴。"① 靖康时期朝廷对王安石的评价呈现犹豫不决的特点：朝廷本意是要根除王安石的影响，却又碍于宋徽宗颜面不能大张旗鼓地废止，"察安石旧说之不当者"最能体现宋钦宗政权的无奈。宋高宗建炎三年（1129）六月，罢王安石配飨宋神宗庙庭，以司马光配飨。

绍兴四年（1134）八月，宋高宗与范冲君臣二人进行了带有总结性质的对话，内容涉及政体、史事、史籍、人物评价等。宋高宗最后予以收结，申明"最爱元祐"的态度，实际上宣示新政权的所本与所因。这一纲领，是对包含元祐之治在内的元祐资源的认同。就政事而言，宋高宗君臣舍熙、丰而取元祐，延续了北宋后期以来褒此贬彼的路线。②

朝廷有没有追夺王安石王爵？据《皇宋中兴两朝圣政》记载，靖康初已诏追夺安石王爵③。令人不解的是，绍兴四年八月戊寅，范冲入对时，曾引述程颐的一段话来证明王安石坏天下人心术，云："昔程颐尝问臣安石为害于天下者，何事？臣对以新法。颐曰：'不然。新法之为害未为甚，有一人能改之即已矣。安石心术不正，为害最大，盖已坏了天下人心术，将不可变。'臣初未以为然，其后乃知安石顺其利欲之心，使人迷其常性，久而不自知。"宋高宗听完后，回应道："安石至今犹封王，岂可尚存王爵？"④ 宋高宗的回复表明，直至绍兴初年，王安石王爵尚存。所以，绍兴四年八月，诏毁王安石舒王诰。同样的史料——《皇宋中兴两朝圣政》中，既然靖康初已追夺王安石王爵，为何宋高宗却称"尚存王爵"？是靖康追夺没有执行，还是宋高宗一时失忆？另，据庄绰《鸡肋编》卷中记载："靖康初，罢舒王王安石配享宣圣，复置《春秋》博士，又禁销金。时皇弟肃王使虏，为其拘留未归。种师道欲击虏，而议和既

---

① 《宋史》卷二十三，《钦宗纪》，中华书局1985年版，第429页。
② 参见王建生《南宋初"最爱元祐"语境下的文化重建》，《中州学刊》2011年第3期。
③ 《皇宋中兴两朝圣政》卷十五，续修四库全书第348册，上海古籍出版社2002年版，第389页；《宋史》卷一百五《礼》："靖康元年，右谏议大夫杨时言王安石学术之谬，请追夺王爵，明诏中外，毁去配享之像，使邪说淫辞不为学者之惑。诏降安石从祀庙廷。"
④ 《皇宋中兴两朝圣政》卷十五，续修四库全书第348册，第388页。

定,纵其去,遂不讲防御之备。太学轻薄子为之语曰:'不救肃王废舒王,不御大金禁销金,不议防秋治《春秋》。'"① "罢舒王王安石配享宣圣",指的是罢配享;太学生所编顺口溜中"废舒王",承接前文意思,当指罢王安石配飨,而不是废除王安石舒王王爵。

　　终宋高宗时代,对王安石新政、新学的态度,在绍兴十二年(1142)前后略有变化——前紧后松,但总体上处于压抑之态。建炎初至绍兴十二年,对王安石政事学术进行全面的批驳,其中以绍兴四年八月确立"最爱元祐"纲领为顶峰。宋高宗细数王安石罪过:安石变法学商鞅,而变法造成"天下纷然"②;"安石之学,杂以霸道,取商鞅富国强兵,今日之祸,人徒知蔡京王黼之罪,而不知天下之乱,生于安石"③。绍兴年间,力诋王安石之罪者,陈公辅、胡寅、王居正等。诚如陈公辅在绍兴六年奏疏中所言:"安石政事坏人才,学术坏人心。"④ 陈公辅的总结极其到位,宋高宗极其欣喜,特擢其为左司谏。不独陈公辅,胡寅也在奏疏中将王安石视作邪说的代言词,"天下有至公之心,有正直之论,违正论、拂公心以行其邪说,虽当时不悟,及事已败,世已陵迟,然后悔之,则无及已。姑以近事明之,方王安石得志,托大有为之说"⑤。绍兴十二年后,随着和议国策的施行,朝廷对伊川学、新学表面是不偏不倚,实际上相对于前一阶段而言,态度已有明显松动。最明显的事例,便是绍兴二十六年(1156)六月,诏取士毋拘程颐、王安石一家之说⑥。《宋史·选举志》得出结论:"程、王之学,数年以来,宰相执论不一,赵鼎主程颐,秦桧主王安石。至是诏自今毋拘一家之说,务求至当之论,道学之禁稍解矣。"⑦ 在科举考试中,不主程颐、王安石专门之学,即对程颐、王安石不打击,亦不热捧,寻求中正之道。秦桧主政期间,对王安石有所偏爱。上引诏命发布时,秦桧逝世不到一年;显然已对"秦桧主王安石"的方

---

①　《鸡肋编》卷中,中华书局1983年版,第43页。
②　《要录》卷八十四,绍兴五年正月庚戌条,中华书局1956年版,第1375页。
③　《要录》卷八十七,绍兴五年三月庚子条,第1449页;《皇宋中兴两朝圣政》卷十七,续修四库本第348册,第411页。
④　(清)吴乘权等:《纲鉴易知录》卷八十,中华书局1960年版,第2188页。
⑤　《要录》卷八十九,绍兴五年五月丙戌条,第1488—1489页;《皇宋中兴两朝圣政》卷十八,续修四库本第348册,第419页。
⑥　《宋史》卷三十一,《高宗纪》,第585页。
⑦　《宋史》卷一百五十六,《选举志》,第3630页。

略有所调整。

吕祖谦在王居正《行状》中总结道："靖康、建炎以来，朝廷惩创王氏邪说之祸，罢配享，仆坐像，更科举法，置《春秋》博士弟子员，国论略定。然余朋遗党合力诋沮，所以摇正道者万端，赖太上皇持之坚，既不得逞。则阴挟故习，候伺间隙，识者惧焉。"① 吕祖谦站在"正道"者的角度，对王氏余党所做的一些努力进行了评述，当然也包括秦桧专权时期的推尊王安石的努力。在他看来，只不过是王安石邪说的挣扎而已，最终无法改变"天下遂不复宗王氏"的结局。之所以如此，皆缘太上皇即宋高宗扶持正道、笃守国论。

到了乾淳中兴时代，王安石政事、学术评价到底处于什么样的历史场域？作为熙丰政治革新的领袖人物，王安石并未被彻底"打倒"。

淳熙四年（1177），驾幸太学，以执经特转一官。李焘论两学释奠：从祀孔子，当升范仲淹、欧阳修、司马光、苏轼，黜王安石父子。结果是，李焘此论并未得到广泛认同，众议不协，止黜王雱而已。② 由此可见，至宋孝宗时代，王安石依然从祀孔子③。淳熙五年（1178）正月，侍御史谢廓然乞戒有司，毋以程颐、王安石之说取士。从之。④ 谢廓然的建议，是针对绍兴二十六年"取士毋拘程颐、王安石一家之说"而言。朝廷有司最终采纳了谢廓然的意见，科举考试中对伊川学、荆公新学断然割弃。不拘一家之说，意在折中调和；二家都不采用，保持适当距离，均体

---

① 《故左朝散郎徽猷阁待制提举江州太平兴国宫江都县开国子食邑五百户致仕赠左通议大夫王公行状》，《东莱吕太史文集》卷九，黄灵庚、吴战垒主编《吕祖谦全集》第一册，浙江古籍出版社2008年版，第145—146页。

② 《宋史》卷三百八十八，《李焘传》，第11917页。

③ 文献明确记载，靖康元年王安石已罢飨孔子庙庭，那么，王安石何时又得以配飨孔庙？究竟是靖康初年罢飨而未实施，还是秦桧主政期间得以再度配飨？实际上，王安石真正被罢黜配飨孔庙，是在宋理宗淳祐元年（1241）正月甲辰，诏："朕惟孔子之道，自孟轲后不得其传。至我朝周敦颐、张载、程颢、程颐，真见实践，深探圣域，千载绝学始有指归。中兴以来，又得朱熹精思明辨，表里浑融，使《大学》《论》《孟》《中庸》之书，本末洞彻，孔子之道，益以大明于世。朕每观五臣论著，启沃良多。今视学有日，其令学官列诸从祀，以示崇奖之意。"寻以王安石谓"天命不足畏，祖宗不足法，人言不足恤"，为万世罪人，岂宜从祀孔子庙庭？黜之。（《宋史》卷四十二，《理宗纪》，第821—822页。）《宋史》纂修者对理宗所下的赞语中有"首黜王安石孔庙从祀，升濂、洛九儒，表章朱熹《四书》，丕变士习"等语，更确证王安石罢飨孔庙乃宋理宗时史事。

④ 《宋史》卷三十五，《孝宗纪》，第667页。

现了朝廷不偏不倚、允执厥中的理念。从绍兴后期到淳熙前期，科举考试的导向设置中对伊川学、荆公新学的调和或疏离，从侧面反映二家之学具有同样权重，王安石学说在高、孝两朝并非死气沉沉、人人唾弃。

对二家学说的评判，现存宋代文人言论多尊程（洛学）而贬王（新学）①。但官方对二家学说保持同一步调的立场，再次说明南宋前期王安石地位并非一沉到底，仅学术而言也有官方和文人两个不同的评判层面。在官方层面，从靖康时代开始，赵宋朝廷就要竭力摆脱变革所带来的困惑、困境，回归元祐必然要对王安石主导的熙丰政事学术予以反拨，所以要将王安石排挤出官方体系，这也是前文提到的，朝廷对王安石政事学术整体上处于压抑的态度。元祐导向确立后，政事的问题迎刃而解，因为南渡后朝廷面临的是一个全新的政治军事形势，披荆斩棘，是元祐非熙丰，意义在于构建国策的合法合理性。相对于政事，学术就比较棘手，毕竟新学有其合理性，且受其熏染者何至一代学人②！在具体施政中，依然能看到王安石学术的影响力。官方并没有将王安石学术一棒子打死，而是将其和洛学构成命运共同体，反而某种程度上促使了王学的"反弹"。不过，具体到文人层面，尊程（洛学）抑王（新学）是潮流。

二　《祠记》的文体与逻辑

有以上论述作为历史语境，能更清晰客观地评价陆九渊《祠记》的文体特征及行文逻辑。作为八百余年后的读者，可以将陆九渊写作《祠记》之前王安石百年地位的升沉情况弄清楚；八百多年前的作者，在写《祠记》时，是否对上节所谈到的百年升沉了然于胸？换句话说，陆九渊对王安石评价的起点和基调是否客观？

---

① 参见王建生《两宋之际文人视野中的"伊川学"》，《中国典籍与文化》2011年第4期。
② 靖康元年五月五日，御史中丞陈过庭奏："臣闻太学，贤士之关，礼仪之所自出。今也学官相诟于上，诸生相殴于下，甚者诸生奋袂而竞前，祭酒奉头而窜避……五经之训，义理渊微，后人所见不同，或是或否，诸家所不能免也。是者必指为正论，否者必指为邪说，此乃近世一偏之辞，非万世之通论。自蔡京擅权，专尚王氏之学，凡苏氏之学，悉以为邪说而禁之。近罢此禁，通用苏氏之学，各取所长而去所短也。祭酒杨时矫枉太过，复论王氏为邪说，此又非也。"（汪藻：《靖康要录笺注》，四川大学出版社2008年版，第731页。）

淳熙十五年（1188）正月，陆九渊应抚州知州钱象祖之约，写下了《祠记》。《祠记》通篇以议论为主，仅末段记述荆公祠堂重修始末。在《文章辨体序说》中，吴讷认为"记"的表述方式，初以叙事为主，韩柳杂议论于其中，至欧苏始专有议论为记者；"大抵记者，盖所以备不忘。如记营建，当记月日之久近，工费之多少，主佐之姓名，叙事之后，略作议论以结之，此为正体。至若范文正公之记严祠，欧阳文忠公之记昼锦堂，苏东坡之记山房藏书，张文潜之记进学斋，晦翁之作婺源书阁记，虽专尚议论，然其言足以垂世而立教，弗害其为体之变也"。①

《文体明辨序说》这样概括"记"的文体特点："其文以叙事为主，后人不知其体，顾以议论杂之。故陈师道曰：'韩退之作记，记其事耳；今之记乃论也。'盖亦有感于此也。然观《燕喜亭记》已涉议论，而欧苏以下，议论浸多，则记体之变，岂一朝一夕之故哉？……又有托物以寓意者（如王绩《醉乡记》是也），有首之以序而以韵语为记者（如韩愈《汴州东西水门记》是也），有篇末系以诗歌者（如范仲淹《桐庐严先生祠堂记》之类是也），皆为别体。"②

吴讷、徐师曾都指出，欧阳修、苏轼"记"以议论为主，由此推动记体的变革。陆九渊祠记专尚议论，深合记体的文体特征。就《祠记》中议论而言，立论与驳论兼有，相得益彰。所立者，王安石乃不世出之伟人；所辩者，新法之罪乃士大夫共同体之责，不当由王安石一人来担。在立论与辩驳之间，陆九渊的论证逻辑是清晰明白、一以贯之的——公正地确立王安石的历史地位。

《祠记》首段，高标大道，上追尧舜禹、夏商周，大道或行或存。周朝末期异端蜂起，黄老思想在诸子百家中脱颖而出；至汉初成为统治之策，直至文景时代，大道不行。孔、孟所接续的正是三代、夏商周之大道，真所谓不绝如缕、斯道微茫。孔孟以降，斯道再明，岂不伟哉！

陆九渊高标大道的论述逻辑，将王安石置于明道体系中，无疑最大限度地提升了王安石的地位。在道统主义高涨的宋代，身在道统谱系，就意味着儒学传承身份的公开认定。韩愈《原道》中说："斯吾所谓道也，非向所谓老与佛之道也。尧以是传之舜，舜以是传之禹，禹以是传之汤，汤

---

① 吴讷：《文章辨体序说》，人民文学出版社1998年版，第42页。
② 徐师曾：《文体明辨序说》，人民文学出版社1998年版，第145页。

以是传之文、武、周公，文、武、周公传之孔子，孔子传之孟轲，轲之死，不得其传焉。"① 在韩愈看来，孟子以下斯道中断，不得其传，我辈正可黾勉为之。在嗣后的儒学复兴运动中，柳开、孙复、石介等人，都极力阐扬道统谱系，"他们的表述只是拉长了'道统'谱系的链条，增列了荀卿、扬雄、王通、韩愈四人，但拉长谱系本身也就意味着拉近了儒教与现实社会的距离，同时也拓展了宋初儒学的发展空间"②。苏洵《上欧阳内翰第二书》中说："自孔子没，百有余年而孟子生；孟子之后，数十年而至荀卿子；荀卿子后乃稍阔远，二百余年而扬雄称于世；扬雄之死，不得其继千有余年，而后属之韩愈氏。韩愈氏没三百年矣，不知天下之将谁与也？"③

柳开、孙复、石介、苏洵诸家之论，表述的内容不完全一致，但叙述的逻辑极为相似，那就是斯道传承的次序。苏轼在《潮州韩文公庙碑》中高度评价韩愈振起文统、道统的功绩，"文起八代之衰，而道济天下之溺"④，《六一居士集叙》中又言"欧阳子，今之韩愈也"⑤，都是同样的表述逻辑，目的便是让韩愈、欧阳修名正言顺地进入道统谱系中。这套表述方式为何如此兴盛，以至于苏氏父子也欣然采纳？惯用、频用的论证逻辑、语式，能让作者欣然用之而使读者心悦诚服。谱系本身隐含了权威性，孔、孟自不必论，荀子、扬雄、王通、韩愈在儒学史自有一席之地，就像禅宗的传灯录，以法传人，辗转相续。道统谱系虽重传承，却不连续，甚或间隔上百年，当世名公、宿德大儒拼接成连贯的传承序列，具有很大的影响力。韩愈肇其端，他所重构的尧→舜→禹→汤→文、武、周公→孔子→孟轲的道统谱系，成为最基本的轮廓。宋人所接续的道统谱系，可以苏轼、朱熹作为两个分界线。苏轼接续了孟子以下的韩愈、欧阳修；孟子至韩愈中间段，也有人主张加上荀子、扬雄、王通，但韩愈接续孟子这条主线是极其明朗的。朱熹看不上韩愈在道学修身养性方面的作为，将其排除在谱系之外，认为二程直承孟子，杨时接续二程，即"道丧千载，两程勃兴。有的其绪，龟山是承"（《祭延平李先生文》）。嗣后

---

① 马其昶：《韩昌黎文集校注》，上海古籍出版社1986年版，第18页。
② 张兴武：《宋初百年文道传统的缺失与修复》，《文学遗产》2006年第5期。
③ 曾枣庄等：《嘉祐集笺注》，上海古籍出版社1993年版，第334页。
④ （宋）苏轼撰，（明）茅维编：《苏轼文集》，中华书局2011年版，第509页。
⑤ （宋）苏轼撰，（明）茅维编：《苏轼文集》，第316页。

朱熹的道统谱系逐渐占据上风，苏轼所倡导的文以明道的道统谱系被排挤，好在尚有文统支撑。

陆九渊将王安石置于明道的谱系中，但又不采用斩钉截铁的断语作结，而是以设问的语式来表达："自夫子之皇皇，沮溺接舆之徒，固已窃议其后。孟子言必称尧舜，听者为之藐然。不绝如线，未足以喻斯道之微也。陵夷数千百载，而卓然复见斯义，顾不伟哉？"联系上引韩愈《原道》"轲之死，不得其传焉"、苏洵《上欧阳内翰第二书》"韩愈氏没三百年矣，不知天下之将谁与也"，声调口吻何其相像，更说明这种论证的语式、逻辑深入人心，故作者不厌其烦地使用。

不过，陆九渊似乎担心别人意识不到《祠记》的价值，借书信往来的方式，向外宣示："《荆公祠堂记》与元晦三书俱往，可精观熟读，此数文皆明道之文，非止一时辩论之文也。"① 陆九渊为我们揭示了《祠记》的宗旨和写作动机——明道。

陆九渊在立论王安石明道时，除了上举将王安石置于明道谱系，进一步论证王安石如何明道。王安石得君行道，君臣遇合，各尽其义，以尧舜为治道目标，也就是回归"大道"的基点。不同于前朝简单的君臣遇合，陆九渊在论述中着意强调了神宗皇帝与士大夫共治天下的胆识和魄力，"卿宜悉意辅朕，庶同济此道""有以助朕，勿惜尽言""须督责朕，使大有为"。又曰"天生俊明之才，可以覆庇生民，义当与之戮力，若虚捐岁月，是自弃也"等圣语，表明宋神宗励精图治的决心。之所以不同于简单的君臣遇合，因为王安石明确地意识到：君臣各致其义，为君则欲尽君道，为臣则欲尽臣道。说到底，就是君臣同心合力，君臣是平等的，各尽其力而已。这相对于韩愈《原道》篇中确定君、臣、民各自的责任，"君者，出令者也；臣者，行君之令而致之民者也；民者，出粟米麻丝，作器皿，通货财，以事其上者也"②，显然是一大进步。

在褒扬宋神宗、王安石君臣各致其义后，笔锋一转，指出王安石"负斯志""蔽斯义"的两大问题："惜哉！公之学不足以遂斯志，而卒以负斯志；不足以究斯义，而卒以蔽斯义也。"《祠记》褒贬并行的理路，并不符合记体的写作常例。本着知言知人的原则，陆九渊引述王安石代表性的言

---

① 《与陶赞仲》，《陆九渊集》卷十五，第194页。

② 马其昶：《韩昌黎文集校注》，第16页。

论，分析他为何"自蔽"。他认为，王安石学问、事业，集中呈现在《上仁宗皇帝言事书》中，其总纲为"当今之法度，不合乎先王之法度"。

陆九渊以为，为政之本在人，若汲汲于法度，则舍本逐末矣。王安石的自蔽，正在于舍本逐末，不能体究辅臣应致之义。自蔽之源，在其学而不在为人。《祠记》高度赞扬了王安石光明俊伟的品格："英特迈往，不屑于流俗，声色利达之习，介然无毫毛得以入于其心。洁白之操，寒于冰霜，公之质也。扫俗学之凡陋，振弊法之因循，道术必为孔孟，勋绩必为伊周，公之志也。不蕲人之知，而声光赫奕，一时巨公名贤为之左次，公之得此，岂偶然哉？""公之质"光风霁月，"公之志"高扬蹈厉，都可谓不世出者。从叙事逻辑上讲，又是贬中有褒。自蔽当然是问题，但无法遮掩荆公人格的闪光点。

由此进入王安石自蔽的缘由及实质的讨论。"用逢其时，君不世出，学焉而后臣之，无愧成汤、高宗。君或致疑，谢病求去，君为责躬，始复视事，公之得君，可谓专矣。"这一段话明说宋神宗的英明和对王安石的信任，实际上是说王安石得君之专。诚然，王安石主持熙宁变法时，宋神宗给予最大限度的支持；及至王安石罢相，宋神宗亲自出来主持变革，可见王安石所谓"当今之法度，不合乎先王之法度"，宋神宗深信不疑，变革最终要合先王之法。陆九渊对熙丰政事的这一认识，极有洞见。

王安石的自蔽，源于所学不明，且刚愎自信。正如《祠记》所言："新法之议，举朝谨哗，行之未几，天下恟恟。公方秉执《周礼》精白言之，自信所学，确乎不疑。君子力争，继之以去。小人投机，密赞其决，忠朴屏伏，憸狡得志，曾不为悟，公之蔽也。"熙宁变法的要义，就是修立法度，施行简易之治，也就是确立宪章、法度、典则等基本原则，不应该拘执于烦琐的法令条款。实际情况恰好相反，后来变法重在推行具体法令，趋末而忘本。至此，《祠记》中出现了一段极富心学色彩的断语：

> 为政在人，取人以身，修身以道，修道以仁。仁，人心也。人者，政之本也。身者，人之本也。心者，身之本也。不造其本，而从事其末，国不可得而治矣。

该断语可谓陆九渊心学思想的集中呈现，由发明本心为根基的务本论——悟道、修身、为政，都应追求易简功夫，这也是鹅湖之会时陆氏兄弟的为学宗旨："易简功夫终久大，支离事业竟浮沉。"①

在陆九渊看来，王安石有追复三代之雄心，痛斥世弊，遗憾的是自蔽于琐屑之末，而不能体察大道之本。以下文字转入驳论，"世之君子，未始不与公同，而犯害则异者，彼依违其间，而公取必焉故也"，当时诸君子何尝不像王安石一样，蔽于其末而不究其义。但最终的政治选择却完全不同：世之君子依违其间、无所事事，而王安石却迎难而上，因为他有治世之志。

《祠记》驳论的关键，就是替王安石辩护。前节已论，北宋灭亡后，有人指认王安石为亡国罪人；南宋初年又确立了"最爱元祐"的政治文化导向。《祠记》分熙宁反对者、元祐大臣、绍圣用事之人、崇宁奸邪四个群体，指责他们的过失。既是对北宋后期政事的评价，也是对后王安石时代缠绕在王安石身上的负面评价的辨识。

> 熙宁排公者，大抵极诋訾之言，而不折之以至理，而激居八九。上不足以取信于裕陵，下不足以解公之蔽，反以固其意竟成其事，新法之罪，诸君子固分之矣。元祐大臣一切更张，岂所谓无偏无党者哉？……绍圣之变，宁得而独委罪于公乎？熙宁之初，公固逆知己说之行，人所不乐，既指为流俗，又斥以小人。及诸贤排公，已甚之辞，亦复称是。两下相激，事愈戾而理益不明。元祐诸公，可易辙矣，又益甚之。……绍圣用事之人如彼其杰，新法不作，岂将遂无所窜其巧以逞其志乎？反复其手，以导崇宁之奸者，实元祐三馆之储。元丰之末，附丽匪人，自为定策，造诈以诬首相，则畴昔从容问学，慷慨陈义，而诸君子之所深与者也。

实际上，早在北宋后期，程颐就说过："新政之改，亦是吾党争之有太过，成就今日之事，涂炭天下，亦须两分其罪可也。"② 程颐清醒地提出"两分其罪"，在南宋最爱元祐的文化语境中已成绝响，甚至产生了对王安石政事、学术进而对其人品进行全盘否定的极端事例。因此，陆九渊能指出——排斥王安石的诸君子及元祐大臣应承担过错和历史责任，诚为远见卓识。

---

① 《鹅湖和教授兄韵》，《陆九渊集》卷二十五，第301页。
② 程颢、程颐：《二程集》，中华书局1981年版，第28页。

王安石主张变更法度，世之君子始初何尝不是这样！朱熹曾说："凡荆公所变更者，初时东坡亦欲为之。"又，"但东坡后来见王荆公狼狈，所以都自改了。"① 北宋后期政事之更迭且有每况愈下之势，元祐诸公负有不可推卸的责任。朱熹也曾说："元祐诸公大纲正，只是多疏，所以后来熙丰诸人得以反倒。""元祐诸贤，多是闭著门说道理底"；"新法之行，诸公实共谋之，虽明道先生不以为不是。盖那时也是合变时节，但后来人情汹汹，明道始劝之以不可做逆人情底事。及王氏排众议行之甚力，而诸公始退"。②

明代陈汝锜（伯容）索性将北宋亡国的责任推在司马光头上，说："靖康之祸，论者谓始于介甫，吾以为始于君实。非君实能祸靖康，而激靖康之祸者君实也。"③ 虽言之激烈，但一个关键词"激"，却和陆九渊不谋而合。元祐诸公激化矛盾，引起了非常态的政治对抗，这也是不能忽略的历史事实。

《祠记》的论证逻辑，具有浓郁的陆氏学术色彩，尚本务简。陆九渊并没有一味地为王安石平反而平反，而是褒中有贬，褒贬相间。论说对象是王安石，目的却是要明道、致义，这也是陆九渊念兹在兹的终极关怀，故《祠记》议论部分的结尾最能体现这一旨意："格君之学，克知灼见之道，不知自勉，而戛戛于事为之末，以分异人为快，使小人得间顺投逆逞，其致一也。近世学者，雷同一律，发言盈庭，岂善学前辈者哉！"回顾前文讨论的官方与文人不同的评价层面，若问陆九渊对百年王安石评价是否有全面了解，陆九渊所驳者主要是文人层面关于王安石乃亡国罪人的论断。至于官方层面并未真正彻底否定王安石的史实，如王安石依然配飨孔子庙庭以及科举制度中对荆公新学的调和等，并未在陆九渊立论或驳论中有所呈现。

三　《祠记》的内涵与价值

《祠记》高度礼赞王安石道德人品，批评其学术不正、为政自蔽，代

---

① 《朱子语类》卷一百三十，《本朝四·自熙宁至靖康用人》，中华书局1986年版，第3101、3100页。

② 《朱子语类》卷一百三十，《本朝四·自熙宁至靖康用人》，中华书局1986年版，第3097、3105页。

③ 《王安石年谱三种》，中华书局1994年版，第607页。

表了知识界对王安石分而论之的整体认知。王安石政事学术败坏社稷的说法，在社会上广为流行，正如晁公武所言："近时议者谓自绍圣以来，学术政事败坏残酷，贻祸社稷，实出于安石云。"① 这是有关荆公政事学术的总体评价基调。张栻在《题李光论冯澥札子》中说："正误国之罪，推原安石，所谓芟其本根者。绍兴诏书有曰：'荆舒祸本，可不惩乎！'大哉王言也。"②

在政事学术之外，朱熹对王安石道德品行予以高度赞扬，说："如介甫为相，亦是不世出之资，只缘学术不正当，遂误天下。"③ 又，"公以文章节行高一世，而尤以道德经济为己任"④。朱熹高度赞扬王安石道德品行，而对其政事、学术进行严厉的批评；指斥王安石"新法之祸卒至于横流两不可救""以其学术之误，败国殄民至于如此"⑤。比较而言，朱熹对王安石政事的批评要比陆九渊严苛得多，甚至可以说是诋毁。

纵观《祠记》，并没有如此激烈而犀利地抨击熙丰政事。陆九渊在其他场合，也曾论及王安石的败坏天下，"读介甫书，见其凡事归之法度，此是介甫败坏天下处。尧舜三代虽有法度，亦何尝专恃此，又未知户马、青苗等法，果合尧舜三代否？当时辟介甫者，无一人就介甫法度中言其失，但云喜人同已，祖宗之法不可变。夫尧之法，舜尝变之；舜之法，禹尝变之，祖宗法自有当变者"⑥，认为法度可变，不可专恃法度，还应在大道之本上用力。有人问介甫比商鞅何如，陆九渊云："商鞅是脚踏实地，他亦不问王霸，只要事成，却是先定规模。介甫慕尧舜三代之名，不曾踏得实处，故所成就者，王不成，霸不就，本原皆因不能格物，模索形似，便以为尧舜三代如此而已，所以学者先要穷理"⑦。这种论证方式与《祠记》完全合拍，可视作其注脚。

---

① 《郡斋读书志校正》卷十九，"王介甫临川集一百三十卷"提要，上海古籍出版社1990年版，第1000页。
② 《南轩集》卷三十三，影印文渊阁四库全书本，第1167册，第695页。
③ 《朱子语类》卷一百二十七，《本朝一·神宗朝》，第3046页。
④ 《楚辞后语》卷六，《〈寄蔡氏女〉第四十七》，《楚辞集注》，上海古籍出版社2001年版，第290页。
⑤ 朱熹：《读两陈谏议遗墨》，《朱文公文集》卷七十，《朱子全书》第23册，第3381、3384页。
⑥ 《陆九渊集》卷三十五，第441—442页。
⑦ 《陆九渊集》卷三十五，第442页。

陆九渊对《祠记》的自我评价甚高,表现出十足的自信。在后来给胡季随的信中说:"《王文公祠记》,乃是断百余年未了底大公案,圣人复起,不易吾言。"① 在给薛象先的信中,也说:"荆公之学,未得其正,而才宏志笃,适足以败天下,《祠堂记》中论之详矣,自谓圣人复起,不易吾言。"② 不过,朱熹却对《祠记》论断极为不满:"临川近说愈肆,《荆舒祠记》曾见之否?皆学问偏枯,见识昏昧之故,而私意又从而激之。"③

朱熹之所以彻底否定《祠记》,固然是因朱陆学术之争,陆九渊心学的特色在于发明本心,本心既是宇宙万化之源、身心修养之发端,也是政治得失之关键;朱熹的学问方法是"格物致知",因此他对于陆九渊以"心学政治观"衡量王安石学术的做法予以断然否定④。需特别加以说明的是,陆九渊的论证逻辑也为朱熹所反感,最为明显者便是陆九渊在《祠记》中标举大道,声言王安石"道术必为孔孟,勋绩必为伊周"之外,还指出儒家之道自孔孟之后,"不绝如线,未足以喻斯道之微也。陵夷数千百载,而卓然复见斯义,顾不伟哉?"认为王安石为孔孟大道的继承人。这显然触犯了朱熹构建的以二程为核心的北宋五子承继孔孟的道统体系,环视两宋知识界,声称王安石接续孔孟道统者实为闻所未闻,也难怪朱熹说陆九渊学问偏枯、见识昏昧!朱熹所言"私意又从而激之"中的"私意",指的当是前所未闻、仅陆氏一家的大道传承说。至于发明本心与格物致知的学术分歧,朱熹早已见惯,断不会如此狠厉地批驳,说什么"近说愈肆",除前文提到的王安石直承孔孟大道;《祠记》以为王安石政事趋末而忘本,与朱熹全面否定王安石政事学术,虽有细微的区别,但总体的论证逻辑是一致的,朱熹在给汪应辰的书信中说得很清楚:"学以知道为本,知道则学纯而心正,见于行事,发于言语,亦无往而不得其正焉。如王氏者,其始学也,盖欲凌跨扬、韩,掩迹颜、孟,初亦岂遽有邪心哉?特以不能知道,故其学不纯,而设心造事,遂流入于邪。"⑤ 朱熹说王安石不知道、学不纯,所以导致政事之失败,与陆九渊总结的不务

---

① 《陆九渊集》卷一,第7页。

② 《陆九渊集》卷十三,第177页。

③ 《答刘公度》,《朱文公文集》卷五十三,《朱子全书》第22册,第2486页。

④ 周建刚:《陆九渊〈荆国王文公祠堂记〉与朱、陆学术之争》,《江西师范大学学报》(哲学社会科学版)2013年第1期。

⑤ 《答汪尚书》,《朱文公文集》卷三十,《朱子全书》第21册,第1303页。

本（发明本心）、学之蔽而最终政事乖而道不明，推论的理路完全相同。

《祠记》系统地评价王安石，也是文体的需要。《祠记》要借助文字使奉祠者千载而下凛然如生，具体到祠主王安石，百年来起伏升沉，当时社会尚流行不公之论和"人心畏疑"的情绪，因此陆九渊采用褒中有贬、褒贬并行的行文方式，自认为客观公正地评述王安石，断了百余年的公案。陆九渊在其他场合对王安石的评述，刚好可以互相印证、发明。从朱熹的反应来看，这种论证逻辑、行文方式并没有获得认同。不过，这并不影响《祠记》的价值，因为它代表着知识界对王安石分而论之的共识。

在今天看来，《祠记》评价王安石确实系统，但不全面，因为文学缺席了。在分而论之中，道德人品、政事学术，陆九渊都已详细论及；唯独文学，只字未提。环顾彼时文学界，王安石文学并没有因政事而受到阻滞。叶梦得《石林诗话》卷中论述了王安石诗歌风格由意气淋漓到深婉不迫的变化，云："王荆公少以意气自许，故诗语惟其所向，不复更为涵蓄……后为群牧判官，从宋次道尽假唐人诗集，博观而约取。晚年始尽深婉不迫之趣。"[1] 陈东写过《与士繇游金山翼日分袂二绝》其二："京口瓜州一水间，秋风重约到金山。江山自为离人好，不为离人数往还。"[2] 不自觉地步了王安石《泊船瓜州》的诗韵，并化用了其诗意。曾极将政事与文学区别开来，认为王安石文学地位毋庸置疑，而政事却败坏天下，诗曰："误把清标犯世纷，平生忠业自超群。如何今代麒麟阁，只道诗名合策勋""汇进群奸卒召戎，萌芽培养自熙丰。当时手植留遗爱，只有岩前十八公"。[3] 前文曾引述李焘的例子，他是以"耻读王氏书"出名的，而其儿子李壁却耗费大量精力为荆公诗作注，即《王荆文公诗笺注》。既然父亲李焘如此排斥王氏书，李壁为何还要为王安石诗作详注？李焘父子的事例，进一步证实了王安石的政事学术、道德品行与文学分而论之的评价趋向是广泛存在的。陆九渊之后的严羽，在《沧浪诗话·诗体》标列"荆公体"，可见王安石文学的经典地位。袁桷在《书汤西楼诗后》总结有宋诗歌的流变，提到了三大宗派："自西昆体盛，襞绩组错。梅欧诸公发为自然之声，穷极幽隐，而诗有三宗焉。夫律正不拘，语腴意赡者，为

---

[1] 何文焕：《历代诗话》，中华书局1981年版，第419页。
[2] 《全宋诗》第29册，第18748页。
[3] （宋）祝穆：《新编方舆胜览》卷十四，"建康府荆公墓""建康府青松路"，中华书局2003年版，第248、257页。

临川之宗；气盛而力夸，穷抉变化，浩浩焉沧海之夹碣石也，为眉山之宗；神清骨爽，声振金石，有穿云裂竹之势，为江西之宗。二宗为盛，惟临川莫有继者，于是唐声绝矣。"① 眉山之宗，即以苏轼诗为代表；江西之宗，以黄庭坚为宗主；临川之宗，是以王安石为宗派领袖。嗣后的胡应麟也说："至介甫创撰新奇，唐人格调，始一大变。苏、黄继起，古法荡然。"② 同样总结了王安石、苏轼、黄庭坚三人在文学史的地位和贡献。

　　《祠记》中缺席的文学评价，究竟是王安石文学评价本无疑义，还是理学家漠视文学的态度的延续？不可遽下定论。《祠记》结尾一段交代写作缘起，说"余固悼此学之不讲，士心不明，随声是非，无所折衷"，言外之意，陆九渊讨论的重点是是非不明的问题，就王安石文学评价而言，似乎没有太多是非论争。从程颐到朱熹对文学皆持排斥的态度，此已甚明，毋庸赘论。绍兴七年（1137）十二月至绍兴九年（1139）正月间，尹焞侍经筵，他曾对宋高宗说："黄鲁直如此做诗，不知要何用？"③ 理学家对于文学"作文害道"观念的顺延，可见一斑。上述两种因素或许都存在，最终影响《祠记》中文学评价的缺席。

结　语

　　陆九渊《祠记》通篇以议论为主，立论、驳论兼用，仅末段记述祠堂重修始末，深合"记"的文体特征。《祠记》的论证逻辑，具有浓郁的陆氏学术色彩，尚本务简。陆九渊自信所写《祠记》解决了百年王安石争论不休的历史"大公案"，并坚信评判客观公允。在南宋尊程（洛学）贬王（新学）的文化语境中，陆九渊《祠记》系统而褒贬并行的评价方式，深具了解之同情，代表着知识界对王安石分而论之的共识，达到了垂世立教明道的目的。

　　陆九渊视野中的王安石，丰富而立体。他赞扬王安石光明俊伟的人格，又批评王安石不能发明本心、学之蔽而最终政事乖而道不明，褒中有

---

① 《清容居士集》卷四十八，影印文渊阁四库全书本，第1203册，第631页。
② 胡应麟：《诗薮》外编卷五，上海古籍出版社1958年版，第211页。
③ 《师友杂志》，丛书集成初编本，中华书局1985年版，第21页。

贬，褒贬相间。这一研究视角，呈现丰富生动的历史讯息，既可管窥王安石地位的百年升沉，又能深化对象山心学的认知。当然，任何一种研究视角都有其局限性，《祠记》中文学评价的缺席，使得有关王安石道德人品、政事学术及文学分而论之的议题，仅停留在前两个方面，文学评价的问题未能完全展开。从文体特征、论证逻辑、内涵价值等文学研究层面，分析讨论宋代学术史、思想史的具体问题。这一积极的尝试，必能推动文学史与学术史、思想史的交叉、融合，并最终实现文史研究的深度融通。

《宝剑记》在地方高腔中的传播

刘 恒

(洛阳师范学院文学院)

李开先《宝剑记》在写成不久便被搬演,其后一直常演不衰,特别是第三十七出以《夜奔》之名一直活跃在明清舞台之上,至晚清民国《夜奔》一出更是占据了京昆剧舞台、报纸杂志、广播唱片等阵地,《宝剑记》反而湮没不明。《宝剑记》其余各出在晚清民国是否仍有上演,甚至《宝剑记》是否有全本上演?目前学界尚未深入探讨,原因不外乎囿于研究材料缺乏。因此要想打开《宝剑记》流变的研究天地,需将目光聚焦于史料更加丰厚的地方戏曲之中。本文拟在地方高腔中发现的《宝剑记》改写本及其他折子戏为研究对象,对《宝剑记》在地方高腔戏中的现状、变化及与明刊本《宝剑记》的关系做一阐释,以求教于方家。

据笔者所见,地方高腔中除有《夜奔》搬演外,一直存在《宝剑记》其他出目甚至全本戏的搬演。如全本戏有江西青阳腔《豹子头》,折子戏有《纳书楹曲谱》中的《磨斧》、车王府曲本高腔《鸣冤》、湖北高腔《林冲夜奔》(含《磨斧》)、湖南高腔《林冲夜奔》、川剧高腔《林冲夜奔》,等等。

据傅惜华《宝剑记传奇题记》记述:"唯其中第十六出、第三十七出,往日北方高腔均有演唱,前者标名'鸣冤',后者标名'夜奔',俗称'林冲夜奔',排场歌曲宾白,颇有增减之处,不尽同于原本。"傅惜华先生所称高腔"鸣冤""夜奔"在车王府曲本、昇平署戏曲资料中有存,但傅惜华先生称唯第十六出、第三十七出有高腔演唱,则有失偏颇。现仅以部分高腔中所存文本分析《宝剑记》在民间舞台的传播情况。

一 青阳腔《豹子头》分析

江西青阳腔剧目《豹子头》是江西省文化局剧目工作室编，收录在《江西戏曲传统剧目汇编》（青阳腔第二集）中。该本为湖口黄毓盛曲本，耿松影校勘。其前剧目介绍为：

  豹子头即林冲宝剑记，明吕天成曲品、祁彪佳远山堂曲品、高奕新传奇品、王国维曲录均著录。作者明李开先，字伯华，号中麓、山东章丘人。万壑清音、纳书楹联曲谱等选集中均载《夜奔》一出。今昆剧、川剧、虎贲麻城高腔、江西东河戏高腔等剧种均有此剧。惟演出全本者不多。

  校勘本以湖口高腔艺人抄本（年代不详）为依据。以古本戏曲丛刊影印北京图书馆藏明刊本林冲宝剑记为参考。

该剧目介绍提供了几个信息：一青阳腔《豹子头》剧目来源于李开先明刊本《宝剑记》；二是湖口青阳腔剧目《豹子头》为演出本。

明刊本《宝剑记》为文学本，五十二出，但篇幅冗长，枝节蔓延，不适合舞台搬演。青阳腔改编本《豹子头》则为演出本，中华人民共和国成立后其中部分出目还曾上演。《豹子头》青阳腔剧本通过对原剧本情节删减和压缩，共三十二出。现将明刊本《宝剑记》和青阳腔《豹子头》剧目比较如下。

1. 青阳腔《豹子头》对明刊本《宝剑记》的承袭

（1）关目结构的承袭

通过出目比对，可看出《豹子头》没有改变《宝剑记》的双线结构和故事总体情节。青阳腔《豹子头》为三十二出，其中有二十三出来自《宝剑记》，基本保持了原著的剧情架构。

（2）承袭了较多《宝剑记》的唱词

《宝剑记》自写定后，便被海盐腔、昆腔等编演，后来被青阳腔改编上演，在反复编演的历程中，必然渗入诸多改编因素，但结合《豹子头》来看，其还是承袭了《宝剑记》大部分唱词及念白，如《豹子头》第五出奏本，黄门与林冲的唱词与《宝剑记》相近。

明刊本《宝剑记》和青阳腔《豹子头》剧目比较

宝剑记	豹子头	宝剑记	豹子头
第二十六出	三出朝庙		
第二十五出		第五十二出	
第二十四出	十七出沧州	第五十一出	二十七出磨斧
第二十三出	十六出野猪林	第五十出	二十八出上寨
第二十二出		第四十九出	二十九出发兵
第二十一出		第四十八出	三十出奏本
第二十出	十六出野猪林	第四十七出	三十一出母子会
	十五出救友	第四十六出	三十二出回山点兵
第十九出	十四出长亭别	第四十五出	（以上无法一一对应）
第十八出	十三出起解	第四十四出	二十六出逃难
第十七出		第四十三出	二十五出成亲
第十六出	十二出冤鼓	第四十二出	二十四出迎亲
第十五出	十一出分监	第四十一出	
第十四出		第四十出	
第十三出	十出报信	第三十九出	
第十二出	九出小审	第三十八出	
第十一出	八出送剑		二十三出
	七出操兵	第三十七出	二十二出夜奔
第十出		第三十六出	
第九出	六出设计	第三十五出	
第八出	五出劝谏	第三十四出	二十一出闻报
第七出		第三十三出	二十出刺杀
第六出	四出奏本	第三十二出	
第五出	三出游玩	第三十一出	十九出说亲
第四出		第三十出	十八出议亲
第三出		第二十九出	
第二出	一出登场	第二十八出	
第一出		第二十七出	

（末上）（白）一自登云上九霄。如今身挂紫罗袍。若非对策三千卷，怎得金门候早朝。

《宝剑记》第六出为：

（末上白）一自登云上九霄，攀龙长近赭黄袍。不因对策三千字，安得金门候早朝？

以上虽然个别字句不一，但大体意思相近。《豹子头》中念白、曲词大多如此，与《宝剑记》一模一样的曲词较少，大多是经过改编的、相近的曲词、念白。

2. 青阳腔《豹子头》对明刊本《宝剑记》改编

作为口传演出本的青阳腔《豹子头》，自然继承李开先《宝剑记》基本的剧情结构和内容，但其因口耳相传的原因，呈现了承袭中变化的特点。

（1）部分情节变化

其一为矛盾冲突设置的变化。《豹子头》将《宝剑记》第二十六出调整至三出，《宝剑记》先叙林冲与高俅之间的政治矛盾，后续张贞娘与高朋的个人矛盾，《豹子头》则将张高矛盾提到林高矛盾之前，三出《朝庙》写张高衙内的矛盾，四出《奏本》写林冲高俅的矛盾。这样的处理使舞台表演一开场就进入了矛盾冲突之中，极容易抓住观众注意力。

其二为林冲妻子、母亲这一线索改动较大。在《豹子头》中，林冲的母亲并没有自尽，特别是林冲妻子与婆婆、王婆被王进释放后，他们最终奔往梁山，并与领兵下山报仇的林冲相遇团聚，被送往梁山。此情节的安排不同于李开先的《宝剑记》。

其三为故事结局的不同演绎。《宝剑记》的最后以林冲夫妻受封赏大团圆结束，正如第五十二出【尾声】：人君圣，辅臣贤，眼见的河清海晏，端的是日出云开又见天！《豹子头》则以林冲报仇成功回山点兵结束。第三十二出以宋江倡议："林将军冤仇已报，在忠义殿办香烛答谢苍天。（众）一同拈香。"结束。结局的不同说明了文人创作和民间改编的不同立场，李开先着重于对忠臣孝子的刻画，《豹子头》更倾向于对草莽英雄的描绘。

（2）关目变化

第一，删减。《豹子头》为适应舞台演出，对剧情最大的调整是对原剧情的删减。从上表可以看出，除第四十七出之后因剧情全部改写，无法比对外，其余出目中，原剧第一出、第三出、第四出、第七出、第十出、第十四出、第十七出、第二十一出、第二十二出、第二十五出、第二十七出、第二十八出、第二十九出、第三十二出、第三十五出、第三十六出、第三十八出、第三十九出、第四十出、第四十一出、第四十二出共二十一出均被删除。被删减部分一是为主要情节起铺垫作用的过场戏。如第七出高俅生杀林冲之心，为后面白虎堂设计铺垫；第十出，林冲圆梦，为第十一出白虎堂被擒作铺垫；第十六出高俅下帖知会杨清，为第十八出作铺垫。以上出目均是对主要情节的铺垫，删除这种出目，并不影响故事主要情节的发展。二是对人物性格起烘托作用的关目。如第四场"林冲看剑"，该场主要写林冲的爱国忠心和张贞娘的大义，塑造烘托林、张二人的形象；第二十二出张贞娘思夫，主要表现张贞娘对林冲的坚贞之义。三是次要人物的场次。如第二十五出，净、丑之间的插科打诨；第二十八出的高朋相思；第三十五出的公孙去职；等等，次要人物公孙胜侧场次被删除殆尽。四是因为情节表现的侧重点，删除了林冲妻子、母亲这一线索的诸多场次。

第二，合并。《豹子头》对《宝剑记》中发展缓慢的情节进行了压缩，几出合并成一出，使情节紧凑，节省舞台演出时间。如《宝剑记》第二十出、第二十三出被合并成《野猪林》一出；《宝剑记》第四十四出、第四十五出被合并成《成亲》一出。

第三，扩展。对《宝剑记》中设置不合理，对不适合舞台演出布局的情况，进行了改编，如第十一出，从《宝剑记》情节来看，该场次为关键场次，但第十一出却包含林冲、林冲妻子关于送剑的谈话，林冲白虎堂被擒的多个情节。为了表现林冲的忠贞与负冤被擒的对比，《豹子头》增加了一场《操兵》，正在教练兵马的林冲被告知带剑到白虎堂，同时把白虎堂被擒单独成为一个场次《送剑》，更加突出了林冲白虎堂被擒这关键的一场戏。另外《豹子头》还增加了十五出救友、二十七出《磨斧》等出，十五出为鲁智深的独角戏，《磨斧》一出主要表现李逵。

"填词之设，专为登场"，以上是青阳腔《豹子头》对《宝剑记》的修改，其删除多余关目、冗长唱段，都是考虑到了其舞台表演需要。

（3）舞台演出效果的增强

《宝剑记》在青阳腔的流传改编中，弱化了原本中文字精美典雅的文人审美特征，增强了该剧的舞台演出效果，比如前面提到《豹子头》与

《宝剑记》比较中关目的变化，保留主干情节，删减铺垫细节，使剧情更紧促，更紧张。另外还体现在《豹子头》科白的增多，角色行当中净、丑戏份的合理布局，等等。

一是《豹子头》中增加科白、减少唱词。《宝剑记》中每出均有大段的唱词，其也因为曲辞典雅等原因被多次选入明清文人的戏曲曲选及专业性的曲谱之中，而活跃在舞台上的仅有《夜奔》最为出名。唱词过多、曲辞典雅在舞台表演方面往往会出现演出枯燥的情况，这与地方戏注重"闹热"，重视舞台演出效果相矛盾。因此青阳腔剧目《豹子头》对《宝剑记》进行了不同程度的舞台改编，增加科白、减少唱词便是改编之一。以《夜奔》为例，《宝剑记》中，林冲出场便唱【点绛唇】，其后便唱【新水令】等八支曲子，在折子戏中，该出也是以唱工见长。但在《豹子头》中，林冲上场便是念白"欲数登高千里路……"直接省略掉了【点绛唇】曲子，其后只唱了【新水令】【折桂令】【牧江南】【尾声】，《宝剑记》中的【驻马听】【水仙子】【雁儿落】【得胜令】【沽美酒】则被省略。再如《野猪林》一段，《宝剑记》中第二十出、二十一出、二十三出涉及鲁智深野猪林搭救林冲、送行、辞别三部分，其中唱段极多。《豹子头》中第十六出《野猪林》将以上内容合并为一出，该出在《豹子头》各出中字数较多，但整出只有林冲唱了一段【山坡羊】："望云山，云山不见。望家乡，家乡何方。又只见山高路远，眼睁睁跳不出满天圈套。"即使这段唱词较《宝剑记》中【山坡羊】浅白简短了许多，《宝剑记》中【山坡羊】："举目云山无数，回首家乡何处？只见山危水险，急煎煎跳不出羊肠路。鸟乱呼，林深过客疏，形骸瘦尽，眼睁睁生难度。撇下白发萱亲正倚闾。音书，千里关山半字无；嗟呀，两地思量一样苦。"《豹子头》减少了大段文雅的唱词，代之以对白介绍情节、表现人物，如此使剧情更流畅，人物性格更突出。

二是净、丑戏的增加。戏曲中的插科打诨在调剂舞台气氛方面无可替代。《宝剑记》中净、丑的插科打诨的角色集中在高朋及其狐朋狗友、牢狱禁子这些人身上，在《豹子头》中，除以上人物外又增加了众多净、丑等插科打诨式人物，如董超、薛霸、林冲舅舅李不顺、李逵等净、丑人物。这些人物插科打诨与《宝剑记》中相比，更加符合底层民众的生活实际和心理期待。如十八出《议亲》中有段对话：

（小白）他家有个娘舅，叫做李不顺。（丑白）你去叫得来。（小白）李不顺可在家中。（净白）不在家中。（小白）人在家中讲话。（净白）人不在家中，丢了一张嘴在家中。（小白）嘴也丢得出来。（净上）（咳介）老汉今年七十七，两耳闭了气。天上打炸雷，只当狗放屁。七斤哥。（小白）六锦。（净白）年虽好，长了斤把。（小白）名字那得长。（净白）叫我出来何事。（小白）高明公爷传你讲话。（净白）那个打架，偌大年纪还打得架。

在这段对白中，从两人一开始对话，再用名字、耳背等造成的滑稽对话场面，增强了诙谐调笑的戏剧性场面。

3. 《豹子头》中传统儒家忠孝节义思想的弱化

李开先《宝剑记》中表现的忠义、节孝，在《豹子头》中人物身上都出现了偏差。在"忠君"前提不变下，更多偏向了民间江湖的"义"，与之相应的是草莽英雄形象的强化，张贞娘身上的节孝思想也弱化了不少。

《宝剑记》是建立在忠君观念的理论之上的，李开先在剧中着力打造了林冲"忠君爱国"的形象，在忠奸对立斗争过程中，以前的草莽英雄林冲成为国家英雄。而《豹子头》则在保持林冲身上忠君爱国色彩外，又涂抹上了民间"任侠崇义"的草莽侠义精神，林冲身上的个人抗争精神比《宝剑记》有所强化。《豹子头》白虎堂一出中，林冲一反之前的委曲求全，被抓后直接骂高俅为"贼子"，表现了个性的强化色彩。同样，在上梁山之后，他更是和梁山英雄打成一片，受到了梁山英雄的信任和重视。

《豹子头》加大了对鲁智深、李逵、宋江及梁山好汉们的演绎。鲁智深的身份在《豹子头》一剧中有所改变，他不是《宝剑记》中虽入空门但仍然惦记家国的忠义形象，其更多带有了行侠仗义的侠客精神，《豹子头》中，其出场"平生性拗不看经，丹心耿耿杀气腾。（白）咱家名唤鲁智深，心雄胆大会杀人。一根铁棍随身传，单打人间道不平"。并且《豹子头》中还增加了鲁智深的一场独角戏《救友》，着重表现其行侠仗义、胆大心细的性格。这场戏中鲁智深一开始叙述林冲妻子击鼓鸣冤后，林冲被发配的前因，而后想到林冲此去凶多吉少，决定躲在野猪林救林冲，其后便是一路直行奔往野猪林，而后是才接上《野猪林》一出。

李逵形象也发生了较大的变化。《宝剑记》中的李逵被刻画成关心国家大事的草莽形象。《宝剑记》第四十七出中，李逵出场自我介绍后，说道："只因圣上听信小人，暴虐不已，科索江南、河北，军民受倒悬之苦，逼迫俺英雄豪杰，啸聚梁山为寇。"对下山的目的"一者扫清地界，二者救天下苍生，三者与林大王报仇。"《宝剑记》中的李逵在保留江湖豪气的同时，增添了为国为民的大侠之气。但在《豹子头》中他完全成为"打虎名高，平生性拗"的草莽英雄。《磨斧》作为《豹子头》中一出著名的折子戏，中华人民共和国成立后还被搬上戏曲舞台，这出戏中展现了李逵的草莽英雄形象。李逵出场自我介绍中杀人如草、爱吃人肉等，表明了其凶狠性格，其后磨斧时与林冲先是发生了嘴角冲突，后来扩大到拳脚相加，但一听说对方为林冲后，立即收斧谈心。在听说林冲的不平遭遇后，立即表示可将其引荐上梁山，一起点兵杀高俅。在这一出戏中，李逵粗俗、豪爽、仗义的性格一览无遗，但是在其对话中只有除强暴的表述，没有救苍生的意思。在民间演剧中，鲁智深、李逵这些梁山好汉褪去了忠君的伦理外衣，重新拾起了行侠仗义、维护公平的道义形象，表现了民间对英雄人物的审美倾向。

　　《宝剑记》中林冲和张贞娘的双线结构，一条线索表现忠义，一条线索表现贞孝。《豹子头》也承袭了双线结构，却对林冲妻子这条线索进行了弱化，场次减少，林冲妻子贞孝的形象随之弱化。

　　《宝剑记》中林冲妻子的形象是比较丰满的。有激励丈夫的识局明理，如第四出林冲看剑中与丈夫的对话；有为丈夫击鼓鸣冤的决绝胆识和勇气，如第十六出；有对丈夫的拳拳思念，如第二十二出；有对婆婆的恭敬孝顺，如第三十八出、三十九出、四十一出、四十二出；有对坚贞守节的意志，如第四十三出、第四十八出。其中突出的还是张贞娘的孝和贞。可以说《宝剑记》张贞娘表现场次较多，其身上寄托着作者明显的创作意图。《豹子头》中林冲妻子戏份不多，只剩攸关主要情节的朝庙、冤鼓表现了其坚贞的性格。其他能表现其主要贞孝性格的场次大多被删减，即使有其出场的几出戏中，其形象也不出彩。因此其孝与贞的形象大大被削弱。

　　与林冲妻子形象弱化相反，《豹子头》却强化了鲁智深、李逵等草莽英雄的形象。《宝剑记》中鲁智深也同林冲一样，满怀忠义却报国无门，其在剧中第八出、第十三出、第二十出、第二十一出、第二十三出均出场，表现出忠义的个性。在《豹子头》中，他在五出《劝谏》、十出《报信》、十五出《救友》、十六出《野猪林》中出场，在表现忠义个性的同时也表现了其草莽英雄的性格，同样《豹子头》也突出了李逵的形象。《宝剑记》中李逵仅在第四十七出中出场，但《豹子头》中李逵在二十七出《磨斧》、二十九出《发兵》、三十一出《母子会》、三十二出《回山点兵》中都出现，表现了其勇猛仗义、粗鲁滑稽的性格。

在地方戏兴起后，《宝剑记》逐步流传到各地方戏中，在舞台演出的过程中逐渐被民间欣赏趣味改变了原有的情节结构、舞台表现、人物形象。

二 高腔中《鸣冤》一出分析

目前所见《宝剑记》之第十六出改本高腔《鸣冤》有车王府曲本《鸣冤》、昇平署《击鼓鸣冤》和江西青阳腔《豹子头》十二出《冤鼓》。车王府曲本《鸣冤》明确标为"高腔"，昇平署《击鼓鸣冤》未标何腔，但其情节、唱词等均与另两种相近，且唱词中出现"滚白"等介绍，说明其为青阳腔无疑。

车王府曲本《鸣冤》与昇平署《击鼓鸣冤》除个别字句外，情节、文字基本相同，可以确定两者改自《宝剑记》，所出应为同一版本。但昇平署《击鼓鸣冤》中有一改动之处，为林冲妻子解释高俅陷害林冲的原因，原稿为"夫上谏一本暂停花石，乃是为国忧民。谁想高俅怀挟私仇，假旨要剑做样，赚我丈夫入白虎堂。"旁边批改为："我与儿夫降香，不想遇着高俅之子前来调戏，被我丈夫羌（似为抢）拍一场。"改动者的思路是《水浒传》所设计的矛盾性质。在折子戏中如此一改，则林冲一方与高俅一方的矛盾顿时改变，两者由忠奸对立的矛盾变成了民间的个人矛盾。

江西青阳腔《豹子头》中《冤鼓》，在情节、文字方面与前两版本类似。只不过《豹子头》中有个别情节有遗漏处，如没有介绍跳楼情节：

> （付、小同白）夫人不要击鼓，有请老爷。（末白）谁家一民妇，击鼓动銮舆，可有气息。（付、小同白）有气息。（末白）将他唤醒。

最后一句"可有气息"突兀而出。昇平署本《击鼓鸣冤》中情节为：

> （林冲妻）重作击鼓介。（军上白）什么人击鼓，张大人有请。（末上白）怎么说？（指挥白）有一妇人击鼓，将刀自刎，拨去其刀，

弃命坠楼。（末上白）可曾伤人？（军白）未曾。（末白）唤醒来。

而在车王府《鸣冤》中则前后连贯，张玉贞击鼓后跳下鼓楼，昏死过去。后才有生曰：看她还有气息。

三者都是以看守冤鼓的带刀指挥和刑科给事中张文盛出场，后面带出林冲妻子张玉贞击鼓鸣冤，张玉贞在道出击鼓原因后，上到冤鼓楼击鼓，被发现后跳楼，后被叫醒，陈述冤情。这与林冲《宝剑记》中不同。

综上，车王府曲本《鸣冤》、昇平署《击鼓鸣冤》与江西青阳腔《冤鼓》所来渊源应该相同。

三　高腔中《磨斧》一出分析

目前所见《宝剑记》中出目在高腔中最早的记录是乾隆五十九年的《纳书楹曲谱》补遗卷四之时剧《磨斧》。

《磨斧》只有曲辞没有宾白，其李逵、林冲唱词有【点绛唇】【油葫芦】【天下乐】【元和令】【堆荒草】【寄生草】【尾声】七支。现将湖北高腔《磨斧》、江西青阳腔《豹子头》中二十七出《磨斧》相比较：湖北高腔中的情节和江西高腔中的情节一致，均为李逵下山巡视，在溪边磨斧，恰巧林冲来到这里，因问路李逵，李逵未听见。为引起李逵注意，林冲先后用松球、石块打李逵，此举惹恼李逵，两人打骂起来，在打骂中得知对方名姓。言归于好后两人共上梁山。

两部作品中的唱词、念白也多一致，因口耳相传的原因，虽然不完全一致，但大体意思相近，甚至个别的一模一样。如李逵出场之时，湖北高腔本李逵唱词为"打虎名高，（接腔）心中懊恼，梁山道，济济英豪，都只为奸贼残暴。家住沂水百丈村，杀人放火逞英雄。遍身虎豹千斤力，爱食人心两眼红。闲来溪边磨板斧，闷来山上砍青松。有人问俺名和姓，招灾惹祸黑旋风"。

江西高腔本李逵唱词为："打虎名高，平生性拗，梁山寨济济英豪。……（白）家住山东芦林中，杀人放火逞英雄。惯吃虎肉混身黑，爱吃人心两眼红。有事溪边磨板斧，无事山后砍枯松。有人问咱名和姓，这梁山寨上黑旋风。"

其后两人互通名姓后，两人一段合唱，两者的唱词几乎一样。湖北高腔为："你我面貌虽未会，名姓先知道。龙虎际风云，清和天地时。壮士遇壮士，英豪遇英豪。我和你邂逅相逢在这遭，邂逅相逢在这遭。"江西高腔为："咱两个面貌虽无会，名姓先知道。龙虎风云会，济合鲢鲤交。壮士报壮士，英豪遇英豪。"其后林冲诉前因的唱词、李逵听后反应的唱词相似度都非常高。由此可以断定，两地高腔的《磨斧》渊源一致。

《纳书楹曲谱》补遗卷四之时剧《磨斧》虽然只有唱词，但这些唱词与湖北高腔、江西高腔中的唱词也大体相似。李逵下山时唱【油葫芦】"只见古木苍松涧蟠绕，又只见流水潺潺流水潺潺过小桥。"这段写景唱词江西高腔、湖北高腔本中都有，其中江西高腔本为："只见枯木苍松溪边绕。（笑介）（白）好水好水。（唱）流水潺潺过小桥。梁山寨上风光好，山下一派好风光。俺大哥本是仁义之交，众兄弟相待如同胞，一心只要除强暴。"

湖北高腔为："俺只见翠柏苍松绿水沉，下得山来，只见青山迭迭，绿水沉沉，一派好景致也。（唱）涧水苍苍，过了小桥，俺大哥打虎名高，济济英豪，众弟兄不亚同胞，不亚同胞。"

两人相识后唱：【元和令】"咱和你面貌虽不会，姓名先知道，今日里邂逅相逢，邂逅相逢在这也么遭。"其后林冲【堆荒草】、李逵【寄生草】及【尾声】均有相似唱词。在【尾声】唱词中有"林将军李将军方显得水浒上的英雄水浒上的英雄名姓也么标。"在湖北高腔中为"方显得水浒寨名风高标，名风高标。"江西高腔为："方显得水浒梁山名誉高。"由此可推测，由于戏词口耳相传，加之演员或许不识字，在传承中出现了种种错讹之处，但唱词意思基本一致。

以上可推测出，现在高腔中的《磨斧》在乾隆时期的《纳书楹曲谱》之《磨斧》已经形成，而《纳书楹曲谱》所选《磨斧》标注为"时剧"，可知《磨斧》所出年代与清代乾隆时期所去不远，同时江西青阳腔《磨斧》一折出自全本戏《豹子头》，因此可作如下推测：李开先《宝剑记》之改编本《豹子头》极有可能也在乾隆时期已定型，即在乾隆年间《宝剑记》高腔改编本已经存在。

综上所述，《宝剑记》改编本广泛存在于各地高腔之中，目前仍留存有相关剧本及演出。目前各地高腔所遗存改编本，所来源头一致，该高腔改编本应在乾隆年间存在并定型，其在长期演出实践中逐步改变了《宝剑记》原有的情节结构、舞台表现、人物形象，具有了浓厚的民间欣赏趣味。

赵对澂《酬红记》的序跋品评与传播机制考论

张建雄

（江苏师范大学文学院）

在中国戏曲史上，《酬红记》一剧篇幅短小，艺术性也不及二流剧作，较之名剧则差甚。剧作者赵对澂也因功名不显，作品传播不广等原因较少获得研究者的关注。然而通过对这部剧题材的回溯与传播机制的检讨，可以较为充分地了解一部剧作为何在当时如此备受青睐，以及如何博得众人的关注这样一种现象。本文将重点通过剧本题材和序跋对这部剧作展开分析。

一　赵对澂其人与剧本《酬红记》

赵对澂的生平问题有诸多记载，本文在借鉴的基础上，再通过作者作品对之作详细的梳理。由齐森华先生等所编的《中国曲学大辞典》记载道：

> 赵对澂（1798—1860），字子徵，一字念堂，号野航，别号浮槎山樵。安徽合肥人。清道光时廪生，历任学官，二十四年（1844）补广德州学正。咸丰十年（1860）太平军攻广德，在途中被杀。性耽吟咏，著有《小罗浮山馆诗集》。戏曲作品有《酬红记》传奇一种，今存。另有杂著《野航十三种》。兼攻散曲，有杂曲一卷，附诗集后。

《光绪广德州志》卷三十二《宦迹》类记载：

赵对澂，字野航，合肥人。廪贡生，道光二十四年任州学正，训士有方，彬彬向化，有事求直者以运劝谕去却馈遗，性耽吟咏，撰有《小罗浮山馆诗集》，《野航杂著》。（咸丰）十年二月，粤匪（太平天国军）薄城，时知州邵仓皇出走。对澂不闻，急诣州署商议防守，途遇贼被杀。时州学训导宋载扬在乡遇贼死于难，并得赐恤如例：

（案）《新通志·名宦传》咸丰时有广德知州《高桢传》谓：其在十一年督队袭贼，力战阵亡，查高桢病没在浙江，无接战阵亡之事，当削去。《新通志》有《宋载扬传》无《赵对澂传》，亦未当。

《光绪续修庐州府志》卷三十六《忠义传二》记载：

赵对澂，字野航，合肥人，廪贡生，工诗善词曲，与从侄席珍、从孙彦伦相唱和，一门风雅。历官亳州、和州、池州学官，补广德学正。咸丰十年十二月，广德城陷，殉难，得恤云骑尉世职。对澂著有《小罗浮仙馆诗集》《野航十三种》。

常见的作品还有《怀白轩南北曲》一卷，收录于吴书荫所编《绥中吴氏藏抄本稿本戏曲丛刊》第44册。赵对澂散曲还见于《全清散曲》。南京图书馆藏有赵对澂作品《小罗浮馆诗》十五卷，《别录》四卷，附《词曲》十七卷，《赵景淑縢稿》一卷，《小罗浮馆别录》五卷。

《酬红记》共十出，《今乐考证》著录，《傅惜华藏古典戏曲珍本丛刊》第八十九册据嘉庆二十五年（1820）金陵刘文奎刻本影印。分别为《勘谱》《蝶宴》《鹃啼》《川氛》《驿怨》《会剿》《公车》《讯红》《征和》《赏歌》。从文本结构来看，作者特标出"首出"《勘谱》与"尾出"《赏歌》，所以也可认为是八出。从剧作内容上可以分成四个板块。

《蝶宴》《公车》《讯红》《征和》四出是生角戏，《蝶宴》一出写浮槎山樵（作者自号）百无聊赖之际，欲邀红桥梦客、霞心居士、笑园主人等好友前来小饮赏花，其中红桥梦客"新赋壮游"，未能赴约，宕开一笔，为后面《讯红》《征和》两出伏笔。中间赏玩赞叹杜鹃花，实为点题，引出四川教匪造反之事，铺开长线。《公车》一出写浮槎山樵也夹杂在动乱逃亡队伍中，一则也为赴试，来到富庄驿，发现鹃红题壁诗与自序，感慨其身世命运，并和诗数首。《讯红》一出引出红桥梦客，他向船娘打听鹃红之事，并带出浮槎山樵邮寄鹃红诗予他，并嘱托和诗。于故事主题来看，也可看作生角戏。《征和》一出写浮槎山樵下第之后，偶于箧中得和鹃红诗稿，遂遍约同人，广征和作，和作征集汇刻。此间经红桥梦客得到鹃红亡故消息，便思之欲将鹃红之事谱之丝竹，搬上氍毹。

《鹃啼》《驿怨》两出为旦角戏，《鹃啼》一出写鹃红于深闺之中，《驿怨》一出写教匪作乱，鹃红与寡母新婿失散，逃亡途径富庄驿，感慨生命零落，佳人薄命，题下诗作，写下自序。其中接连四支【渔灯儿】，是鹃红情感自叙的最高音，是《酬红记》最感人之处。

《川氛》《会剿》是穿插戏、背景戏，主要写了四川匪教造反与平定的始末。

注：作者在第一出《蝶宴》中有"昔年小住西湖，箧中新稿重翻，今日归从粤海，只为性耽游览"的自我表述，作者的行迹身世仍待进一步考察。

二 鹃红题壁诗的始末与文化语境

在中国文学史上，文人题壁创作的逸闻雅事可谓多多。值得注意的是，明末清初，驿站题诗的文学记载明显超过前代，且出现了大量女性题壁诗，这些诗作是否真为女性题写，真假难辨。但大量的题壁诗创作，与文人假借女性，于驿站题诗的现象，本身就是个值得玩味的文化现象。鹃红富庄驿题诗的故事，流传于大江南北，多少文人为之倾倒，无数女性为之落泪，成为女性题壁诗当中较有代表性的案例。鹃红题诗之事从文献记载来看，确属文人代作，但不少文人信以为真，成为抒情遣怀、感叹命运的绝佳题目。此事的缘起在于三位文人的酒后雅谑，陆继辂《崇百药斋诗集》卷十二有题为《辛酉正月，偕刘大（嗣绾）、洪大（饴孙）宿富庄驿。寒夜被酒，戏联句成六绝题壁上，署曰"蜀中女子鹃红"。已而传和遍于京师，两君戒余勿言。顷来平梁有王秀才埩以行卷来质，则〈悲鹃红诗〉在焉，既为失笑。而死生今昔之感，不能无怆于怀，书此寄刘大都中，并邀同作》的三首诗作，诗云：

分明重展退红笺，此事沉吟二十年。纵使兰亭非赝本，也应不是旧婵娟。

洪厓仙去太忽忽，流尽湘波恨未终。一赋玉楼传诵遍，不烦人世碧纱笼。

依然一苇阻银河，珍重寒宵听玉珂。此日江头谁濯锦，恐无清泪浣春波。

诗作之后有小注："鹃红诗仅忆'年年手濯江边锦，不够人间拭泪痕'二语。"

这三首诗的题目较长，可以看作序言。从诗题来看，起因在于平梁王埪的行卷诗中有《悲鹃红诗》，因缘巧遇，他行卷的对象正是鹃红故事的塑造者。二十年后，这段往事重被提起，当年的六首题诗，如今只记得只言片语。王埪的到访让他留下了前述三首诗作，也为我们揭开了鹃红故事最初生成的迷雾。陆继辂在诗题中所说的辛酉正月，正是嘉庆六年（1801年），这一年正月他与另外二人夜宿富庄驿，或为听到过关于鹃红的些许故事，于是三人戏联六绝，以成佳话，没想题壁诗造成了巨大的轰动，没过多久，便传遍各处。此三人当然乐此不疲，决意秘而不宣，约定不将此事道破。从嘉庆六年到王埪到访，中间间隔二十年，在这二十年中，鹃红的故事传遍大江南北。陆继辂在上述诗题中交代，王埪的携诗到访，让他悲喜交加，喜的是一段非真之事，让多少文人才媛"犯痴"；悲的是自当初雅谑题诗，到如今二十年已过，多少人却为鹃红命运倾注感情，争相书写这段故事，遂有"而死生今昔之感，不能无怆于怀"之感。所以他创作以上三首诗，并邀当年和他一同"编织"这个故事的刘大唱和，没过多久，刘大和诗到来，他又依其韵和了四首，题为《偶感鹃红旧事有诗寄刘编修并邀刘大令同作，大令诗至，复次其韵》：

凄迷梦影重低回，一寸空余未死灰。不及佳人名姓好，颓垣着意护残煤。

传遍城南尺五天，谭资留取到今年。由来醉语醒难解，莫误他人作郑笺。

长堤浅草露春痕，犹是禁寒酒不温。侵晓十三桥上望，纵无离恨也销魂。

草草催妆上画轮，重来谁与话前身。刘郎便是桃花影，何必天台问玉人。

在诗中作者对二十年前那段雅事感慨莫名，由此延伸出对人间世事的咏叹。当年酒后一段谈资，到今天以另外一种方式存在。醉后之事，醒来难解，难解之事，却如此至情。所以何为真何为假，已无法分辨，所以"莫误他人作郑笺"，没有必要破碎别人心中美好的梦。在前文诗题中我们还注意到，陆继辂等人题诗六首，并署名鹃红，却未提及是否还有"代"鹃红作序之事。因为在后续的记载中，除了鹃红的六首题诗，还有一段自序。那么这段自序有可能也出自陆继辂与友人之手，也有可能是鹃红故事传开之后，后人不断演绎的结果。

关于鹃红六首绝句与自序的完整版，郭𪊧《灵芬馆诗话》中有记载，此书续卷四记载友人李方湛（白楼）的诗集有《和鹃红女子题壁诗》，鹃红的原作和自序也附于其中。《自序》云：

妾生于剑岭，远别衣江，锋镝之余，全家失所，慈亲信杳，夫婿音讹，命如之何，心滋戚矣。得姻亲以依傍，同踯躅于道途，携至苏州，遂偕南下。妾意少迟玉碎，犹冀珠还。期秋扇之重圆，愿春晖之永驻。流离数月，甫达此间。嗟乎！陌头杨柳，总是离愁；门外枇杷，都非乡景。望齐门而泣下，思蜀道而魂归。阿娟！阿鹃！生何如死？扶病夜起，勉书数绝。邮程信宿，便入江南，当是薄命人断送处也。时嘉庆六年正月十九日，蜀中女史鹃红题于河间道中。

六首题诗为：

万里飘零百劫哀，青衣江上别家来。朝云暮雨翻翻看，一路山眉扫不开。

深闺小命若如丝，金鼓声中怯几时。回首嫖姚军里望，分明马上尽男儿。

阿母音书隔故关，儿身除有梦飞还。年年手濯江边锦，不够人间拭泪斑。

槁砧望断路盈盈，敲罢金钗忆定情。妾自马嵬坡下住，此生只合卜他生。

　　小婢娇痴代理妆，穷途怕检女儿箱。儿时爱谱江南好，未到江南已断肠。

　　雾鬓风鬟一段魂，喘丝扶住几黄昏。残膏背写伤心句，界乱啼痕与粉痕。

　　李方湛去世于嘉庆二十一年（1816），题诗和序中完整地呈现了鹃红的遭遇和身世，成为一段非常饱满和感人的故事。鹃红在战乱中与家人和夫婿失散，依靠亲友出蜀，欲往南去，行至河间道中写下自己的感怀。郭麐虽转引了此作，但他也未知李方湛是从何处得来的这些作品。故而带着怀疑的口吻讲："此诗不知白楼何从得之，岂好事者托为此哀怨之章，以眩惑行客？抑真有薄命红颜马上来耶？然其诗笔皆工，不妨过而从之，以为伤心嘉话。"这里郭麐也认为此事有伪托而作哀怨之叹的嫌疑，对薄命红颜策马奔腾的桥段也大不以为然。但题诗工整，颇能道出一位伤心人的衷肠，所以他选择了相信，相信这份情感的真实，故而将此录存下来。

　　嘉庆二十一年，鹃红的故事传播到川蜀之地，也是鹃红的"故乡"，这段故事进入了史书，嘉庆《四川通志·烈女·才艺》（刊行于嘉庆二十一年）记载道：

　　鹃红，不知何姓氏，于富庄驿题壁，自署"蜀女"。有序云：妾生于剑外，死别刀环。锋镝之余，全家失所。慈亲信绝，夫婿音讹。依于所亲，挈至蓟州，遂偕南下。妾意稍迟玉碎，犹冀珠还。期秋扇之重圆，愿春晖之永驻。流离数月，甫达此间。嗟乎！陌头杨柳，总是离愁；门外枇杷，都非乡景。望齐门而泣下，思蜀道以魂归。阿娟阿鹃，生何如斯？扶病夜起，勉书数绝。邮尘信宿，便入江南，当是薄命人断送处也。诗云：

　　万里飘零百劫哀，青衣江上别家来。朝云暮雨番番看，一路山眉扫不开。

　　深闺一命弱于丝，金鼓声中怯几时。妾恨也同花蕊恨，阿谁马上是男儿。

　　阿母音书隔故关，儿身除有梦飞还。年年手濯江边锦，不够人间拭泪斑。

楛砧望断路盈盈，敲罢金钗忆定情。妾自马嵬坡下住，此生只待卜他生。

　　小婢娇痴代理装，穷途怕检女儿箱。儿时爱谱《江南好》，恐到江南已断肠。

　　雾鬓风鬟一段魂，喘丝扶住几黄昏。残灯背写伤心句，界乱啼痕与粉痕。

　　按鹃红不详其姓氏里居，今附于成都后，以待访。

将《四川通志》记载与李方湛收录的内容作一对比，我们会看到，虽然大同小异，但也有不少出入，一是在鹃红行走路线上，陆氏所录为"得姻亲以依傍，同踯躅于道途，携至苏州，遂偕南下"。而《四川通志》所载为"依于所亲，挈至蓟州，遂偕南下。"二是在诗歌内容上，第二首后两句陆氏所录为"回首嫖姚军里望，分明马上尽男儿"。而《四川通志》所载为"妾恨也同花蕊恨，阿谁马上是男儿。"诗歌的改动之处恰好是郭麐认为"失真"的部分，颇有意思。从鹃红故事情节来看，她是因匪患被迫离开川蜀，然后北上进入河中之地（富庄驿在今河南省交河县），感慨题诗，最后南下。既然鹃红题诗于河间道中，那么题诗之前应该不会有"携至苏州，遂偕南下"的行走路线，所以《四川通志》在逻辑上来讲比较真实，所以这个故事的内核是在传播中被不断完善着。

鹃红的作品不仅有人转抄酬和，还有人情之所深，为之笺注。马星翼《东泉诗话》卷八记载道：

　　蜀女鹃红题壁诗，家爱泉茂才为笺注成帙，孟雨山博士见之，谓卷内当得闺秀题之，乃佳。后果于阙里孔氏诸夫人中得题词三家，备录于左，钱塘孙兰湘（田）题二绝句："陌头杨柳尽离愁，此日飘零忆剑洲。从古红颜多薄命，那堪花落水空流。""六首诗成百转思，分明鹃血洒盈枝。从今传遍凄凉曲，鼛鼓声中绝妙词。"海盐朱璵小茝题词一阕，调《寄洛妃怨》："已去青衣江畔，剑外乡云望断。旅舍暗伤神，柳眉颦堪。叹才多命薄，此日恨凭谁说。题壁欲销魂，半啼痕。"吴门徐比玉芝生题一律，"字字啼鹃血，魂归蜀道难。干戈连地起，骨肉几时完？卿自伤心写，人争着意看。红颜偏薄命，读罢为长叹"。右三女史题词俱由雨山处寄来。

这段文献虽未直接录入鹃红题诗，却鲜活记述了鹃红题壁诗传播过程中两件颇有韵味的事。一是文人为鹃红诗作注。前文陆继辂在诗中已有"莫误他人作郑笺"之句，马爱泉就是其中一位，笺注本就是对话的过程。这位文人似乎有这一类情结，《东泉诗话》中还记载了马爱泉"又寄南沙河旅壁江南女子贾芷萃题诗二首"、"又录示界河驿女史题壁诗原序"等女性题壁诗给马星翼，女性题壁早已不再是一个独立的个案，"南沙河旅壁江南女子题""界河驿女史题壁"，到处有和鹃红一样命运多舛的女子。二是女性参入了唱和题壁诗的队伍，在唱和中共鸣着故事主人公的薄命与飘零。

晚清民国时期王蕴章《然脂余韵》卷一中也记载了这件事，他转引了陆继辂的诗题，也依据《四川通志》存录了鹃红的题壁诗与自序，此处不再列出。另外《然脂余韵》还引了吴嵩梁受赵对澂所托，为《酬红记》题诗一事：

> 吴兰雪《香苏山馆集》亦有绝句四首，序云：嘉庆六年，富庄驿有蜀中女史鹃红题壁诗六首，赵君野航见而和之，且为谱《鹃红记》院本八出，属题其后。

王氏这里所说的吴嵩梁诗序，其实为诗题。王蕴章1942年才离世，鹃红的故事一个多世纪之后还被文人借之咏叹。其实放眼望去，明清之际有关题壁诗和与之伴随的故事，成为中国文学史上一个具有丰富内涵的主题。嘉庆六年，陆继辂与二三好友夜宿富庄驿，促成了鹃红富庄驿题诗的一段雅事。两个世纪以前，即明末天启初年，袁中道与钱谦益途经兖州府新嘉驿时，为会稽女子题壁之事所感，两人同时作了和诗（会稽女子的题壁诗和自序，见之于袁中道的《题会稽女子诗跋》，《珂雪斋集》卷八）。自此会稽女子新嘉驿题诗之事广为流传。后又有金陵女子宋蕙莲遭清兵俘虏时，经过河南卫辉府，于驿站题壁的故事，也广为传播，众多文人才媛为之和诗。

戏曲作品中，吴炳《情邮寄》中有刘乾初途经黄河东岸驿，题壁七律一首，后慧娘见之和诗，因和诗最终成就姻缘之事。丁耀亢《西湖扇》传奇中也有宋湘仙与宋娟娟先后在驿站题壁作诗之事。从诗歌到戏曲，为何女性于驿站题诗的故事如此备受文人的青睐，明末清初周之标在《买愁集》（集三《哀书》）评价天涯女子杜琼枝的题壁诗时说"自古佳人才子，赋命多薄。况才美两擅，落迹风尘，踏山涉水，饱历星霜，偶一念至，能不悲乎？"周氏评论得甚为精要，美人薄命，才士运蹇，怜才叹己，古来同调。所有与题壁女性相关的故事，其内核是女主人公均为才女佳人，故事发生的地点均在驿站，途经驿站的原因均为命运不公、婚姻不谐、战争扰攘。"才女—薄命—漂泊"的故事结构模式，与"才士文人—运蹇失意—飘零孤独"的心理结构，有着极大的暗合性。当然，女子题壁诗的大量出现，中间还与战争年月人口的迁转和文人对驿站赋予的特定含义等因素有关。但文人与才媛对女性题壁诗"情有独钟"的深层心理原因，却是与上述所论有关的。赵对澂也是众多文人中的一位，也有类似的"情结"。他不仅对鹃红之事"信以为真"，通过创作《酬红记》来感怀此事，还将众多文人与才媛邀请进来，为之题诗，其文化背景正是由于此。

三 《酬红记》的题序与传播机制

由前文我们可以得知，赵对澂《酬红记》从创作到诸家品评，是在到处充斥着女性题壁诗故事和对这种文化心理审美的自觉中得以完成的。《酬红记》从酝酿、创作到传播，都是在这种文化运行机制中进行的。那我们可以这样认为：剧作中提到的诸如红桥梦客、霞心居士、笑园主人等人，目前虽不知具体是否为我们已得知的《酬红记》品题群体中的某三人，但可以肯定的是他们确为现实情况在作品中的影射。作者在《酬红记》完稿后，广泛征集题诗之事作品中多处都有所提及。《讯红》一出中，借红桥梦客之口说道"记当初与浮槎山樵醉饮西湖，浑如昨梦，不觉便是十年。前在桐江接他邮信，录寄鹃红题壁诗来，并征和作，足见我辈多情"；《征和》一出中，浮槎山樵说道"昨因偶检箧中，得旧和鹃红诗稿，不免又惹起一段闲愁，情之累人如此。今拟遍约同人，广征和作，流播人间，多少是好"；本出浮槎山樵又说道"只因鹃红题壁，一时虽已流传，千载恐归泯灭。意欲征题汇刻，以夙心愿"。从《酬红记》品题的群体来看，作者似乎确乃用心良苦，"有意运作"，使得此段雅事流传千年的夙愿得以实现。

王小鹤（王城）应该是《酬红记》传奇最早的读者之一，因为此剧是由他正谱的。有感于对鹃红命运的怜惜，欣慰处在于"二十年"后遇到知己（这里指赵对澂），传诗作剧，将这对佳话流传于世人。他在《〈酬红记〉序》中说：

> 薄命人久拚决绝，五千里孰解怜伊？断肠诗早已流传，二十年竟逢知己。乃有浮槎山樵，燕赵归来，青徐憩止。从煤尾蛛丝之壁，访镫残漏尽之诗。固已钞将薛涛之笺，袭以文君之锦矣。而筠瓢道人，复念屠贩佣沽之地，牛溲马勃之场，酣齁卧榻之旁，剥落欹墙之上。云烟过眼，讵有纱笼？风雨关心，渐多蜗蚀。美人黄土，料知蜀道魂归；司马青衫，谁解江州泪湿？因从暇日，为述前尘。翻《白纻》之清词，按红牙之小拍。传神写照，姗兮其来，绘恨描愁，呼之欲出。未洗绮语，研录以蝇头；不补离恨天，画非蛇足。才夸玉茗，安排豪竹哀丝；艳摘金荃，收拾零香断粉。从此播新声于菊部，聊同宋玉之招；传佳话于兰闺，定有平原之绣。仆误惭顾曲，恨惹闻歌，辱示务头，猥令弁首。犹忆钞从驿使，曾赓花蕊之词，何期赌向旗亭，又点鸥波之谱。此日续开场之四梦，君为《酬红》，他时唱画壁之双鬟，我当浮白。

王城的序显然具有"文学"特质，序中将驿站钞诗与谱之丝管赋于两人。从各方面资料来看，浮槎山樵与筠瓢道人，实为同一人，即赵对澂。在《酬红记》首出《勘谱》中作者用粉墨开场的方式说"自家筠瓢道人便是，末的逍遥世外，偶然游戏人间……日前取鹃红题壁诗，谱成《酬红记》院本，誊写已完，尚未校正，今日晴窗多暇，不免点勘一番。"这里使用的当是"障眼法"，序文最后王城说"仆误惭顾曲，恨惹闻歌，辱示务头，猥令弁首"，用谦虚的语气对自己点谱《酬红记》之事作了交代。

继之为《酬红记》作序的是卢先骆，他的笔调与王城相似，先是对鹃红命运和境遇的感怀，对才长而运短的叹息。兹列出部分来论说：

> 嗟乎！春云一缕，小住遥天，秋月半痕，已沉远水。干卿甚事？使我工愁。惹将满地闲花，遍渍啼鹃之血；绊得连天芳草，重萦梦蝶

之魂。漫言恨海难填，此是情天代补。《霓裳》谱出，付一曲于梨园；珠斛歌成，奏双声者菊部。忍见两行丝竹，奠残塞北黄云，试看十丈氍毹，撒遍江南红豆。嘉庆庚辰首夏，卢先骆半溪拜题于循兰守荻轩。

卢先骆与赵对澂均为安徽合肥人，具有同乡情谊，清道光十二年进士，著有《红楼梦竹枝词》《循兰馆诗存》等。他与张丙、赵席珍、王埼、吴克俊、蔡邦甸、戴洪思等七人组成"城东七子社"，相互唱和。序中有两处地方，有助于我们了解《酬红记》传播过程的一些细节问题。一是"忍见两行丝竹，奠残塞北黄云，试看十丈氍毹，撒遍江南红豆"，这是除作者之外为我们透露该剧演之于场上的记载，措辞虽不甚明确，但《酬红记》另外一位题词者却对该剧有演出作了明确交代。陈萼为《酬红记》题诗两首，其中第二首云"伤心旅馆月黄昏，衫袖淋漓尽泪痕。此日扬州传唱遍，夜台应返蜀鹃红"。并且在诗后继续补充道"扬州黄氏家伶能演此剧，一时身价倍重。他日于灯红酒绿之间，邀君同听，当不让旗亭画壁时也。"此剧创作之后在扬州上演，一时身价百倍。在说明家伶技艺高超的同时，也能看出观剧者对鹃红这一人物形象的喜爱。二是落笔的时间，此篇序文作于嘉庆庚辰年，即嘉庆二十五年（1820），这与王城《酬红记序》中所说的"断肠诗早已流传，二十年竟逢知己"相印证，因为大家都确信鹃红题诗是在嘉庆六年，距嘉庆二十五年正好二十年，那么可以认为《酬红记》当创作于这一年。

除上述三人之外，参与《酬红记》题词的还有：合肥张丙（鱼村）、甘泉吴庆恩（盖山）、甘泉黄锡元（又园）、长洲陆煜（杏桥）、东乡吴嵩梁（兰雪）、合肥徐汉苍（荔庵）、全椒许颐（知白）、阶州邢寿恺（小佺）、南丰刘斯恒（彝生）、泰州程绍芳（又桥）、建平龚舫（书舸）、隐仙道士王朴山、合肥吴克俊（菊坡）、丹徒汪芬（梦禅）、钱塘女史袁青、钱塘女史袁嘉、长洲女史吴素、宛平女史张季芬、宛平女史王畹兰、歙县女史何佩玉、鄱阳陈方海（伯游）、滁州米倬（臞生）、长洲张毓庆（妥轩）、上元金登瀛（筠偕）、婺源董桂洲（芎泉）、上元欧阳长海（岳庵）、阳湖陆聪应（小晋）、全椒金眭华（子春）、全椒江世槐（祐堂）、六安徐启山（镜溪）、上元孙若霖（雨村）。

在这些题词者队伍中，明确交代受赵对澂嘱托而题诗的是吴嵩梁。他题写了四首，收入《香苏山馆诗钞》卷十六中，诗题为《嘉庆六年，富庄驿有蜀中女史鹃红题壁诗六首，赵君野航见而和之，且为谱〈鹃红记〉院本八出，属题其后》，其中第三首为"一枝玉笛谱清愁，消得才名赵倚楼。可惜未寻埋玉地，墓碑亲与刻苏州"。明确交代是受赵对澂嘱托，专为《酬红记》题词。吴嵩梁认为赵对澂能发觉鹃红题诗并与之唱和，继而谱成《酬红记》，不至于使鹃红当年题壁之恨寂寞千年，可谓风流一世。如若能找到她的香冢，为之刻碑题文，那便尽善，也属于"痴人"一类。诗中还以"赵倚楼"代指赵对澂，也算用典巧妙。宋代魏庆之《诗人玉屑》卷十"赵倚楼"条引《古今诗话》说"杜紫微览赵渭南《早秋》诗云：'残星几点雁横塞，长笛一声人倚楼'因目之为赵倚楼。""赵倚楼"当是唐代诗人杜牧对《早秋》诗作者赵嘏的雅称。《酬红记》题词者多处使用这个称谓，徐汉苍为《酬红记》题诗三首，第三首云"双垂银蒜押湘帘，红豆抛残樱笋天。管领扬州好风月，倚楼才调接临川"。诗中将赵对澂与汤显祖并提，极尽溢美之词。刘斯恒为《酬红记》题诗四首，其中第一首云"一缕轻云万斛愁，剑关烽火几时休。子规泣尽穷途血，都付多情赵倚楼"。也对赵对澂的风流多情极为称赏。程绍芳为《酬红记》题诗四首，其中第四首云"多谢词人代诉愁，轻敲檀板擅风流。孤鸾病鹄人间有，还要先生一例收"。与上述论调神合，这几家都从正面直接赞誉赵对澂的才情与风流，姑且看作受赵对澂之托，既是对作者才情的肯定也有些许的"场面话"。

除去上述四家，《酬红记》题词者还有前文提到的由卢先骆发起的诗社中成员张丙、吴克俊。其中张炳为《酬红记》作散曲【南吕调·香遍满】一套，由九支曲子组成。吴克俊题诗两首，也为赵对澂"情死情生谁护惜？江南红豆老词人"的情怀由衷嘉许。卢先骆发起的诗社中，除了张丙与吴克俊，还有两人尤其值得注意，那就是王埥和赵席珍，王埥著有《笑园诗偶存》，正是作《悲鹃红诗》，行卷于陆继辂的那位"痴心人"。与赵对澂深情于鹃红故事的心结相通，王埥自身就对世间有鹃红，才多而命蹇的一段悲凉之事深信不疑。赵对澂为鹃红作传奇，流传下这段人间之奇；王埥深情赋予诗作，能够拿得出来去行卷的作品，一定是诗人引以为豪的。赵席珍乃赵对澂族侄，虽未见到对《酬红记》的评价，但叔侄二人经常诗酒唱和，一门风雅，对此剧显然是极为熟悉的。由七人组成的诗社中，有五位直接或间接与《酬红记》，或者鹃红的那段凄美故事有着因缘际会,可以想见此剧也是他们社中经常提及的话题,其传播的广度与深度可以想见。

《酬红记》题词队伍中还有几位女性:袁青、袁嘉、吴素、张季芬、王畹兰、何佩玉。从前文所述可以看到,清代女性围绕女子题壁故事,诗歌唱和的热情是极为高涨的。鹃红富庄驿题壁的故事天下皆知,《酬红记》第七出《讯红》中船娘说"相公才说的可是那富庄驿题诗的鹃红么……向年一四川相公说过"。且为鹃红的命运惆怅不已,民间女性尚且熟悉鹃红,且能记在心间。吴素为《酬红记》题词六首,是题词群体中数量最多者之一。"著意东风护客装,锦笺百幅叠巾箱。征题到处缘何事?半是柔肠半侠肠。""一度春归一断魂,雨僝风僽又黄昏。人间不少伤心事,偏替愁红写泪痕。"其中提到赵对澂到处征题之事。张季芬题诗第四首说"迢迢乡梦阁关河,恨海难填可奈何?赖有生花能写怨,新声谱出遏云歌"。也是对作者之才赞誉有加。王畹兰题诗第三首说"鹃声啼老泪如丝,那有多情杜牧之。珍重倚楼好才调,殷勤为写断肠词。"何佩玉题诗第二首也说"欲谱新词入管丝,倚楼才调重当时。歌喉一串圆如豆,闲向花前教雪儿。"同男性作家同调,给赵对澂的多情与柔肠反复褒扬,此剧不仅进入文人圈,进入私宅戏班,也进入了闺阁,成为女性借此表现诗才,抒发个人情感和感怀女性命运的共有媒介。

直接表明受赵对澂委托,为《酬红记》题词的女性还有潘焕荣,她所作的五首诗虽未出现在《酬红记》题词队伍中,但赵对澂委托征题的记录清晰可见,诗题为《赵野航对澄广文属题〈酬红记〉填词》,前三首感叹鹃红的命运,诉说鹃红的身世,其中第三首借用了吴嵩梁为《酬红记》作的题词,说道"破镜难圆玉委泥,昙花影散剧堪悲。诗人一例情痴甚,更忆苏州刻墓碑"。并在诗后交代"吴兰雪司马题词有可惜未寻埋玉地墓碑亲与刻苏州之句",可见潘焕荣不仅阅读了《酬红记》,还看到了他人的题词。最后两首说"旅店凄凉夜月昏,挑灯搦管暗销魂。粉墙留得伤心句,传与人间赚泪痕。""美人黄土古今愁,幸遇多才赵倚楼。一曲酬红传院本,九原怨魄已千秋。"用自己的方式表达对作者才华与情怀的赞誉。另外还有袁绶的《题〈酬红记〉乐府》,也未出现在题词队伍中,作为袁氏家族的才女,袁青、袁嘉都参与到《酬红记》题词队伍中,袁绶自然不能缺席,"一卷新词万恨攒,爱河刻刻有惊湍。干戈扰攘生离易,骨肉飘零死别难。红豆种成怜月缺,绿章奏罢惜花残。佳人小传才人笔，挑尽兰灯不忍看"。这首诗写得哀婉欲绝，肝肠寸断，被许多人称赏，可以看作女性唱和《酬红记》作品中最"惊艳"的一曲。

前文从赵对澂《酬红记》个案入手，通过梳理鹃红富庄驿题诗这样一段佳话的始末，来为本剧为何如此关注寻找文化心理依据。进而探讨了《酬红记》传奇的生成机制与传播机制，这部剧是在鹃红题壁一事的讨论热与传播热的文化氛围中进行的，恰逢其时，正合心意。赵对澂为了此剧的传播，可谓"煞费思量"，先有了对鹃红富庄驿题诗一事的感怀，并借此作为剧作题材。剧作完成后邀请善音者谱曲点板，作者在作剧伊始，就有着将之扮演于剧场的心理预设。随之展开的便是大量征题工作，题词写序者遍布大江南北，有亲族、有友朋，在品题中不断加大扩展传播的网络。怀着"卷内当得闺秀题之，乃佳"的情结，《酬红记》题词增添了不少才女的身影，使得这部剧作具有了考察清代戏曲审美内涵与传播运行机制的独特价值。

《孤帆双蹄》初探

房 锐

（四川师范大学文学院）

晚清民国时期，在日本人撰写的中国游记中，东亚同文书院学生的旅行日记不容忽视。

东亚同文书院是日本人在上海创办的日本大学，以研究中国现状为专务。中野孤山在《横跨中国大陆——游蜀杂俎·东亚同文书院》中称："从我国中学毕业生中选拔人才，专门培养他们在大清国发展的能力。"[①] 东亚同文书院十分重视实地踏访，学生的旅行调查从20世纪初一直持续到20世纪40年代，调查区域以中国为主，学生的足迹几乎遍及中国各个区域，所取得的成果十分丰硕。周振鹤在《东亚同文书院大旅行研究·前言》中指出："东亚同文书院在中国一共存在了近半个世纪，前后培养了数千名学生，这些学生能讲中国话，熟悉中国事务，在学业终了时都要到中国各地作一次大旅行，旅行结束后要写报告。这些报告本身在当时是非常有用的宝贵资料，甚至到今天依然是重要的历史文献。"[②]

在东亚同文书院学生撰写的旅行日记及调查报告中，《孤帆双蹄》创作时间较早，特色比较鲜明。

《孤帆双蹄》为东亚同文书院第九期生今井美代吉、小岛利一郎、榊原直矢、藤原忍、松本库太郎、和田重次郎所作。1911年6月至11月，这批学生自上海赴成都考察。由于其时四川爆发了保路运动，冒险进入成都考察的学生，只有和田重次郎一人。

---

① ［日］中野孤山：《横跨中国大陆——游蜀杂俎》，郭举昆译，中华书局2007年版，第20页。

② ［日］薄井由：《东亚同文书院大旅行研究》，上海书店出版社2001年版，第1页。

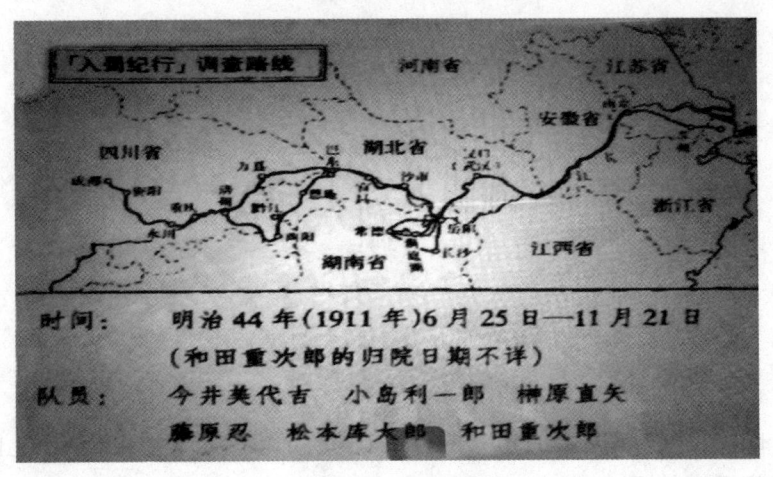

《入蜀纪行》调查路线①

　　1912 年，《孤帆双蹄》由上海东亚同文书院出版。2000 年，该旅行日记更名为《入蜀纪行》，被收入沪友会编、杨华等译《上海东亚同文书院大旅行记录》，由商务印书馆出版。

　　《孤帆双蹄》比较详细地记载了第九期生和田重次郎等人沿途的见闻和实地考察情况，包括序、出发、上海—汉口、逗留汉口（一周）、溯江、沅江溯江、遭难的悲剧、向汉口撤退、再从三峡上溯、弃船、亲切的日语、从黔江县到酉阳、从酉阳到龚滩、从龚滩到涪陵、从涪陵到重庆、滞留重庆、成都行、成都滞留记、欢迎盛宴、天长佳节、成都城、成都的教育和吾国同胞、成都平原、成都的气候、在留同胞的固守准备、离开成都、再生记等部分，涉猎面较广，内容丰富，具有珍贵的文献价值与认识价值。

　　《孤帆双蹄》记载了入蜀路径及和田重次郎等人沿途所见风物，字里行间，受到山川早水《巴蜀》一书的影响。如《孤帆双蹄·再从三峡上溯》：

　　　　从宜昌入蜀有水陆两路。水路，一种是乘 868 华里的船从宜昌到万县，再从万县经过大约 14 日（1307 华里）的陆路到达成都；一种是从宜昌经万县大约溯江 30 日（1598 华里）到重庆，再从重

---

① ［日］沪友会编：《上海东亚同文书院大旅行记录》，杨华等译，商务印书馆 2000 年版，第 32 页。以下引用皆为此版本。

庆走大约 12 日（1000 华里）的陆路到达成都，到重庆一般只走水路。陆路，从宜昌的南面起始走 14 日（1083 华里）到万县，再从这里到成都或者重庆。我们最终选择什么呢？古来有言蜀道之难，无论走水路还是走陆路都没有不难的，选择水路吧！宜昌出发后数日间十之八九见不到旅店，沿途荒凉，路狭石滑，力夫深以为苦，加之人烟稀少，饮食不便，一般用品都不宜购买，而且，万山之中晴雨无时，到了夏日还会有臭虫成千上百地袭来。水路虽无行路之难，但即使幸运，遇上顺风，到重庆也要一个月，而一旦遇到大水，峡中暴涨，等待退水又要浪费很多时日，有时还会有浊流掀翻、吞入急滩之类使人心惊胆寒的事发生。但我们从来并不介意生死，而且山川如此奇绝，风景如此秀美，不如浮天下奇胜三峡而上，于是大家讨论决定从水路入蜀，便拜托新利洋行的香月梅外帮助雇用民船。①

这段文字多袭用《巴蜀·入蜀·由湖北宜昌府至四川省万县》中的说法，山川早水记载：

> 从宜昌进入蜀省成都，有水、陆两路，首先从水路记之。由宜昌至四川万县八百六十八清里，乘船。然后再由万县行约十四天（一千三百零七清里）陆路抵达成都。其次是宜昌经万县至庆行约三十天（一千五百九十八清里）的逆航。再由重庆行约十二天（一千清里）的陆路到成都。只去重庆者只用水路，此乃惯例。我们一行人选择了前者。……
>
> 选择陆路时，从宜昌之南启程。大概用十四天，行一千零八十三清里的路程到万县。如果从万县到成都，从水路到重庆，若有幸乘上顺风船，大概一个月也能到重庆。一旦逢洪水，峡水暴涨，在宜昌等到水落往往要一两个月的时间。此时，若是一般旅客可等到峡江的水恢复水位，然而对大多数人尤其是商人来说，却耗不起这时日，故无论其目的地是成都还是重庆乃至万县，大都要走陆路。
>
> 今根据傅崇榘的《入蜀旱程记》所记载，在这里我略作概述。

---

① ［日］沪友会编：《上海东亚同文书院大旅行记录》，杨华等译，第 52—53 页。

宜昌、万县之间一般为十四日行程，但实际上要用十六七天。这条路线，由宜昌出发后的几天中所住的旅店中没有墙壁相隔的占十之八九。再往前走至四渡河、野三关、野三河、利川县城、卞门、老土地等地，虽然可以留宿，但沿途荒凉，路窄，石滑，力夫很苦。加之人烟稀少饮食不便，零物不易购买。各处的乡驿虽有类似茶馆的地方，但有客人来休息才生火。万山之中晴雨无常，如逢雨天更是备尝辛苦。特别是夏日，臭虫成群。就宿者，架木板为床，以防虫子的袭击。不过，天然楚山绝佳美景足以增添旅行之情趣。去年友人秩父固太郎氏由此路去成都。听秩父氏说，实际的旅程比《入蜀旱程记》所记载的还艰难。本来中国旅行处处有苦境，恐怕再也没有比此路更难的路了。作为我们日本人走过此路的此前只有一个人（不知姓名），后也只有秩父氏。陆路的情况大致如此，人有顾虑也不无道理。然而，论其危险，我认为与其说在陆路不如在水路。水路与陆路不管选哪个，要付诸行动都绝非容易之事。古今皆曰蜀道难，不无道理。①

　　1905年，山川早水以四川省城高等学堂东文教习的身份入蜀，1906年离职回国。《巴蜀》是他在巴蜀期间的旅行和生活记录，包括各地山川风物、民风民俗、名胜古迹、商业贸易等，内容丰富翔实，具有较强的纪实性、可读性。此书多达二十余万字，配有一百五十余张照片和多张插图，是清代末年日本人撰写的规模最大、内容最丰富的巴蜀游记。1909年，此游记以《巴蜀》为书名，由东京成文馆出版。

　　《巴蜀》问世后，成为入蜀日本文人的必读书。1911年，和田重次郎等人入蜀时，充分利用了此书，从他们撰写的旅行日记中，可看出此书的深刻影响。《巴蜀·入蜀·由湖北省宜昌府至四川省万县》记载："买了一本《川行必读·峡行图考》。这部书是光绪十五年（1889年）国璋所著。图解宜昌重庆间之峡程，尚难说完美，但峡中上下不可缺。其书他地难求，游蜀之客必购一本，勿忘。"②《孤帆双蹄·再从三峡上溯》记载：

---

① ［日］山川早水：《巴蜀旧影——百年前一个日本人眼中的巴蜀风情》，李密、李春德、李杰译，四川人民出版社2005年版，第13—14页。

② ［日］山川早水：《巴蜀旧影——百年前一个日本人眼中的巴蜀风情》，李密、李春德、李杰译，第12页。按，书名中的"峡行"，当作"峡江"。著者为国璋，山川早水写作"江国璋"，译者删掉"江"字。

"归途中买了一部《峡江图考》,此书是宜昌重庆间峡江全程的图说,光绪十五年江国璋著,虽难称完备,但对于上下峡江是不可缺少的,此书在他地很难买到,游蜀的旅人一定要买的。"①

据《孤帆双蹄》记载,和田重次郎等人经三峡入蜀,在宜昌参观了川汉铁道工程,探访了三游洞、四贤堂等名胜古迹,文中还详细地刻画了过牛肝马肺峡和新滩的场景。《孤帆双蹄·再从三峡上溯》记载:

一梦醒来时,船已起航,桨橹齐下,太阳旗飘扬。同乘的加上4个力夫共有8人。转眼间宜昌的金字塔已消失在东方的空中,在左岸的南津关停泊下来时已是下午4时,上陆去探访三游洞。此地人很多,是长江边的一大仙窟。听说唐代白乐天、白行简兄弟和元稹曾同游此地,从洞的一侧向下瞰,是千仞绝壁,陡如刀削,沿雉兔之道下到溪谷,只见碧绿的潭水倒映着断崖之影,显得有些神秘,潭边有一亭子。参观时听说有一对德国夫妇栖居于此,其风习颇不似西洋之人。②

三游洞位于西陵峡外,距宜昌约10千米,因白居易、白行简与元稹同游此洞而得名。山川早水在《巴蜀》之《入蜀·由湖北省宜昌府至四川省万县》及《出蜀·由重庆府至宜昌府》中,两次对三游洞作了介绍。《孤帆双蹄·滞留重庆》提及忠州(今重庆忠县)四贤堂,文云:

上午10时过忠州。忠州据称有5万人口,是古代所谓临江郡的所在地,城中有四贤堂,祭祀刘宴、陆贽、李吉甫、白居易四人,这4个人曾经受谪贬而来到此地。这里出产的竹子最富韧性,专供峡江中拉船所用。③

这段记载无疑因袭了山川早水的说法。《巴蜀·出蜀·由重庆府至宜昌府》记载:

---

① [日]沪友会编:《上海东亚同文书院大旅行记录》,杨华等译,第53页。
② [日]沪友会编:《上海东亚同文书院大旅行记录》,杨华等译,第55页。
③ [日]沪友会编:《上海东亚同文书院大旅行记录》,杨华等译,第78页。按,刘宴之"宴"字,当作"晏"。

州城在江左岸，人口约五万多，就是古之临江郡。城中有四贤堂，供奉有刘晏、陆贽、李吉甫、白居易，此四氏曾被流放此州。听说此州所产之竹最富有韧性，峡江拉船的竹索，取于此地者为最佳。①

四贤堂供奉著名政治家刘晏、陆贽、李吉甫、白居易，四人均有被贬忠州的经历，因此被后人誉为"忠州四贤"。绍圣三年（1096），忠州知州王辟之修建四贤阁，并请黄庭坚作《四贤阁记》。《大明一统志》卷六十九，《重庆府》记载："四贤阁旧在忠州治后。宋知州王辟之建，今徙。儒学四贤谓唐刘晏、陆贽、李吉甫、白居易皆谪官于此，故以名阁，宋黄庭坚为记。"② 四贤阁于景泰三年（1452）及天顺三年（1459）重修，天顺年间，改称"四贤祠"。山川早水称之为"四贤堂"，《孤帆双蹄》的作者袭用了这一说法。

《孤帆双蹄·再从三峡上溯》记载了在宜昌参观川汉铁道工程的经过，刻画了川江航行之艰难情形，这些描述多受到《巴蜀》一书的影响。此不赘述。

在《孤帆双蹄》中，多次提及归国的四川留日学生，这对于探讨留日学生的归国情况、任职情况及其具体贡献等，也有着重要的价值。

《孤帆双蹄》对巴蜀地区的教育情况也有所涉及，如在纪行的过程中，他们对沿途遇到的日本教习均加以记载，包括教习姓名、任教学堂、学科等，这为研究巴蜀地区日本教习的情况提供了可供参考的依据。《孤帆双蹄·成都的教育和吾国同胞》记载：

> 在成都的日本人，加上子女共40余人。除了一两个商人之外，其余都分别在学堂做教习和在工局做技师。在彭县管辖的白水河铜山以及成都的制革所、织物公司等地方有七八名技师，其他的全都是教习。这些大人执教的学堂有高等学堂、铁道学堂、师范学堂、中等工业学堂、陆军测绘学堂、农政学堂、中学堂等，所有中等以上的学堂全都在我同胞的指导下，吸取着文明的空气。我相信在这一点上不逊

---

① ［日］山川早水：《巴蜀旧影——百年前一个日本人眼中的巴蜀风情》，李密、李春德、李杰译，第256页。

② （明）李贤等：《大明一统志》卷六十九，《重庆府》，三秦出版社1990年版，第1081页。

于列国。这些同胞都受过高等教育，或是大学出身，或是高等师范出身，或是专门的物理、美术等学校出身，所以人格高尚，智德优秀，在胡风吹拂的万里异域为祖国忘我地从事着邻邦教育。不仅是中国四亿人民，而且吾国内地五千万同胞也确实应感谢这些人士，这其中也包括以文弱的女性之躯，来到遥远的西蜀帮助丈夫工作的人。大凡是人总难免有意志的冲突，稍不小心就极易产生矛盾，但他们40余位同胞间的情谊如同一家，各自热衷于自己的职业，相互称扬彼此的荣誉，有时会合在一起开开酒宴之类。异国的无聊之中只有打打球、打打牌之类是唯一的游兴，我与五千万同胞一样对他们唯有叩头敬畏。①

《孤帆双蹄·在留同胞的固守准备》记载："我去之后革命军一度占领了成都，但因为内讧又陷入无政府状态。在留同胞也无暇踌躇，基本上撤退到了重庆，一部分留在重庆，大多数都东归日本了。"② 这类记载，对于认识保路运动前后日本教习在成都各学堂的分布情况、日本教习的影响及其势力增减等，提供了比较可靠的文献资料。

和田重次郎等人入蜀期间，四川保路运动、辛亥革命先后爆发，他们亲身经历了长江上游地区的时代巨变和社会动荡，文中对"保路同志会事件""武昌变乱"及端方之死等多有描述及评价，具有极强的纪实性。

1911年5月，清廷颁布铁路国有政策，宣布把民办的川汉、粤汉铁路主权收归国有，目的是把这两条铁路的筑路权出卖给美、英、法、德四国银行团抵押借款。四川、湖南、湖北、广东等省人民奋起反对，纷纷组织保路同志会，开展保路斗争。其中，以四川的保路运动最为激烈，参加者达数十万人。9月7日，四川总督赵尔丰在成都诱捕保路同志会负责人蒲殿俊、罗纶、颜楷、张澜等，并屠杀闻讯赶到总督府前请愿的群众，制造了"成都血案"。同盟会会员龙鸣剑、王天杰组织同志军，在全省范围发动了武装起义，这成为辛亥革命的前奏。

《孤帆双蹄·从涪陵到重庆》记载了9月17日和田重次郎等人听到的消息：

---

① ［日］沪友会编：《上海东亚同文书院大旅行记录》，杨华等译，第91—92页。
② ［日］沪友会编：《上海东亚同文书院大旅行记录》，杨华等译，第94页。

> 正午到了涪陵，晚上有一个曾在日本留过学的巡警学堂的老师，听说我们一行人从东瀛来旅游，便到同兴店里来访问我等。从他杂混不清的日本话中，听说成都反对铁路国有的保路同志会的一派，正在酿成暴动，因此住在当地的外国人大都撤到了重庆，电线被切断，邮电也不通了，这种情况被写在木板上，投入水中漂了下来，下游的人才知道。我们虽然觉得那个夸张的中国人口中所说并不一定确实，但是如果真有其事的话，便是我们旅行前途的一个大障碍，不由得有些担心。①

和田重次郎等人从那位"曾在日本留过学的巡警学堂的老师"口中听到的消息属实。9月7日，"成都血案"发生后，赵尔丰下令全城戒严，城楼上加派重兵把守，任何人不得出城。他还控制所有的邮政和电报系统，试图封锁消息。当晚，同盟会成员龙鸣剑缒城而出，奔至锦江河畔的农事试验农场，与同盟会成员曹笃、朱国琛等人制作数百块木牌，在上面写上"赵尔丰先捕蒲、罗，后剿四川，各地同志速起自保自救"等字，随即将木牌涂上桐油，包上油纸，投入江中。木牌漂流而下，"成都血案"的消息随之扩散。不少人仿造此举，将更多的木牌投入江中，消息迅速传遍沿江各州县。这种行之有效的通信方法被称为"水电报"。事发十日，和田重次郎等人便得知此事，"水电报"的"威力"由此可见一斑。

《孤帆双蹄·滞留重庆》记录了9月23日至11月6日发生的事情，文中记载：

> 翌日终于开始着手调查之事。街市上杀气腾腾，多呆一会儿就会被误认为是可疑者，调查是不可能了。晚上在叙州的中川正雄打来电报说"莫进省"，意思是说，成都及那边一带称作"同志会"的暴徒很猖獗，让我们停止进省城。河西领事也不许我们到成都去，真是遗憾万分，切齿扼腕也毫无办法。……
>
> 四川动乱的余波传到了下游诸港，宜昌也被革命军占领，我等一行陷入进退两难、前后被封的境地。川民们渴望的岑春煊最终没有到

---

① ［日］沪友会编：《上海东亚同文书院大旅行记录》，杨华等译，第70页。

来，代之而来的却是在川民中并无声望的铁路大臣端方。听说跟随端方的两标湖北兵也抱有革命思想，什么时候护卫兵自身发起暴动也未可知。重庆一刻一刻地濒于危险。……

傍晚上船。路上碰到了端方的队伍，尽管端方入蜀肩负着镇压四川动乱的大任，但是跟随他的两标湖北军并不听他的命令。如同夏虫扑火一般，他甘于为朝命牺牲自身。

大丈夫常常有舍身蹈死的决心。今天碰巧看到他的轿子，他一边掀起帘子温颜从容地吃着烟一边向前进发，那样子看起来何等英勇！从这一小事窥见他镇定的程度，不由得觉得他是个了不起的人物。

滟滪堆上有官兵据守炮台，以防止革命军上航。……

到达背石的时候，在满山参差的青叶和红叶中，看到白旗翻飞，便知革命军的势力已扩及此地。……

归州城里也响彻着"杀死满人，光复汉室"之类的口号。……

翌日到达汉口。汉口正处在交战之中，从武昌与汉口之间通过时，炮弹掠过了甲板。到达码头后眺望武昌、汉口方向，那里水柱林立，十分可怕。①

值得一提的是，出于强烈的搜集情报的意识②，和田重次郎冒着生命危险，于10月4日离开重庆，向成都进发，13日抵达成都。11月下旬，离开成都，24日，停宿资州③，历经风险，于30日到达重庆④。作为一名来自异域的青年学子，他的冒险之行及其留下的相关记载，现场感十足，史料价值极高。

《孤帆双蹄·成都行》记载：

保路同志会事件进而演变成地方暴徒土匪的飞扬跋扈，到处施行劫掠烧杀，其情况犹如无政府一样。在各地方的外国人及在成都的一

---

① ［日］沪友会编：《上海东亚同文书院大旅行记录》，杨华等译，第72、73、76、79—81页。
② 参见《入蜀纪行·成都行》，［日］沪友会编《上海东亚同文书院大旅行记录》，杨华等译，第81—82页。
③ 11月27日，入蜀新军哗变，端方与其弟端锦在资州被部下刘怡凤所杀。
④ 关于和田重次郎回到上海东亚同文书院的时间，并无记载。

部分外国人，在事态尚未至白热化之前就已撤离到了重庆，而留在成都的外国人尤其是我 40 余名同胞，因为事件爆发以来音讯断绝，一直生死不明，（日本）当局也为此大伤脑筋。然而近来通过某种手段接通了联络，据报告我国同胞在那里似乎生命并无意外。

因为事情如此，我们一行被当局禁止继续前行，只能静待事态平静，入渝以来的一周很快浪费过去了。无奈四川七千万生灵热血泉涌，一旦沸腾起来在二三十日间怎么也难以看到平静。①

《孤帆双蹄·成都滞留记》记载：

原以为到成都来后调查就可成功，但实际上因为时局的原因连行动都不自由，另外，访问衙门时老爷们都回去了，也不知道他们的原籍何在，保路同志会事件使全国十八省混乱如麻，今日若去调查则与大局几无关系。虽然如此，然而若是回去的话，四方的大路因为匪徒之因全部关闭，现在已无归路了。没有办法，只好空耗数旬，正当我向暴徒们寻找可乘之机时，恰好端方从重庆西上已到资州，暴徒也就散去，所谓东路便开通了。于是，机不可失，我 11 月下旬仍沿着原来的路途，只身一人逃回了重庆。一路上再三再四受到那些叫做土匪、革命党、同志会的家伙盘问，甚至几次差点死于暴乱土人的枪口之下，但是天运未尽，最终算是再次回到重庆的桂墅里。②

《孤帆双蹄·成都城》记载：

城西南隅是满洲城，也围有一周小城墙，里面住有大约 2 万满族人，由满人将军统领之。武昌变乱以来，革命之声日高，可以看出彼等旗人多少也有些动摇。③

《孤帆双蹄·在留同胞的固守准备》记载：

---

① ［日］沪友会编：《上海东亚同文书院大旅行记录》，杨华等译，第 81—82 页。
② ［日］沪友会编：《上海东亚同文书院大旅行记录》，杨华等译，第 88 页。
③ ［日］沪友会编：《上海东亚同文书院大旅行记录》，杨华等译，第 91 页。

我们到达后，城内总共只有一镇新军维持着秩序，暴徒们何时冲进省城，也未可知，万一时必须要有一个避难坚守的地方，这种精神准备是必要的。最初决定把旧蜀汉皇城内的通省师范、初级师范、中等工业等学校作为避难所，便各自部署所住的地方。蜀汉皇城在成都的中央，且有城墙，其城郭内也没有一般百姓的屋宇，故而各人买来白米数斗、木炭数百斤以及其他零碎物品，做好了随时待命集合的准备。然而其后慢慢研究出来，万一出现此种情况，总督赵尔丰也一定会到此地避难。然而他现在是同志会的主要攻击对象，而且这个皇城内的一部分也有武器和兵饷的仓库，暴徒们攻击的目标全集于此，才知道此地现在反而变得危险，所以将此地作为避难坚守地并非上策。于是现在又决定把位于城西南的高等学堂作为避难所地，但那里也不是安全的场所，荆州满人被虐杀的报告传来以后，当地满人也像我们一样神经过敏，且近于发疯，而且因为这个高等学堂是距满洲城最接近的地方，所以也不怎么让人满意，最终好像也没有公开固定下来。另外暴徒方面稍稍有熄火的趋向，同时我已断然踏上了归途，其后同胞的状况就无从得知了。我去之后革命军一度占领了成都，但因为内讧又陷入无政府状态。在留同胞也无暇踌躇，基本上撤退到了重庆，一部分留在重庆，大多数都东归日本了。尝尽辛苦惨淡的我同胞啊，但愿为了国家自重吧！①

《孤帆双蹄·离开成都》记载：

辛亥暮秋，世间桐叶初落。大陆的天空暗云密布，禹域混乱如麻，四亿之民迷茫而不知所从，满清的命运比临风的灯火更加危险。11月下旬，我把古都亲切的花和月抛在身后，断然踏上了归途，只是为我走后同胞校友们的幸运吉祥向天祈祷，其后便只身朝重庆归去。……

停宿资州。端方在此地。呜呼，他抽到了多么悲苦的命运之签，马不停蹄地向川蜀进军。想到他悲惨的结局，不禁一掬同情之泪。他从重庆向成都进发是11月初，然而现在为何还在资州呢？

---

① ［日］沪友会编：《上海东亚同文书院大旅行记录》，杨华等译，第94—95页。

有人说是因为武昌起事,革命风云强劲,他抱有后顾之念,有人说是因为不想与赵尔丰会合,正在踌躇不前。我相信二者都有。他带着一千数百个鄂兵,一部分作为先头部队到成都,一半分驻在简州、资阳,一半随着自己驻扎在资州。尽管据说重庆在过去的22日揭起了革命的白旗,但资阳、资州因为端方的势力,尚未有革命的潮流浸入,人民仍生计安定。然而,谁预想到巴蜀之地留下千古不尽的遗恨,他最后竟死于非命。呜呼,捉摸不定的人世哟!呜呼,不可相信的中国人的心哟!他虽说不算是绝大的铁腕人物,但好歹是衰弱的满清的一代臣子。我根据到重庆后去领事馆的途中所得的情况推测,如果端方所带的军队忠于端方乃至满清朝廷的话,蜀中平原就不会演出一场悲剧;他若落到歹徒手中,只会死于非命,除此之外别无出路。偶然与我这个毛孩子的观察相合的是,其后数日他就死于部下一名小官的刀下。若果如传闻所说,他并非憎恨端方,而只是贪图军用银两便杀了端方的话,那实在让人同情。但是从一开始,四川人民就欢迎岑春煊而不喜欢端方的到来,同志会最初就表示了这样的意向,若端方来的话一定杀掉他。听说,端方也不像是一代大臣,临死之前丑态毕露。像端方这样的人看到四周的状况、听到四面的楚歌,居然没有临死的精神准备,还想最后逃走,不能不为之遗憾不已。我为端方之死表示同情的同时,也对他的贪生怕死感到可悲。吾辈男儿平时就必须有从容就义的准备,想到这些,记录在此。①

《孤帆双蹄·再生记》记载:

我25日毫无忧虑、平安地通过了内津县,当夜住在牌木镇,翌日早晨朝隆昌出发。意外的是,看到距该镇10华里地方的电线杆开始被砍倒了,大吃一惊。细细打听,是自称同志会和称作革命军的所干的勾当。11月22日在重庆揭起白旗以来,数日间其势力很快西渐到此地来了。当看到隆昌县其间背着火绳枪和青龙刀,同土匪一样的革命军三五十成群,正在四处活动时,又吃了一惊。

---

① [日]沪友会编:《上海东亚同文书院大旅行记录》,杨华等译,第95—96页。

隆昌县的知县已被赶走，只是靠城内绅商之力量锁住了城门，内外不通了。我也毫无办法，只好通过田间小路迂回走到县城以东20华里的石燕桥住宿。这天不断遇到三三五五或二三十成群的人，他们打着题有"同志会"的旗帜，每次对面擦肩而过，稍一打招呼，从他们微笑着的脸上就可以看出这样的神情："你们也是同志会的吗？俺们也是同志会的，加油呀！"次日通过荣昌县，该县城早就吹进了革命之风，城门大开，城门和墙壁上都有"中华国民军示""排满兴汉"这样的告示显眼地张贴着，从前端方谕示的"你们良民，快快回家，所带鄂军，素护良民"云云的告示，现在也被剥下来成了废纸。知道我不是单个的匪徒，也不是单个的同志会之后，此日从早上开始就一再遭到盘问，或许是因为我拿出了日本人的名片，或许是因为魏松柏的辩解，我们被轻易地一路放行了，虽然所带的箱子也遭到检查。①

和田重次郎等人入蜀期间，密切关注中国政局的巨变，其《孤帆双蹄》作于特殊的历史时期，文中留下了关于保路运动、武昌起义的第一手文献资料，弥足珍贵。应该指出，由于和田重次郎等人对于革命的性质认识不清，文中多次将革命党人及民众称为"暴徒""暴民"，对其抱着敌视的态度，其相关评述也被打上了深刻的时代烙印。

---

① ［日］沪友会编：《上海东亚同文书院大旅行记录》，杨华等译，第96—97页。

史料辑考

先秦古赋材料辑考例说

马世年

(西北师范大学文学院)

论及先秦时期的赋体文学，除屈原、宋玉、荀子等人的作品外，一般较少涉及其他材料。这自然和赋体文学的体制在早期阶段的不完善有关，同时也与研究者对赋体本身的理解有关。而先秦文学中一些独特的样式——诸如瞽矇讲诵、优语、俳词、隐语等，又和后来成熟的赋作有着千丝万缕的联系。学者们对这些文学样式也曾予以关注，如朱光潜先生《诗论·诗与谐隐》①、冯沅君先生《古优解》《汉赋与古优》②、任二北先生《优语集》③、程毅中先生《敦煌俗赋的渊源及其与变文的关系》④，以及曹明纲先生《赋学概论》⑤ 等。但总体看来，关于先秦时期赋体文学所作的全面梳理与总体关注还是不多。近年来，此问题的研究有了进一步的深入，赵逵夫先生《赋体溯源与先秦赋述论》《论矇瞍、俳优在俗赋形成中的作用》⑥，以及伏俊琏先生《俗赋研究》《先秦文献与文学考论》等⑦，从先秦两汉典籍中钩稽出了许多先秦时期的赋作，颇有助于我们重新认识赋体文学早期的发展轨迹与文体特征等问题。特别是伏先生《先秦赋钩沉》一文，在传世文献之外，旁涉《上海博物馆藏战国楚竹书》、

---

① 朱光潜：《诗论·诗与谐隐》，《朱光潜美学文集》（第二卷），上海文艺出版社1982年版。
② 冯沅君：《冯沅君古典文学论文集》，山东人民出版社1980年版。
③ 任二北：《优语集》，上海文艺出版社1981年版。
④ 程毅中：《敦煌俗赋的渊源及其与变文的关系》，《文学遗产》1989年第1期。
⑤ 曹明纲：《赋学概论》，上海古籍出版社1998年版。
⑥ 赵逵夫：《赋体溯源与先秦赋述论》（上、下），《辽东学院学报》（社会科学版）2008年第3、4期；《论矇瞍、俳优在俗赋形成中的作用》，《陕西师范大学学报》（哲学社会科学版）2009年第2期。
⑦ 伏俊琏：《俗赋研究》，中华书局2008年版；《先秦文献与文学考论》，上海古籍出版社2011年版。

江陵九店楚简等出土文献，目光尤为敏锐。笔者因参与赵逵夫先生主编《历代赋评注·先秦卷》的工作①，对早期赋作的体制问题有一些思考。本文就《晏子春秋》以及《史记》、《新序》、《说苑》等文献中存留的先秦古赋的体式特征略作申说，以期揭示赋体文学发展早期的基本状况。

需要说明的是，这里使用了"古赋"的说法。关于"古赋"的名称，元代祝尧的《古赋辩体》已有之，并说"古赋者，诚当祖骚而宗汉"。但那是与俳赋、律赋、文赋相对而言的。其后明代吴讷《文章辨体》设古赋一体，将古赋与律赋、七体并为三体，依然是指赋的体式。清代刘熙载《艺概·赋概》则说："古赋意密体疏，俗赋体密意疏。"将其与俗赋并称，较前有所不同。不过他们的这些看法与我们所说的"古赋"并不一致。本文所谓的古赋，主要是就时间性而言的，指尚处于萌芽阶段的早期赋体文学，与刘光民先生《〈逸周书〉中的一篇战国古赋》所说的"战国古赋"含义相近②；其体制特征虽不如后来的汉赋那样明晰，却具备了赋的基本因素。同时，为了与楚辞相区分，故而不包括楚辞一类。这有些类似于《汉书·艺文志·诗赋略》中"杂赋"的说法，不过根据现代学者的研究，"杂赋"更具有俗赋的性质，因而与我们所说的先秦古赋并不完全一致。

一 《晏子春秋》所见古赋举隅

《晏子春秋》是一部收集春秋末期齐国名相晏婴言论、事迹的民间文学作品，前人因不明其性质，而将其作为子书来看待，是不妥的。其成书时间，董治安先生认为在先秦，高亨先生进而论定为战国，谭家健先生则将其具体到战国中期，郑良树先生又进一步确定其成书不晚于《吕氏春秋》③，这些看法是符合该书的实际情况的。关于本书之编者，据赵逵夫先生的考证，当为齐人淳于髡。④《晏子春秋》所收有关晏婴的传说故事，除了古书的记载，很多是在民间流传的故事。因为本书民间文学的性质，

---

① 赵逵夫、马世年编：《历代赋评注·先秦卷》，巴蜀书社 2010 年版。
② 刘光民：《〈逸周书〉中的一篇战国古赋》，《文史知识》1995 年第 12 期。
③ 谭家健：《先秦散文艺术新探》（增订本），齐鲁书社 2007 年版。
④ 赵逵夫：《〈晏子春秋〉为齐人淳于髡编成考》，《光明日报》2005 年 1 月 28 日。

其中便有一些属于讲诵类型的文学作品，伏俊琏先生将其称为"讲诵的杂赋"①，是很有道理的。

《晏子春秋·内篇谏上》有一则，原题为"景公饮酒不恤天灾致能歌者晏子谏"，很能见出这种杂赋的性质，兹录之如下：

> 景公之时，霖雨十有七日。公饮酒，日夜相继。
>
> 晏子请发粟于民，三请，不见许。公命柏遽巡国，致能歌者。晏子闻之，不说，遂分家粟于氓，致任器于陌，徒行见公曰："十有七日矣！怀宝乡有数十，饥氓里有数家，百姓老弱，冻寒不得短褐，饥饿不得糟糠，敝撤无走，四顾无告。而君不恤，日夜饮酒，令国致乐不已，马食府粟，狗餍刍豢，三保之妾，俱足粱肉。狗马保妾，不已厚乎？民氓百姓，不亦薄乎？故里穷而无告，无乐有上矣；饥饿而无告，无乐有君矣。婴奉数之策，以随百官之吏，民饥饿穷约而无告，使上淫湎失本而不恤，婴之罪大矣。"再拜稽首，请身而去，遂走而出。
>
> 公从之，兼于涂而不能逮，令趣驾追晏子，其家，不及。粟米尽于氓，任器存于陌，公驱及之康内。公下车从晏子曰："寡人有罪，夫子倍弃不援，寡人不足以有约也，夫子不顾社稷百姓乎？愿夫子之幸存寡人，寡人请奉齐国之粟米财货，委之百姓，多寡轻重，惟夫子之令。"遂拜于途。晏子乃返，命禀巡氓，家有布缕之本而绝食者，使有终月之委；绝本之家，使有期年之食；无委积之氓，与之薪橑，使足以毕霖雨。令（或作命）柏巡氓，家室不能御者，予之金；巡求氓寡用财乏者，死三日而毕，后者若不用令之罪。
>
> 公出舍，损肉撤酒，马不食府粟，狗不食馈肉，辟拂嗛齐，酒徒减赐。三日，吏告毕上：贫氓万七千家，用粟九十七万钟，薪橑万三千乘；怀宝二千七百家，用金三千。公然后就内退食，琴瑟不张，钟鼓不陈。晏子请左右与可令歌舞足以留思虞者退之，辟拂三千，谢于下陈，人待三，士待四，出之关外也。

吴则虞先生在分析《晏子春秋》原始素材的来源时，将其分为两类：一类是古书里的零星记载，一类是民间流传的故事，即司马迁《史记·

---

① 伏俊琏：《俗赋研究》，中华书局2008年版。

管晏列传》所说的"轶事"①。本篇即是民间流传的"晏子故事",其故事情节与文体特征均体现民间讲诵文学的特色。赋作情节发展一波三折、跌宕起伏。从景公起初日夜饮酒作乐而不恤天灾、不听晏子进谏反"致能歌者",到晏子再谏并请求辞官而去,最后到景公追赶晏子于途、开仓赈民并自我约束,极富演义色彩,并且本篇有着民间文学所特有的滑稽与幽默。譬如在晏子请求辞官"遂走而出"后,齐景公不及车驾仓皇追赶、在泥泞中兼程终又不得不乘车前进的情形,以及景公在路口赶上晏子后"遂拜于途"的场面,充满了民间讲诵文学的幽默调侃与天真单纯,其故事情节在良好的愿望背后自然流露出想象的简单与一厢情愿来。齐景公其人在历史上并不算是十分淫逸、暴虐之君,在齐灵公、庄公之后一度复霸,与晋争衡于东方。不过在《晏子春秋》中,他却不仅贪于淫乐,还动辄就要杀人,煞是残暴。本篇中他在"霖雨十有七日"的天灾面前依然饮酒作乐,并且派人在全国招致善歌之人,就足以见其荒淫无度了。不过,他身上也并非一无是处,譬如闻过则改,乃至于"拜于途"的举措,便有其可爱之处,表现一种平民的趣味。本篇句式多用并列、排比,读来朗朗上口;另外,晏子的语言铺排整齐,以四言为主,音韵铿锵。推想其最初都是为了便于讲诵的。而"分家粟于氓,致任器于陌"与"粟米尽于氓,任器存于陌"的重复,以及结尾"贫氓万七千家,用粟九十七万钟,薪橑万三千乘;怀宝二千七百家,用金三千"数句,写赈灾的情况仿佛数字准确、言之凿凿,其实却未必然。这些也都与其口传性质紧密相关。《晏子春秋》中的晏子形象,与历史上的晏婴已有了一定的距离。不过,本篇所体现的"爱民""恤灾"的思想,却也是民间大众心目中的晏子的一贯主张。普通民众将其附会到晏子身上其实是一件很正常的事,正如将清官故事不断附会到包拯身上一样。而晏子的形象也就是在这些故事的不断流传中层层叠加起来的。

《内篇谏下》"景公猎逢蛇虎以为不祥晏子谏"一则,其来源当与上篇一样,属于民间流传的"晏子故事":

> 景公出猎,上山见虎,下泽见蛇。归,召晏子而问之曰:"今日寡人出猎,上山则见虎,下泽则见蛇,殆所谓不祥也?"晏子对曰:

---

① 吴则虞:《晏子春秋集释》,中华书局1962年版。

"国有三不祥，是不与焉。夫有贤而不知，一不祥；知而不用，二不祥；用而不任，三不祥也。所谓不祥，乃若此者。今上山见虎，虎之室也；下泽见蛇，蛇之穴也。如虎之室，如蛇之穴，而见之，曷为不祥也？"

本篇尽管篇幅短小，却表现了很明显的讲诵特征。赋作中晏子之辞以层层排比的手法展开，虽为短章，却颇有赋体制气势。"国有三不祥"的行文方式与师旷对晋平公问的"天下有五墨墨""五指之隐"等很是相似（见下文）。而"上山见虎，下泽见蛇"等语句的反复出现，更是有着民间讲诵文学口耳相传的传播特征。本篇的着眼点尽管在晏子所列举的"有贤而不知""知而不用""用而不任"三不祥上，是一篇典型的讽谏之作，不过，从其客观效果看，晏子解释的"今上山见虎，虎之室也；下泽见蛇，蛇之穴也。如虎之室，如蛇之穴，而见之，曷为不祥也"，却无疑是对齐景公恐惧心理的疏导与安抚，是一种积极的心理治疗。这种思路对于后来枚乘《七发》的写作也有影响：吴客对于楚太子疾病以"要言妙道"进行治疗，最后使其"霍然病已"，其实就是心理疏导的方法。

《外篇重而异者》有一则故事，原题为"景公有疾梁丘据裔款请诛祝史晏子谏"，其来源当与前面两则不同：

景公疥遂痁，期而不瘳。诸侯之宾，问疾者多在。梁丘据、裔款言于公曰："吾事鬼神，丰于先君有加矣。今君疾病，为诸侯忧，是祝、史之罪也。诸侯不知，其谓我不敬，君盍诛于祝固、史嚚以辞宾？"

公说，告晏子，晏子对曰："日宋之盟，屈建问范会之德于赵武，赵武曰：'夫子家事治，言于晋国，竭情无私；其祝、史祭祀，陈信不愧；其家事无猜，其祝、史不祈。'建以语康王，康王曰：'神人无怨，宜夫子之光辅五君，以为诸侯主也。'"

公曰："据与款谓寡人能事鬼神，故欲诛于祝史，子称是语何故？"对曰："若有德之君，外内不废，上下无怨，动无违事，其祝、史荐信，无愧心矣。是以鬼神用飨，国受其福，祝、史与焉。其所以蕃祉老寿者，为信君使也，其言忠信于鬼神。其适遇淫君，外内颇邪,上下怨疾,动作辟违,从欲厌私,高台深池,撞钟舞女,斩刈民力,输掠其聚,以成其违,不恤后人,暴虐淫纵,肆行非度,无所还忌,不思谤讟,不惮鬼神,神怒民痛,无悛于心。其祝、史荐信,是言罪也;其盖失数美,是矫诬也。进退无辞,则虚以成媚。是以鬼神不飨,其国以祸之,祝、史与焉。所以夭昏孤疾者,为暴君使也,其言僭嫚于鬼神。"

公曰:"然则若之何?"对曰:"不可为也。山林之木,衡鹿守之;泽之萑蒲,舟鲛守之;薮之薪蒸,虞候守之;海之盐蜃,祈望守之。县鄙之人,入从其政;逼介之关,暴征其私;承嗣大夫,强易其贿;布常无艺,征敛无度;宫室日更,淫乐不违;内宠之妾,肆夺于市,外宠之臣,僭令于鄙;私欲养求,不给则应。民人苦病,夫妇皆诅。祝有益也,诅亦有损。聊、摄以东,姑、尤以西,其为人也多矣!虽其善祝,岂能胜亿兆人之诅?君若欲诛于祝、史,修德而后可。"

公说,使有司宽政,毁关去禁,薄敛已责。公疾愈。

本篇所载之事见于《左传·昭公二十七年》,文字几乎完全相同;《内篇谏上》也有记载,情节略有出入,则本篇所记乃是一件史实。这也即吴则虞先生所说晏子之事出于古书之记载者①。唯其可信,则更能见出晏子之神采风貌来。当然,此事在流传过程中也有所增饰与润色,譬如末尾"公疾愈"三字,当是编者根据民间流传所加,以凸显其传奇色彩,正所谓"踵其事而增其华"也!事件之原委起于齐景公的久病不愈,"疥遂痁,期而不瘳",于是梁丘据等进谗言请诛祝、史,景公悦之,并告知晏子,晏子遂以劝谏,指出其安逸淫乐下的朝政腐败,以及征敛无度下的民不聊生,"民人苦病,夫妇皆诅",最后说明"祝有益也,诅亦有损。……虽其善祝,岂能胜亿兆人之诅?君若欲诛于祝、史,修德而后可"的道理,景公于是悔悟,乃从其言。全篇体现晏子仁爱宽厚、牵挂民瘼、聪明机智、长于言辞的风采。相较于景公的昏庸淫逸、梁丘据等人的谗佞奸邪,这种风采更富有正义、智慧与人格精神。编集者之所以将此事编入《晏子春秋》,既有其很强的现实针对性,也有着编者对于晏子思想主张、

---

① 吴则虞:《晏子春秋集释》,中华书局 1962 年版。

人格精神的理解认同与企慕向往。

就其文学性而言，晏子的言辞很值得注意。"有德之君，外内不废，上下无怨，动无违事，其祝史荐信，无愧心矣。""山林之木，衡鹿守之；泽之萑蒲，舟鲛守之；薮之薪蒸，虞候守之；海之盐蜃，祈望守之"两节文字，多为四言，间以杂言；排比并列，句式整齐；间用韵语，铺排展开，表现讲诵文学特有的语言特征。它对于赋体文学语言"铺采摛文、体物写志"风格的形成，当有着较大的影响。

《内篇杂上》还有一则，原题为"景公夜从晏子饮晏子称不敢与"，记述了景公夜邀臣下饮酒之事：夜移于晏子之家，"晏子被玄端，立于门曰：诸侯得微有故乎？国家得微有事乎？君何为非时而夜辱？"移于司马穰苴之家，"穰苴介胄操戟，立于门，曰：诸侯得微有兵乎？大臣得微有叛乎？君何为非时而夜辱？"。遂移于梁丘据之家，"梁丘据作操瑟，右挈竽，行歌而出"——庸主佞臣，跃然纸上。伏俊琏先生说："作者把同一情节重复三次，同一句话反复三遍，每次都以微小的变动以示故事的进展，这是民间故事常用的技巧，故事的虚构性质由此可见。""这段故事实际上很自然地押了韵……充分说明了它的讲诵性质，说它带有俗赋的表演因素当不为大过。"① 见解很是精当。

此外，《外篇》"景公问天下有极大极细晏子对"一则，伏俊琏先生《俗赋研究》以为也是杂赋性质的作品，"实际上是一篇'大小言赋'"②。

二 《新序》《说苑》所见古赋

刘向所编的《新序》与《说苑》，其成书尽管在西汉后期，但其中保存很多先秦时期的文献资料，这一点是没有多大问题的。就古赋而言，其中尤其引人瞩目的是关于师旷的一些传说，包括《说苑·建本》所载《炳烛》、《说苑·正谏》所载《五指之隐》，以及《新序·杂事一》所载《天下有五墨墨》等。伏俊琏先生《师旷与小说〈师旷〉》一文从小说体

---

① 伏俊琏：《俗赋研究》，中华书局2008年版。
② 赵逵夫：《〈晏子春秋〉为齐人淳于髡编成考》，《光明日报》2005年1月28日。

制的角度对这些篇章作了非常细致的解析①。因此,从古赋的角度看,此类传说故事的文体形式是很值得重视的。

先来看《炳烛》。本篇记载了师旷与晋平公之间一次富有趣味的对话。晋平公有一次对师旷说:"吾年七十,欲学,恐已暮矣。"显然,他是很严肃的。可是师旷却似乎跟他开玩笑:"暮何不炳烛乎?"晋平公所说的"暮"是指年岁已暮,师旷所说"炳烛"却是就日暮而言。因此平公责问:"安有为人臣而戏其君乎?"这时候,师旷才道明了自己的用意:"老而好学,如炳烛之明。"并且进一步说:"炳烛之明,孰与昧行乎?"烛光尽管微弱,但相较于在黑暗中行路,哪一个更好呢?无怪乎平公最后感叹:"善哉!"故事虽然短小,却充满风趣与机智,读来令人莞尔,可见民间文学玩笑与调侃的特征。而且,其中所蕴含的哲理也很深刻,老而好学的精神百代之下依然有其教育意义。全篇以主客问答的形式展开,这与赋体文学"述客主以首引"的结构模式是一致的,师旷"少而好学,如日出之阳;壮而好学,如日中之光;老而好学,如炳烛之明。炳烛之明,孰与昧行"的对答尽管简略,却为四言、五言韵语,且为骈体排比句式,与后来的赋作语言模式也颇为相似。换言之,我们可以在后来成熟的赋作身上看到这篇先秦古赋的影子。另,《韩非子·外储说左上》记载了一则"郢书燕说"的故事:"郢人有遗燕相国书者,夜书,火不明。因谓持烛者曰:'举烛。'云而过书'举烛'。举烛,非书意也。燕相受书而说之,曰:'举烛者,尚明也,尚明也者,举贤而任之。'"如果将其与"炳烛"的故事联系起来,则不难发现:"举烛"尽管不是郢人的"书意",但燕相国将其理解成"尚明","误解"背后是有着特定的文化传统的。

其次说《五指之隐》。这是一则饶有趣味的隐语,讲述了师旷以隐语讽谏晋平公之事②。"隐"是先秦时期一种独特的文学样式。刘勰《文心雕龙·谐隐》说:"讔者,隐也。遁辞以隐意,谲譬以指事也。"隐(讔)即隐藏,就是隐去本事而假以他辞来暗示所要表达的对象,将本来可以说

---

① 伏俊琏:《先秦文献与文学考论》,上海古籍出版社 2011 年版。

② 原文进谏之人为咎犯,当是师旷之误,向宗鲁《说苑校证》中已详辨之,今从。此类故事多为民间流传的口头文学,出现人物差异也很正常。唯原文有"臣不能为乐"之语,似与咎犯身份一致,而与师旷善乐的事实抵牾,大约是古籍在辗转反复传写中后人的改动。旧籍原貌已不可知,姑以疑存之。

得明白的事情故意说得不明白，从而使听者或读者通过这些暗示来猜测其本来的含义。它主要用于外交、宫廷讽谏等活动中。隐对于后来的赋有着很大的影响，《文心雕龙·诠赋》说荀况《礼》《智》诸隐是"爰锡名号，与《诗》画境，六义附庸，蔚成大国""别诗之原始，命赋之厥初"，可见隐语的赋学史意义。因此，朱光潜先生在20世纪30年代便提出了"赋即源于隐"的重要论断①。本篇便是这样一则赋体上源的隐语。赋作以晋平公好乐而耽于朝政且拒不纳谏的背景展开，"敢有谏者死"的禁令使得进谏成为一件极为困难的事，故师旷只能迎其所好而称"以乐见"。在见面之后，他提出"善隐"的特长，巧妙地引导平公来猜测隐语。"五指之隐"因此得以展开。师旷对于隐语的解释分为五层，并列展开，句式整齐。不过，这个隐连隐官也未能猜解出来，最终由他自己予以解释，从而达到了讽谏的目的，也取得了劝谏的效果。这便非常典型地体现了隐语"意生于权谲，而事处于机急"以及"大者兴治济身，其次弼违晓惑"（《文心雕龙·谐隐》）的政治功能。由此也可以看出后来汉大赋"作赋以讽"精神的文化传统。

再来看《天下有五墨墨》。本篇所记师旷与晋平公之间的对话，其事或有，然已不可具考。而《新序》之所载，语多修饰，当是蒙瞍一类的人在讲诵的过程中润色、敷衍而成。其中师旷的对答，围绕"天下有五墨墨"并列展开，排比铺陈，且多用四言；末尾"国有五墨墨而不危者，未之有也。臣之墨墨，小墨墨耳！何害乎国家哉"总括大意、收束全文，其体式与后来的文赋极其类似，由此可见蒙瞍在赋体文学发展过程中的重要作用。《新序》所载很多故事本不是严肃的史实，因而多富有民间流传的痕迹，体现着口传文学的特征。本篇便是一篇这样的作品。清人全祖望批评刘向"道听途说，移东就西，其于时代人地，俱所不考"，显然是未能理解《新序》的性质而以严谨的史籍苛责了。石光瑛说："平公之言，轻慢其臣，师旷因事纳规，其言深切可味。"② 这自然是不错的，不过却有些过于严肃了。晋平公以师旷之生理缺陷作为嘲笑的话题，其轻浮与简傲跃然纸上；而师旷巧借"墨墨"之语另作文章，将人之"墨墨"转到国之"墨墨"上，这与《炳烛》中"暮何不炳烛乎"的构思大致是一致

---

① 朱光潜：《诗论·诗与谐隐》，《朱光潜美学文集》（第二卷），上海文艺出版社1982年版。
② 石光瑛：《新序校释》，中华书局2009年版。

的。师旷之语，鞭辟入里、谏中有讽，针锋相对、毫不留情。民间文学的天真与夸饰也就体现了。

《说苑·善说》篇另载有"雍门子周以琴见乎孟尝君"一节文字，也是一篇战国古赋。雍门子周，根据赵逵夫先生的考证，"雍门"为姓，"子周"为字，周有审视和遍览之意，瞽、盲、瞍、矇等艺人之名，多取于目的名称，如师旷、左丘明、左史倚相等，由此推测，"雍门子周"当为盲人，类似于《国语·周语上》"师箴、瞍赋、矇诵"所说的瞍、矇一类。又，《淮南子·览冥》："昔雍门子以哭见于孟尝君，已而陈辞通意，抚心发声，孟尝君为之增欷鸣咽，流涕狼戾不可止。"这里所说的"雍门子"，应当就是雍门子周，故而高诱注："雍门子名周，善弹琴，又善哭。"由其"善琴""善哭"来看，他与师旷的身份很接近。则雍门子周应是瞍、矇类以音乐和讲诵为职业的人。这样，我们就不难明白："雍门子周以琴见孟尝君"其实就是瞍、矇的讲诵之作，类似于前揭《炳烛》《天下有五墨墨》等，且更凸显作者长于言辞、善于论辩的特点。

雍门子周善琴而以琴见，故孟尝君问："先生鼓琴，亦能令文悲乎？"由此引出"臣之所能令悲者，有先贵而后贱，先富而后贫者也"一大段话来，行文模式体现着"述客主以首引"的对问特征。以下"不若身材高妙，适遭暴乱，无道之主，妄加不道之理焉；不若处势隐绝，不及四邻，诎折侯厌，袭于穷巷，无所告愬；不若交欢相爱，无怨而生离，远赴绝国，无复相见之时；不若少失二亲，兄弟别离，家室不足，忧戚盈匈"数句，荡开一笔，从反面入手，所举四例，并列展开，句式整齐，颇具气势。其后"今若足下，千乘之君也"，又从正面说起，而"居则广厦邃房，下罗帷，来清风，倡优侏儒处前迭进而谄谀；燕则斗象棋而舞郑女，激楚之切风，练色以淫目，流声以虞耳；水游则连方舟，载羽旗，鼓吹乎不测之渊；野游则驰骋弋猎乎平原广囿，格猛兽；入则撞钟击鼓乎深宫之中"一段，多方陈说，铺排夸饰，与战国纵横策士的辞令类似，从中可以看到鲜明的大赋特征。此段文字在后来的司马相如《子虚》《上林》以及枚乘《七发》等赋作中屡屡可见，也说明其对于汉赋的影响。及至"臣之所为足下悲者一事也"以下，盛衰对比，悬若天壤，触目惊心；而其感慨自是感心动耳，荡气回肠。无怪乎孟尝君会泫然而"泣涕承睫"了。这些都透露着赋体文学"极声貌以穷文"的风格。如果结合其盲人乐师的身份特征，则瞍、矇在赋的发展中所起的作用，应予充分的重视。

三　《史记》中的古赋材料

司马迁撰写《史记》，采集了大量的前代文献，《楚世家》中"十八年，楚人有好以弱弓微缴加归雁之上者，顷襄王闻，召而问之"一段文字，记叙了楚人以弋说顷襄王之事，其性质便是如此。本篇《艺文类聚》卷60、《北堂书钞》卷125、《太平御览》卷347引其出处为《战国策》，《太平御览》卷832又引其出处为《春秋后语》，知其原本曾收入《战国策》与《春秋后语》，可见其为先秦时文字，司马迁写《史记》时采入《楚世家》。明孙鑛说本篇与《说剑》、《幸臣论》（即庄辛《谏楚襄王》）"只是战国时策士游谈"（宣颖《南华经解》引），因此姚鼐《古文辞类纂》将其与《卜居》《渔父》《庄辛说襄王》一起归入"辞赋一类"，题为"楚人以弋说楚襄王"，可知为先秦时的一篇古赋。前人或称之为"《弋说》"，似不确。今以庄辛《说剑》例之①，当题为《说弋》。

弋，指古代射飞禽时所用带丝缴的矢，亦指射取。以之设喻，正如庄辛《说剑》之说"剑"、唐勒《论义御》之论"御"（见下文）、宋玉《风赋》之赋"风"、《钓赋》之赋"钓"一样，都是寄寓深广、言在此而意在彼。本篇由"弱弓微缴"说开来，更见其立论精巧、匠心独具。"一发之乐""再发之乐""南面称王"，层层递进，使人闻之血脉偾张、意气风发、心志激扬。楚人的根本用意就是以"霸道"来激励襄王，因此其言辞富于激情，具有强烈的鼓动性。而"秦为大鸟，负海内而处，东面而立，左臂据赵之西南，右臂傅楚鄢郢，膺击韩魏，垂头中国"的比喻，又是极其形象生动，直呼之欲出。这些都体现语言的传神写意与辞藻的夸饰铺排。进一步说，借此也可以了解战国策士铺张扬厉的辞令与赋体文学的关系。刘勰《文心雕龙》所谓"出乎纵横之诡俗"，章学

---

① 《说剑》见于《庄子·杂篇》，根据赵逵夫先生的考证，其作者应非庄周或庄周一派，而是战国晚期楚人庄辛，当作于顷襄王二十年（前279年）后。此前庄辛因谏顷襄王未果而离楚之赵，在赵国停留十месяц，其间受赵太子悝之请，说赵惠文王。当时赵惠文王（前298—前266年在位）正热衷于观击剑，厚养剑士，日夜相击，死伤者众，后经庄辛谏说而一改旧行。本文便是在庄辛劝谏赵惠文王的辞令基础上写成的（参见赵逵夫《庄辛——屈原之后楚国杰出的散文作家》，《屈原与他的时代》，人民文学出版社2002年版）。

诚《文史通义·汉志诗赋》所谓"恢廓声势，苏、张纵横之体也"，章太炎《国故论衡·辨诗》所谓"纵横者赋之本"，刘师培《论文杂记》所谓"欲考诗赋之流别者，盖溯源于纵横家哉"，等等，其意义指向大体是一致的。

本篇前之"十八年"三字，当为史官编写系年时所加，非赋作原文。其结尾之"于是顷襄王遣使于诸侯，复为从，欲以伐秦。秦闻之，发兵来伐楚"数句，亦疑非赋作原文，由庄辛《谏楚襄王》之体例看，当是后来补记，或为史官整理时所加。

《史记·龟策列传》中还有一段"宋元王梦神龟"的文字与古赋关系非常密切。《龟策列传》非司马迁原著而为西汉成帝时期的博士褚少孙补作，不过"宋元王梦神龟"此节文字却并非褚先生所自作，这已是学者们的共识。明杨慎曰："宋元王杀龟事，连类衍文三千言，皆用韵语，又不似褚先生笔。必先秦战国文所记，亦成一家，不可废也。"（《史记评林》卷128引）"先秦战国文所记"确是一语中的。故余嘉锡说："此篇所叙元王得龟事，自是战国时诸子寓言，不知与《庄子》孰先孰后。其中所言纣杀太子历、武王载尸伐纣等事，皆孟子所谓'好事者为之'，百家杂说，往往如此。"（《余嘉锡论学杂著》）。因此，其为保存下来的先秦文献是无疑的，大约来源于"外家传语"之类（《史记·滑稽列传》褚先生曰）。此事早见于《庄子·外物篇》，可见宋元王与神龟的故事是先秦时广为人知的传闻。褚先生以之补《龟策列传》，应不为无据。故梁玉绳谓其"衍《庄子·外物篇》宋元君得龟事，二千八百余言皆用韵语，奇姿自喜，必当时旧文而褚述之。"（《史记志疑》）。李慈铭云："考《汉书·艺文志》载《龟书》五十二卷至《杂龟》十六卷凡五种，此当出于诸书中。其文奥衍恣肆，多可以考见古音古义，必周秦间人所为，不得以经传正义绳之。"

本篇当是一篇保存下来的先秦古赋。前人因为囿于史传文字的局限，故而对其评价并不高，如司马贞认为"叙事烦芜陋略，无可取"（《史记索隐》），张守节亦以之为"言辞最鄙陋"，梁玉绳径云其"语多悖慢，不可以训"（《史记志疑》）。其实，这些看法恰恰指明了它的民间性质，说明它与严谨的史传文字并不相类。具体而言，这是一篇有着讲诵性质的通俗故事赋。围绕"杀龟""放龟"的主题，宋元王与卫平展开了激烈的辩论，其驳难环环紧扣，层出不穷，宛如长河大浪，一波高于一波。整篇对话多用四言韵语，"文辞古拙"（《畹兰斋文集》），且洋洋洒洒，间杂以散句，使得对话灵活生动，富有趣味；而使者所云"渔者几何家，名谁为豫且"的问话，又极类似于后来的说唱文学。

赋作也充满神异的色彩。譬如讲到神鬼之见梦："我为江使于河，而幕网当吾路。泉阳豫且得我，我不能去。身在患中，莫可告语。王有德义，故来告诉。"元王使卫平占之后求龟，果如其言。这颇使人称赞不已。而神龟之行更为奇幻："正昼无见，风雨晦冥。云盖其上，五采青黄，雷雨并起，风将而行。入于端门，见于东箱。身如流水，润泽有光。望见元王，延颈而前，三步而止，缩颈而却，复其故处。"直可作神异小说来看。这也表明其作为民间俗赋所具有的特征。

四　出土文献所见古赋举例

再来看新出土文献中的古赋——《论义御》。本篇是新发现的唐勒作品残篇，也是一篇近年来出土文献当中极具文学价值的作品。1972年山东临沂银雀山汉墓西汉一号墓出土竹简"唐勒、宋玉论驭赋"27枚（包括简3141号），首简（0184号）背面之上端署有"唐革"二字，罗福颐《临沂汉简所见古籍概略》释之为"唐勒"，姑题为《唐勒赋》；吴九龙《银雀山汉简释文》定篇名为《唐勒》，谭家健《〈唐勒〉赋残篇考释及其他》从之，定作者为唐勒；汤漳平《论唐勒赋残简》称作《唐勒赋·御赋》。而李学勤《〈唐勒〉、〈小言赋〉和〈易传〉》、朱碧莲《唐勒残简作者考》等则将其作者断为宋玉。赵逵夫先生认为，根据先秦古籍的体例，"唐勒"当是书名，本篇是《唐勒》一书之《论义御》[①]，其说是。由简文看，本篇虽未以赋名篇，但其体制与宋玉的《风赋》《钓赋》等极为接近。

"御"在战国时期是一个很受关注的话题，这与其为"礼、乐、射、御、书、数"之"六艺"（《周礼·地官·保氏》）的一种有着根本的关系。因此，"论御"在当时的典籍中是很常见的。《管子》《庄子》《孟子》《荀子》《韩非子》等书中都有以"御"来比喻治国、修身的相关论

---

① 赵逵夫：《屈原与他的时代》，人民文学出版社2002年版。

述。屈原的《离骚》中也有"乘骐骥以驰骋兮,来吾道夫先路""岂余身之惮殃兮,恐皇舆之败绩"一类的比喻。不过,本篇在思想内容上却表现独特的一面:它以驾驭之术为喻,说明治理天下应"虚静无为",使人各处其宜。这种思想明显有着道家的意味。将此与唐勒的作品结合起来看,我们可以看到其中所贯穿着的基本倾向。这种倾向在宋玉的作品中是没有的。由此也可进一步论定本篇的作者并不是宋玉。

《论义御》的发现不仅为我们考知战国晚期楚国的文学状况提供了有力的证据,同时,它在我国文学史的发展中也有着不可忽视的意义:借此我们可以考察由楚辞向汉赋的转变过程,进而明了赋体文学在萌芽时期的生态状况。本文在依次论述造父之御、钳且大丙之御、今人之御后,将御术分为圣贤御、大丈夫御、末世御三种,以之来比喻治国之理。从文章结构与论述形式来看,其与庄辛的《说剑》、佚名的《说弋》、宋玉的《风赋》《钓赋》等作品极为相近。它们有的名为"说",有的称为"论",有的标为"赋",正反映了赋在散文和辞的基础上形成和演进的情况。

刘勰在《文心雕龙·诠赋》中谈到赋的基本特征是"述客主以首引,极声貌以穷文",即主客问答的结构形式与铺排夸饰的语言特色。我们对于先秦古赋体制的探索,正是以之为依据的。通过对早期赋作的钩稽,可以清晰地看到:它们的体制与后来成熟的赋尤其是汉代散体赋有着本质的一致。前揭师旷与晋平公、晏婴与齐景公、雍门子周与孟尝君以及楚人与顷襄王等相互之间的问对,无不体现着主客问答的结构形式与铺排夸饰的语言特色。正是在这层意义上,对赋体文学的溯源与早期赋作的钩沉才得以实现。我们还要看到,先秦古赋也有着一些自身的特征——口传形式、讲诵模式、民间流传、平民趣味等,这也为后来赋作的发展趋向奠定了基础。

宋巾箱本毛诗诂训传校读记（二雅部分）

陈 才

（上海博物馆图书馆）

《小雅·鹿鸣》

1. "我有旨酒，以燕乐嘉宾之心"毛传："夫不能致其乐，而则不能得其志。"

按："而则不"，不辞。诸本均作"则"，是底本"则"上下各衍一字。该处为钞补。

《小雅·四牡》

1. "四牡骓骓，啴啴落马。"

按：此处为钞补。"落"，显误，下《传》文"白马黑鬣曰骆"可证。整理本据诸本改作"骆"。

《小雅·皇皇者华》

1. "骁骁征夫，每怀靡及"毛传："铣铣，众多之貌。"

按："铣铣"，显误。当从经文作"骁骁"为是。整理本据诸本改。又，底本此处为钞补，故经、注次序混乱，整理本改正而未出校。

2. "载驰载驱，周爰咨诹"郑笺："则于是访问，求善道也。"

按："是"，足利本、殿本、阮刻本同，五山本、相台本作"之"。阮元《校勘记》云："案：'之'字是也。"①

《小雅·常棣》

1. "死丧之戚，兄弟孔怀。"

按："戚"，形近致误，下《毛传》"威，畏"亦可证。此处为钞补。

---

① （清）阮元校刻：《毛诗注疏》，影嘉庆二十年南昌府学本，第324页。

整理本据诸本改作"威"。

2．"每有良朋，况也永叹"毛传："求，长也。"

按："求"，形近致误，经文作"永"亦可证。整理本据诸本改作"永"。

3．"每有良朋，况也永叹"郑笺："每有，虽也。"

按："每有"，足利本、五山本、殿本、阮刻本同，相台本夺"有"字。"虽"下，五山本衍"有"字。

4．"每有良朋，况也永叹"郑笺："兹对之长叹而已也。"

按："也"，底本误衍。整理本据诸本删。

5．"兄弟阋于墙，外御其务"毛传："阋，狠也。"

按："狠"，形近致误。五山本同，足利本、相台本、殿本、阮刻本作"很"，整理本据改作"很"。

6．"兄弟阋于墙，外御其务"郑笺："兄弟虽内阋，而外御也。"

按："御"下，诸本均有"侮"字。整理本据诸本补。

7．"妻子好合，如鼓瑟琴"郑笺："则宗妇内宗之属，可从后于房中。"

按："可"，诸本均作"亦"。整理本据改。

8．"兄弟既翕，和乐且湛"毛传："翕，合。"

按："合"，五山本同，五山本、足利本、相台本、阮刻本"合"下有"也"字，整理本据补。

《小雅·伐木》

1．"伐木丁丁，鸟鸣嘤嘤"郑笺："言音日未居位，在农之时。"

按："音"，形近致误。整理本据诸本改作"昔"。

2．"于粲洒埽，陈馈八簋"郑笺："粲然已俪□矣，陈其黍稷矣。"

按："俪"，形近致误。五山本夺"洒□矣"三字。整理本据足利本、相台本、殿本、阮刻本改作"洒"。

《小雅·采薇》

1．"忧心烈烈，载饥载渴"郑笺："言其若也。"

按："若"，形近致误。整理本据诸本改作"苦"。

2．"驾彼四牡，四牡骙骙"毛传："骙骙，疆也。"

按："疆"，形近致误，殿本同。整理本据足利本、五山本、相台本、阮刻本改作"强"。

3. "昔我往矣，杨柳依依。今我来思，雨雪霏霏"郑笺："上三章言成役，次三章言将率之行，故此章重序其往反之时，极言其苦以说之。"

按：下"三"字，诸本均作"二"。全诗六章，此当作"二"是。整理本据诸本改作"二"。

《小雅·出车》

1. 《序》郑笺："北其义也。"

按："北"，形近致误。整理本据诸本改作"此"。

2. "召彼仆夫，谓之载矣"郑笺："正命召己，己即召御夫。"

按："正"，形近致误。整理本据诸本改作"王"。

《南陔》等三笙诗

1. 《序》郑笺："笙入，立于县时。"

按："时"，除五山本不录此笙诗外，各本均作"中"。《仪礼·乡射礼》亦作"中"。整理本据诸本改作"中"。

《小雅·南有嘉鱼》

1. "南有嘉鱼，烝然罩罩"毛传："罩罩，篧也。"

按："篧"，五山本同，足利本、相台本、殿本、阮刻本作"籗"。该字《说文》作"籱"，省作"簎"，或体作"篧"。《尔雅》即用或体。段玉裁《毛诗故训传定本》作"籱"，竹添光鸿《毛诗会笺》作"篧"。整理本不出校。

《小雅·蓼萧》

1. 《序》郑笺："同在九州之外。"

按："同"，形近致误。整理本据诸本改作"国"。

2. "蓼彼萧斯，零露湑兮"郑笺："露者，大所以润万物。"

按："大"，形近致误。整理本据诸本改作"天"。

3. "既见君子，鞗革忡忡。"

按："忡忡"，足利本、五山本、相台本、阮刻本同，殿本作"冲冲"。阮元《校勘记》云："鞗革忡忡。相台本同，唐石经、小字本作'冲冲'，闽本、明监本、毛本同。案：'冲冲'是也。十行本《正义》中字仍作

'冲冲',《释文》同,皆可证。"① 下《毛传》"冲冲,垂饰貌"同。

《小雅·彤弓》

1.《序》郑笺:"于是赐彤弓一、彤矢百、旅弓矢千。"

按:"旅",形近致误。《释文》:"玈,音卢,黑弓也。本或作'旅'字,讹。"亦可证此字误。整理本据诸本改作"玈"。

《小雅·采芑》

1. "鴥彼飞隼,其飞戾天,亦集爰止"郑笺:"隼,急泪之鸟也。"

按:"泪",形近致误。整理本据诸本改作"疾"。

2. "方叔率止,执讯获丑"郑笺:"执将可言问、所获敌人之众,以还归也。"

按:"将",足利本、五山本、阮刻本同,相台本、殿本作"其"。阮元《校勘记》云:"执将可言问。小字本、相台本同,《考文》古本同。闽本、明监本、毛本'将'作'其'。案:'将'字是也。《出车》笺作'其',此不必与彼同。《正义》亦作'其',乃自为文,不尽与注相应也。"② 阮说不确。《北堂书钞》卷一百一十九《武功部七》、《太平御览》卷七百九十九《四夷部二十》所引均作"其"。故整理本据改作"其"。

《小雅·车攻》

1. "之子于苗,选徒嚻嚻"郑笺:"子,曰也。"

按:"子",形近致误。整理本据诸本改作"于"。《周颂·桓》笺亦有此训。

2. "赤芾金舄,会同有绎"毛传:"诸侯赤董金舄。"

按:"董",显误。整理本据诸本改作"芾"。经文亦作"芾"。

3. "不失其驰,舍矢如破"郑笺:"射者之工,矢发则中,如推破物也。"

按:"推",形近致误。整理本据诸本改作"椎"。

---

① (清)阮元校刻:《毛诗注疏》,影嘉庆二十年南昌府学本,第355页。
② (清)阮元校刻:《毛诗注疏》,影嘉庆二十年南昌府学本,第365页。

4. "允矣君子，展也大成"郑笺："展，成也。"

按："成"，形近致误。整理本据诸本改作"诚"。《邶风·雄雉》毛传、《墉风·君子偕老》毛传、《齐风·猗嗟》郑笺皆有此训。

《小雅·鸿雁》

1. "之子于垣，百堵皆作"郑笺："百诸同时而起，言趋事也。"

按："诸"，形近致误。整理本据诸本改作"堵"。

《小雅·庭燎》

1. "夜乡晨，庭燎有辉"毛传："辉，元也。"

按："元"，形近致误。整理本据诸本改作"光"。

《小雅·沔水》

1. "念彼不迹，载起载行"郑笺："彼，诸侯也。"

按："诸"上，诸本均有"彼"字，底本涉上而夺。整理本据诸本补。

《小雅·鹤鸣》

1. "乐彼之园，爰有树檀，其下维萚"，毛传："尚其树檀不下其萚。"

按："不"，显误。整理本据诸本改作"而"。

2. "它山之石，可以为错。"

按："它"，足利本、相台本、阮刻本同，五山本、殿本作"他"。整理本不出校。阮元《校勘记》云："案《释文》云：'它，古他字。'考此字与《墉·柏舟》、《渐渐之石》经同，余经或作'他'，用字不画一之例也。《正义》应易为'他'。十行本《正义》中作'它'，乃以经字改之耳。"① 阮元说不确。《玉篇》："它，今作佗。"段玉裁《说文解字注》："它，其字或叚佗为之，又俗作他，经典多作它，犹言彼也。"徐灏《说文解字注笺》："古无他字，假它为之，后增人旁作佗而隶变为他。"徐说是。字古作"它"，后作"佗"，隶定时讹变作"他"。余经作"他"者，非原貌。

---

① 阮元校刻：《毛诗注疏》，影嘉庆二十年南昌府学本，第381页。

《小雅·祈父》

1. "胡转予于恤，有母之尸饔"郑笺："尸从军，而母为父陈馈饮食之具。"

按："尸"，显误。整理本据诸本改作"已"。

《小雅·白驹》

1. "慎尔优游，勉尔遁思"郑笺："成女优游，使待时也。"

按："成"，音同致误。此承上《毛传》"慎，诚也"而来。整理本据诸本改作"诚"。

《小雅·黄鸟》

1. "黄鸟黄鸟，无集于榖，无啄我粟"毛传："黄鸟，宜集榖啄粟者。"

按："榖"，诸本均作"木"。此《毛传》以"木"解经之"榖"，非与经同。整理本据诸本改作"木"。

《小雅·我行其野》

1. "成不以富，亦祇以异。"

按：祇、衹、只、秖四字本义有别，然俗写中常混用。又，礻、衤二旁每与禾旁相混，故字又俗讹作秖、秖。诸本均作"祇"。阮元《校勘记》云："唐石经'祇'作'只'。案：《六经正误》云：'作只误。'段玉裁云：'"只，适也"，凡此训，唐人皆从衣从氏作只，见《五经文字》、唐石经、《广韵》、《集韵》。宋以后俗本多作祇，非古也。至各体从氏，则尤缪极矣。'"① 考《玉篇·衣部》："只，适也。"则毛居正《六经正误》说非是，段玉裁说可从。故整理本据阮校所引段玉裁说改作"只"。

《小雅·斯干》

1. 《序》郑笺："宣王于是筑官庙群寝。"

按："官"，形近致误。整理本据诸本改作"宫"。

2. "君子攸宁"郑笺："此章王于寝。"

按："王"，形近致误。整理本据诸本改作"主"。

---

① 阮元校刻：《毛诗注疏》，影嘉庆二十年南昌府学本，第390页。

3. "维熊维罴，男子之祥；维虺维蛇，女子之祥" 毛传："熊、罴在山，阳之祥也，故为生男；虺、蛇穴处，阴之祥也，故为生女也。"

按："也"，五山本同，足利本、相台本、殿本、阮刻本均无。考虑到前"故为生男"无"也"字，故整理本删去"也"字。

4. "其泣喤喤，朱芾斯皇，室家君王" 郑笺："宣王所生之子，或且为天子，或且为诸侯。"

按："或且为天子，或且为诸侯"，诸本均作"或且为诸侯，或且为天子"。整理本据改。

《小雅·无羊》

1. "谁谓尔无牛？九十其犉" 郑笺："谁谓尔无牛"。

按："尔"，诸本均作"女"。考上《传》文作"谁谓女无羊"，故此当作"女"为是。整理本据诸本改作"女"。

2. "尔羊来思，其角濈濈" 郑笺："言此者，羊畜产得其所。"

按："羊"，显误。整理本据诸本改作"美"。

3. "尔牧来思，以薪以蒸，以雌以雄" 郑笺："此言收人有余力"。

按："收"，形近致误。整理本据诸本改作"牧"。

4. "尔羊来思，矜矜兢兢，不骞不崩" 毛传："矜矜兢兢，言坚强也。"

按："言"上，足利本、相台本、殿本、阮刻本有"以"字。整理本据补。

5. "众维鱼矣，实维丰年" 郑笺："鱼者，众人之所以养也。"

按："众人"，五山本作"庶民"，足利本、相台本、殿本、阮刻本作"庶人"。整理本据改作"庶人"。

6. "众维鱼矣，实维丰年" 郑笺："则是岁孰相供养之祥也。"

按："孰"，音同致误。整理本据诸本改作"熟"。

7. "旐维旟矣，室家溱溱" 毛传："旐、旟，所以聚众云。"

按："云"，形近致误。整理本据诸本改作"也"。

《小雅·节南山》

1. "君子如届，俾民心阕" 郑笺："君子，斤在位者。"

按："斤"，形近致误。整理本据诸本改作"斥"。

2. "驾彼四牡，四牡项领"郑笺："喻大臣自恣，王不能使。"

按："使"下，足利本、相台本、殿本、阮刻本有"也"字，五山本有"之也"二字。整理本补"也"字。

《小雅·正月》

1. "民之无辜，并其臣仆"郑笺："《书》曰：'越兹丽行，并制。'"

按："行"，音近致误。整理本据诸本改作"刑"。此引《书》，为《尚书·吕刑》文，字亦作"刑"。

2. "瞻彼中林，侯薪侯蒸"郑笺："喻朝廷宜有贤者，而但聚小人也。"

按："也"，五山本同，足利本、相台本、殿本、阮刻本皆无。整理本据删。

3. "谓山盖卑，为冈为陵"郑笺："此喻为君子、贤者道。"

按："者"下，诸本均有"之"字，整理本据补。

4. "天之扤我，如不我克"毛传："抗，动也。"

按："抗"，形近致误，经文亦可证。整理本据诸本改作"扤"。

5. "鱼在于沼，亦匪克乐"毛传："沼，地也。"

按："地"，形近致误。整理本据诸本改作"池"。

6. "潜虽伏矣，亦孔之照"郑笺："退而穷处，又无所于也。"

按："于"，于义不通。五山本作"芷"，足利本、相台本、殿本、阮刻本作"止"。整理本据改作"止"。

7. "洽比其邻，昏姻孔云"毛传："也，旋也。"

按："也"，形近致误。五山本此三字作"员也"二字，亦误。"员"旁有墨笔校改作"云旋"。足利本、相台本、殿本、阮刻本作"云"。此《毛传》解经文"云"字，故整理本据改作"云"。

8. "洽比其邻，昏姻孔云"郑笺："云，犹及也。言尹我富，独与兄弟相亲友，为明党也。"

按："及""我""明"，形近致误。整理本据诸本，分别改作"友""氏""朋"。

9. "民今之无禄，天夭是椓"郑笺："民于今而无天禄者，天以荐瘥夭杀之。"

按：上"天"字，五山本同。足利本、相台本、殿本、阮刻本无，整理本据删。《孔疏》有"哀此下民，今日之无天禄"云云，虽有"天"

字，然不可以据此断定《笺》文亦必有"天"字。

《小雅·十月之交》

1. 《序》郑笺："此篇疾'艳妻肩方炽'。"

按："肩方炽"，五山本作"方炽"，足利本、相台本、殿本、阮刻本作"煽方处"。考《孔疏》所引亦作"此篇疾'艳妻煽方处'"，故整理本据改作"煽方处"。

2. "日有食之，亦孔之丑"郑笺："又以卯侵辛，甚恶也。"

按："甚"上，诸本均有"故"字，整理本据补。

3. "百川沸腾，山冢崒崩"郑笺："百川弗出相乘陵者，由贵小人也。"

按："弗"，音同致误。整理本据诸本改作"沸"。

4. "皇父卿士，番维司徒，家伯维宰，仲允膳夫，棸子内史，蹶维趣马，楀维师氏，艳妻煽方处"郑笺："……番、棸、橛、楀，皆氏。……司徒之职，掌天下士地之图、人民之数……权龙相连，朋党于朝，是以疾焉。"

按："橛""士""龙"，皆形近致误。整理本据诸本改作"蹶""土""宠"。

5. "胡为我作，不即我谋"郑笺："不先就与我谋，使我得迁徒"。

按："徒"，形近致误。整理本据诸本改作"徙"。

6. "下民之孽，匪降自天"郑笺："下民有此，言非从夫隋也。"

按："夫"，形近致误。整理本据诸本改作"天"。

7. "噂沓背憎，职竞由人"郑笺："逐为此者，王由人也。"

按："王"，形近致误。整理本据诸本改作"主"。

8. "悠悠我里，亦孔之痗"毛传："里，病也。"

按："病"，五山本同，足利本、相台本、殿本、阮刻本作"居"。下《郑笺》云："里，居也。"则上字不得作"居"。阮元《校勘记》云："小字本'居'作病。案：小字本是也。《释文》'我里'下云：'如字。毛：病也；郑：居也。本或作逯，后人改也。'《正义》云：'为此而病，亦甚困病矣。'上'病'说'里'，下'病'说'痗'也。《考文》古本作'里、痗，皆病也'，采《正义》《释文》而为之。"① 底本作"病"是，故整理本不出校。

---

① （清）阮元校刻：《毛诗注疏》，影嘉庆二十年南昌府学本，第416页。

9. "悠悠我里，亦孔之痗"郑笺："里，车也。"

按："车"，音同致误。整理本据诸本改作"居"。

10. "四方有羡，我独居忧"郑笺："四方之人尽有余，我独居此而忧。"

按："余"上，诸本均有"饶"字。整理本据补。

《小雅·雨无正》

1. "胡不相畏，不畏于天"郑笺："上下不相畏，是不畏于天者也。"

按："者也"，诸本均无。整理本据删。

2. "曾我褻御，憯憯日瘁。"

按："憯憯"，唐石经同，诸本均作"懆懆"。阮元《校勘记》云："《释文》、《正义》本皆作'懆懆'，不知唐石经出何本也。"① 整理本据改作"懆懆"。

3. "不可使，得罪于天子。"

按："不"上，诸本均有"云"字，整理本据补。

4. "昔尔出居，谁从尔室。"

按："从"下，诸本均有"作"字，整理本据补。

《小雅·小宛》

1. "各敬尔仪，天命不又"郑笺："大命所去，不复来也。"

按："大"，形近致误。整理本据诸本改作"天"。

2. "教诲尔子，式穀似之。""握粟出卜，自何能穀（谷）？"

按：从木之"榖"与从禾之"穀（谷）"俗写常混。此字郑玄训"善"、训"生"，是字皆当作从禾之"谷"。足利本、五山本作"穀"，相台本、殿本、阮刻本作"榖"。整理本改为正字。二《笺》同。

3. "交交桑扈，率场啄粟"毛传："桑扈，切脂也。"

按："切"，音同致误。整理本据诸本改作"窃"。下《笺》"窃脂"同。

4. "交交桑扈，率场啄粟"毛传："言土为乱政，而求下之治。"

按："土"，形近致误。整理本据诸本改作"上"。

---

① （清）阮元校刻：《毛诗注疏》，影嘉庆二十年南昌府学本，第416页。

《小雅·小弁》

1. "民莫不谷，我独于罹"毛传："而放宜各，将杀之。"

按："各"，形近致误。整理本据诸本改作"咎"。

2. "心之忧矣，疢如疾首"郑笺："疢，犹病者也。"

按："者"，诸本均无。整理本据删。

3. "不属于毛，不离于里。"

按："离"，五山本同，足利本、相台本、殿本、阮刻本作"罹"。阮元《校勘记》云："唐石经'罹'作'离'。案：《正义》云'不离历于母乎'，又云'离者，谓所离历'。考《小明》、《渐渐之石》，皆经言'离'，则《正义》言'离历'，即《鱼丽》正义所云'丽历'。《传》云'丽，历也'是也。丽、离古字同用，声类至近也。'罹'字即非此义。各本皆误，当依唐石经正之。"① 阮说是，此本及五山本可证。整理本不出校。

4. "有漼者渊，萑苇淠淠"毛传："崔，深貌。"

按："崔"，形近致误。整理本据诸本改作"漼"。经文亦可证。

5. "譬彼舟流，不知所届"郑笺："不知终所至者也。"

按："者"，诸本均无。整理本据诸本删。

6. "伐木掎矣，析薪杝矣"郑笺："以言今王之遇大子，不如伐木析薪。"

按："薪"下，五山本有"者"字，足利本、相台本、殿本、阮刻本有"也"字。整理本据补"也"字。

7. "无逝我梁，无发我笱"郑笺："盗我大子母予之宠。"

按："予"，形近致误。整理本据诸本改作"子"。

8. "我躬不阅，遑恤我后"毛传："固哉！天高叟之为《诗》也。"

按："天"，形近致误。整理本据诸本改作"夫"。

《小雅·巧言》

1. "无罪无辜，乱如此幠。"

按："幠"，五山本、殿本同，足利本、相台本、阮刻本作"怃"。阮元《校勘记》云："案：'幠'字误也。详《诗经小学》。《释文》'怃'，

---

① 阮元校刻：《毛诗注疏》，影嘉庆二十年南昌府学本，第431页。

与唐石经同。或误'忧',今正。见后《考证》。"①"忧"为"怃"之俗讹。下经"昊天大怃"及《毛传》"怃,大也"、《笺》"怃,敖也"同。

2. "昊天大怃,予慎无辜。"

按：经文"大",下《笺》文作"泰"。《释文》："大,音泰。本或作泰。"秦时统一文字,读为太之"大",往往写成"泰",后世二字通用,学者多视为通假。依《释文》,则此经文本当作"大",故整理本不出校,《笺》文亦不作校改。此叶为后世钞配,经、《笺》未能划一,不知何故。

3. "既微且尰,尔勇伊何"郑笺："此人居下湿之地,故生微肿之疾。"

按："肿",足利本、殿本、阮刻本同,五山本、相台本作"尰"。阮元未出校。绎《笺》意,此处当承经文"既微且尰"而来,字当作"尰"为是,故整理本据五山本、相台本改作"尰"。足利本、殿本、阮刻本《孔疏》引《笺》文,云："然则膝胫之下有疮肿,是涉水所为,故《笺》亦云：'此人居下湿之地,故生微尰之疾。'"此亦可证。

4. "为犹将多,尔居徒几何"郑笺："女作谗佞之谋大多,女所与居之众几何人,素能然乎？"

按："素",殿本、阮刻本同,足利本、五山本、相台本作"傃"。阮元《校勘记》云："十行本初刻'傃',后改'素'。案：'素'字误也。《释文》云'傃,音素'可证。"② 整理本据改作"傃"。

《小雅·何人斯》

1. "彼何人斯,其心孔艰。胡逝我梁,不入我门"下注。

按：诸本皆以此注为《郑笺》文。此叶为钞配,当钞手漏钞。整理本据诸本补"笺云"二字。

2. "胡逝我梁,祇搅我心。"

按：此前文《小雅·我行其野》"成不以富,亦祇以异"条已论。"祇"为俗写,"只"为正字,故整理本径改为正字。下《郑笺》"只,适也"同。

---

① （清）阮元校刻：《毛诗注疏》,影嘉庆二十年南昌府学本,第431页。
② （清）阮元校刻：《毛诗注疏》,影嘉庆二十年南昌府学本,第432页。

3. "尔之安行,亦不遑舍"郑笺:"则何不暇含舍息乎?"

按:"含",形近致误。整理本据诸本改作"舍"。舍息正训经文"舍"。

4. "作此好歌,以极反侧"郑笺:"作八章之歌,求女之情,反侧极于是也。"

按:"反"上,涉上而夺"女之情"三字。整理本据诸本补。

《小雅·巷伯》

1. "哆兮侈兮,成是南箕"毛传:"南箕,星也。"

按:"星"上,涉上而夺"箕"字,整理本据诸本补。

2. "哆兮侈兮,成是南箕"毛传:"缩屋而继之。"

按:"缩",足利本、殿本、阮刻本同,五山本、相台本作"揞"。《释文》:"缩,又作揞,同。"故整理本不出校。

《小雅·谷风》

1. "习习谷风,维风及雨"郑笺。

按:诸本皆有"东风谓之谷风"六字,底本误夺,整理本据诸本补。

《小雅·蓼莪》

1. "蓼蓼者莪,匪莪伊蒿"郑笺:"莪已蓼蓼长大貌,我视之以为非莪,故谓之蒿。"

按:"貌",足利本、阮刻本同,五山本、相台本、殿本作"我"。阮元《校勘记》云:"案:'我'字是也。《正义》云'故云我视之,是作者自我也'可证。"①

作"我",则当从下读。

"故",足利本、殿本、阮刻本同,五山本、相台本作"反"。阮元《校勘记》云:"案:'反'字是也。《正义》云'反谓之为蒿',又云'反谓之是彼物也',是其证。"②

2. "哀哀父母,生我劳瘁"注。

按:诸本均有"《笺》云:瘁,病也"五字。整理本据诸本补。

---

① (清)阮元校刻:《毛诗注疏》,影嘉庆二十年南昌府学本,第448页。
② (清)阮元校刻:《毛诗注疏》,影嘉庆二十年南昌府学本,第448页。

3. "出则衔恤，入则靡至"郑笺："入门又不见，如无所至。"

按："如"下，诸本均有"入"字。整理本据诸本补。

4. "民莫不谷，我独何害"郑笺："言民皆得其养父母，我独何故睹此寒苦之害？"

按："其养"，诸本均作"养其"。整理本据诸本乙正。

5. "《蓼莪》六章，四章章四句，二章章八句"下注："晋王褒以父死非罪，每读至'哀哀父母，生我劬劳'，未尝不三复流涕，受业者为废此篇。《诗》之感人如此。"

按：注文三十九字，为朱熹《诗集传》文，为钞配时误掺。此书钞配及钞补非一时一人所为，怀疑为明人所为，但没有证据，不敢定论。整理本据诸本及本书体例删此注文。

《小雅·大东》

1. "既往既来，使我心疚"郑笺："文，病也。"

按："文"，显误。整理本据诸本改作"疚"。经文亦作"疚"。

2. "有冽氿泉，无浸获薪。"

按："冽"，足利本、五山本、相台本、阮刻本同，殿本作"洌"。阮元《校勘记》引段玉裁说，以为作"洌"是。此字当与《曹风·下泉》"洌彼下泉"同。前文已论，此不赘。整理本参照彼处，径改作"洌"。

3. "哀我惮人，亦可息也"郑笺："哀我劳人，亦可休息，养之以待国事者也。"

按："者也"，诸本均无。整理本据诸本删。

4. "西人之子，粲粲衣服"毛传："粲粲，鲜盛也。"

按："也"，五山本同，足利本、相台本、殿本、阮刻本作"貌"。整理本据改作"貌"。

5. "睆彼牵牛，不以服箱"毛传："箱，大卑之箱也。"

按："卑"，形近致误。整理本据诸本改作"车"。

《小雅·四月》

1. "山有嘉卉，侯粟侯梅。"

按："粟"，形近致误。整理本据诸本改作"栗"。

2. "匪鹑匪鸢，翰飞戾天"郑笺："言雕、翼之高飞"。

按："翼"，显误。整理本据诸本改作"鸢"。

3. "山有蕨薇，隰有杞桋"毛传："桋，赤棘也。"

按："棘"，形近致误。整理本据诸本改作"梀"。

《小雅·北山》

1. "或尽瘁事国"毛传："尽力劳瘁以从国事。"

按："瘁"，诸本均作"病"。整理本据诸本改。

《小雅·无将大车》

1. "无思百忧，祇自疧兮。"

按："祇"，径改作"只"。参看《小雅·我行其野》《小雅·何人斯》之说。

2. "无思百忧，祇自疧兮。"

按："疧"，诸本均作"痕"。阮元《校勘记》以为作"痕"是。"痕"为正字，"疧"为俗讹，故整理本不出校。

3. "无将大车，维尘冥冥"郑笺："犹进举小人，蔽伤己之功德。"

按："德"下，诸本均有"也"字。整理本据补。

《小雅·小明》

1. "曷云其还？政事愈蹙"毛传："蹙，从也。"

按："从"，形近致误。整理本据诸本改作"促"。

2. "曷云其还？政事愈蹙"郑笺："何言其还，乃至于政事更益蹙急。"

按："蹙"，诸本作"促"。整理本据改。

3. "嗟尔君子，无恒安处"郑笺："孔子曰：'鸟则择米。'"

按："米"，形近致误。整理本据诸本改作"木"。

4. "靖共尔位，好是正直"郑笺："好，犹兴也。"

按："兴"，形近致误。整理本据诸本改作"与"。

《小雅·楚茨》

1. "或剥或亨，或肆或将"毛传："或陈于牙，或齐其肉。"

按："牙"，诸本同。阮元《校勘记》云："案：'牙'，当作'乎'。

牙即互之别体，碑刻中每见之。《周礼》释文云：'互，徐音牙。'《正义》中字同。"① 整理本据阮校改作"牙"。互，指用以挂肉的架子。《周礼·地官·牛人》"凡祭祀，共其牛牲之互"，郑玄注："郑司农云：'互，谓楅衡之属。'……玄谓互若今屠家县肉格。"《文选·张衡〈西京赋〉》"置互摆牲"，薛综注："互，所以挂肉。"互之讹作牙，唐人已有不解者。《汉书·刘向传》"宗族盘互"，颜师古注："互字或作牙，谓若犬牙相交入之意也。"《汉书·谷永传》"百官盘互"，颜师古注："互字或作牙，言如豕牙之盘曲、犬牙之相入也。"颜注误。

2. "君妇莫莫，为豆孔庶，为宾为客"郑笺："后夫人主共笾豆，必取肉物肥胺美者。"

按："者"下，五山本同，足利本、相台本、殿本、阮刻本有"也"字。整理本据补。

3. "既齐既稷，既匡既敕"郑笺："天子使宰夫受之以筐，祝则释嘏辟以敕之。"

按："辟"，形近致误。整理本据诸本改作"辞"。

4. "乐具入奏，以绥后禄"郑笺："燕而祭之之乐"。

按：上"之"字，涉下而误。整理本据诸本改作"时"。

5. "尔殽既将，莫怨具庆"郑笺："同姓之臣无有怨者，而皆爱君。"

按："爱"，形近致误。整理本据诸本改作"庆"。

《小雅·信南山》

1. "曾孙之穑，以为酒食"郑笺："敛获曰穑。"

按："获"，诸本均作"税"。整理本据改。

2. "畀我尸宾，寿考万年"郑笺："至祭祀齐戒，则以赐户与宾。"

按："户"，形近致误。整理本据诸本改作"尸"。

《小雅·甫田》

1. "倬彼甫田，岁取十千"毛传："甫田，天下田也。"

按："天"上，诸本均有"谓"字，整理本据补。

---

① （清）阮元校刻：《毛诗注疏》，影嘉庆二十年南昌府学本，第463页。

2. "今适南亩，或耘或耔，黍稷薿薿"毛传："耘，除也。"

按："除"下，诸本均有"草"字，整理本据补。

3. "我田既臧，农夫之庆"郑笺："年不顺成，则大蜡不通。"

按："大"，涉上"大蜡"而讹。整理本据诸本改作"八"。

4. "以介我稷黍，以谷我士女"郑笺："击士鼓"。

按："士"，形近致误。整理本据诸本改作"土"。

《小雅·大田》

1. 《序》郑笺："虫毒害谷，风雨不时。"

按："毒"，诸本均作"灾"，整理本据改。

2. "雨我公田，遂及我私"郑笺："今天正雨于公田，因及私田尔。"

按："正"，形近致误。整理本据诸本改作"主"。

3. "彼有不获稚，此有不敛穧"郑笺："叔刈促遽"。

按："叔"，显误。整理本据诸本改作"收"。

4. "以享以祀，以介景福"郑笺："阳化用骍牲，阴祀用黝牲。"

按："化"，形近致误。整理本据诸本改作"祀"。下"阴祀"亦可证。

《小雅·瞻彼洛矣》

1. "韎韐有奭，以作六师"毛传："韎韐者，茅搜梁草也。"

按："梁"，形近致误。整理本据诸本改作"染"。

《小雅·桑扈》

1. "君子乐胥，受天之祜"郑笺："天子之以福禄。"

按："子"，形近致误。整理本据诸本改作"予"。

2. "不戢不难，受福不那"毛传："戢，聚也。不戢，我也。"

按："我"，形近致误。整理本据诸本改作"戢"。又疑"不戢，戢也"当作"不聚，聚也"，下《毛传》"那，多也。不多，多也"可证。

3. "兕觥其觩，旨酒思柔"郑笺："其饮美酒，思得柔顺中知，与共其乐。"

按："知"，形近致误。整理本据诸本改作"和"。

4. "兕觥其觩，旨酒思柔"郑笺："言不抚敖自淫恣也。"

按："抚"，相台本误作"㧻"，足利本、五山本、殿本、阮刻本作"怃"，整理本据改作"怃"。

《小雅·鸳鸯》

1. 《序》:"思古明王交于万物有道,目奉养有节焉。"

按:"目",此字为钞补,形近致误。整理本据诸本改作"自"。

2. "乘马在厩,摧之秣之"郑笺:"北之谓有节也。"

按:"北",形近致误。整理本据诸本改作"此"。

《小雅·頍弁》

1. "尔酒既旨,尔肴既嘉"郑笺:"言其知其其礼而弗为也。"

按:上"其",形近致误。整理本据诸本改作"具"。

2. "茑与女萝,施于松柏"毛传:"女萝,兔丝,松萝也。"

按:"兔",音同致误。整理本据诸本改作"菟"。

《小雅·青蝇》

1. "营营青蝇,止于樊"郑笺:"蝇之为虫,污白使黑,使白。"

按:"使白"上,诸本均有"污黑"二字,整理本据补。

《小雅·宾之初筵》

1. "钟鼓既设,举酬逸逸"郑笺:"钟鼓于是言既设者,将射故县也。"

按:"故",阮刻本同,足利本、五山本、相台本、殿本作"改"。阮刻本"故"字旁加圈,但是所附校勘记未录此条。

2. "宾既醉止,载号载呶"毛传:"号呶,号呼谨呶也。"

按:"谨",形近致误。整理本据诸本改作"讙"。

3. "侧弁之俄,屡舞傞傞"郑笺:"此更言宾既醉而异章者,善为无算爵以后也。"

按:"善",形近致误。整理本据诸本改作"着"。

4. "由醉之言,俾出童羖"郑笺:"殺羊之牲,牝牡有角。"

按:"牲",形近致误。整理本据诸本改作"性"。

《小雅·鱼藻》

1. "鱼在在藻,有颁其首"毛传:"鱼似依蒲藻为得其性。"

按:"似",形近致误。整理本据诸本改作"以"。

《小雅·采菽》

1. "采菽采菽，筐之筥之"郑笺："王飨宾客，有牲俎。"

按："牲"，阮刻本同，足利本、五山本、相台本、殿本作"牛"。阮元《校勘记》云："案：'牲'字误也，《正义》可证。"① 整理本据改。

2. "乐只君子，天子命之。乐只君子，福禄申之"郑笺："天子赐之，神则以福禄申重之，所谓神谋鬼谋也。"

按："神"，诸本均作"人"。整理本据改。

3. "乐只君子，天子葵之。"

按："蔡"，形近致误。整理本据诸本改作"葵"。

4. "优哉游哉，亦是戾矣"毛传："诸侯有盛德者，亦优游自安止于是，言思不出其位。"

按："诸侯"至"其位"二十字，诸本均为《郑笺》之文。整理本据改为《笺》文。

《小雅·角弓》

1. "兄弟昏姻，无胥远矣"郑笺："相疏远，则以亲亲之望，易以成怨。弓之为物，张之则内向而来，弛之则外反而去，有似兄弟昏姻亲疏远近之意。又云：骍骍角弓，既翩然而反矣，兄弟昏姻，则岂可以相远哉？"

按："弓之"至"远哉"计五十三字，为朱熹《诗集传》文，钞补时误入《郑笺》。整理本据诸本删此五十三字。

2. "民之无良，相怨一方"郑笺："民之意不获，当反侧之于身。"

按："侧"，诸本均作"责"，整理本据改。

3. "君子有徽猷，小人与属"郑笺："令无良之人相怨，王不教之。"

按："令"，形近致误。整理本据诸本改作"今"。

4. "莫肯下遗，式居娄骄"郑笺："先人而后己，用比自居处。"

按："比"，形近致误。整理本据诸本改作"此"。

《小雅·都人士》

1. 《序》郑笺："一者，专也，同也。"

按："一"，诸本均作"壹"，整理本据改。《序》文作"归壹"。

---

① （清）阮元校刻：《毛诗注疏》，影嘉庆二十年南昌府学本，第507页。

2. "彼都人士，狐裘黄黄"郑笺："古明王时，都人之有土行者。"

按："土"，形近致误。整理本据诸本改作"士"。下《笺》文"都人之士所行"同。

3. "彼都人士，垂带而厉"郑笺："厉，子当作'裂'。"

按："子"，形近致误。整理本据诸本改作"字"。

4. "彼君子女，卷发如虿"郑笺："尾末揵然，似妇人发末曲上卷然者也。"

按："者也"二字，诸本均无。整理本据删。

5. "匪伊垂之，带则有余"郑笺："伊，垂也。"

按："垂"，诸本均作"辞"。整理本据改。

《小雅·采绿》

1. "终朝采绿，不盈一掬"郑笺："竿云"。

按："竿"，显误。整理本据诸本改作"笺"。

2. "之子于钓，言纶之绳"郑笺："伦，钓缴也。"

按："伦"，形近致误。整理本据诸本改作"纶"。经文正作"纶"。

《小雅·隰桑》

1. "心乎爱矣，遐不谓矣"郑笺："君子虽远在野，邑能不勤思之乎？"

按："邑"，形近致误。整理本据诸本改作"岂"。

《小雅·白华》

1. "白华菅兮，白茅束兮"郑笺："茅彼于白华为脆。"

按："彼"，音同致误。整理本据诸本改作"比"。

2. "英英白云，露彼菅茅"毛传："露亦白云。"

按："白"，形近致误。整理本据诸本改作"有"。

3. "樵彼桑薪，卬烘于煁"郑笺："今反黜之，使为卑贱之事，亦由是。"

按："由"，音同致误。整理本据诸本改作"犹"。

4. "有扁斯石，履之卑兮"郑笺："其行，登车以履石。"

按："以"，足利本、阮刻本同，五山本、相台本、殿本作"亦"。阮元《校勘记》云："案：'亦'字是也。"①

《小雅·绵蛮》

1. "道之云远，我劳如何"郑笺："至于为未介，从而行。"

按："未"，殿本同，据足利本、五山本、相台本、阮刻本改作"末"。

2. "岂敢惮行？畏不能趋"郑笺："畏不能及尔疾至也。"

按："尔"，诸本均作"时"。整理本据改。

《小雅·渐渐之石》

1. "山川悠远，维其劳矣"郑笺："道理长远，邦域又劳劳广阔。"

按："理"，音同致误。整理本据诸本改作"里"。

2. "武人东征，不皇朝矣"郑笺："武人，谓将帅也。"

按："帅"，诸本均作"率"。率、帅同，但"率"字较古，早期文本中多用。故整理本据诸本改作"率"。

《小雅·何草不黄》

1. "何草不玄？何人不矜"郑笺："草牙蘖者，将生必玄。"

按："蘖"，足利本、阮刻本同，五山本、相台本、殿本作"蘖"。蘖、蘖古通用，故整理本不出校。

2. "哀我征夫，独为匪民"郑笺："古者，师出不喻时。"

按："喻"，形近致误。整理本据诸本改作"逾"。

3. "有芃者狐，率彼幽草"毛传："芃，小兽也。"

按："也"，诸本均作"貌"。整理本据改。

《大雅·文王》

1. "凡周之士，不显亦世"郑笺："不世显德乎？也者，世禄也。"

按："也"，足利本、阮刻本同，五山本作"仕"，相台本、殿本作"士"。《孟子·梁惠王下》："耕者九一，仕者世禄。"阮元《校勘记》云："案：'士'字是也。《正义》云'仕者世禄'，易'士'为'仕'而

---

① （清）阮元校刻：《毛诗注疏》，影嘉庆二十年南昌府学本，第520页。

说之耳。《考文》一本采之，非也。"①

2. "王国克生，维周之桢"郑笺："此邦能生之，则是我周家干事之臣。"

按："家"，殿本同，足利本、五山本、相台本、阮刻本作"之"。阮元《校勘记》云："小字本、相台本同，《考文》古本同，闽本、明监本、毛本'之'作'家'。案：《正义》云'则维是我周家干事之臣'，又云'则是我周家干事之臣'，未知其本作'家'，或自为文也，辄改者非。"② 故整理本只出异文校，不下判语。

《文王·大明》

1. "挚仲氏任，自彼殷商"毛传："挚国任姓之中女也。"

按："之"，足利本、殿本、阮刻本同。相台本作"仲"，则当标点为："挚，国。任，姓。仲，中女也。"五山本作"仲"，后校改为"之"。段玉裁《毛诗诂训传定本》云："此当经作'中'，传作'仲'。《释文》、《正义》所据未是也。古以中为仲，如中兴即仲兴，亦是。"③ 阮元《校勘记》云："案：'之'字是也。《正义》云'仲者，中也，故言之中女'，《释文》以'之中'作音，是《正义》、《释文》本皆作'之'。段玉裁云此当八字为一句，是也。此总'挚仲氏任'一句而发，《传》以'中'解经之'仲'，以'女'解经之'氏'，故错综而出之也。不得其读者，于'国'字、'姓'字误断句，乃改'中'为'仲'，以附合于经，不知《传》若专释'仲'，即不得在'任'下也。《考文》古本无'中'字，亦误。"④ 故整理本不出校。

2. "在洽之阳，在渭之涘"郑笺："洽，水名，在今同州合阳夏阳县。洽，水也。渭，水也。涘，厓也。"

按："洽，水名，在今同州合阳夏阳县"十二字系《诗集传》文，据诸本删。

---

① （清）阮元校刻：《毛诗注疏》，影嘉庆二十年南昌府学本，第538页。
② （清）阮元校刻：《毛诗注疏》，影嘉庆二十年南昌府学本，第538页。
③ （清）段玉裁：《毛诗诂训传定本》，《段玉裁全书》第1册，江苏人民出版社2015年版，第423页。
④ （清）阮元校刻：《毛诗注疏》，影嘉庆二十年南昌府学本，第552页。

《大雅·绵》

1. "绵绵瓜瓞，民之初生，自土沮漆"毛传："瓜，绍也。瓞，甋也。"

按：诸本同，而阮元《校勘记》认为"瓜绍"上当有"瓜瓞"二字："段玉裁云：'《传》瓜瓞逗，瓜绍句。瓞逗，甋也句。此《传》之难读，由浅人误删瓜瓞二字而以瓜逗、绍也句耳。'"[①] 整理本从此说，补"瓜瓞"二字，标点为："瓜瓞，瓜绍也。"

《大雅·生民》

1. "实颖实栗"郑笺："栗，成就也。"

按："就"，足利本、阮刻本、相台本、殿本同，五山本作"急"。阮元《校勘记》云："栗成就也。小字本、相台本同。案：此《正义》本也。《正义》云：故言成就以足之。按《集注》云，栗，成意也，《定本》以意为急，恐非也。《考文》古本作'急'，采《正义》。"[②] 故整理本出异同校。

[①] （清）阮元校刻：《毛诗注疏》，影嘉庆二十年南昌府学本，第553页。
[②] （清）阮元校刻：《毛诗注疏》，影嘉庆二十年南昌府学本，第598页。

王士性年谱新编

何方形

（台州学院人文学院）

王士性（1547—1598），字恒叔，号太初，又号元白道人，浙江临海人。明神宗万历五年（1577）进士，官终南京鸿胪寺卿。有《五岳游草》《广志绎》《广游志》等作品。

本年谱（初稿）先叙写传主生平，再介绍家族人员状况，然后介绍其他人员，其中与传主有交游者为先，其他文化名士次之。最后罗列有关史迹等背景材料。拙稿参考诸多已有成果，如丁伋《堆沙集》的《王士性资料的新发现》《王士性行迹简表》，周振鹤编校《王士性地理书三种》附录之《王士性行踪系年长编》，朱汝略《王太初游草徐霞客诗钞笺注》与其《王太初游草徐霞客诗钞》所附之《王太初徐霞客百年历》、点校的《王士性集》附录之《王太初年谱》，等等。

明世宗朱厚熜嘉靖二十六年（1547）1岁

三月初七日（1547年4月16日），生于浙江临海东南乡兰道。名士性，字恒叔，号太初，又号元白道人。父宗果26岁，母林氏19岁。

族叔王宗沐24岁。

何镗40岁。刘黄裳19岁。张九一15岁。程正谊14岁。曾乾亨11岁。李果生。

黄岩王铃（1509—?）登进士，王世贞、甘茹（征甫）、何镗、朱纲、朱笈同榜。临海刘恩至中武进士。

徐渭27岁。戚继光20岁。顾璘卒。

是年，明军袭击河套鞑靼。六月，浙江巡抚朱纨兼制福（州）、兴（兴化，今莆田）、漳（州）、泉（州）、建宁（治今南平）五府军事，抗击倭寇。十二月，倭寇侵宁波、台州，大肆杀略。

嘉靖二十七年（1548）2 岁

冯梦祯（1548—1605）生。

明与俺答汗大同、宣府之战。曾铣（1509—1548）受诬被处死。

嘉靖二十八年（1549）3 岁

族弟士崧生。

临海蔡潮（1467—1549）卒。

朵颜三卫鞑靼攻辽东。倭寇又侵浙东。

嘉靖二十九年（1550）4 岁

王宗沐由刑部员外郎迁广西按察司佥事。

临川汤显祖生。唐山陈登云生。高邑赵南星生。

临海包应麟、金立敬、何宽、金立爱、孙锐、邓栋，仙居吴炳庶、顾宏璐，宁海张选登进士。

三月，琼州五指山黎民起义。八月，俺答汗围明京师，焚掠外城三昼夜而去，史称庚戌之变。

嘉靖三十年（1551）5 岁

族弟士琦生。胡应麟生。

华亭徐阶创修《浙江通志》，武进薛应旂等历十载而由胡宗宪修成七十二卷。

嘉靖三十一年（1552）6 岁

四月，倭侵浙江，从临海县海门（今属台州市椒江区）登陆。五月，倭寇攻陷黄岩县城。八月，俺答汗侵大同。十一月，明军汤克宽擒贼首邓文俊。败倭于台州之马鬃岭。是年，太平县（今温岭市）周世隆作《太平抗倭图》，原本藏中国历史博物馆。

嘉靖三十二年（1553）7 岁

应明德登进士。临海何宠、金立相，仙居吴时来登进士。

倭寇掠台州，为临海人杨文等所败。明击倭南沙之战。明击俺答汗三家村之战。

嘉靖三十三年（1554）8 岁

幼贫而好学，族叔宗沐爱如己子。

弟士恂生。王宗沐任广东布政使司左参议，分守惠州、潮州。

释传灯生。

黄绾卒。王爌卒。

倭寇侵扰台州等州县。俞大猷等败倭于宁海县健跳（今属三门）千户所。

嘉靖三十四年（1555）9 岁

谭纶或于是年任台州知府。倭寇劫掠台州等地。七月，戚继光任浙江都指挥使司佥书。九月，备倭都指挥王沛、参将卢镗攻入台州海东大陈山，生擒倭首林碧川。倭寇焚掠天台等县，天台始筑城垣。张经、杨继盛被杀。

嘉靖三十五年（1556）10 岁

三月，王宗沐由广东布政使司左参议升江西按察司副使，提调学校。临海陈锡、仙居应存性登进士。邓栋为礼科给事中。

胡宗宪总督浙江军务，聘请郑若曾等人编《筹海图编》。六月，倭寇入台温处，仙居陷四十余日，全城被焚。谭纶、戚继光组织军民防倭抗倭。戚继光升都指挥使司参将，镇守宁波、台州、温州三府。俞大猷败黄浦倭寇。鞑靼犯边。

嘉靖三十六年（1557）11 岁

秦鸣雷由翰林院修撰升左春坊左谕德。蔡云程由刑部左侍郎升南京都察院右都御史。

台州大风雨。倭寇屡次进犯台州。二月，鞑靼犯大同。《续武经总要》付刻。胡宗宪诱诛汪直。

嘉靖三十七年（1558）12 岁

族弟士业生。黄汝亨生。

秦鸣雷升侍读学士。任环卒。

倭寇数犯台州、宁波。明击倭岑港之战，明抗倭惠安之战。仿制首批欧式鸟铳。倭攻台州府城，谭纶率军民击退之。谭纶升浙江按察副使。俞大猷逐倭出浙江。

嘉靖三十八年（1559）13 岁
丁此吕、陈泰来生。

秦鸣雷升南京国子监祭酒。蔡云程为南京刑部尚书。临海王湜、王淑，仙居应存卓登进士。文徵明卒。杨慎卒。朱完生。蔡荣名生。

三月，倭寇大举入侵临海桃渚千户所。谭纶、戚继光台州抗倭，连战皆捷。四月，倭寇扰福建沿海州县。十一月二十六，谭纶、戚继光由临海庠生王胤东陪同入天台山。十二月，巡按浙江御史凌儒奏请赈恤临海县杜渎、宁海县长亭等盐场灶丁。

嘉靖三十九年（1560）14 岁
宗臣卒。袁宗道生。

二月，朝廷设分守台金严参将。三月，在临海东湖东南隅建谭襄愍祠，立前台州郡守谭纶画像碑。台金严参将戚继光招义乌兵三千于海门操练鸳鸯阵。戚继光著《纪效新书》十八卷。戚继光在海门作《祭大司马中丞思质王公》文。胡宗宪斩王直。鞑靼攻明辽东之战。

嘉靖四十年（1561）15 岁
王宗沐为江西右布政使。族弟士昌生。

何宠（1512—1586）撰《桃城新建敌台碑记》。蔡云程为刑部尚书。

闰五月，川、贵苗民起事。戚家军台州剿倭九战九捷，史称辛酉台州大捷。浙江总督胡宗宪奏称已经荡平浙江之倭寇。

嘉靖四十一年（1562）16 岁
乐清何白生。

秦鸣雷为太常寺卿，升礼部右侍郎。临海项思教、侯思古登进士。高攀龙生。徐光启生。会稽陶望龄生。

胡宗宪聘请郑若曾等人所著《筹海图编》刊行。有楚门之捷。十二月，戚继光任福建副总兵，有横屿之捷，复宁德诸邑，已而有牛田之捷、林墩之捷、上迳桥之捷，咸陈子銮伐也。明军袭鞑靼半坡山之战。严嵩罢相。

嘉靖四十二年（1563）17 岁

戚继光、俞大猷破倭平海卫之战。临海县文信国祠（今属浙江三门）建。

嘉靖四十三年（1564）18 岁

贫而好学，过目不忘，有巨卿厚其奁，将婿之，却弗顾。

金贲亨卒。秦鸣雷升礼部左侍郎。

立《大参戎南塘戚公表功记》碑。明抗倭仙游之战。明抗倭潮惠之战。

嘉靖四十四年（1565）19 岁

程嘉燧生。仙居卢明章登进士。

杀权臣严世蕃，削其父严嵩官职为民。十二月，大足蔡伯贯起事。胡宗宪下狱死。

嘉靖四十五年（1566）20 岁

朱燮元生。

二月，开化、德兴矿工起义。广东山民李亚元起事。俺答汗攻扰明边。明嘉靖中设宁绍台道，驻台州，后移宁波。温处参将张鈇卒。

明穆宗朱载垕隆庆元年（1567）21 岁

刑部尚书临海蔡云程卒。

严嵩死。张居正为大学士。太平朱勋官剑门关都司。

隆庆二年（1568）22 岁

袁宏道生。

台州大水，溺毙三万余口，毁屋五万余处，仅留十八家。戚继光镇蓟门。明军讨曾一本之战。

隆庆三年（1569）23 岁

府县试屡入优等，学使林公按台，首拔异等，以天下士目之，入省城天真书院。

兵部尚书赵大佑卒。

赵岢攻俺答汗于弘赐。额定浙江总兵驻定海，遇汛则宁绍参将坐驾兵船直出沈家门外海洋，嘉、台、温各参将俱出本区海面外洋，据险结营，彼此会哨。总兵居中调度，左顾杭嘉，右顾台温。

隆庆四年（1570）24 岁
游学武林。与王亮、钟化民同学。
李攀龙卒。袁中道生。
俺答汗攻大同、锦州。

隆庆五年（1571）25 岁
秦鸣雷任南京礼部右侍郎，进尚书。
归有光卒。
封俺答为顺义王。明军镇压广西壮族古田起义。

隆庆六年（1572）26 岁
王宗沐条陈漕运事宜。
巡按谢廷杰、知府张廷臣、知县周思稷，即东湖中小亭改建为樵夫祠，祀建文时东湖樵夫。何宽撰记。万历十二年，侍御范鸣谦、知府张会宗、知县周孔教徙建于湖之北。
天台县《桐柏宫移祀夷齐像记》碑立。
台州水灾。皇太后重用首辅张居正，明年起推行革新，历十年乃止。

明神宗朱翊钧万历元年（1573）27 岁
成举人，列第十六名。
王士崧中举。
王亮中举。王亮父王允东岁贡。秦鸣雷致仕。
寿光李时渐任台州知府，与郡人王允东、陈公纶、黄承忠等编《三台文献录》二十三卷。
萧廪以御史巡按浙江。滕伯轮督学浙江。十二月朵颜入寇，戚继光败之。

万历二年（1574）28 岁
礼部试不第。归游金华、栝苍诸山而返。东南行二百里至仙都，经年而返。

　　王宗沐题漕务五事，后升南京刑部右侍郎。王士琦为国子生。
　　钟惺生。冯梦龙生。
　　建州王杲犯边，李成梁败之。

万历三年（1575）29 岁
　　王宗沐为工部右侍郎，十月，升刑部左侍郎。
　　何宽为工部右侍郎。谢榛卒。
　　明击土默特沈阳之战。浙东海啸，坏战船。

万历四年（1576）30 岁
　　七月，游缙云、丽水、青田。
　　王宗沐以刑部左侍郎兼右佥都御史，阅视宣大山西。王士琦顺天中举。
　　复除原任河南按察使金立敬为江西按察使。六月，金立敬为湖广布政使。
　　明军破土默特大清堡之战。戚继光重建三屯营完工。

万历五年（1577）31 岁
　　中沈懋学榜进士。第三甲第一百六十九名，赐同进士出身。闻沈贞孺所得于《易》必深，乃以暇日趋而叩之。冬，假归。
　　王亮中进士，第三甲第一百一十九名。黄岩林国材中进士，第三甲第一百八十九名。同榜进士后为僚友的还有长洲吴安国、汝州张维新、新建丁此吕、万安朱维京、吉水邹元标、吉水曾于健、歙县江东之、秀水冯梦祯、平湖陈泰来、嘉善朱廷益等人。
　　秋，台州水灾。广东罗旁瑶人起事。谭纶卒。

万历六年（1578）32 岁
　　其子立彀生。初赴京，经杭州，游西湖，作《游武林湖山六记》。至京谒选，得河南确山知县。四月赴任。过临安，曰：余居恒数心泉石，几欲考卜湖畔，良缘未偶，今捧檄朗陵，念走风尘，未卜再游何日。遂遍游武林，作湖山六记。
　　王亮授进贤（今属江西）知县。

金立敬为工部右侍郎。徐中行卒。张文郁生。
李成梁大败鞑靼军于东昌堡。丈量天下田亩。

万历七年（1579）33 岁

河南确山知县。应王胤昌作《横山烈妇祠记》。确山，周为道国，汉置朗陵县，后魏改置安昌县，隋曰朗山，宋以县东南六里确山名县，明属河南汝宁府。

王士昌顺天中举。

万历八年（1580）34 岁

河南确山知县。既莅政，持大体，不屑于细务。凤驾星分，著心人外。按奸豪凫盗，悉置诸法。议四礼，以易鄙俗。刑部郎艾穆以论张居正谪戍过县，士性留署中为治装。或讽以祸，勿顾。

释传灯随师释真觉讲《童蒙止观》于天台县定慧真身院。

金立敬为工部左侍郎。何宽为南京吏部尚书。

冯惟敏卒。凌蒙初生。

戚继光制成石雷。俞大猷卒。耶稣会传教士来澳门传教。

万历九年（1581）35 岁

六月，确山三年秩满，例得假。六月纵游河南各地，入嵩山，于初祖庵题"六祖手植柏"，历三十五日，始回确山任。有《嵩山记》《游梁记》记其行。辛巳秩满，例得代篆上阀阅，遂由宛入洛，取道登封，游嵩高，旋历中州，行二千三百里，尽得其胜。

王宗沐以京察拾遗罢。

十月，李果卒。

金立敬致仕。应大猷卒。长洲陈仁锡生。

台州旱。赋税改革，行一条鞭法。

万历十年（1582）36 岁

确山任。《寄刘卿》："近接邸报，忽惊东海生尘，向时藤草牵茑，附效鹰犬者斥逐殆尽，不者亦雀啄四顾。""近接邸报，忽惊东海生尘"等语当指张居正之死及冯保籍没之事。

王亮授兵科给事中。

陈三槐中举。钱谦益生。

九月，建州阿台犯沈阳。六月，张居正卒。十月，冯保籍没。俺答汗卒。

万历十一年（1583）37岁

内升礼科给事中，由确山至京。十一月，劾巡抚应天右佥都御史郭思极、太仆寺卿张彦。条陈兵戎四事。建言漕、河水利诸疏，极切时弊。

王士崧、王士琦同登朱国祚榜进士。王士崧，第二甲第二十五名。王士琦，第二甲第三十四名。王士业为国子生。

汤显祖中进士。

努尔哈赤袭父，始犯辽东。广州知府临海包应麟卒。徐阶卒。

万历十二年（1584）38岁

礼科给事中任。三月，丁此吕疏劾高启愚，太初上《题为乘时痛革科场积弊以罗真才以服人心疏》。顾秉谦等《大明神宗显皇帝实录》卷一四七："礼科给事中王士性请乘时通革科场弊窦。上谓，考试公典乃作弊多端，殊坏法纪。奏内说编号同经，朱墨卷各色异样等弊令通行两京、各省，严加禁革。"丁此吕被谪，太初上《题为肯乞圣明俯容狂直察邪媚以定国是疏》救之。集确山任期内所作诗文为《朗陵稿》，刘黄裳、张九一分别作序。王亮以湖广按察使佥事观察衡永，王士性作诗文送之。十一月，劾南京刑部右侍郎姜宝。

王士崧任光州知州。

汤显祖南京太常寺博士，王士性有《赠汤义仍之南太常》《与汤义仍》等诗文。

王亮父王胤东（允东，号西之）卒。

万历十三年（1585）39岁

母林氏年57卒，丁母忧回乡守制。端午日过滁州（今属安徽）。

何镗卒。应明德卒。

项思教卒。黄道周生。

朝廷释放坐方孝孺案谪戍者后裔一千三百余人。

万历十四年（1586）40岁

感消渴疾，却卧东郊，婆娑一春。七月游温州，直下苍南又北返乐清回临海，先后有刘忠父、何贞父、潘去华等陪同。八月，游庐山、武夷山、四明山，归游雁宕。九月，游绍兴、宁波雪窦山、东钱湖与阿育王寺、普陀等地，陈大应一度陪同。重九日作李果墓表。与王光胤游天台山。王士性与冯梦祯、林国材捐建天台高明寺佛殿，释传灯作《重建佛殿疏》。

浙江之游已遍，后连缀为《越游注》《入天台山志》《游雁宕记》《台中山水可游者记》。是年将在京所作诗文及谏草分别编为《燕市稿》《掖垣稿》。王士昌登进士，第三甲第一百九十九名。

刘黄裳登进士。

临海董肇胤、黄岩卢明谌、太平林守信与王士昌同榜进士。何宽卒。徐霞客生。谭元春生。

永嘉王光美作《雁山四记》一卷。努尔哈赤击灭尼堪外兰。

万历十五年（1587）41岁

四月游吴，经杭州、嘉兴入太湖，至苏州、镇江、南京，渡江游九华、白岳而归。作《吴游纪行》《留都述游》《白岳游记》等。

王亮复除四川按察司佥事。

海瑞卒。戚继光卒，著有《纪效新书》《练兵实纪》。

万历十六年（1588）42岁

北上，立春日游孔林，作《谒阙里记》。二月初九与詹牧甫游茶城白云洞，作有《游茶城白云洞记》。望后与陈思俞登泰山，作《岱游记》。三月，回京复任礼科给事中，请开复黄河故道。顾秉谦等《大明神宗显皇帝实录》卷一九六："癸巳，礼科给事中王士性请开复黄河故道，以图永利。"清明游西山，作《西山游记》。六月奉命典试四川，由河北、河南、陕西入川，途入华山，作《西征历》《华游记》。自云览胜纪游，乐焉忘死。七月抵成都。试事毕，游峨眉山，作《游峨眉山记》，九月，升吏科右给事中，九日与詹牧甫游青羊宫、百花潭。离成都，顺长江东下，至江陵登陆，有《入蜀记》三篇。十月，升四川布政使参议，未赴任，抵襄阳，游武当山，作《太和山游记》。继游恒山，有《恒游记》。途中得调川北参议命，不复入都，假归。

王亮为苑马寺少卿,兼靖房卫兵粮道。

努尔哈赤征服建州各部。

万历十七年(1589)43岁

赴川北任。四月,奉命改广西布政司右参议,离四川入两广。四月,顺途游江西,有《庐山游记》。途中奉命改广西参议,乃由汉阳入湘。端午过洞庭,有《楚江识行》《衡游记》。九月游桂林诸胜,作《桂海志续》《游七星岩记》。是年,编入川所作及有关川人之诗文为《入蜀稿》。己丑赴粤,则有太和山、庐山、楚江诸记;己丑莅粤,则有桂海志、七星岩、独秀山、訾家洲诸记;移广西,建怀远、荔波二县城。从《游七星岩记》可知:岁己丑九月之望,赴黄化之约,与彭士化、徐君羽游端州七星岩。

林国材为山东按察司佥事。

陶望龄中会试第一,廷试第三,授编修,撰有《游台宕路程》。朱廷益督江西学政。黄岩蔡宗明、仙居应朝卿登进士。

六月,浙江飓风大发,海水沸涌。土默特入侵辽沈之战。制成以燃香为定时引信的"水底龙手炮"。

万历十八年(1590)44岁

二月始抵家,郭东构草堂。初居广右。从江右闻调百粤。首夏复西。庚寅春夏两过端州七星岩,而涨发断桥,石室、龙窟咸浸不可入。九月九日在东去苍梧舟中。晋云南澜沧兵备副使。

吴时来卒。张元勋卒,两年后王亮作墓志铭。陈函辉生。吴执御生。

台州大旱。鞑靼各部攻扰甘肃。瞿式耜生。

万历十九年(1591)45岁

春入滇,游昆明诸胜,作《泛舟昆明池历太华诸峰记》。九月游九鼎山,继至点苍山,十二月游鸡足山,有《游云南九鼎山记》《点苍山记》《游鸡足山记》。《五岳游草》于是年成书。

王士琦次子立程成举人,第七十六名。

王亮为苑马寺正卿。

刻《天台胜记》六卷,天台知县李素修,天台训导青田陈偕纂。明军袭击鞑靼板升之战。明升努尔哈赤为都督,封龙虎将军。

万历二十年（1592）46 岁

云南任满，秋返乡。

王太初族叔宗沐卒，追赠刑部尚书。

王亮降一级用。刘黄裳从征朝鲜。

金立敬卒。王胤昌卒。江盈科举进士。

秋，宁海县健阳塘（今属三门）决。《宁海县志》告成，知县全州曹学程纂修，秦鸣雷作序。日军侵朝陷王京汉城，又占开城、平壤，明李如松往援。

万历二十一年（1593）47 岁

升大理寺少卿，改任河南提学，升山东布政司督粮左参政。改所居清溪小隐为白鸥庄，作《白鸥庄记》。又作《仙居重修学记》。得晋山东参政命，赴任。冬，至所辖东平、兖州等地行荒。

汪道昆卒。曾乾亨卒。

秦鸣雷卒。王世贞卒。李时珍卒。徐文长卒。

明军援朝抗倭平壤、开城之战。平壤大捷，南兵（含台州兵）首先登城，用《纪效新书》御倭之法，所以全胜。

万历二十二年（1594）48 岁

调河南提学副使，未赴，旋改吏科给事中。年底至次年初在家。

王士业卒。

王亮补苑马寺少卿，仍兼佥事。

陈泰来卒。吴应箕生。

努尔哈赤征服长白山诸部。

万历二十三年（1595）49 岁

被召回京都，晋太仆寺少卿。兼提督京营。作《天台改门修学记》。七月，擢都察院右佥都御史、巡抚河南，以不当辞而辞。八月，改南京鸿胪寺卿。冬，南下，例假返乡。康熙《临海县志·王士性传》："乙未，擢都察院右佥都御史、巡抚河南，例不当辞，而公力辞，遂改南京鸿胪寺正卿。"河南缺巡抚，廷推首王国，士性次之。帝特用士性，士性疏辞，言资望不及国。帝疑其矫，且谓国实使之，遂出国于外，调士性南京。久之，迁鸿胪卿。

王士琦由重庆知府升为四川按察司副使，分寻上东川道。

屠隆为天台高明寺僧释传灯作《四明海会寺讲〈楞严经〉记》。

临海王万祚、仙居应汝化登朱之藩榜进士。

明军击鞑靼永什卜部西宁之战。朱维京卒。周天球卒。

万历二十四年（1596）50 岁

南京鸿胪寺少卿任。闲曹无事，撰《广志绎》。

鞑靼河套部攻扰明边。赵用贤（汝师）卒。

万历二十五年（1597）51 岁

中秋日，为《广志绎》自叙，署天台山元白道人王士性恒叔识。冬，得晋南京鸿胪寺卿命，掌管朝祭礼仪，例假返乡。

王士琦为救援朝鲜监军。

屠隆为天台高明寺僧释传灯所述《大佛顶首〈楞严经〉玄义》作《〈楞严玄义〉序》。

陈登云卒。长洲张献翼卒。

日军侵朝再次陷王京，明军援朝抗日蔚山之战。

万历二十六年（1598）52 岁

正月回南京，舟次镇江，病不能进，以二月二十日卒于镇江。归葬临海西乡双港双晶坦。

族弟王士崧卒。王士琦作《祭禹阳兄文》。王士琦从经略邢玠、总兵刘綎督师援朝抗倭，全歼三路倭寇，著《东征纪略》，誉为边才。

屠隆作《建高明寺天台祖庭募缘疏》。

李如松卒。赵士祯《神器谱》付梓。

浙江水灾。露梁海战中朝军队大败倭寇。邓子龙援朝战死。丰臣秀吉死，朝鲜平。明军大破河套鞑靼于松山。

钱谦益佚文辑考

陈开林

(盐城师范学院文学院)

钱谦益（1582—1664），字受之，号牧斋，江苏常熟人。作为文坛宗主，钱谦益生平著述宏富。今人钱仲联先生搜集其诗文作品用力至勤，整理编校为《钱牧斋全集》，分《牧斋初学集》三册、《牧斋有学集》三册、《牧斋杂著》二册。该书网罗繁富，为学界开展相关研究提供了极大的便利。然而，囿于资料的分散和典籍的见闻，《钱牧斋全集》难免有遗珠之憾。自该书刊行后，学界时有辑佚成果出现[1]。笔者新见其书札四通、序文二篇，经检核，为《钱牧斋全集》所未收，且未被学界论及。兹移录文本进行整理，并加以考释，以就正于方家。

一 钱谦益佚札

周亮工《赖古堂尺牍新钞》中载录钱谦益尺牍11篇，其中《示从子

---

[1] 关于钱谦益佚文的辑佚成果，计有：张晖《钱牧斋集外评语二则》，《文学遗产》2009年第3期；张明强《新发现钱谦益佚文考论》，《苏州大学学报》（哲学社会科学版）2013年第3期；张明强《钱谦益集外文〈浮石禅师诸会语录序〉录考》，《文献》2014年第1期；王彦明《钱谦益佚文考释》，《文献》2014年第5期；孙中旺《钱谦益集外佚文〈山居诗引〉考论》，《图书馆杂志》2014年第10期；赵会娟《钱谦益集外文四则》，《文献》2015年第3期；王亚楠《新见钱谦益集外佚文考释——兼论清代诗人潘高》，《古典文献学术论丛》第五辑；陈开林《钱谦益集外佚文二篇辑释》，《常熟理工学院学报》2017年第3期；张明强《钱谦益集外文二篇考释》，《图书馆杂志》2019年第6期；陈开林《〈钱牧斋全集〉所收〈春秋胡传翼序〉辨误——兼辑钱谦益佚文〈周易玩辞困学记序〉》，《图书馆杂志》2019年第6期。

求赤》（见《赖古堂尺牍新钞》二选《藏弆集》卷十一）三篇①，均载《牧斋有学集》卷四十五，乃《家塾论举业杂说》中文；《与胡白叔》（见《赖古堂尺牍新钞》三选《接邻集》卷十三，下四篇同），已载《牧斋初学集》卷八十六，题为《题胡白叔六言诗》；《与人》，已载《牧斋初学集》卷八十五，题为《跋前后汉书》；《与梅村先生书》，已载《牧斋有学集》卷三十九，题为《与吴梅村书》，且文本不及《牧斋有学集》完备，缺文末一节；《与周减斋》，已载《牧斋有学集》卷四十六，题为《王石谷画跋》。尚有四篇，《钱牧斋全集》未收。

（一）《与冒辟疆》

> 武林舟次，得接眉宇，乃知果为天下士，不虚所闻，非独淮海维扬一后人也。救荒一事，推而行之，岂非今日之富郑公乎？闱中虽能物色，不免五云过眼。天将老其材而大用之，幸努力自爱。衰迟病发，田光先生所谓"驽马先之"之日也。然每见骐骥，犹欲望影嘶风，知不满高明一笑耳。双成得脱尘网，仍是青鸟窗前物也。渔仲放手作古押衙，仆何敢叨天功。他时汤饯筵前，幸不以生客见拒，何如？嘉贶种种，敢不拜命。花露海错，错列优昙阁中。焚香酌酒，亦岁晚一段清福也。

按，文载周亮工《赖古堂尺牍新钞》卷五②。关于此札，孟森先生曾有考证，称：

> 详其文义，尚是一面之后，初通书问。且于巢民误中副车，方作慰藉之语，知必系周旋小宛事之后所通第一书，即《忆语》所谓"接宗伯书，娓娓洒洒"者也。观书末有"花露海错"，致

---

① 按：其二"赵浚谷子有俊才"一篇，又见王肯堂《郁冈斋笔麈》卷二，文首一节云："李廓庵先生尝为余述其师赵浚谷先生之议论也。浚谷名时春，为嘉靖丙戌会元，仕至都御史，勋名著于边陲。廓庵先生以女妻之，其子有俊才，不课督以举子业，廓庵怪而问之。"余下文字相同。钱谦益当系据此移录。

② （清）周亮工：《赖古堂尺牍新钞》，《周亮工全集》第8册，凤凰出版社2008年版，第389—390页。

谢"嘉贶",则虞山之好事,亦冒氏有以求之。又言"岁晚清福"则作书时必已在腊月,至书达时为月之望日,可知其必为十二月之望。①

检《影梅庵忆语·纪遇》载:"姬孤身维谷,难以收拾。虞山宗伯闻之,亲至半塘,纳姬舟中。……至月之望,薄暮侍家君饮于拙存堂,忽传姬抵河干。接宗伯书,娓娓洒洒,始悉其状。且即驰书贵门生张祠部,立为脱籍。"②钱谦益驰书张祠部,为董小宛脱籍,即信中所言"双成得脱尘网"。冒辟疆有《和书云先生己巳夏寓桃叶渡口即事感怀原韵》诗一首,诗后有长跋,中称"至牧斋先生,以三千金同柳夫人为余放手作古押衙,送董姬相从,则壬午秋冬事。董姬十三离秦淮,居半塘六年,从牧斋先生游黄山,留新安三年,年十九归余"③,又与信中"放手作古押衙"相应。双成、古押衙,乃借用唐代薛调《无双传》故事。此事发生在崇祯壬午,即崇祯十五年(1642)。

另外,信中提及"救荒一事",在范景文《冒辟疆救荒记序》中有记载:"壬午七月既望,偶同侍御孩未方公观佛事,时冒辟疆在座,辟疆具述畿城弃儿之惨,……前冬捐产救荒,其里人沾被者以亿万计。"④冒辟疆《朴巢文选》中尚有《救荒记》⑤,可为参证。

(二)《与减斋》

抚躬责己,归命宿世。此理诚然诚然。不肖历阅患难,深浅因果,乃知佛言往因,真实不虚。业因微细,良非肉眼所能了了。多生作受,亦非一笔所能判断。惟有洗心忏悔,持诵《大悲咒》《金刚》《心经》,便可从大海中翻身,立登彼岸也。荔枝、名酒,从剌促中将寄。不惟念我之厚,而好以暇整善败不乱,亦可以占后福矣。寄到

---

① 孟森:《清代史实六考》,故宫出版社 2012 年版,第 54 页。
② (清)冒辟疆:《影梅庵忆语》,《冒辟疆全集》上册,凤凰出版社 2014 年版,第 583—584 页。
③ (清)冒辟疆:《同人集》卷十一,《冒辟疆全集》下册,第 1515 页。
④ (清)冒辟疆:《冒辟疆全集》下册,第 765—766 页。
⑤ (清)冒辟疆:《冒辟疆全集》上册,第 317—321 页。

之日，正远归荒村，与荆妇明灯夜谈，遍酌儿女，共一怆叹。因加丧乱残生，妻孥相对，良非容易事也。新诗灯前洛诵，怨而不怒，信大雅之音也。皋桥银筝，尚裹红泪，须归棹盘桓，再赓鲁阳之什耳。三家村中，都无片楮，据拾非报，未尽驰念。

按，文载周亮工《赖古堂尺牍新钞》卷五[①]。减斋即周亮工。关于钱谦益与周亮工的交往，孟晗《周亮工年谱》据钱谦益《赖古堂诗集序》[②]"癸巳春，余游武林，得元亮《清漳城上》四章，读而叹曰：'余与元亮别八年矣，久不见元亮诗'"之语，自癸巳（顺治十年，1653）逆推八年，即顺治三年（1646），断定周亮工"初识钱谦益，当在是年"[③]。《牧斋有学集》卷十七另有《赖古堂文选序》，据同书卷三十八《答王于一论文书》"乙未冬，为周元亮叙《赖古堂文选》"[④]之记载，可知作于顺治乙未，即顺治十二年（1655）。

此信中提及"荔枝、名酒，从剌促中将寄"，可知周亮工曾有给钱谦益寄荔枝、名酒之举。又言"新诗灯前洛诵"，则所寄之物除荔枝、名酒之外，尚有诗作。

荔枝乃南方水果，因此周亮工给钱谦益寄物之事只能在其居处南方之时。检孟晗《周亮工年谱》，知其曾仕闽，且撰有《闽小记》。顺治四年（1647）"四月，擢福建按察使"[⑤]，"十月抵邵武"[⑥]，1648年"初夏抵福州"[⑦]。1649年"五月，擢升为福建右布政使"[⑧]，"冬十月，奉委代觐北上"[⑨]。1650年"七夕后返福州"[⑩]，1653年"夏五月，升福建左布政使"[⑪]，1654

[①]（清）周亮工：《赖古堂尺牍新钞》，《周亮工全集》第8册，第390—391页。

[②] 按，钱谦益序载《赖古堂集》卷首，又载《牧斋有学集》卷十七，题为《周元亮赖古堂合刻序》。

[③] 孟晗：《周亮工年谱》，硕士学位论文，广西师范大学，2007年。

[④]（清）钱谦益：《牧斋有学集》，上海古籍出版社1996年版，第1327页。

[⑤] 孟晗：《周亮工年谱》，硕士学位论文，广西师范大学，2007年。

[⑥] 孟晗：《周亮工年谱》，硕士学位论文，广西师范大学，2007年。

[⑦] 孟晗：《周亮工年谱》，硕士学位论文，广西师范大学，2007年。

[⑧] 孟晗：《周亮工年谱》，硕士学位论文，广西师范大学，2007年。

[⑨] 孟晗：《周亮工年谱》，硕士学位论文，广西师范大学，2007年。

[⑩] 孟晗：《周亮工年谱》，硕士学位论文，广西师范大学，2007年。

[⑪] 孟晗：《周亮工年谱》，硕士学位论文，广西师范大学，2007年。

年"夏秋之际,擢督察院左副都御史"[1],"十月离闽"[2]。

其后,1655年"六月,福建总督佟代以闽事具疏参劾,奉旨解任奉勘"[3],"冬,抵南京"[4]。1656年"正月自南京启程赴闽"[5]。1658年"六月出闽"[6]。

此系周亮工两次仕闽梗概。此信究竟作于哪一次,亦有线索可征。

检钱谦益《牧斋有学集》卷六《秋槐别集》有《放歌行赠栎园道人游武夷》长诗,同卷另有《丁家水亭再别栎园》,均作于1656年"正月自南京启程赴闽"之时,周亮工《赖古堂集》卷八《钱牧斋先生赋诗相送张石平顾与治皆有和次韵留别》,即步《丁家水亭再别栎园》韵。其中,《放歌行赠栎园道人游武夷》有句云:"扁舟东下值元夕,红灯绿酒停姑苏。皋桥银筝裹红泪,迟君拂拭追欢娱。"[7] 而此札中"皋桥银筝,尚裹红泪"一语,当为"皋桥银筝裹红泪"而发,故此信当作于《放歌行赠栎园道人游武夷》之后。因此,只能是奉勘福建之时。

另附钱谦益、周亮工、顾与治诗,以备参考。钱谦益《丁家水亭再别栎园》[8]:

灯晕离筵酒不波,同云酿雪暗秦河。人于患难知心少,事值间关眉语多。

鼓角三更庄舄泪,残棋半局鲁阳戈。荔枝酝熟鲈鱼美,醉倚银筝续放歌。

周亮工《钱牧斋先生赋诗相送张石平顾与治皆有和次韵留别》[9]:

寒潮入夜不增波,苦忆敲冰渡浊河。失路自怜酒伴少,看山无奈

---

[1] 孟晗:《周亮工年谱》,硕士学位论文,广西师范大学,2007年。
[2] 孟晗:《周亮工年谱》,硕士学位论文,广西师范大学,2007年。
[3] 孟晗:《周亮工年谱》,硕士学位论文,广西师范大学,2007年。
[4] 孟晗:《周亮工年谱》,硕士学位论文,广西师范大学,2007年。
[5] 孟晗:《周亮工年谱》,硕士学位论文,广西师范大学,2007年。
[6] 孟晗:《周亮工年谱》,硕士学位论文,广西师范大学,2007年。
[7] (清)钱谦益:《牧斋有学集》,上海古籍出版社1996年版,第267页。
[8] (清)钱谦益:《牧斋有学集》,第273页。
[9] (清)周亮工:《赖古堂集》,华东师范大学出版社2014年版,第183页。

泪痕多。

交情雨雪犹分袂，时事东南未罢戈。冻尽劳劳亭下柳，那堪重听故人歌。

顾与治即顾梦游（1599—1660），传见施闰章《顾高士梦游传》。著有《顾与治诗集》八卷，《送周元亮司农被诬入闽勘问》见卷七①：

秦淮吹绿不成波，情满春筋雪满河。鹃月梦回亲舍远，鸰原诗好泪痕多。

一生宠辱闲看偏，十载勋名半枕戈。谁使劳臣伤薏苡，百城曾否问讴歌。

张石平，即张天机。吴伟业有《武林谒同年张石平》诗，题下自注："河南人，官梁储观察。"吴翌凤注："张天机字石平，兰阳人，崇祯辛未进士。"② 其和诗今未见。

（三）《与人》

余观唐末，尝录有名儒者方干等十五人，赐孤魂及第。每念瞿元初（纯仁）③、邵茂齐（濂）、顾云鸿（朗仲），辄泫然流涕。唐以诗取士，如干者虽不第，其诗已盛传于后世。而三君子之擅场者，独以时文耳。呜呼！今之时文，有不与肉骨同腐朽者乎？三君子之名，其将与草亡木卒澌尽而已乎？当今之世，有援唐故事追录名儒者乎？纵欲录之，其何所挟以附于干等之后也？悲夫！

按，文载周亮工《赖古堂尺牍新钞》三选《接邻集》卷十三④。检

---

① （清）顾梦游：《顾与治诗集》，《四库全书禁毁丛书》第51册，北京出版社1997年版，第390页。
② （清）吴伟业著，吴翌凤笺注：《吴梅村诗集笺注》，世界书局1936年版，第342页。
③ 按，括号中文字原为小字注文，今统一字号，加括号以作区分。后同。
④ （清）周亮工：《接邻集》，《周亮工全集》第13册，凤凰出版社2008年版，第811—812页。

《牧斋初学集》卷五十五《瞿元初墓志铭》，中有云：

> 余观唐末，尝录有名儒者方干等十五人，赐孤魂及第。每念君与茂齐、朗仲，辄泫然流涕。唐以诗取士，如干者虽不第，其诗已盛传于后世。而君等之擅场者，独以时文耳。呜呼！今之时文，有不与肉骨同腐朽者乎？君等之名，其将与草亡木卒澌尽而已乎？当今之世，有援唐故事追录名儒者乎？纵欲录之，其何所挟以附于干等之后乎？①

二文近同。《瞿元初墓志铭》称"每念君与茂齐、朗仲""君等之擅场者""君等之名"，而《与人》称"每念瞿元初、邵茂齐、顾云鸿""三君子之擅场者""三君子之名"，寻绎文本，《与人》似为钱谦益写完《瞿元初墓志铭》之后，摘录部分文字寄示友人。所寄何人，今不可知。

（四）《与顾与治》

> 京兆之阡，北邙之冢，高坟石阙，肖然九京者多矣。松楸郁然，碑版相望，樵人牧竖，行歌过之，而士大夫鲜有回车太息者。比玉一老书生，殁无三尺之息，一抔之土，沈埋于陈根堕樵之中，乃有如足下者访其墓，乞文以表之。董相之陵，下马之石犹存；白傅之坟，渍酒之土尝泽。以今视昔，岂不然哉？百世而后，风人志士，义足下之为，必有过比玉之墓，回翔而不忍去者，其益以此知比玉也已。

按，文载周亮工《赖古堂尺牍新钞》三选《接邻集》卷十三②。检《牧斋初学集》卷六十六《宋比玉墓表》，篇首云：

> 金陵顾与治来告我曰："梦游与莆田宋比玉交，夫子之所知也。比玉殁十余年矣，梦游将入闽访其墓，酹而哭焉。比玉无子，墓未有刻文，敢以请于夫子。兴化李少文亦比玉之友也，巡方于闽，属表其

---

① （清）钱谦益：《牧斋初学集》，上海古籍出版社2009年版，第1374页。
② （清）周亮工：《接邻集》，《周亮工全集》第13册，第812—813页。

墓而刻焉。夫子其谓何？"①

篇末云：

> 呜呼！京兆之阡，北邙之冢，高坟石阙，峛然九京者多矣。松楸郁然，碑版相望，樵人牧竖，行歌过之，而士大夫鲜有回车太息者。比玉一老书生，殁无三尺之息，一抔之土，沈埋于陈根堕樵之中，乃有如与治者访求其墓，乞文以表之。董相之陵，下马之石犹存；白傅之坟，渍酒之土尝泞。以今视昔，岂不然哉？百世而后，风人志士，义与治之为，必有过比玉之墓，回翔而不忍去者，其益以此知比玉已矣。与治往谋于少文，伐石而志之曰：是惟莆阳宋比玉之墓。虞山钱谦益为之表。崇祯十五年三月。②

《与顾与治》与《宋比玉墓表》篇末文字近同。《宋比玉墓表》称"乃有如与治者访求其墓"，而《与顾与治》称"乃有如足下者访其墓"，且《接邻集》所载《与顾与治》，题下有注："时与治为宋比玉乞墓表。"据此可知，钱谦益在顾与治为宋比玉乞墓表时，写了此信，后来又录入《宋比玉墓表》中。

关于此信的写作时间，亦可略加考订。

黄锡蕃《闽中书画录》卷八引《莆田县志》载：

> 客死石城，归葬于莆，御史李嗣京按闽，为立墓表。其略曰："文齐玉局，诗俪青。琴心酒德，风流倾江左之英；书圣画禅，购求尽海外之使。"足毕其梗概矣。③

李嗣京，字嘉锡，又字少文。此即《宋比玉墓表》所称"兴化李少文亦比玉之友也，巡方于闽，属表其墓而刻焉"。《顾与治诗集》卷六有《拜宋比玉墓》，题下注云："时李直指为刻集、树墓石。"④ 所言亦同。

---

① （清）钱谦益：《牧斋初学集》，第1529页。
② （清）钱谦益：《牧斋初学集》，第1529—1530页。
③ （清）黄锡蕃：《闽中书画录》，合众图书馆1943年丛书本。
④ （清）顾梦游：《顾与治诗集》，《四库禁毁书丛刊》第51册，第371页。

《宋比玉墓表》又称：

比玉之死吴门也，余与程孟阳引延陵嬴博之义，欲窆之虞山，而其家以其丧归。孟阳期余往吊，久而未果。与治之为，余与孟阳之志也，其何忍辞。①

此事，钱谦益在别处亦有记载：

客死吴门，其卒也，孟阳抚之乃瞑而受含。余与孟阳欲留葬虞山，不果，返葬。后十余年，金陵顾梦游入闽，哭其墓，乞余为文，伐石以表之。（《列朝诗集》丁集卷十三下宋珏传）

予初识与治，见其威仪庠序，笔墨妍雅，喜王国之多士，而华玉、英玉之有后也。莆田宋比玉客死吴门，归葬于闽。家贫无子，诗草散佚。与治裹粮走三千里，渍酒墓门，收拾遗草，请予勒石表其墓。（《牧斋有学集》卷四十九《顾与治遗稿题辞》）②

与墓表所云相符。

《闽中书画录》载李嗣京为宋比玉立墓表，墓表今尚存，原题为《海内盛名士宋比玉先生墓表》③，称："华阳李嗣京以崇祯辛巳奉命来巡闽服，壬午春月，爰至于莆，先生即世，奄欻一纪。"检《明史》卷二百四十六《毛士龙传》，载"（崇祯十六年）士龙闻，劾逮福建巡按李嗣京"。崇祯壬午为崇祯十五年，则李嗣京抚闽时间仅为崇祯十五年（1642）春后至崇祯十六年（1643），其为宋比玉立墓表亦在此间。李嗣京称"先生即世，奄欻一纪"，宋湖民据此及宋比玉之诗作，考订宋比玉之死"当在崇祯辛未四年四月之后"，即 1631 年后。但未言及具体年份。检钱保塘《历代名人生卒录》卷七载"宋比玉，崇祯五年卒，年五十七"，可知其生卒年为 1576—1632 年。钱谦益《宋比玉墓表》写于崇祯十五年三月，称"比玉殁十余年矣"，所言亦相符。

---

① （清）钱谦益：《牧斋初学集》，第 1529 页。
② （清）钱谦益：《牧斋有学集》，第 1590 页。
③ 宋湖民：《海内盛名士宋比玉先生墓表考证》，载林国梁主编《福建兴化文献》，台北市莆仙同乡会 1978 年版，第 473—477 页。

《顾与治诗集》卷三有《虎丘舟次投钱牧斋先生》，其二诗末注云："时予入闽，拜比玉墓，先生许为表墓文。"① 检《钱谦益年谱》1641年载"冬，钱、柳二人偕游镇江、苏州等地。柳如是留苏州养病，未回常熟度岁，居沁园"，则游苏州后，钱谦益回常熟度岁②，可知顾与治投诗，为本年冬无疑。顾与治于投诗外，或曾写信提及乞墓表之事，今不可知，则钱谦益此回信或即作于此时。

此外，顾与治还委托周亮工为宋比玉撰墓表。《赖古堂集》卷四有《怀顾与治》诗，题下注："予入闽时，与治送予江上，留连不能去。时以宋比玉墓表、费笔山嗣君见托。"③ 但周亮工集中未见此墓表，似未撰成。此事亦载周亮工《顾与治诗集序》：

> 宋比玉之没，与治既辑其遗稿，怂恿李侍御少文为梓行。复走虞山，乞钱宗伯为墓表。少文方按闽，与治属少文镌于墓侧。会少文得代，遂不果。越十余年，予厕闽臬，过金陵，与治又谆谆属予。予令其族孙祖谦勒石归，以石刻示，与治喜动眉睫，若重负方释者。④

周亮工称"予厕闽臬"，则顾与治请其撰墓表当在1656年（参《与减斋》一篇）。时隔向钱谦益乞墓表已十数年，对待亡友之情，由此可见一斑，正如周亮工序中所言，"其平生好义，务不朽其亡友类如此"⑤。

二　钱谦益佚序

（一）《唐人咏物诗序》

有唐一代之诗，初、盛以高古浑厚胜，中、晚以秾丽工巧胜，气运使然。虽复各有同异，然当时所最矜重者（者，乾隆本无），在吊

---

① （清）顾梦游：《顾与治诗集》，《四库禁毁书丛刊》第51册，第336页。
② 方良：《钱谦益年谱》，中国书籍出版社2013年版，第99页。
③ （清）周亮工：《赖古堂集》，第58页。
④ （清）周亮工：《赖古堂集》，第280页。
⑤ （清）周亮工：《赖古堂集》，第280页。

古、感时之什,言怀、酬赠次之,咏物又次之。其诗率以初、盛、中、晚而分,所尚不以初盛中晚而异,则知咏物诸篇,非唐人所乐擅场,以标后世风骚之旨者也。

及观宋元诸公之作,下迨谢、瞿咏物百首,雕形镂状,极态穷妍,如虎头、道子图写人物,神情俱肖,又若静鉴澄波,纤毫曲折全摄照中,可谓夺天巧而殚人工矣。至究其所谓摹物入微、缀景尽致者,卒不越唐人冶范。则知咏物诸篇虽非唐人所乐擅场以标风骚之旨,而出其余技,犹足绝调千秋。兹咏物者所由不得不远法乎唐,观咏物者不得不专取乎唐也。

适乐读以《唐人咏物选》见示(此句,乾隆本作"贾人请以唐诗咏物选从事"),其目该而不复,其类比而不紊,规条略仿陈例,附见别出新裁。体以五七律、排、绝为准,不录五七言长歌等篇,盖欲后人不袭宋元纤琐卑弱之风,先去汉魏六朝繁言叠叙之累,而专法唐人简净风雅之什也。

虽然,咏物之难,古固胜今,今亦胜古。如近世雁字、落花诸诗,即令唐人创之,难免后来居上,寸长尺短,踵事增华,气运使然,亦复各有同异,读其诗而论其世,斯诗学见矣。今学诗者将法唐人咏物乎?抑法雁字、落花乎?知其异而求其同,斯诗派正矣("今学者"至此,顺治本无)。予谓欲法唐人者,先法咏物;欲得咏物之深意者,当先观兹选,其庶几乎?虞山蒙叟钱谦益撰(此句,乾隆本无)。

按,文载陈伯海、李定广编著《唐诗总集纂要》①,据清顺治十七年刻本《唐人咏物诗》卷首所载录文,署名钱谦益。又载陈伯海主编《历代唐诗论评选》②、陈伯海《唐诗学文献集粹》③,据清乾隆重刻本《唐人咏物诗》卷首所载录文,署名聂先。二本文字略有不同:

对此,《唐诗总集纂要》中有说明:今存有清顺治十七年(1660)

---

① 陈伯海、李定广编著:《唐诗总集纂要》,上海古籍出版社2016年版,第506页。
② 陈伯海主编:《历代唐诗论评选》,河北大学出版社2003年版,第834页。
③ 陈伯海主编:《唐诗学文献集粹》,上海古籍出版社2016年版,第925—926页。

刻本，藏上海图书馆。标"庄太史、党太府同选，庐陵聂乐读编辑"，"碧梧红豆村庄论定"，"知庵聂几允久恭校"，"吴门朱原赤梓"。"碧梧红豆村庄"即钱谦益。……乾隆十一年（1746）有重刻本，此本将顺治本钱谦益序改署"聂先"，庄同生序改署"高简"，标"庐陵聂晋人、嘉善俞长仁选辑"，藏上海图书馆。①

钱谦益之书在乾隆朝被禁毁，书中涉及其人者亦多有改换，如朱彝尊《经义考》引钱谦益之说甚多，在收入《四库全书》时，凡"钱谦益曰"之处均遭改头换面。乾隆重刻本《唐人咏物诗》钱谦益序因删去文末题署，且改署"聂先"，以致湮没，幸赖顺治初刻本，得知原作者。

钱谦益不仅精于诗歌创作，同时娴于诗学。特别是其纂辑的《列朝诗集》八十一卷，对明代诗学多有抉发。在其集中，曾多为前修时贤的诗歌选本作序。如《牧斋有学集》卷十五有《唐诗英华序》《唐诗鼓吹序》《鼓吹新编序》《爱琴馆评选诗慰序》《历朝应制诗序》，《牧斋初学集》卷三十二有《虞山诗约序》，等等。这些文献集中体现了钱谦益的诗学思想。

此序则专为唐人咏物诗而发，认为咏物诗"非唐人所乐擅场"，但"出其余技，犹足绝调千秋"。职是之故，后人若欲学习咏物者，"不得不远法乎唐"。

在《唐诗英华序》《唐诗鼓吹序》等文中，钱谦益对"世之论唐诗者，必曰初、盛、中、晚"②的现象进行了批驳。而《唐人咏物诗》"所选皆律、绝二体，分天、地、水、木各类编次"③，不以初盛中晚为界分，深契钱谦益之诗学观，以故赞其"其目该而不复，其类比而不紊"。

（二）《〈读庄一映〉序》

庄学之分裂久矣。以禅理入之者，有王秀、吕惠卿之学；以炉火入之者，有俞玉吾、林得之学。云间之沈友圣氏，以《读庄一映》

---

① 陈伯海、李定广编著：《唐诗总集纂要》，上海古籍出版社2016年版，第504页。
② （清）钱谦益：《牧斋有学集》，上海古籍出版社2009年版，第707页。
③ 陈伯海、李定广编著：《唐诗总集纂要》，上海古籍出版社2016年版，第503页。

示余,曰:"此侍御顾公所著也。赠侍御开明先生好读《庄子》,有所悟,入,侍御禀之庭训,敷陈其旨,犹老泉氏之易学,东坡受之为传也。"其说首尾钩贯,直抒胸臆。然不以异学参之,则又诸家之所不及也。古人著书,未有不明其意之所在。西蠛注《庄子》,约而该,亦云得其意而已。

按,《湖北艺文志附补遗》卷八道家类据《汉川志》著录顾如华《读庄一吷》,并附载钱谦益序[1]。黄叔璥《国朝御史题名》载:"顾如华,湖广汉川人,顺治己丑进士。由广平县知县,行取山东道御史,巡按四川,两浙巡盐,外转温处道。"[2] 丁宿章《湖北诗征传略》卷九载:"顾如华,字质夫,号西巘。顺治进士,官浙江参议。有《质思斋诗文集》《六是堂》《涉园》等集,《读庄一吷》《病中移心集》。"[3] 而《湖北艺文志附补遗》著录其著述,除《读庄一吷》外,尚有《西台奏议》《楮书》《顾氏闻见录》《深远集参补注释》《顾如华集》。

《读庄一吷》不分卷,《子藏·道家部·庄子卷》据清木活字排印本收录。卷前有申涵光等序,钱序失载,或同前举《唐人咏物诗序》,因违禁而遭删削。

钱谦益精熟《庄子》,晚年自号蒙叟,文中对《庄子》屡加援引,如《狱中杂诗三十首》之二:

夜柝惊呼梦亦便,昼应如夜夜如年。都将永日销长系,只倚孤魂伴独眠。

画狱脚跟还有地,覆盆头上不多天。此中未悟逍遥理,枉读《南华》第一篇。[4]

《姚叔祥过明发堂共论近代词人戏作绝句十六首》之十五:

---

[1] (清)(宣统)湖北通志局编著:《湖北艺文志附补遗》,湖北教育出版社2002年版,第474页。

[2] (清)黄叔璥:《国朝御史题名》,清光绪刻本。

[3] (清)丁宿章:《湖北诗征传略》,清光绪七年孝感丁氏泾北草堂刻本。

[4] (清)钱谦益:《牧斋初学集》,第388—389页。

王绩乡人笑子虚，兔园典册竟何如。凭君若问金条脱，解道《南华》是僻书。①

《棹歌十首为豫章刘远公题扁舟江上图》之四：

　　楚尾吴头每刺船，藏舟夜半事依然。《阴符》三卷篝灯读，不及《南华》有内篇。②

　　通过此序可略窥其庄学思想，即主张注《庄》须"不以异学参之"。然《汉川志》所录似非全文。不过历尽劫灰，留存片纸，亦堪珍重。

　　通过辑补钱谦益佚文，一方面可以补充《钱牧斋全集》之阙，使其内容更加完备。同时，也为相关研究提供了一些新的材料。比如，1641年载"冬，钱柳二人偕游镇江、苏州等地"，二人此间交游如何，《钱谦益年谱》未载。通过《与顾与治》一文，可知二人有交往。这些待发之覆，尚待深入考察。

　　另外，《钱牧斋全集》所收之文，亦有可补之处。如，《牧斋有学集》卷十四《建文年谱序》《玉剑尊闻序》，作年均不详。检《北京图书馆藏珍本年谱丛刊》第 38 册所收清初刻本《建文年谱》，钱谦益序末另有"岁在戊戌春三月二十有一日石渠旧史蒙叟钱谦益谨撰"③，可知写于戊戌年，即顺治十五年（1658）。检《瓜蒂庵藏明清掌故丛刊》本《玉剑尊闻》，钱谦益序末另有"顺治丁酉仲春二月望日通家眷社弟虞山蒙叟钱谦益谨序"④，可知写于丁酉年，即顺治十四年（1657）。此二序，因《牧斋有学集》未交代写作时间，故《钱谦益年谱》失载。

　　又如，《牧斋有学集》卷十六《新刻震川先生文集序》，文末云："而进士君大雅不群，能表章其家学。南丰之瓣香，不远求而有托，斯可喜也。谨牵连书之以为序。"⑤ 此序亦载《震川先生集》卷首，末云："而

---

① （清）钱谦益：《牧斋初学集》，第 607 页。
② （清）钱谦益：《牧斋有学集》卷八，第 731 页。
③ （清）赵士喆：《建文年谱》，《北京图书馆藏珍本年谱丛刊》第 38 册，北京图书馆出版社 1999 年版，第 7 页。
④ （清）梁维枢：《玉剑尊闻》，上海古籍出版社 1986 年版，第 5 页。
⑤ （清）钱谦益：《牧斋有学集》卷十六，第 707 页。

比部君大雅不群,能表章其家学。南丰之瓣香,不远求而有托,斯可喜也。岁在庚子五月晦日,虞山年家后学钱谦益再拜谨序。"① 除文本有差异外,更重要的是,可以知道此序写于庚子年,即顺治十七年(1660)。《震川先生集》于此序下,另有归起先识语、钱谦益《与归进士论校震川集书》。《与归进士论校震川集书》载《牧斋有学集》卷三十八,文末题署"庚子五月二十八日",故《钱谦益年谱》于1660年载"五月二十八日,作《与归进士论校震川集书》"②,而不及《新刻震川先生文集序》,可补其阙。

又如,《牧斋初学集》卷二十八有《少司空晋江何公国史名山藏序》,检《名山藏》卷首所载序,文末有"崇祯十三年庚辰闰正月旧史常熟钱谦益捧手撰"③,可知作于崇祯十三年(1640);同书卷二十九有《洪武正韵笺序》,宋濂撰、杨时伟补笺《洪武正韵》有明崇祯四年刻本,卷首有钱谦益序,文末有"崇祯辛未虞山旧史钱谦益谨叙"④,可知作于崇祯四年(1631)。

钱谦益生平所作序跋甚多,《牧斋初学集》收书序六卷、《牧斋有学集》收书序八卷,若能依此法,取《钱牧斋全集》所收之序与所序之书加以比勘,当可获知一些书序的写作时间,这对于研究钱谦益生平亦有参考价值。

---

① (明)归有光著,周本淳校点:《震川先生集》,上海古籍出版社2007年版,第9页。
② 方良:《钱谦益年谱》,第125页。
③ (明)何乔远:《名山藏》,江苏广陵古籍刻印社1993年版,第6页。
④ (明)宋濂撰,杨时伟补笺:《洪武正韵》,《四库全书存目丛书》经部第207册,齐鲁书社1997年版,第11页。

清代郡邑词集考述（江苏部）

王靖懿
（江苏师范大学教育科学学院）

关于郡邑类文学总集编纂的发生与发展，蒋寅教授在考察清代地域文学特点时有过简明扼要的梳理。他说："考中国古代历史编纂学与地域之关系，可以追溯到汉魏时代的人物志，由此演化来的地方先贤传和耆旧传，如周斐《汝南先贤传》、习凿齿《襄阳耆旧记》、谢承《会稽先贤传》等，可以视为地方传统建构的早期形态。"① 至于"以地域标准编录文学作品可以追溯到唐代殷璠的《丹阳集》，这是选录同时人作品的选集。宋代孔延之《会稽掇英总集》、郑虎臣《吴都文粹》、程遇孙等《成都文类》、董棻《严陵集》开始博采历朝作品，迄至明代类似的书还不很多见，但到清代，地域性诗文集的数量猛然剧增，就难以统计了。"② 就词之一体而言，我们做过较为系统的清理，考知目前现存的清代郡邑类词集共有60余种，主要集中在江南一带，尤其是江苏、浙江二省。其中浙江16种，江苏15种，稍次则为安徽5种，福建3种。这与词人的分布以及词的繁荣程度都是成正比的。另有待访者及遗佚者10种左右。这70余种郡邑词集，接近清人编纂词总集的1/3。因为清代以前从未有过郡邑词集，所以这些郡邑词集，也就是历史上郡邑词集之全部。

郡邑词集是一个较为宽泛的概念。就其覆盖的行政区划而言，一般以州（府）县两级为多。州府之属者如杭州的《西陵词选》、常州的《国朝常州词录》，县域之属者如嘉善的《柳洲词选》、宜兴的《荆溪词初集》，也有以乡镇为区域者，如嘉兴梅里镇的《梅里词辑》，但这种情况比较少。清代后期，出现了不少以省为区划的词集，如叶申芗《闽词钞》、徐

---

① 蒋寅主编：《中国古代文学通论·清代卷》，辽宁人民出版社2005年版，第300页。
② 蒋寅主编：《中国古代文学通论·清代卷》，第301页。

乃昌《皖词纪胜》、吴虞《蜀十五家词》等。就词集的文献形态而言，有的属于选本，如《松陵绝妙词选》。有的属于丛刻，如《梁溪词选》。至如陈去病所辑《笠泽词征》三十卷，则几于有见必收，其网罗放佚，意在求全，与此前那些删汰繁芜，意在选优的郡邑词选区以别矣。

清代郡邑词集的繁兴，已经引起词学家的关注。早在近30年前，严迪昌先生在《清词史》中谈到《曲阿词综》等地方词选词征时就说："这类乡邑词的汇录征集，是清词发展过程中越来越浓重表现地域和氏族群体特点的反映，所以是考察清代词史的一宗非常可观的辅助材料。"[1] 吴熊和先生在《〈西陵词选〉与西陵词派》一文中指出："编辑郡邑词选与汇刻郡邑词集，是清初出现的一种新风气。研究明清之际的词派，不能光靠若干名家专集。这些词派往往百十成群，藏龙卧虎，然而或仅吉光片羽，并非人各有集。存人存词的责任，便由嗣后的郡邑词选承当起来。一部完备的郡邑词选，就是跨越明清两代、历时数十年的一个郡邑词派的结集，包括中期结集或最终结集。"[2] 吴熊和先生关于明清之际词派的系列研究虽然未能全面展开，但他的《〈柳洲词选〉与柳洲词派》、《〈西陵词选〉与西陵词派》以及《〈梅里词辑〉与浙西词派的形成过程》三篇论文，在利用郡邑词集研究词史词派方面，皆具有导夫先路的方法论意义。

江苏、浙江两省既是清词复兴的主要场域，亦是郡邑词集最为集中的地区。明季以来次第崛起的阳羡词派、浙西词派、吴中词派、常州词派等，大都有与之对应的郡邑词集为载体。本文就今江苏属地郡邑词集作了较为系统的清理考述，意在为正在进行的江苏文脉研究提供词学方面的参考资料。至于其他郡邑词集的清词考证，俟稍后进行。

1.《松陵绝妙词选》四卷，清周铭编。周铭（1641—?），字勒山，江苏吴江人。康熙时诸生。终身未仕。有诗集《华胥放言》，词集《华胥语业》一卷，词计95首。周铭承叶绍袁之后，搜集女词人作品，辑成《林下词选》十四卷，开后来女性词集编纂之先河。又辑吴江词人词作为《松陵绝妙词选》四卷。《全清词·顺康卷》据其《华胥语业》录词95首，复从《今词初集》增辑1首。《松陵绝妙词选》卷首有许虬（竹隐）、顾有孝（茂伦）序及周铭自序。松陵与笠泽同为江苏吴江县之别称，五

---

[1] 严迪昌：《清词史》，人民文学出版社2011年版，第316页。
[2] 吴熊和：《吴熊和词学论集》，杭州大学出版社1999年版，第404页。

代之前为吴县松陵镇地，五代吴越时析置吴江县，县治即在松陵镇。故《松陵绝妙词选》实即吴江历代词选。《中国词学大辞典》谓"《松陵绝妙词选》即周铭《林下词选》"，自然是偶然之疏误，[①] 而或有论著以为《松陵绝妙词选》为苏州或松江词人选本，亦有不确。自晚明以至清初，江南词学繁盛，吴江尤为词人萃聚之地。吴江周铭辑《松陵绝妙词选》，即意在梳理展示本邑词人的源流发展。该书4卷，从明史鉴到沈自驹为卷一，凡15人，词62首；从明季吴易到吴梅为卷二，凡23人，词72首；从徐白到包咸为卷三，凡37人，词85首；从赵澐到屠惟吉为卷四，凡30人，词76首。全书共收吴江历代词人105家，词作295首。大致前2卷所录为明人，其中尤以晚明人为多；后2卷所录则为清初词人词作。词人中如史鉴、赵宽、周用、董斯张、吴易、周永年、徐白、殳丹生、沈雄、徐釚等，皆为较有影响的词人。有康熙十一年（1672）刊本和民国十五年（1926）薛氏邃汉斋铅印本。

2.《荆溪词初集》七卷。清曹亮武等编选，潘眉、吴雯点评。曹亮武（1637—?），原名璜，字渭公，号南耕，江苏宜兴人。早岁丧父，从舅父陈贞慧学，又受业于侯朝宗，与表兄陈维崧同学。有《南耕草堂诗》。词有《南耕词》六卷，《岁寒词》一卷。《全清词·顺康卷》据《南耕词》录词301首。荆溪为宜兴之别称。该集选录明季清初宜兴词人及名宦、流寓、方外共90余家，词作800余首。今存清刻本2种及抄本1种，于编选者题署不一。康熙年间南耕草堂刻本各卷卷首题"同里蒋景祁京少、曹亮武南耕选，潘眉原白、吴雯天篆评。"康熙年间另一刻本各卷卷首题"宜兴陈维崧鉴定，同里蒋景祁京少、曹亮武南耕选，潘眉原白、吴雯天篆评。"清酣睡轩钞本各卷卷首题"同里曹亮武南耕、陈维崧其年选，潘眉原白、吴雯天篆评。"又蒋景祁序中云："曹子南耕选刻《荆溪词》，始自戊午，予尝共事焉。选未竟而浪游燕楚者数年，及归而且书已成，予复稍为更定之。"据前引文献可知，《荆溪词初集》主要编选者为曹亮武。又曹亮武序中云："今年春，中表兄其年客玉峰，邮书于余曰：今之能为词遍天下，其词场卓荦者尤推吾江浙居多。如吴之云间、松陵，越之武陵、魏里，皆有词选行世，而吾荆溪虽蕞尔山僻，工为词者

[①] 马兴荣、吴熊和、曹济平主编：《中国词学大辞典》，浙江教育出版社1996年版，第278页。

多矣，乌可不汇为一书，以继云间、松陵、武陵、魏里之胜乎？子其搜辑里中前后诸词，吾归当与子篝灯丙夜，同砚而论定之。"① 由此可知，编选《荆溪词初集》的最初动议，实出自曹亮武的表兄陈维崧。南耕草堂刻本目录后题"共计二百二十七调八百一十一首"，实际略有出入。卷首有潘眉、吴雯、蒋景祁、曹亮武序。全书按词调编排，以小令、中调、长调排列，仍不出明人选词常法。然而从词史意义看，此集是对清初阳羡词人群体的集中展示。严迪昌先生《清词史》指出："康熙十七年付梓的《荆溪词初集》则是阳羡词派的一次自我检阅的群体结集，从一定程度上说也是镌额题碑似的历史性的总结。"② 有康熙十七年南耕草堂刻本，南京图书馆、北京大学图书馆有藏本。

3.《梁溪词选》，清侯晞编选。侯晞（1654—1720），字粲辰，江苏无锡人。附监生，考授州佐。工隶篆，善山水。著有《惜轩词》。《全清词·顺康卷》存词27首，《全清词·顺康卷补编》存词5首。梁溪为无锡别称，是书汇辑清初无锡籍词人词作，性质略似孙默《十五家词》、龚翔麟《浙西六家词》、戈载《宋七家词选》之属。据闵丰《清初清词选本考论》，《梁溪词选》有三种版本：一为浙江图书馆藏康熙五十一年（1712）侯氏醉书阁刻21卷本，二为上海图书馆藏8卷本，三为民国云轮阁钞本。诸本相参，除《中秋唱和词》为合集之外，共选词人25家。具体收录词人词作情况如下：秦松龄（对岩）《微云堂词》29首，顾贞观（梁汾）《弹指词》34首，严绳孙（藕渔）《秋水轩词》34首，杜诏（紫纶）《浣花词》42首，邹溶（二辞）《香眉亭词》28首，华侗（子愿）《春水词》38首，顾岱（止庵）《澹雪词》25首，朱襄（赞皇）《织字轩词》18首，华文炳（象五）《菰月词》32首，汤焴（鞠劬）《栖筠词》30首，张振（云企）《香叶词》26首，释宏伦（叙彝）《泥絮词》45首，邹祥兰（胎仙）《问石词》20首，顾彩（天石）《鹤边词》26首，蔡灿（汉明）《容与词》30首，侯晞（粲辰）《惜轩词》27首，侯文燿（夏若）《鹤闲词》35首，顾贞立（文婉）《栖香阁词》28首，张夏（秋绍）《袖拂词》34首，钱肃润（础日）《十峰草堂词》24首，唐苞（燕镐）《漫游词》26首，华长发（商原）《语花词》24首，王仁灏（时大）

---

① 曹亮武：《荆溪词初集序》，《荆溪词初集》卷首，清康熙十七年南耕草堂刻本。
② 严迪昌：《清词史》，第162页。

《我静轩词》11 首,马学调(玉坡)《转蓬词》25 首,侯文灯《回雪词》43 首。近人潘景郑《著砚楼书跋》云:"全书所录,惟对岩之《微云堂词》、梁汾之《弹指词》、藕渔之《秋水词》犹见传本,余皆不可得见。侯氏掇拾之功,粲然可征,盖足以光邑乘矣。"①

比侯晰辑《梁溪词选》稍前,另有侯文灿辑《亦园词选》八卷。侯文灿(1647—1711),字蔚霞,江苏无锡人。侯杲子,侯晰侄。曾助万树编《词律》。选唐宋名家词,编成《十名家词集》。《亦园词选》,选明末清初词人 280 家,词 923 首。该书虽然不是郡邑词集,但无锡籍词人大都被网罗在内,数量远超《梁溪词选》,因此在一定程度上兼具郡邑词集的功能。

4.《吴中七家词》7 卷,王嘉禄编选。王嘉禄(1797—1824),字遂之,号井叔,江苏长洲(今苏州)人。庠生。以词见长,为"吴中七子"之一,与朱绶并称"朱、王"。著有《嗣雅堂诗存》,词集《桐月修箫谱》(一名《嗣雅堂词集》),郭麐、朱绶等为序。道光二年(1822),年仅 26 岁的王嘉禄倡议合刻《吴中七家词》,得到戈载等人响应。"七子"乃各将自己平日旧作"重加订正",② 人各一编付梓合刊。七家为:戈载《翠薇雅词》、沈彦曾《兰素词》、朱绶《湘弦别谱》、陈彬华《瑶碧词》、吴嘉洤《秋绿词》、沈传桂《二白词》、王嘉禄《桐月修箫谱》。其中《二白词》一种因故未刻,有目无书。道光二十五年(1845)始单刻《清梦庵二白词》行世。《吴中七家词》为词集丛编,其以"吴中"标目,故兼具郡邑词集性质。七家别集之前有顾广圻序,略云:"其论词之旨,则首严于律,次辨于韵,然后选字炼句、遣意命言从之。闻诸子尝尽取凡有词以来专集若干,类选若干,旁及乎散见小说笔记者又若干,博考精究,以求夫律之出入、韵之分合,以暨其字其句其意其言,如是者得之,如是者失之。权衡矩矱,于斯大备;轻重方圆,未之或差。"③"吴中七家"是以严守声律为特征的吴中词派的中坚人物,《吴中七家词》的编刊与流传,对吴中词派的形成有重要意义。

5.《吴中五家词》不分卷,潘锺瑞辑,潘锺瑞钞本二册,国家图书

---

① 潘景郑:《著砚楼书跋》,上海古籍出版社 2006 年版,第 334 页。
② 戈载:《翠薇雅词自序》,冯乾编校《清词序跋汇编》,凤凰出版社 2013 年版,第 798 页。
③ 冯乾编校:《清词序跋汇编》,凤凰出版社 2013 年版,第 854 页。

馆收藏。潘锺瑞（1822—1890），字麐生，号瘦羊，晚号香禅居士，长洲（今苏州）人。诸生。词章篆隶俱工。有《香禅精舍集词》四卷，蒋敦复、刘履芬等为作序。该集收录吴中词人戈载、沈传桂、沈彦曾、王嘉禄、陈彬华五家词。盖据王嘉禄《吴中七家词》基础上删去朱绶、吴嘉淦二家，或以《吴中七家词》已得流传认可而未能付刻。

6.《东皋诗馀》4卷，清汪之珩编选。汪之珩（1718—1766），字楚白，号璞庄，江苏如皋人。祖籍安徽歙县。监生。世为盐商，饶资产而好风雅。家筑文园，延接时俊，为诗酒社集之地。曾辑己作与李御、吴合纶、刘文玠、顾駉、黄振等人诗作为《文园六子诗》。黄振为汪之珩妻弟，即为《东皋诗馀》作跋者。《东皋诗存》末2卷所收为汪之珩诗，共269首。《东皋诗馀》卷末有之珩词11首。《全清词·雍乾卷》失收。《东皋诗存》附录有秦大士撰《汪璞庄小传》。之珩先辑有《东皋诗存》48卷，收录如皋籍历代诗人诗作，附《诗馀》2卷，刊刻于乾隆三十一年（1766）。后以《诗馀》2卷采录未富，更增益之，广为4卷，嘉庆年间重加刊刻，此即《东皋诗馀》，仍附《东皋诗存》之后。时汪氏已下世不及见。《东皋诗馀》为清代如皋词人词作汇辑，卷一录冒襄、冒坦然等9人词109首；卷二录薛班、贲黄理等8人词149首；卷三录冒雨书、冒殷书等18人词128首；卷四录名媛8人词72首、方外2人词8首、流寓4人词25首，末附汪之珩己作11首。共计50家词502首。书前有江大锐序，末有黄振跋。有嘉庆刻本。

7.《曲阿词综》4卷，清刘会恩辑。刘会恩（1800年前后在世）字时庵，江苏丹阳人。嘉庆十二年（1807）副贡。著有《曲阿山房诗文集》12卷、《钱币考》8卷、《丹阳文献考》24卷。平时注重收集乡中文献，上至名门望族，下至闺阁寺观，凡有关风雅者，必亲自抄录副本，供其编次。又历30年寒暑，征集当地诗人900余家诗作，编成《曲阿诗综》32卷、《曲阿词综》4卷。是编录唐皇甫冉至清代姜景华等丹阳籍词人词作。有道光五年（1825）刘氏九思堂刊《曲阿诗综》本。刘会恩《曲阿诗综》序云："余束发受书，即留心邑中掌故，始于乾隆甲寅（1794），凡遇有关文献者，即手录庋之箧中，辑成一书，名《丹阳文献考》。乃自汉迄今，得诗尤夥。至道光元年（1821）阅三十一载，三易其稿，更汇为一集，颜之曰《曲阿诗综》。"王宗诚《曲阿诗综序》称其："自汉迄今，得诗人凡九百余家。凡土著、外迁、流寓，以及闺秀、方外，皆细证其实，不滥为旁征泛引。"

然而刘氏究心乡邦文献，自是功不可没，若论考订征实，则或心向往之而有未至。仅以《曲阿词综》4卷而论，即颇多疏误。早在60年前，唐圭璋先生在修订《全宋词》时，即在蔡士裕《浦湘曲》（功名早）一词后加按语曰："按《曲阿词综》所收之词，不可信者极多，蔡士裕是否确有其人，其词是否为其所作，俱有可疑，俟考。"① 后来唐先生为《全宋词》作《订补附记》，又陆续考出《曲阿词综》张冠李戴之类的错误多条。如欧阳修《诉衷情》（清晨帘幕卷轻霜），《曲阿词综》卷1误作元人洪翼词；欧阳修《蝶恋花》（越女采莲秋水畔），《曲阿词综》卷1误作元人诸葛舜臣词；张先《醉桃源》（落花浮水树临池），《曲阿词综》卷2误作明人眭明永词；秦观《阮郎归》（宫腰袅袅翠鬟松），《曲阿词综》卷2误作明人眭明永词；朱淑真《蝶恋花》（楼外垂杨千万缕），《曲阿词综》卷1误作元人孙景文词；谢懋《忆少年》（池塘绿遍），《曲阿词综》卷1误作明人刘元祥词；张孝祥《眼儿媚》（晓来江上获花秋），《曲阿词综》卷1误作元人虞荐发词；朱敦儒《桃源忆故人》（雨斜风横香成阵），《曲阿词综》卷2误作清人柬广词。后来唐圭璋先生编纂《全金元词》，又曾在虞荐发词后加按语曰："《曲阿词综》中，另有菩萨蛮有情潮落西陵浦一首，乃萧淑兰词。西风半夜惊罗扇一首，乃黄昇词。眼儿媚萧萧江上获花秋一首，乃张孝祥词。蝶恋花越女采莲秋水畔一首，乃欧阳修词。相见欢无言独上西楼一首，长相思云一䌹一首，并李煜词。"②

当然，唐圭璋先生只是因为编订《全宋词》《全金元词》而顺带提及，他没有时间和精力对一个不太著名的词集《曲阿词综》作全面校勘整理。然而60年过去了，《曲阿词综》存在的问题并没有得到全面清理。近年镇江地方政府组织重印《曲阿诗综》及《曲阿词综》，虽然也有一些简单的校勘（如指出某词为李后主词之类），但就连唐圭璋先生已经指出的一些误收误植的词例，新刊本也没有吸收。

8.《高邮耆旧诗余》1卷，《高邮耆旧诗存》附刻本，王敬之、周叙、夏崑林合编。王敬之（1778—1856），字仲恪，一字宽父（甫），江苏高邮人。王念孙次子。诸生，尤工词。著有《小言集》《宜略识字斋杂

---

① 唐圭璋编纂：《全宋词》，中华书局1999年版，第1143页。
② 唐圭璋编纂：《全金元词》，中华书局1979年版，第4552页。

著》等。周叙（1784—1850），字雨窗，亦高邮人。道光十五年（1835）贡生，注选训导。有《雨窗文存》5卷。夏崑林（1789—1867），字治卿，号瘦生，亦高邮人。有词集《槿村樵唱》等。《高邮耆旧诗存》，凡4册，道光年间刻本。此书为补《高邮州志》遗漏而编，即其人其诗若已载《高邮州志》，则不复录。《高邮耆旧诗余》即附刻其后。王敬之在为夏崑林词集《槿村樵唱》作跋时写道："且吾侪近录《高邮耆旧诗余》，自秦少章至近代已故诸君子为一册，而词人之现存者尚未暇及。"① 此跋作于道光十七年（1837）。

9.《娄东词派》16卷，汪元浩辑。汪元浩（1808—1867），字孟养，号烟村，江苏镇洋（今属江苏太仓）人。有《烟村集》一卷。其弟汪元治（？—1877），字仲安，号珊渔，曾辑《纳兰词》5卷，道光十二年（1832）刻行。汪元浩撰《纳兰词跋》有云："余自束发，稍解四声，即好倚声之学。小令好南唐后主，慢词好玉田生，以能移我情，不知其一往而深也。"周僖在《纳兰词序》中云："珊渔方偕其兄子泉辑《娄东词派》，断章残简，靡不兼收，以继静厓宫庶《诗派》之选。"按静厓，指汪学金（1748—1806），字敬斋，号杏江，晚号静厓，亦为镇洋人。乾隆四十六年（1781）进士，累官左春坊左庶子。故周僖序中称为"静厓宫庶"。汪学金辑《娄东诗派》28卷，收录历代娄东诗作者五百余人。始自宋代龚宗元，终于乾隆间顾灏、汪学铭，末附"方外""闺雅"。其中王世贞一人独占3卷，吴伟业2卷，陆世仪1卷。有嘉庆九年（1804）诗志斋刻本，今有《四库未收书辑刊》影印本。周僖此序作于道光十二年（1832）三月，可知《娄东词派》的编纂大致在此时。汪元浩作为同宗后辈而辑《娄东词派》，其效仿汪学金之动机是显而易见的。《娄东词派》见于王祖畬撰民国《镇洋县志》卷十一著录，今则未见传本。但据《娄东诗派》的体例格局，可以推想《娄东词派》。

10.《沧江乐府》7卷，钱溯耆编。钱溯耆（1844—1917），字伊臣，一字听鬻（或作邠），江苏镇洋（今属江苏太仓）人。同治九年（1870）优贡，官至直隶（今河北）深州知州。他是清末南园赓社重要成员。编有《南园赓社诗存》《百老吟》等。《沧江乐府》共收清代后期太仓州所属七家词人别集，人各一卷。《以恬养智斋词录》（又名《緅秋词》）一

---

① 冯乾编校：《清词序跋汇编》，第1013页。

卷，程庭鹭撰；《箫材琴德庐词稿》（又名《东溪渔唱》）一卷，朱焘撰；《春水船词钞》（又名《眉影词》）一卷，杨敬傅撰；《碧梧秋馆词钞》（又名《苕翠词》）一卷，沈穆孙撰；《墨寿阁词钞》（又名《兰笑词》）一卷，汪承庆撰；《尺云楼词钞》（又名《搴红词》）一卷，陈如升撰；《紫芳心馆词》（又名《襧云词》）一卷，钱恩棨撰。咸丰六年（1856）初刻，民国五年（1916）重刻。重刻本有施赞唐（槁蟫）《重刊沧江乐府序》。[①] 清雍正二年（1724），原与县平级的太仓州升格为直隶州，并析地置镇洋县，下辖镇洋、崇明、嘉定、宝山四县。以上七家中，杨敬傅、汪承庆、钱恩棨3人为太仓人，程庭鹭为嘉定人，朱焘、沈穆孙与陈如升为宝山人。以今日行政区划来看，嘉定、宝山皆属上海，而在清代，则均为太仓州所辖县。所以《沧江乐府》实际是太仓州词人之合集。晚清时太仓人陆增炜在为同乡陈夔作《诗余口业序》中云："吾乡先辈，作者孔多。娄水琴人，实传诗派；沧江乐府，不乏词流。"显然，陆增炜所谓"吾乡"，就是太仓，而娄水、娄东及沧江等，则为太仓之别称。《沧江乐府》不是郡邑类词集，但它选录了太仓一带的七位重要词人之集，这与《娄东词派》之类的总集是相与表里且为桴鼓之应的。

11.《淮海秋笳集》12种12卷，清李肇增编选。李肇增，字冰叔，号冰署，甘泉（今属扬州市）人。诸生。同治年间先后任浙江新昌、昌化知县。善词，曾为杜文澜撰《采香词序》，为薛时雨撰《藤香馆词序》，为蒋春霖撰《水云楼词序》，可以想见他在晚清词坛的地位。《淮海秋笳集》共辑录清代扬州府属词人12家词别集各一卷。有清咸丰十年（1860）迟云山馆刊本。清代自乾隆二十五年江南省正式分为江苏、安徽二省，扬州府下辖江都、甘泉、仪征、兴化、宝应、东台6县及高邮、泰州2州。12家词依次为：仪征张安保《晚翠轩词》7首，甘泉范凌霄（膏庵）《冷灰词》2首，仪征吴熙载（让之）《鲍瓜室词》5首，仪征汪鋆（砚山）《梅边吹笛词》20首，甘泉李肇增（冰叔）《冰持庵词》1首，甘泉王菼（小汀）《受辛词》20首，仪征张丙炎（午桥）《冰瓯馆词》4首，泰州黄泾祥（琴川）《豆蔻词》5首，江都郭夔（尧卿）《印

[①] 施赞唐《重刊沧江乐府序》末署"时距咸丰中初刻本六十年，丙辰冬十月，淞阳后学施槁蟫谨述。"冯乾编校《清词序跋汇编》第1318页称此为"光绪重刻本"，不确，光绪中无丙辰年，且距咸丰六年丙辰60年，自然应为民国五年。

山堂词》6首，江都马汝楫（洛川）《云笙词》10首，甘泉黄锡禧（子鸿）《栖云山馆词》22首，泰州姚正镛（仲海）《江上维舟词》22首。末另附通州白桐生（书亭）词2首，或亦著录作1卷。可知12家词，号称各为一卷，实际多寡不一，篇什有限。王鹏运《莺啼序·辛峰寄示与张丈午桥酬唱近作，依调赋寄，并呈张丈》词中有注云："《淮海秋笳集》，午桥词社旧刻也。"可知《淮海秋笳集》或为诸家结社唱酬之作。

王之春《椒生随笔》卷2"淮海秋笳集"一则云："《淮海秋笳集》，词为甘泉李冰署所辑，共十二家，都为哀怨之音。盖因兵燹化离，有感而作也。冰署自序有云：'雍门之操，非媚赏于聋俗，车子之奏，期躜佞于温胡，苦调文心，是所望于觚俞之听也'云云。我也目断湖山，魂惊鼙鼓，偶披此卷，辄怆予怀。以名作如林，分选志赏。盖掬新亭之泪，步石帚之尘，不仅以搓酥摘粉为工也。"①

12.《白门词略》，清秦耀曾辑。今未见，据蒋启勋撰《江宁府志》卷9著录。秦耀曾（1783？—1848），字远亭，号雪舫，别号香光，江苏江宁（今南京市）人。嘉庆十三年（1808）举人，历官兵部主事。有《铜鼓斋词》2卷，另著有《白门词略》《雪园词话》，与友人合辑《江东词社词选》。《白门词略》今未见，诸书皆据蒋启勋撰《江宁府志》卷9著录。

13.《国朝常州词录》31卷。清缪荃孙编选。缪荃孙（1844—1919），字炎之，又字筱珊，晚号艺风老人，江苏江阴人。清光绪二年（1876）进士，授翰林院编修。此后事编撰校勘十余年。晚近著名词学批评家况周颐尽出家藏诸籍，供缪氏搜讨，诸友人助而成之。全书共录得有清一代常州籍词人498家，词3110首。其中名家词26卷，闺秀3卷，方外1卷，前人论词集录1卷。该编体例颇为独特，其宗旨兼因人存词与因词存人。"因词存人则词在所详，因人存词则词在所略。见全稿者加以选录，一鳞片甲者不计工拙而录之"（《例言》）。录词之外，词人姓名下注字号爵里，其事实别详小传，博采方志、文集、诗词诸记载而为之。又录词人之别集序跋品题、词话品藻之属，体例稍类于查为仁、厉鹗《绝妙好词笺》。有光绪二十二年（1896）江阴缪氏云自在龛刊本。复旦大学图书馆、华东师范大学图书馆有藏本。

---

① 王之春：《椒生随笔》，《近代湘人笔记丛刊》，岳麓书社1983年版，第25页。

14. 《国朝金陵词钞》8卷，附闺秀1卷。陈作霖编选。陈作霖（1837—1920），字雨生，号伯雨，晚号可园，江苏南京人。光绪元年（1875）举人。后屡应会试不第，遂专心著述。历任江宁府志局分纂、金陵官书局分校、崇文经塾教习、奎光书院山长及上元、江宁两县学堂总教习等职。陈三立为撰《金陵陈先生墓志铭》，称其为"通儒"。著有《可园诗存》《可园文存》《可园词存》，编著有《金陵通纪》《金陵通传》《金陵文钞》《金陵琐志五种》等。《国朝金陵词钞》凡录清代金陵词人107家，词1103阕。其"例言"称，是编因词以存人，或因人以存词，"故多或逾百首，少止有一阕"。又称"诸家有全稿者决择从宽"。"所见诸词随得随录，先后次序未暇重排"。盖为保存地方文献而设，与通常之词选有所不同。有光绪二十八年（1902）刊本，秦际唐为序。复旦大学图书馆、华东师范大学图书馆有藏本。

15. 《笠泽词征》30卷，近人陈去病编选。陈去病（1874—1933），字佩忍，号巢南，别署甚多。光绪二十九年（1903）赴日留学，归国后与柳亚子等发起成立南社，追随黄兴、孙中山参加辛亥革命。著有《浩歌堂诗钞》《巢南文集》《病倩词》等，后人辑为《陈去病全集》，其在上海古籍出版社2009年刊行。陈去病多年致力于乡邦文献的搜集汇纂，先后有《吴江诗录初编》《松陵文集》等编。《笠泽词征》录唐宋至清代吴江词人词作二百余家。陈去病《笠泽词征自序》云："辑北宋谢绛以下，凡若而人词若干首，为书二十卷。别撰闺秀、寓贤诸作，各得三卷附之，都成集二十六卷。名曰《笠泽词征》，用副所纂《松陵文集》行焉。"其后又得"补人"1卷，"补词"3卷，合为30卷。因为意在保存乡邦文献，其于吴江词人词作，有见必收，故与清代《柳洲词选》《荆溪词初集》等选本不同。高旭《念奴娇·题巢南〈笠泽词征〉用檗子韵》即云"尽教当作，乡邦志乘同看"。有1915年国学保存会刊本，附《词旨》2卷；另有1921年刊本，附《问花楼词话》1卷、《乐府指迷》1卷、《词旨》2卷、郭麐《词品》1卷。今已收入《陈去病全集》外编。

16. 《广陵词钞》，清抄本。佚名氏选钞，上海图书馆藏。此编为清代扬州词选本，计选录扬州及府辖县泰州、兴化、仪征以及流寓词人40家，词作313首。作者名下注字号、籍贯、官爵，间引评语。略按时代先后排列，起康熙朝，迄于同治，可知选抄者当为晚清人。

17. 《扬州新语》（原书未题卷数，实为二种二卷）。编者不详。和其他郡邑词集不同,该书是两种题咏扬州组词的合订本。一是费轩撰《梦香词》,二是王锦云撰《扬州忆》。两种小集皆用《望江南》词调,亦皆为题咏扬州之作。费轩(生卒年不详),字执御,号成斋。费密孙,费锡璜子。祖籍四川新繁(今成都),自祖父辈流寓江都,遂为扬州人。其将离扬州而返蜀,作《江南好》百首题咏扬州风物,总名为《梦香词》。末有短跋云:"余僦居□家近三十年矣,庭前古梅一株近百年,今□亡而树亦槁。行将捃拾还蜀,因作《梦香词》。"《全清词》(顺康卷)据录。王锦云(生卒年不详),字晴峰,别署啸村主人,江苏甘泉(今属扬州)人。有《扬州忆》组词一卷,计为《望江南》一百首,亦皆题咏扬州风物。自序末署"乾隆六年岁在辛酉季夏之望啸村主人书于芙蓉书屋"。《全清词》(雍乾卷)据录。《扬州新语》为清钞本,今藏广东省立中山图书馆。此二百小令虽合为一册,却各自分别编页,据笔迹当又出自同一人之手,可知是有意合为一书。

18.《毗陵词派》无卷数,阳湖杨葆彝辑。杨葆彝(1835—1907),字佩瑗,号遁阿,又号大亭山人,江苏常州人。工书善画,曾入浙江巡抚杨昌濬幕府,光绪十二年前后曾任浙江桐庐知县。著有《墨子经说校注》《区田图说》,辑刻有《大亭山馆丛书》及《毗陵杨氏诗存》等。《毗陵词派》见于《江苏艺文志·常州卷》记载,今未见传本。

除上述18种词集之外,据方志等记载,尚有词人社集如汤贻汾等编选秦耀曾等在金陵(今南京)结社唱和的《江东词社词选》,家集如近人武进董康编选《广川词录》,录清代及民国常州董氏诸家词别集10种25卷,亦与郡邑词集相通而体例有别,故此存而不论。

史料批判

证真与辩诬：百年宋玉研究的两大主题及其意义

范春义

（江苏师范大学文学院）

宋玉是中国文学史甚至文化史上一个特殊的存在，具有不可替代的地位。因为文献本身的复杂性，宋玉本人行事的可议性，宋玉作品的纯文学性，在20世纪以来的学术研究中一直充满张力。对其研究评价可谓大红大黑，大落大起，是一个值得关注的文化现象。任何历史都是当代史，而当代史又是历史的自然延伸，只有置于传统与时代的双重视野下，对事物的认知才可能最大限度地贴近事实真相。本文选取宋玉研究两大基石性话题展开讨论，阐释宋玉研究文化奇观的事实，使其未来研究基石更为坚实，是本文写作之所愿。

一 作为宋玉研究的关键问题之一：真伪考辨

（一）"伪文"的生成

辨伪学是中国文献学的优良传统。清代辨伪名家姚际恒在《古今伪书考》说："造伪书者，古今代出其人，故伪书滋多于世。学者于此，真伪莫辨，而尚可谓之读书乎！是必取而明辨之，此读书第一义也。"[①] 梁启超在《中国近三百年学术史》中说："无论做哪门学问，总须以别伪求真为基本工作。因为所凭借的资料若属虚伪，则研究出来的结果当然也随而虚伪，研究的工作便算白费了。中国旧学，十有九是书本上学问，而中国伪书又极多，所以辨伪书为整理旧学里头很重要的一件事。"[②] 郭沫若

---

① （清）姚际恒著，顾颉刚点校：《古今伪书考》，上海朴社1929年版，第1页。
② 梁启超：《中国近三百年学术史》，东方出版社2004年版，第274页。

在《十批判书》中说得很明白:"无论作任何研究,材料的鉴别是最必要的基础阶段。材料不够固然大成问题,而材料的真伪或时代性如未规定清楚,那比缺乏材料还更加危险。因为材料缺乏,顶多得不出结论而已;而材料不正确便会得出错误结论。这样的结论比没有更要有害。"[1] 梁启超认为古籍如果不辨真伪,将会产生多种不良影响。(1) 史迹方面:进化系统紊乱;社会背景混淆;事实是非倒置;由事实影响于道德及政治。(2) 思想方面:时代思想紊乱;学术源流混淆;个人主张矛盾;学者枉费精神。(3) 文学方面:时代思想紊乱,进化源流混淆;个人价值矛盾,学者枉费精神。[2] 因此,进行古代文学研究真伪考定是一项基础工作,武秀成教授谓之"文献学的真伪意识",是古代文学研究时时警醒的一种意识。

20世纪初期,现代学术制度确立,文学进入高等学校殿堂。几乎就在同时,史学界掀起了一股对中国古史反思的热潮[3],最终形成了"古史辨派"。古史辨派的主要代表,受到胡适在新文化运动中倡导的"整理国故"思想的影响。他们主张用历史演进的观念和大胆疑古的精神,吸收西方近代社会学、考古学的方法,研究中国古代的历史和典籍。古史辨派学者辨古史,首先就是辨史料,主要是上古先秦史料。

他们所使用的方法,就是传统的辨伪学方法,在机械性上发挥到了极致,因此犯了证伪扩大化的错误,造成了很多冤假错案,被后来出土文献打脸的事例所在多有。中国辨伪学有着悠久的历史和良好的传统,从向歆父子整理文献开始,就充分注意到书籍的真伪问题。到明代胡应麟《四部正讹》开始,中国辨伪学走向成熟。明末胡应麟《四部正讹》堪称辨伪学成熟的标志性著作。《四部正讹》也多取材于《文献通考》,但与宋濂《诸子辨》相比,考证扩大至四部,辨别伪书达104种,且对伪书现象、类型加以概括、归纳,书后又专门探讨伪书特征等问题,总结辨伪方法八条,首次对辨伪作了方法论的阐述,建立了理论和法则:"凡核伪书之道:核之《七略》以观其源;核之群《志》以观其绪;核之并世之言以观其称;核之异世之言以观其述;核之文以观其体;核之事以观其时;

---

[1] 郭沫若:《十批判书》,东方出版社1996年版,第2页。

[2] 《梁启超全集》,北京出版社1999年版,第5009—5014页。

[3] 这一思潮不独中国影响深广,在东亚的日本、韩国地区同样有广泛影响。其基本旨趣就是对古史材料重新反思,最终目的就是缩短上古传说期的历史。参看葛兆光《预流的学问:重返学术史看陈寅恪的意义》,《文史哲》2015年第5期。

核之撰者以观其托；核之传者以观其人。核兹八者，而古今赝籍亡隐情矣。"① 这八种方法，归纳全面精辟，至今仍为学者采用、重视。他还对四部书中伪书众寡的不同情况进行了全面分析，指出："凡四部书之伪者，子为盛，经次之，史又次之，集差寡。凡经之伪，《易》为盛，《纬候》次之。凡史之伪，杂传记为盛，琐说次之。凡子之伪，道为盛，兵及诸家次之。凡集，全伪者寡，而单篇别什，借名窜匿甚众。"② 其总结合乎实际，顾颉刚说其书"是以辨伪为正业的"。有此辨伪大作，才使辨伪学成为一门专门学问。《四部正讹》集前人辨伪思想、方法之大成，是辨伪学史之里程碑式著作，对后世影响深远③。到梁启超《古书真伪及其年代》中，对辨伪方法做了进一步的细化，辨伪方法貌似更加具有科学性。这些方法，也是古史辨派学者进行文献考证的基本方法。

这些方法有其价值，但是有明显缺陷。就第一条"汉志著录于目"而言，就有明显缺陷。汉志编纂尽量利用所能见到的宫内外藏书，但是不可能穷尽天下所有的书籍。因此，被汉志著录只是一个大概率事件，而不能百分之百实现。新时期出土材料出现了大量不见于汉志著录的典籍就是明证。其逻辑推论如下：汉志应该著录天下所有的书籍；××书没有被汉志著录，那该书就是假的。从不完备的大前提出发，推论必然是错误的。再如通过语言辨伪，漏洞更多，这在向歆父子那里就已经初露端倪，后人在辨伪实践中缺乏警醒，如唐代柳宗元作《辩鹖冠子》一文，认为此书"尽鄙浅言也，吾意好事者伪为其书。"遂论断它是伪书。事实上运用语言辨伪首先要对语言本身进行分类，不同文体具有不同的语言特征，尤其来源多方，夹杂不同思想甚至具有民间性的表达是先秦成书的普遍现象。而这些辨伪者所依据的评判标准是已经规范化经典化的经史或是诸子著作，这与前者差距显然，但是不应据此否认前者的真实性。古史辨派在研究中受意识支配，采用丏词的论证方式，亦即张荫麟所批评的大量运用默证法，将大量的先秦古籍打入伪书行列④。

宋玉作为战国末期时人，在汉志中已有著录，《汉书·艺文志·诗赋略》载："宋玉赋十六篇。"到宋代已经不见著录，可能亡于宋代。对其

---

① （明）胡应麟：《少室山房笔丛》，中华书局 1958 年版，第 423 页。
② （明）胡应麟：《少室山房笔丛》，第 423 页。
③ 牟玉亭：《明清辨伪学的发展》，载《文史杂志》1999 年第 5 期。
④ 张国安：《终结"疑古"》，人民出版社 2018 年版。

作品质疑，"清人崔述在其《笔乘》卷三中对《文选》等所载宋玉赋首先持全面怀疑态度，至现代，怀疑者从文学发展规律、音韵、风格、用语、人称、结构等各个方面为焦氏的立论寻找证据，最终判定了宋玉的全部赋作都是伪作"。① 刘大白找出10条否定宋玉赋的真实性②，1986年袁梅在《宋玉辞赋今读》中罗列出13条，认定除《九辩》之外的其他署名宋玉的作品全部为伪作，金荣权先生谓之"集否定宋玉作品之大成"。如果细加分析，可以看出这些人的辨伪方法与古史辨派研究者一脉相承，毫无二致。

（二）"伪文证真"及其反思

随着《唐革（勒）赋》的出土（有的学者谓之《御赋》），宋玉赋辨伪获得了新机，出现了大量的辨伪作品，其中汤漳平先生具有开创之功，金荣权、吴广平、刘刚等先生着力甚多，收获颇丰。尤其是台湾学者高秋凤女史《宋玉作品真伪考》③更加引人注目：《宋玉作品真伪考》一书除"自序""绪论""参考书目"外，正文共四章："《楚辞章句》所收宋玉作品真伪考"；"《昭明文选》所收宋玉五赋真伪考"；"《古文苑》所收宋玉六赋真伪考"；"论御残篇、《招隐士》与《微咏赋》作者考"。她参考前人及当今部分学者的研究成果，以近年来的出土文物为佐证，从文体、押韵、称谓、仿托、流传、引用、时代风气、个人情形、行文方式、句式变化等方面，全面系统地考辨传世宋玉作品的真伪。经过缜密的分析和翔实的论证，她认为"除《招魂》、《舞赋》、《招隐士》及《微咏赋》不是宋玉所撰外，其余《九辩》、《风赋》、《高唐赋》、《神女赋》、《好色赋》、《对楚王问》、《笛赋》、《大言赋》、《小言赋》、《讽赋》、《钓赋》及银雀山出土之论御残篇都是宋玉的作品"。驳斥了龚维英认为《招隐士》为宋玉作诸论。她还认为《招隐士》是"淮南王刘安门下创作《小山》等辞赋的这批集团成员的作品。"论证《微咏赋》"应是南朝刘宋王微所撰的《咏赋》。"此书对研究宋玉著作，探索辞赋源流，考察先秦文学，很有参考价值。④绝大多数宋玉作品已经得到广泛认同，这就是新时期以来宋玉

---

① 金荣权：《百年宋玉研究综论》，《江汉论坛》2009年第2期。
② 刘大白：《宋玉赋辨伪》，《小说月报》第17期号外，1927年6月。
③ 高秋凤：《宋玉作品真伪考》，文津出版社有限公司1999年版。
④ 刘石林、锺兴永：《文献学与文体学视角下的突破——高秋凤楚辞研究述评》，《云梦学刊》2013年第2期。

辨伪研究的最大成绩。

通常来说，新出《唐（革）勒赋》按理说与宋玉其他作品直接关系微乎其微，也就是说在基本材料大致相同的情况下，学者们却得出了相同的结论。尤其应该注意的是此前同样较为科学的结论，为什么没有受到足够的重视。胡念贻1955年4月在《文学遗产增刊》第一辑发表《宋玉作品的真伪问题》，考定《楚辞章句》中所收的《九辩》《招魂》和《文选》中所收的《高唐赋》《神女赋》《风赋》《登徒子好色赋》等6篇作品全都是宋玉所作。① 今天看来其结论是成立的，"但这种观点不足以撼动否定论者"。之所以出现这种情况，除了研究方法本身存在缺陷，更重要的是受背后文化观念的影响。在古史辨派看来，他们的目的主要是在证明古书不可靠，古史不可信。观念先行，导致忽视不利于自己的证据，或是既对自己不利，也是强为牵合。发展到极致，几乎达到欲加之罪，何患无辞的地步。新时期的研究者则恰恰相反，要证明其为真。因为态度较为客观，方法更加严密，所以所得结论更为客观可靠。同时我们也应该看到，因为爱屋及乌，对宋玉的偏爱导致对其作品的误判，把本非宋玉的作品证成宋玉的作品，其在本质上与古史辨派思路异曲同工。胡适主张"大胆假设，小心求证"，假设本身就可能暗含价值判断，具有倾向性，而这种倾向性又会制约着对材料的发现和解读。笔者非常喜欢"疑邻偷斧"典故来说明这一道理："人有亡铁者，意者邻之子，视其行步，窃铁也；颜色，窃铁也；言语，窃铁也；动作态度，无为而不窃铁也。俄而抇其谷而得其铁，他日复见其邻人之子，动作态度，无似窃铁者也。"② 因此超越自身主观限制，尽可能地对研究对象保持中立态度，正确地运用辨伪方法，当是避免如宋玉作品辨伪大红大黑不正常现象的必由途径。

二 作为宋玉研究的关键问题之一：辩诬主题

（一）宋玉被诬的文化背景

文如其人与因人废言。扬雄认为，言为心声，书为心画，从诗文中可

---

① 胡念贻：《宋玉作品的真伪问题》，《文学遗产增刊》第一辑，1955年。
② 陈奇猷释：《吕氏春秋新校释》（上册），上海古籍出版社2002年版，第693—694页。

以看出人格的高下,这是最早的"文如其人"的思想。宋苏轼《答张文潜书》:"其为人深不愿人知之,其文如其为人。"① 这一观点影响深广而并不成立。以《被逮口占四绝》为例:

> 衔石成痴绝,沧波万里愁。孤飞终不倦,羞逐海鸥浮。
> 姹紫嫣红色,从知渲染难。他时好花发,认取血痕斑。
> 慷慨歌燕市,从容作楚囚。引刀成一快,不负少年头。
> 留得心魂在,残躯付劫灰。青磷光不灭,夜夜照燕台。②

汪精卫1910年因刺杀摄政王载沣而入狱,翌年释放。在狱中写下了不少诗篇。其中《被逮口占四绝》的第三首是汪精卫最有名的一首诗了,"引刀成一快,不负少年头"可称为千古绝唱。无巧不成书,2019年5月29日,中国陆军微信号转载该诗,见图片截图。后来,又发表致歉信:"该稿件来自邮箱投稿,因为编辑人员文化素养不够、编审把关不严,没有仔细甄别引用文字的来源出处,造成了严重失误,引起了非常负面的影响,为此深表歉意。'中国陆军'媒体平台始终秉持传播党的声音,积聚新时代强军正能量,时刻保持头脑清醒、立场坚定。对于各种错误政治观点,坚决抵制。汉奸走狗、民族败类,将永远钉在历史耻辱柱上。"③

---

① 陈良运主编:《中国历代文章学论著选》,百花洲文艺出版社2003年版,第525页。
② 汪精卫:《双照楼诗词稿》,原文发表于1935年山东《民国日报》。
③ "中国陆军"媒体平台对引用汉奸汪精卫诗句致歉,网易新闻,http://news.163.com/19/0330/13/EBH77LPD0001875p.html。

如果舍弃严重污点的作者汪精卫,那么该诗确实是可圈可点的佳作。事实上类似的人不如其文的更是比比皆是。对宋玉人品苛评有加的朱熹亦是如此,他主张"存天理、灭人欲",在道德上要求非常苛刻,他还用程伊川"饿死事小,失节事大"的理论劝友人的妹妹守节,但他自己有过逼嫁守寡的弟媳妇以侵夺亡弟产业的隐事。另外,朱熹为了打击报复不赞成自己观点的唐仲友,对一名叫严蕊的妓女严刑拷打,企图逼她承认与唐有男女关系,结果被严蕊拒绝,从这件事看,这个道德家的思想境界不如一个妓女。文人无行者代不乏人,"字如其人"论亦是如此。与此事实相反的高调言论则强调"人品即文品"。这一观念在社会上具有广泛的影响,甚至内化为国人的一种思维方式。人品有差,便无足观,是社会的一种共识。人品与文品有一定关系,但绝非等同,道理显而易见,但在具体社会中难以实现。由此带来的自然结果就是因人废言。尽管孔子早就训诫:"君子不以言举人,不以人废言。"(《论语·卫灵公》)但在现实中却比比皆是,上述否定句正是针对现实的具体不正常现象而言。正是国人的道德洁癖使人才使用评价出现很多问题。

(二) 大师定评及其影响

在宋玉的人品评价上,有两个人特别关键,一个是司马迁,影响中国两千年。另一个郭沫若,影响国人对宋玉的评价近80年。

司马迁的定评,因为与屈原对读,造成了大山之下的阴影遮蔽。从汉代刘安开始,对屈原高度评价,刘安称《离骚》兼有《国风》《小雅》之长,它体现了屈原"浮游尘埃之外"的人格风范,可"与日月争光"。这一评价为司马迁所继承。司马迁是中国最伟大的史学家,《史记》被誉为"史家之绝唱,无韵之离骚",在古代社会中家喻户晓,影响极为深广。《屈原贾生列传》附传,文字简短:"屈原既死之后,楚有宋玉、唐勒、景差之徒者,皆好辞而以赋见称;然皆祖屈原之从容辞令,终莫敢直谏。其后楚日以削,数十年竟为秦所灭。"[①]《屈原贾生列传》寄托着司马迁的个人情感,在作品中对屈原进行了热情的讴歌:"其文约,其辞微,其志洁,其行廉。其称文小而其指极大,举类迩而见义远。其志洁,故其称物芳;其行廉,故死而不容。自疏濯淖污泥之中,

---

① (汉)司马迁:《史记》,中华书局1982年版,第2491页。

蝉蜕于浊秽，以浮游尘埃之外，不获世之滋垢，皭然泥而不滓者也。推此志也，虽与日月争光可也。"① 这一评价深刻影响着以后的评价倾向。虽对自杀、扬才露己有所保留②，但伟大的爱国主义形象已经树立起来，并因其合理性得到后代读者的认可，可谓亘古而不灭。真如李白所云"楚王台榭空山丘"，但是"屈平辞赋悬日月。"（李白《江上吟》）人品与文品互相助力，成就了中国文化史上的传奇。王逸《楚辞章句》："膺忠贞之质，体清洁之性，直如石砥，颜如丹青；进不隐其谋，退不顾其命，此诚绝世之行，俊彦之英也。"③ 洪兴祖是继王逸之后整理、注释《楚辞》的又一著名学者。他曾得诸家善本，参校异同，成《楚辞补注》一书。洪氏对北齐颜之推所谓的"自古文人，常陷轻薄，屈原露才扬己，显暴君过"之说，甚为不满。他从儒家伦理观念出发驳之。朱熹对《诗经》和《楚辞》极为推崇。他为《楚辞》作的《集注》也足以媲美其《诗集传》。④

进入近代以来，其文学、人品受到了高度评价。梁启超首推屈原为"中国文学家的老祖宗"。鲁迅《汉文学史纲要》："较之于《诗》，则其言甚长，其思甚幻，其文甚丽，其旨甚明，凭心而言，不遵矩度……其影响于后来之文章，乃甚或在三百篇以上。"⑤ 闻一多评价屈原是"中国历史上唯一有充分条件称为人民诗人的人"。《中国文学史》作者龚鹏程评价屈原是"中国有史以来第一个伟大的爱国诗人"。这在主流文学史中已经成为定评。尤其国家领导人毛泽东对屈原高度评价，进一步扩大了影响。他指出："屈原的名字对我们更为神圣。他不仅是古代的天才歌手，而且是一名伟大的爱国者，无私无畏，勇敢高尚。他的形象保留在每个中国人的脑海里。无论在国内国外，屈原都是一个不朽的形象。我们就是他

---

① （汉）司马迁：《史记》，中华书局1982年版，第2482页。
② 班固明褒实贬评论屈原辞赋"弘博丽雅，为辞赋宗。后世莫不斟酌其英华，则象其从空。"评价屈原其人"虽非是明智之士，可谓妙才也。"他与先前的刘安出现了分歧。关于屈原人格评价问题，他在征引刘安关于可与日月争光的观点后说："斯论似过其真。"班固对屈原展开正面批评。
③ 王逸：《楚辞》，四部丛刊景明翻宋本。
④ 张国光：《学习〈楚辞〉，研究〈楚辞〉——兼论历代关于屈原评价问题的争议》，《湖北大学成人教育学报》1999年第4期。
⑤ 《汉文学史纲要·屈原及宋玉》（1926年），《鲁迅全集》第八卷，第274页。

生命长存的见证人。"① 正因为有屈原的对照，使得正常人宋玉似乎于节有亏。正如金荣权先生所言："惜乎宋玉！生活在屈原时代，这是他的荣幸，也是他的不幸。说他荣幸，因为他直接蒙屈子之恩泽，受屈子之影响最深，最多，包括其创作艺术与人格，精神。说是他的不幸，是因为屈原的光彩足能使他在文坛上黯然失色。在屈原逝去的两千多年中，宋玉就在屈原高大形象的阴影下时隐时现，时沉时浮，有时会借屈原之光，偶尔显露峥嵘；有时确是屈原的配衬；有时为了显示，突出屈原，他甚至被人们放在屈原的对立面。"②

平心而论，屈原坚持理想、九死未悔的所作所为乃非常人所可及，正因为罕见才值得推崇褒扬。宋玉所为，事实上乃常人作为。当时国君专制，"披龙鳞，逆圣听"危险极大，所以才有"邹忌讽齐王纳谏"，才有后来汉大赋的"劝百讽一"。问题不在下属，而在最高统治者。宋玉婉谏虽不值得特别表扬，但是无可厚非。但是由于屈原的光照，使得宋玉沉入了黑暗。

进入20世纪，把宋玉送上审判台的是著名学者郭沫若。郭沫若对屈原非常推重，他说屈原是"伟大的爱国诗人"，一颗闪耀在"群星丽天的时代"，"尤其是有异彩的一等明星"。但是他将宋玉与屈原对立起来，通过艺术化的手法，加以丑化。由于题材的轰动性，影射的写作手法③，以及特殊时代背景以及郭沫若强大的影响力，使得对普通观众而言，宋玉的形象被一贬到底。1941年端午节，举行了第一届诗人节的庆祝活动。郭沫若在重庆《新华日报》发表文章说："抗战以来，由于国家临到了相当危险的关头，屈原的生世和作品又唤起了人们的注意。端午节的意义因而

---

① 费德林：《费德林回忆录：我所接触的中苏领导人》，转引自张贻玖《毛泽东读诗：记录和解读毛泽东的读诗批注》，当代中国出版社2012年版，第15页。

② 金荣权：《屈宋论考》，中国文史出版社2005年版，第186页。

③ 由于此戏的上演恰值皖南事变的第二年，代表爱国路线的屈原与代表卖国路线的南后等人之间的戏剧冲突，很快就被国民党认为是对政府的隐秘攻击。根据当时周恩来在《新华日报》发表的文章、郭沫若的自述，以及当时左翼文化人士关于此剧大量唱和的诗词来看，这个戏的演出也是共产党政治斗争的一种方式，周恩来甚至认为"《屈原》演出的成败关系到重庆左翼文化运动的兴衰成败"。此剧由于从一开始便涉入政治过深，当时的褒贬也都是从各自的政治立场出发评论的，甚少从纯粹的文学角度和戏剧角度来看待此剧，甚至在人物该不该遵从历史真实的地方纠缠了很久。杭程：《你还记得郭沫若的〈屈原〉吗？》，《北京青年报》2014年5月30日。

也更被重视了……"①。1942年1月，郭沫若完成五幕历史剧《屈原》，从元月二十四日起在《中央日报》连载十五天，四月二日起由中华剧艺社在重庆国泰大剧院公演，因其与现实关系密切，演出火爆。此后曾在苏联和日本上演。剧本《屈原》中的故事极其简单。第一幕，屈原教育学生宋玉，要像橘树一样"独立不倚"，在大波大澜的时代"生要生得光明，死要死得磊落"。并且通过侍女婵娟的口交代，秦国使者张仪游说楚王，诡称秦以商于六百里之地予楚，条件是楚齐绝交。屈原则主张"联齐抗秦"，目标是成就统一大业。后来宋玉背叛老师，被骂为"无耻的文人"。《屈原》本为艺术作品而非历史事实，剧作家有创作的自由。但是对于普通观众而言，舞台宋玉就是真实的宋玉，对文学家宋玉而言，可以说是躺着中枪，无意受伤。而郭沫若的身份也扩大了作品的影响。中华人民共和国成立后郭沫若做过文化部长，长期处于领导地位，《屈原》一再上演。例如芳华越剧团于1954年5月22日首演了该剧的移植本，冯允庄编剧，司徒阳导演，尹桂芳饰屈原、徐天红饰张仪、许金彩饰南后、戴忠桂饰婵娟、尹瑞芳饰宋玉。1954年，该剧参加华东戏曲会演，婵娟改由戚雅仙扮演，剧中"诬陷"和"天问"两折已为越剧经典，并远播海外。②

文坛轶闻进一步扩大了对宋玉的贬斥，也就是关于台词的修改，有不同的说法。一是普通观众建议改台词，郭沫若自述《一字之师》：

> 四月初旬，是《屈原》演到第三场或者第四场的晚上吧，我在后台与饰婵娟的张瑞芳女士谈到第五幕第一场婵娟斥责宋玉的一句话"宋玉，我特别的恨你。你辜负了先生的教训，你是没有骨气的文人！"我说："在台下听起来，这话总觉得有点不够味。似乎可以在没有骨气的下边再加上无耻的三个字。"饰钓者的张逸生兄正在旁边化妆，他插口说道："你是不如改成你这。你这没有骨气的文人！那就够味了。"听了他这话，我受了莫大的启示，觉得这一个字真是改得非常恰当。我回头也考虑了一下，这两种语法，为什么有那样强弱的不"你是什么"只是单纯的叙述话，没有更多的含义，有时，或

---

① 郭沫若：《蒲剑·龙船·鲤帜》，载重庆《新华日报》1941年5月31日。
② 李乡状主编：《越剧艺术与欣赏》，吉林文艺出版社2006年版，第157页。

许会是"不是""你这什么"便是坚决的判断,而且还必须有附带语是省路了。譬如说:"你这没有骨气的文人!"这下面是省略得有"你真该死!""你真不是东西!"或"你真是禽兽!"之类的极度强烈的语句。这样的表现自然是特别的强而有力了。我得到这一启示,在后来做《水牛赞》的时候也应用过,便是那"你这殉道者的风怀,你这革命家的态度…"两个"这"字,在初稿上都是"有"字。"有"改为"这"同样增强了语势。①

一种认为是周恩来建议改台词,《周总理"一字之师"的启示》:"一次,周恩来总理观看郭沫若的历史剧《屈原》。谢幕时,他上台高兴地与演员一一握手并合影留念。接着进行座谈,周总理祝贺演出成功。高度赞扬该剧在思想上和艺术上取得的巨大成就。当大家请周总理提修改意见时,他直率地说:我看要改一个字,把屈原痛斥宋玉'你是无耻的文人'这句话改为'你这无耻的文人',把'是'字改成'这'字更有力。大家听了周总理一番话,琢磨修改的这个字,都说改得好,就连剧作家郭沫若也惊叹不已。这'一字之师'的故事多少年来一直被传为文坛佳话。"②作者传闻毫不可信,因为前例郭沫若自己的陈述可证。但是反证了这一"修改"的成功和影响之广。而周总理把"你是无耻的文人"改为"你这无耻的文人",一字之差,却把宋玉谄媚讨好权贵、毫无骨气的低下人格和屈原对这个不争气的学生怒指、愤慨的心情表现得淋漓尽致。尤其《屈原·雷电颂》被收录于高中语文课本,关于《屈原》的背景、故事情节被重点讲述,"一字之师"被用来作为语言训练的典范案例。因此,这一轶闻佳话被广泛传播,宋玉的"恶名"也就随之远播。因为教材影响通过体制内强化传播,其影响远非随机传播所能媲美。围绕修改语言效果以及修改经验、阅读语言技巧,产生了一批著作,以此为例进行阐释。如果以"你这无耻的文人"做检索词在读秀数据库检索,会得到38条材料,列表如下:

---

① 原载《文学创作》第一卷第四期,转引自曾健戎、王大明编《〈屈原〉研究》,重庆地方史资料组1985年版,第26—27页。

② 何春喜:《潮痕 何春喜散文集》,解放军文艺出版社2011年版,第190—192页。

作者	篇名	书名	时间
周毕吉	汉语中的名词性感叹句	小句中枢视点下的现代汉语感叹句研究	2005
张斌主编	感叹句的形式特点	现代汉语描写语法	2010
周毕吉、王全义	汉英名词性感叹句的差异	华中学术	2013
徐晶凝	现代汉语的句类系统	现代汉语话语情态研究	2008
徐晶凝	也谈感叹句——基于句类的研究	《语言学论丛》第33辑	2006
姜德梧	以……代……	汉语四字格词典	2000
何春喜	周总理"一字之师"的启示	潮痕 何春喜散文集	2011
河北师大编写组编	每个同学都有可学的长处	中学生德育手册	1987
罗铮著	"推敲"新探	鄱阳湖旋律	2010
李秀然编著	重音及读法	诵读艺术 技巧与训练	2013
孙双金	灵动艺术教学	追梦 我的教育情思	2014
吴雪恼	于博大处求精深	作家的读书生活	1990
周鹏编著	修改训练	阿来顾问·新课堂作文（55分钟锁定55分）	2004
赵玲珍主编	语言风采	专转本大学语文考试必读	2007
梁捷主编	第一课海灯法师打赢了这外交仗——说话的重要性	说话能力发展助读	1993
张涛之编	洪学智大破绞杀阵	中华人民共和国演义（上、中、下卷）	1995
张明亮著	说"这"说"那"	钱锺书修改《围城》	1996
鲁宝元等编	说话的基本能力	初中语文课本 听说训练辅导	1988
范明华	词语的选择	交际美学	1997
张毅等著	我的藤野[藤野]先生	龙班智慧阅读（初中卷）三	2005
陶伯英等著	活跃在"第二起跑线上"——怎样开展语文课外活动	语文之桥：陶老师等谈语文学习方法	1998
张玉新编	评课：首先要对《咬文嚼字》进行"咬文嚼字"	在形下之作与形上之思间徜徉	2011
翁一凡编	《咬文嚼字》教案	名师教案精选	2003

续表

作者	篇名	书名	时间
吴宁亚主编	审视当代语文阅读教学模式	守望人文家园 中学语文阅读教学创新设计与课例	2005
吴洁敏编著	强调重音	新编普通话教程	2003
李天明编	修改定稿	阅读与写作	2006
鲁宝元编	说话的语调要适当	说和听——和中学生谈语言的基本功	1985
邓忠党主编	修改的方法	语文基础	2003
张志松主编	读后感	高中语文精典题剖析	1998
王光祖等主编	使用语言的基本要求	写作	1999
梁捷主编	第二部分	《提高你的听说能力》第1册	1990
王生平著	钱锺书的偶合观	王生平论文选：活着爱就有所附丽	1999
唐先圣著	"无耻的文人"改成"你这无耻的文人"	郭沫若传 绝代风流	1989
谈彦廷主编	"无耻的文人"修为"你这无耻的文人"	写作	1996
陈中等著	郭老击节称赏，妙啊你这无耻	高考作文"金三角"	2007
王尚文著	"无耻的文人"改为"你这无耻的文人"	走进语文教学之门	2007
李平收主编	"无耻的文人"改为"你这无耻的文人"	青年写作能力训练教程	2002
张涛之著	郭沫若改成"宋玉，你这无耻的文人"	《国旗飘飘 话说中华人民共和国》上	2011

　　以上著作除了语言学研究较为专业的读者较少，其余多为通俗普及类读物，很多针对中学生群体，所以普及面广，影响力极大。

　　综上可以看出，对于宋玉偏见的由来有深厚的文化背景，这种重视人品的文化有很大的合理性，但是批判标准明显太高，也过于苛刻。因此，为宋玉辩诬也就成为宋玉研究者的关注目标，最为详尽者当为刘刚教授《关于宋玉的文学史地位与宋玉研究的现实意义》，宋玉故地研究者也做出了自己的努力。总体而言，评价坐标进一步校准，对宋玉的认识越来越客观，为宋玉文学史价值的研究确立了可靠的基点，这就是宋玉人品研究的意义。

材料基本考订清楚，人品评价恢复基本事实，两个支柱已经比较牢靠，文学作品研究更进一步，宋玉研究学术大厦建成则指日可待。当然，学术研究应该回归学术研究，客观、真实是其基本品格。避免爱屋及乌、矫枉过正，警惕非学术因素可能带来的潜在伤害也是研究者应该注意的问题。

风流与日常
——重勘李杜之争及其垂范意义

陈才智

(中国社会科学院文学研究所)

一 日月或双星

四川江油建有李白纪念馆，馆中有杜甫堂，堂前有联："谪仙诗圣自古日月联璧，巴蜀中原而今风雨同舟"，下联正切李白故里2008年遭受震灾，河南人民不远万里前来援建，现实与历史、时间与空间、人文与社会，均得兼顾。唯上联称日月联璧，似略含轩轾，不免白璧微瑕。因为李白和杜甫有异有同，而难辨日月，宋人王巩《闻见近录》即称"李杜，自昔齐名者也"[①]，以致公认李杜为诗歌史上的双子星座。[②] 这里的诗歌史，首先指向盛唐，即元人贝琼（1314—1378）所称"诗盛于唐，尚矣；盛唐之诗，称李太白、杜少陵而止"[③]，明人徐𤊹（1570—1642）所谓"盛唐诗人莫过李杜"[④]，清人陆世仪（1611—1672）所论"盛唐之妙，全在李杜"[⑤]。其次涵盖全唐，即唐人黄滔（840？—?）所称"大唐前有

---

① （宋）王巩：《闻见近录》不分卷，宋刻本。
② 郭沫若在北京世界文化名人杜甫诞生1250周年纪念会的开幕词《诗歌史中的双子星座》（《光明日报》1962年6月9日）发表之后的半个多世纪以来，"双子星座"可谓流行最广的关于李杜的结论性冠冕。
③ （元）贝琼：《乾坤清气序》，《清江贝先生文集》卷一，四部丛刊景清赵氏亦有生斋本。
④ （明）徐𤊹：《徐氏笔精》卷七，《文渊阁四库全书》本。
⑤ （清）陆世仪：《思辨录辑要》卷三十五，《文渊阁四库全书》本。

李杜，后有元白，信若沧溟无际，华岳干天"①，元人萧士赟（1251？—1315？）所谓"唐诗大家，数李杜为称首"②，明人王璞（1576—1648）所云"有唐三百年来，李杜作冠军，一仙一圣，流离牢骚，情态百出，要亦自写其羁愁，各述其悲况而已"③，清人赵怀玉（1747—1823）所云"有唐数能诗，李杜独称首"④，清人范大士所云"唐人诗固首推李杜"⑤，清人李宗煝（1828—1891）所论"予观有唐一代，称诗必首李杜"⑥。最后面向全部诗歌史，即宋人严羽（1192？—1245？）所称："论诗以李杜为准，挟天子以令诸侯也"⑦，元人吴师道（1283—1344）《吴礼部诗话》所引"学诗必以李杜为宗"⑧，元人杨士弘（1365—1444）所言"夫诗莫盛于唐。李、杜文章冠绝万世，后之言诗者，皆知李、杜之为宗也"⑨，清人王琦（1696—1774）所断"诗人首推李、杜二公为大家"⑩。由盛唐、全唐乃至全部诗歌史，李杜皆为齐名并尊。

　　李杜之所以能够华岳干天，沧溟无际，称首于盛唐、有唐乃至中国诗歌史，达到冠绝万世、后代难以超越的高度，一方面是因为他们站在大唐文明和盛唐诗坛的平台之上，融汇前代和当代诗歌的成就，最大限度地发挥各自的笔墨擅场，开出极富独创性的艺术境界；另一方面，更主要的，则是历代诗歌评论者延续未断的诗学建构的结果，离李杜所在公元 8 世纪诗坛的实况早已渐行渐远，若即脱离。其中，日月联璧这样的建构性话语，较近的灵感，当源自影响很大的闻一多《杜甫》一文里，形容李杜初次相会就像"青天里太阳和月亮走碰了头"，不过闻一多接下来的描述

---

　　① （唐）黄滔：《答陈磻隐论诗书》，《黄御史集》卷七，《文渊阁四库全书》第 1084 册，第 163 页。
　　② （元）萧士赟：《补注李太白集序例》，见《李太白全集》，中华书局 2010 年版，第 1511 页。
　　③ （明）王璞：《马上咏略草序》，《王无瑕先生诗文集》文集卷二说解记，《四库未收书辑刊》，影印清王扬宗王振宗刻本。
　　④ （清）赵怀玉：《亦有生斋集》卷十二，《题左二辅蜀江归棹图》，清道光元年刻本。
　　⑤ （清）范大士：《历代诗发·凡例》，清康熙壬寅虚白山房刻本。
　　⑥ （清）李宗煝：《重刻香山诗选序》，见曹文埴《香山诗选》卷首，清光绪十七年金陵书局重刻本。
　　⑦ （宋）严羽：《沧浪诗话·诗评》，郭绍虞《沧浪诗话校释》，人民文学出版社 1998 年版，第 170 页。
　　⑧ 丁福保：《历代诗话续编》，中华书局 2010 年版，第 617 页。
　　⑨ （元）杨士弘：《唐音序》，见《文渊阁四库全书》本，《唐音》卷首。
　　⑩ （清）王琦：《李太白全集》，中华书局 1977 年版，第 1685 页。

是:"李白和杜甫——诗中的两曜,劈面走来。"① 日、月、五星均可称"曜",日月只是李白式的比喻,两曜才是杜甫式的比拟,因此双子星座更能准确表述诗史的实际。至于双星或两曜如何从齐名并尊,转为比光较芒,以致引发李杜之争,乃中国诗歌史上的由来已久之公案,足以与唐宋诗之争相提并论,值得重勘其是非曲直及垂范意义。

追溯起来,明代诗歌评论家胡应麟(1551—1602)《诗薮》曾云:"李、杜之称,当出身后,未必生前。"②但是中唐时期的元稹(779—831)却说:"时山东人李白亦以奇文取称,时人谓之李杜。予观其壮浪纵恣,摆去拘束,模写物象,及乐府歌诗,诚亦差肩于子美矣。至若铺陈终始,属对律切,而脱弃凡近,则李尚不能历其藩翰,况堂奥乎?"③其所言"时人",恐未必为李杜身后之中唐人。而元稹好友白居易(772—846)在《与元九书》轩轾李杜优劣,称:"李之作,才矣奇矣,人不逮矣。索其风雅比兴,十无一焉。"④如果说元和八年(813)元稹《唐故工部员外郎杜君墓系铭》始称李杜彼此差肩,终则抑李扬杜,尚属尊题之需要,那么,元和十年(815)白居易《与元九书》的轩轾优劣,则绝非仅仅意在附和好友的见解,而是有通盘考量的诗歌史建构之意图。随后,韩愈(768—825)在《调张籍》中声称:"李杜文章在,光焰万丈长。不知群儿愚,那用故谤伤。蚍蜉撼大树,可笑不自量。"⑤韩愈一向

---

① 《新月》第一卷第6期,1928年,上海书店1996年影印本,第13页,后收入闻一多《唐诗杂论》,上海古籍出版社1998年版,第143页。
② (明)胡应麟:《诗薮》外编卷三"唐·上",王国安校补本,上海古籍出版社1979年版,第180页。
③ (唐)元稹:《唐故工部员外郎杜君墓系铭》,《元氏长庆集》卷五十六。据文末"维元和之癸巳,粤某月某日之佳辰,合窆我杜子美于首阳之前山",时在元和八年,参见卞孝萱《元稹年谱》(齐鲁书社1980年版,第214页)。五代后晋时的《旧唐书·文苑传·杜甫传》所云:"天宝末,诗人杜甫与李白齐名,时人谓之李杜。"当据此而来。而成书于北宋嘉祐年间的《新唐书》更把时间提前,称杜甫"少与李白齐名,时号李杜"。
④ 参见李俊《白居易、元稹对杜甫理解的差异》,《唐都学刊》2001年第1期。
⑤ (清)方世举:《韩昌黎诗集编年笺注》,郝润华、丁俊丽整理,中华书局2012年版,第517页。其作年,或云长庆间,或云元和十二年间,均晚于元白之文。钱谦益《邵梁卿诗草序》:"唐人之诗,光焰而为李杜,排纂而为韩孟……"(钱仲联标校:《牧斋初学集》卷三十二,中册,第936页。)《唐宋诗醇》卷三十分析这首《调张籍》说:"此示籍以诗派正宗,言己所手追心慕,惟有李杜虽不可几及,亦必升天入地以求之,籍有志于此,当相与为后先也。其景仰之诚,直欲上通孔梦;其运量之大,不减远绩禹功,所以推崇李杜者至矣。"所言甚是。

并尊李杜,其诗中也每每李杜并称,[①] 从《旧唐书》以来,魏泰、张戒、元好问、方世举等人,皆以为韩愈隐然针对元、白而并尊李杜,但也有学者对此提出异议,如吴庚舜《李白三论》云:"千百年来不少论著认为韩愈《调张籍》……是针对元、白的。这实际是既不了解元、白,也不了解韩愈所致。因为元、白和韩愈一样都是并尊李、杜的,而且元稹是现存唐人文献中并尊李、杜的第一人。他在唐德宗贞元十年(794)写的《代曲江老人百韵》中咏盛唐文学已做出'李杜诗篇敌'的论断。"[②] 唯谢思炜《元稹〈代曲江老人百韵〉诗作年质疑》[《清华大学学报》(哲学社会科学版)2004年第2期]根据诗体、题材、用语等证据,认为《代曲江老人百韵》原注"年十六时作"(时在贞元十年)之说,很可能是作者元稹本人提供的不可靠之词,此诗写作时间应在元和五年之后。这一判断更符合李杜并称过程的发展实际。

宋元以降,李杜优劣之争,逐渐降级为异同之辨,酿为诗歌史上历久未衰的一大公案,前贤颇多探讨,而诗宗盛唐的明人于此最为热衷,如张含编有《李杜诗选》(杨慎等评点),顾明亦编有《李杜诗选》(史秉直评释),李廷机、池显方、屈大均也都编有《李杜诗选》,朱权有《李杜诗抄》,刘世教有《合刻李杜分体全集》,万虞恺、许自昌皆有《李杜诗集》,赖进德、高节成皆有《李杜诗解》,林兆珂有《李杜诗钞述注》,王象春有《李杜诗评》,沈寅、朱崑有《李杜诗直解》,梅鼎祚有《李杜二家诗钞评林》(屠隆集评)和《李杜约选》,李延大有《李杜诗意》,萧思伦有《李杜诗正声》,陈懋仁有《李杜志林》,黄淳有《李杜或问》,伊乘有《李杜诗句图》,胡震亨有《李杜诗通》,其意多在辨析比较李杜诗歌创作之异同。至清代,潘德舆(1785—1839)有《养一斋李杜诗话》,秉承朱子"作诗先看李杜,如士人治本经"之说,辨析李杜生平事迹、风格品评和诗

---

① 宋刘攽《中山诗话》云:"韩吏部……于唐世文章,未尝屈下,独称道李杜不已。"(《历代诗话》,中华书局2011年版,第288页。)宋魏仲举则谓:"退之有取于李、杜,如《荐士》、《醉留东野》、《望秋》、《石鼓》等诗,每致意焉。然未若此诗之专美也。"(方世举:《韩昌黎诗集编年笺注》卷9,中华书局2012年版,第520页。)清赵翼《瓯北诗话》卷三云:"韩昌黎生平所心摹力追者,惟李杜二公。"

② 吴庚舜:《李白三论》,收入《千年诗魂,蜀道李白:纪念李白诞辰一千三百周年李白诗歌研讨会论文集》,四川大学出版社2003年版,又见董乃斌、吴庚舜主编《唐代文学史》下册,人民文学出版社1995年版,第299—300页。

体异同。乾隆皇帝敕编《唐宋诗醇》，对李杜公案加以评骘，于《唐宋诗醇·凡例》谓"李、杜一时瑜亮，固千古希有"，李白诗选序又云：

> 陇西李白。有唐诗人至杜子美氏，集古今之大成，为风雅之正宗，谭艺家迄今奉为矩矱，无异议者。然有同时并出，与之颉颃上下，齐驱中原，势均力敌，而无所多让，太白亦千古一人也。夫论古人之诗，当观其大者远者，得其性情之所存，然后等厥材力，辨厥渊源，以定其流品。一切悠悠耳食之论，奚足道哉！
> 李、杜二家，所谓异曲同工、殊途同归者，观其全诗可知矣。太白高逸，故其言纵恣不羁，飘飘然有遗世独立之意。子美沉郁，其言深切著明，往往穷极笔势，尽乎事之曲折而止。白之遇明皇也，出于特知，金銮召见，待以殊礼，虽遭讥毁，犹赐金遣归，得以遨游齐、鲁、吴、越之间，浮沉诗酒，放浪湖山，其诗多汗漫自适，近于佯狂玩世者。子美年将四十。始以献赋除官，其后崎岖兵间，穷愁蜀道；流离转徙，几不自存，故其发于声音者，多沉痛哀切之响。此二家之所以异也。
> 若其蒿目时政，忧心朝廷，凡祸乱之萌，善败之实，靡不托之歌谣，反复慨叹，以致其忠爱之志，其根于性情，而笃于君上者，按而稽之，固无不同矣。至于根本风骚，驰驱汉魏，撷六籍之菁华，扫五代之靡曼，词华炳蔚，照耀百世，两人又何以异哉！
> 论者不察，漫置轩轾于其间，是犹焦明已翔于寥廓，而罗者犹视夫薮泽也。善乎韩愈氏之言曰："李杜文章在，光焰万丈长，不知群儿愚，那用故谤伤，蚍蜉撼大树，可笑不自量。"彼元稹、苏轼、王安石之流，得无愧此言乎？太白尝言："齐梁以来，艳薄斯极，沈休文又尚以声律，将复古道，非我而谁？"故其所作，摆脱骈俪旧习，轶荡人群，上薄曹、刘，下凌沈、鲍，朱子以为圣于诗者，盖前贤亦重之矣。今略举两家之同异及其远大之旨，知太白之与子美，并称大家而无愧者如此。至有谓李、杜当日名相埒而相忌，其诗有交相讥者，此犹末流倾轧之心，不可以语君子之知交也。①

名为李白诗歌之序，实则兼论李杜，相互对比，加以平衡，反对在李

---

① （清）爱新觉罗·弘历：《唐宋诗醇》各家小序，清乾隆十五年内府五色套印本。

杜之间强分优劣、漫置轩轾，并且通过异同的比较，凸显各自的风格和特色："太白高逸，故其言纵恣不羁，飘飘然有遗世独立之意。子美沉郁，其言深切著明，往往穷极笔势，尽乎事之曲折而止。"总体上认为，李杜二人在诗歌史上，可谓异曲同工，殊途同归，可谓清代在这一公案上的定论。

二 已有的探讨

近人论著在表述模式和研究方式的现代性转换背景之下，由传统诗话转向实证研究，从片段和点滴的感悟转向系统分析，既有判断亦重推证，既重感悟亦强调系统性，不轻视直觉而更重理性分析，对此又有深入，著作方面有汪静之（1902—1996）《李杜研究》（商务印书馆1928年5月初版；1933年1月"国难"后第1版，"国学小丛书"）、傅东华（1893—1971）《李白与杜甫》（商务印书馆1927年10月初版；1933年5月"国难"后第1版，"百科小丛书"；1933年12月初版，《万有文库》本）、曾克斋（1900—1976）《杜甫与李白》（1961年自印本"橘颂庐丛稿"）、郭沫若（1892—1978）《李白与杜甫》（人民文学出版社1971年版）、吴天任（1916—1992）《中国两大诗圣——李白与杜甫》（台北：艺文印书馆1972年版）、周绍贤（1908—1994）《论李杜诗》（台北：中华书局1975年版）、陈香《李白与杜甫》（台南：凤凰城出版社1980年版）、罗宗强（1932—？）《李杜论略》（内蒙古人民出版社1981年版）、燕白《简论李白和杜甫》（四川人民出版社1981年版）、郑文（1910—2006）《李杜论集》（甘肃民族出版社1994年版）、简恩定《李杜诗中的生命情调》（台北：台湾书局1996年版）、杨义（1946—2023）《李杜诗学》（北京出版社2001年版）、廖启宏《"李杜论题"批评典范之研究》（台北：花木兰文化出版社2007年版）、葛景春（1944—？）《李杜之变与唐代文化转型》（大象出版社2009年版）、徐希平（1958—？）《李杜诗学与民族文化论稿》（民族出版社2011年版）、张炜（1956—？）《也说李白与杜甫》（中华书局2014年版）等著作。郭绍虞《沧浪诗话校释》亦有论及。[①]

[①] 郭绍虞：《沧浪诗话校释》，人民文学出版社1961年版，第166—170页。

论文方面，则有胡小石演讲、苏拯笔记《李杜诗之比较》(《国学丛刊》1924年第2卷第3期，又收入《杜甫研究论文集》一辑，中华书局1962年版，第14—20页)，张文昌《李杜两诗人比较的研究》(《天籁》1926年第15卷第12、13期)，汪静之《李杜比较论》(《秋野》1928年第1—5期)，定翔《李白与杜甫》(北京《益世报》1928年7月19—22日)，白璧《读李杜诗集后的批评》(《春笋》1930年第2卷第2期)，王兆元《李白与杜甫》(《河北大名师范期刊》1934年第2期)，白雪《诗的探讨：李杜之诗》(《同文学生》1935年第6期)，林矛《李杜文章》(《大众生活》1935年第1卷第5期)，赵景深《李白与杜甫》(《绸缪月刊》1935年第1卷第1期)，斯同《李白杜甫优劣论》(《玫瑰》1940年第2卷第1期)，履泽《略谈李杜诗的比较》(《华侨文阵》1942年第1期)，王亚平《杜甫与李白》(《文学修养》1943年第2卷第2期)，傅庚生《评李杜诗》(《国文月刊》1949年第75、76期；又收入《杜甫研究论文集》一辑，中华书局1962年版，第237—268页；"近代文史论文类辑"三《杜甫和他的诗》上册，台北：学生书局1971年初版，1982年再版，第145—201页)，郭沫若《诗歌史中的双子星座》(《光明日报》1962年6月9日，又收入《杜甫研究论文集》三辑，中华书局1963年版，第1—4页)，许世旭《李杜比较研究》(收入《庆祝高邮高仲华先生六秩诞辰论文集》下，台湾师范大学中国文学研究所1968年版，其1963年国立师范大学国文研究所硕士论文为《李杜诗比较研究》)，茧庐《新李杜优劣论》(台北《中华诗学》1973年第9卷第1期)，唐诵《评抑李扬杜》(《安徽师范大学学报》1974年第4期)，高景鑫《李杜诗艺比较论》(台北《幼狮学志》1977年第14卷第2期)，叶庆炳《李、杜比较观》(收入其《唐诗散论》，台北：洪范书店1977年版，第41—84页)，刘世南《对〈李白与杜甫〉的几点意见》(《文史哲》1979年第5期)，张步云《论李杜优劣之争——兼对〈李白与杜甫〉的一点意见》[《上海师范学院学报》(哲学社会科学版)1980年第2期]，王学太《对〈李白与杜甫〉的一些异议》(《读书》1980年第3期)，高建中《评李白与杜甫》(《文学评论》1980年第3期)，陈榕甫《李杜优劣古今谈》(《文汇报》1980年12月7日)，金启华《李、杜诗论的比较》(《文艺理论研究》1980年第2期，后收入其《杜甫诗论丛》，上海古籍出版社1985年版)，张步云《论李杜优劣之争——兼对〈李白与杜甫〉的一点意见》

(《上海师范大学学报》1980年第2期),张式铭《关于李杜优劣论》[《湘潭大学》(社会科学学报)1981年第3期],袁行霈《论李杜诗歌的风格和意象》(《社会科学战线》1981年第4期),陈贻焮《"李杜文章在,光焰万丈长"——李杜优劣论述评》(《文艺理论研究》1981年第2期,摘自其《杜甫评传》,上海古籍出版社1982年版),裴斐《唐代历史转折时期的李、杜及其诗歌》(《文学遗产》1982年第3期),朱则杰《"李杜相讥"辨》(原载北京大学出版社《大学生》1982年第2辑,后收入其《清诗代表作家研究》外编,齐鲁书社1995年版,第14、346页),黄荣志《历代"李杜优劣论"画廊剪影》(《语文学刊》1984年第5期),罗根泽《李杜地位的完成》(收入《李太白研究》,台北:里仁书局1985年版),吴庚舜《李杜诗篇敌,千古有知音》(《杜甫研究学刊》1985年第2期),傅庚生、傅光《李杜诗辨》(《杜甫研究学刊》1985年第2期),梁勇《从李杜优劣论看罗大经的文学思想》[《四川师院学报》(社会科学版)1985年第3期],萧瑞锋《李杜诗论异同论》(《社会科学研究》1987年第2期),吴庚舜《元稹对李杜诗的比较研究》(收入《李白研究论丛》,巴蜀书社1987年版),朱易安《明人李杜比较研究浅说》(收入《李白学刊》第一辑,上海三联书店1988年版,又收入其《唐诗学史论稿》,广西师范大学出版社2000年版,题为《李杜比较研究浅说》),邓元煊《"李杜优劣论"再议》[《四川师范大学学报》(社会科学版)1988年第5期],苏渊雷《李白杜甫异同论》(收入《钵水斋文史丛稿》,团结出版社1989年版,第444—456页;又收入《苏渊雷文集》,上海人民出版社1999年版),苏为群《李杜山水诗的特色及其异同》[《北京大学学报》(哲学社会科学版)1989年第4期],马积高《李杜优劣论和李杜诗歌的历史命运》[《长沙水电师院学报》(社会科学版)1989年第2期,又见于李白研究学会编《李白研究论丛》第2辑,巴蜀书社1990年版],羊春秋《论"一李九杜"与"一杜九李"的审美差异》(李白研究学会编《李白研究论丛》第2辑,巴蜀书社1990年版),蔡镇楚《论历代诗话之李杜比较研究》(李白研究学会编《李白研究论丛》第2辑,巴蜀书社1990年版。其《唐诗文化学》亦有"李杜之争"专题,海南出版社2001年版,第283—294页),李一飞《李杜并称、李杜优劣论探源:兼为元稹"李杜论"一辩》[《湘潭师范学院学报》(社会科学版)1991年第2期],方凤岐《"李杜文章在,光焰万丈长":关于李、杜评估的历史回顾》(《江汉大学学报》1992 年第 1 期)，吴庚舜《并称李杜第一人：任华考兼论唐人李杜观》(收入《俞平伯先生从事文学活动六十五周年纪念文集》，巴蜀书社 1992 年版)和《唐人李、杜论新探》[《[苏州]铁道师院学报》(社会科学版) 1993 年第 2 期]，吴光兴《李杜独尊与八世纪诗歌的价值重估》(《文学遗产》1994 年第 3 期，又见其《八世纪诗风——探索唐诗史上沈宋的世纪》，社会科学文献出版社 2013 年版)，王运熙《元稹李杜优劣论和当时创作风尚》(《上海文化》1994 年第 1 期)，云松、子由《李杜优劣论评议》(《社科纵横》1994 年第 1 期，又载《思茅师专学报》1994 年第 1 期)，前川幸雄《白乐天的李杜观》(《上越教育大学国语研究》1994 年第 8 期)，朱金城和朱易安《元稹引出的公案：关于"李杜优劣"》(收入其《李白的价值重估》，台北：文史哲出版社 1995 年版，第 119—148 页)，任晓勇、杨君昌《价值观念的深刻差异与辩证互补——李杜诗歌思想内容比较》(《淮北煤炭师院学报》1995 年第 3 期)，袁立权《李杜诗歌中人文思想的区别》(《宜春师专学报》1996 年第 4 期)，周汝昌《李杜文章嗟谤伤》(《杜甫研究学刊》1996 年第 4 期)，袁行霈、孟二冬、丁放《中国诗学通论》第三章第七节之三"李杜优劣论"(安徽教育出版社 1996 年版)，叶励仪《李杜诗歌历史人物形象探讨》(硕士学位论文，台湾东海大学，1998 年)，胡国瑞《李杜目论》(《中国韵文学刊》1998 年第 1 期)，钱学胜《李白、杜甫诗歌的不同风格》(《衡阳师专学报》1999 年第 1 期)，葛景春《不是幡动，是心动——试用接受美学的观点重新阐释李杜优劣论》(《河南社会科学》2000 年第 1 期)、《李杜之变，是唐诗主潮之大变》(《杜甫研究学刊》2000 年第 3 期，又收入《唐代文学研究》第九辑，广西师范大学出版社 2002 年版)，吾三省《李杜齐名》(《新东方》2000 年第 4 期)，葛培岭《论元白对李杜的整体评价》(《中国李白研究》2000 年集，安徽文艺出版社 2000 年版)，杨义《李杜诗学：原理与方法论》(《中国文化研究》2000 年第 4 期，又见其《李杜诗学》，北京出版社 2001 年版)，唐琦斯《道儒存心性 文坛两巨星——李白、杜甫不同诗风根源之探析》(《广西广播电视大学学报》2001 年第 1 期，《社科与经济信息》2001 年第 2 期)，松原朗《李白与杜甫——关于"李杜比较论"》(《文人之眼》第 3 期，里文出版社 2002 年版)，陈钧《"别说"李、杜优劣》[《盐城师范学院学报》(人文社会科学版) 2002 年第 2 期]，郑滋斌《吴乔之李白杜甫优劣论》(《唐代文学研究》第九辑，广西师范大学出版社 2002 年版)，胡可先《杜甫诗学引论》第三章第九节《李杜优劣论》(安徽大学出版社 2003 年版)，谭文兴《李白杜甫之比较》(收入《李白杜甫与三峡》，远方出版社 2003 年版)，张秀成、张原成《李杜优劣新论——圣者情怀：李杜优劣的根本原因》[《西南民族大学学报》(人文社会科学版) 2004 年第 4 期]，葛景春《李杜审美差异论》(《唐代文学研究》第十辑，广西师范大学出版社 2004 年版)，刘尚慈《李杜文章在，光焰万丈长——对李杜优劣论的一些思考》(《徐州教育学院学报》2005 年第 3 期)，何念龙《仙圣之别——李白杜甫文化类型比较》(《中国李白研究》2005 年集，黄山书社 2005 年版)，罗艺《李白杜甫诗歌艺术比较谈》(《重庆职业技术学院学报》2006 年第 3 期)，余恕诚《论 20 世纪李杜研究及其差异》(《文学遗产》2006 年第 2 期)，刘明华、吴增辉《杜甫对李白的解读历程——兼论李杜友谊》(《社会科学研究》2006 年第 4 期)，白旭《试论李杜并称兼谈唐诗分期问题》(《安徽文学·下半月》2008 年第 2 期)，谢思炜《李杜优劣论争的背后》[《北京大学学报》(哲学社会科学版) 2009 年第 2 期]，高小慧《杨慎"李杜优劣"论》(《名作欣赏》2010 年第 5 期)，吴光兴《李杜诗风与唐诗疆域"三国"说》(《文学遗产》2011 年第 5 期，又见其《八世纪诗风》，社会科学文献出版社 2013 年版)，张德明、黄全彦《杜甫对李白的推崇及李杜并列地位的确立》(《绵阳师范学院学报》2012 年第 1 期)，王成《朝鲜诗家对"李杜优劣论"的解读——以南龙翼、金万重的诗论为据》(《江西教育学院学报》2012 年第 2 期，又收入其《韩国古典诗学批评研究》第三章第三节"'李杜优劣论'的域外观照"，中央编译出版社 2016 年版)，韩昀《明代文人视野下的李杜诗歌比较》[《长春工业大学学报》(社会科学版) 2012 年第 4 期]，岳进《明代唐诗选本中的李、杜之争》(《江西社会科学》2013 年第 9 期)，赵树功《李杜优劣论争与才学、才法论》(《文学遗产》2014 年第 6 期)，杨文庆《浅论李白与杜甫的诗歌风格和美学追求的异同》[《时代文学》(下半月) 2014 年第 4 期]，陈尚君《李杜齐名之形成》(《岭南学报》复刊号第一、二辑合刊，上海古籍出版社 2015 年版)，张寒《明代李杜比较述评》(《中国韵文学刊》2016 年第 4 期，又见《中国李白研究》2015 年集)，莫道才、张超《走出李杜优劣论的怪圈——李杜优劣之争研究评述》(《杜甫研究学刊》2016

年第 3 期），徐小洁《论明代朱谏的李杜观》（《杜甫研究学刊》2017年第 3 期），等等。可见从民国迄今，围绕李杜之争，引发了唐诗学界持续未断的讨论，不仅关涉李杜各自的接受史和研究史，同时也构成整个唐代文学研究一道别致的风景线。在这道风景线之外，本文拟进一步归纳综合，梳理分析，比较权衡，以略申己见。

三 操持事略齐

李杜能够齐名，不仅源于二人的真挚友谊，更因为他们在诗学理念和诗歌创作上多有同契，即晚唐李商隐《漫成五章》其二所云"李杜操持事略齐"①。在诗歌的艺术风格上，李杜同具一种壮丽飞动之美。与李杜同代的狂才任华，撰有《寄李白》和《寄杜拾遗》（见《全唐诗》卷二六一），前者称李白诗具"奔逸气""耸高格"，后者则称杜甫诗具有"虎豹""蛟螭""沧海""华岳"般的壮丽，二者那种崇高壮丽的高逸之美是共通的，都表现盛唐时代对昂扬奔放的个性的推崇，此即韩愈《调张籍》一诗所表彰的"巨刃磨天扬"那样的气势之雄阔，"刺手拔鲸牙，举瓢酌天浆"那样的思致之壮美，以及《感春四首》其二所谓"近怜李杜无检束，烂漫长醉多文辞"②，白居易《与元九书》所谓"诗之豪者，世称李杜"③，皇甫湜（777—835）《题浯溪石》所咏"李杜才海翻，高下非可概"④，张祜《叙诗》所咏"波澜到李杜，碧海东弥弥"⑤，后蜀韦縠《才调集·叙》所谓"李杜集……天海混茫，风流挺特"⑥，亦如杜牧（803—853）《冬至日寄小侄阿宜诗》所咏"李杜泛浩浩"⑦，司空图（837—

---

① 刘学锴、余恕诚：《李商隐诗歌集解》，中华书局 2013 年版，第 1003 页。
② （清）方世举：《韩昌黎诗集编年笺注》，郝润华、丁俊丽整理，中华书局 2012 年版，第 188 页。
③ 谢思炜：《白居易文集校注》，中华书局 2011 年版，第 323 页。
④ （清）彭定求等编：《全唐诗》，中华书局 1960 年版，第 4151 页。
⑤ 《全唐诗补编》上册，中华书局 1992 年版，第 216 页；尹占华：《张祜诗集校注》，甘肃文化出版社 1997 年版，第 287 页。
⑥ 《文渊阁四库全书》本，《才调集》卷首；《全唐文》卷八百九十一；傅璇琮：《唐人选唐诗新编》，陕西人民教育出版社 1996 年版，第 691 页。
⑦ 何锡光校注：《樊川文集校注》，巴蜀书社 2007 年版，第 67 页。

908)《与王驾评诗》所云"宏思（肆）于李杜"①，欧阳修（1007—1072）《六一诗话》所云"李杜豪放之格"②，杨万里《予因集杜句跋杜诗呈监试谢昌国察院谢丈复集杜句见赠予以百家衣报之》所咏"谁登李杜坛，浩如海波翻"③，均可看出在诗歌审美特征乃至诗学理念方面，李杜所具有的共同倾向。

20世纪50年代，在探讨李白诗歌时，有学者拈出"盛唐气象"，用来概括开元、天宝间诗歌鲜明开朗、朝气蓬勃的精神面貌。④唐代社会的政治经济和思想文化，以其强大的国力、广阔的疆土、开放的心态为底蕴，确实呈现一种盛世的时代特征，包括艳丽明快的色彩，生动自然的情调，博大恢宏的气势，雍容华贵的风度，昂扬进取的精神，兼容并蓄的性格，等等。因此"盛唐气象"又由一种诗歌特质，扩展到整个文艺，乃至文采风流、恢宏壮阔的时代特征。这一时代特征，在李杜诗中有着最为鲜明的体现。而李杜诗所取得的辉煌成就，所提供的宝贵艺术实践经验，对后世诗歌影响无可替代，所以李杜自然被视为盛唐气象的代表或化身。有学者称，杜甫、李白等人"在'飞动'等题目之下，其实是未尝不可以视为一个文体、诗风的共同体的，某种意义上这是一种追求壮丽、壮美风格的时代风尚，与后人概括的'盛唐气象'尤有契合之处"。⑤所言极是。而盛唐气象正是李杜壮丽"飞动"之美背后的内在源泉。

但值得辨析的是，李杜齐名，实际上是提高了杜甫的地位，因为当时杜甫年资、诗誉和声名皆逊于李白。在这个意义上，杜甫自己在《长沙

---

① 《司空表圣文集》卷一，《四部丛刊》影印旧抄本。

② （清）何文焕辑：《历代诗话》，中华书局1981年版，第67页。韩诗并称李、杜者，如《酬司门卢四兄云夫院长望秋作》："远追甫白感至诚。"《荐士》："勃兴得李杜，万类困凌暴。"《城南联句》"精神驱五兵，蜀雄李杜拔。"《石鼓歌》："少陵无人谪仙死，才薄将奈石鼓何。"《感春四首》其二："近怜李杜无检束，烂漫长醉多文辞。"《醉留东野》："昔年因读李白杜甫诗，长恨二人不相从。"

③ 辛更儒：《杨万里集笺校》卷19，中华书局2007年版，第957页。

④ 舒芜在1954年3月29日《光明日报》发表《关于李白》，首次使用"盛唐气象"这一概念，同年10月17日，林庚在《光明日报》发表《诗人李白》，对"盛唐气象"进行理论上的探讨，四年后，林庚发表《盛唐气象》（《北京大学学报》1958年第2期），"盛唐气象"由此进入学术研究视野，引发热烈持久的讨论。

⑤ 吴光兴：《八世纪诗风——探索唐诗史上"沈宋的世纪"（705—805）》，社会科学文献出版社2013年版，第174页。

送李十一衔》诗中所谓"李杜齐名真忝窃"①，如果用来指代与李衔齐名，在用典之余，或有"自谦"②，但如果加以引申，用来指代与李白齐名，实际上就不免会有高攀之意。南宋刘克庄《后村诗话》云："甫、白真一行辈，而杜公云'李杜齐名真忝窃'，其忠厚如此。"明人郑仲夔《玉麈新谭》云："少陵诗'李杜齐名真忝窃'，用范滂母'汝今得与李杜齐名，吾复何恨'语，范母特指李膺、杜密，少陵则借以自寓己与太白也。"③都把杜诗《长沙送李十一衔》中"李杜齐名真忝窃"的"李杜"视为李白、杜甫，亦有学者径将"李杜齐名真忝窃"作为杜甫生前即提到自己与李白齐名的证据。④ 这些恐怕都不妥。就算是言说"李杜齐名真忝窃"的对象李衔是杜甫十二年前在西康州（即同谷）结识的老友，而那时杜甫对年长其十二岁的李白格外怀念，恐怕也无法将赠送李衔的"李杜齐名"，移给李白。尽管李衔事迹别无可考，但他毕竟不是李白。有学者认为李衔即杜甫秦州诗中出现的赞公之本名⑤，但证据尚不充分。还有学者认为李衔即《积草岭》所云"邑有佳主人"之"佳主人"，杜甫《同谷七歌》其六："山中儒生旧相识，但话宿昔伤怀抱"中的"山中儒生"也应是"避地西康州"的李衔⑥，这倒是有可能。

诗坛上真正值得信服的李杜齐名，当始于前引狂才任华所撰《寄李白》和《寄杜拾遗》，以风貌相近的长诗分别寄赠李白、杜甫二人，无形中昭示了李杜同尊并美的地位，陈尚君《杜诗早期流传考》即认为："赠李杜二诗，题同，体同，遣词造语亦相类，为一时之作，可视作《旧唐书·杜甫传》'天宝末诗人李白与甫齐名'的佐证。"⑦ 其《李杜齐名之

---

① （唐）杜甫：《长沙送李十一衔》（《杜工部集》卷一八），大历四年或五年秋作于长沙。
② （宋）蔡梦弼：《杜工部草堂诗》卷三十八，古逸丛书覆宋麻沙本；（清）卢元昌注《杜诗阐》卷三十三亦云："子固李膺、李固，我非杜乔、杜密，从来李杜，本是齐名，今日齐名，诚为忝窃。"（清康熙二十一年刻本）
③ （明）郑仲夔：《玉麈新谭》卷六，明刻本。
④ 见白旭《试论李杜并称兼谈唐诗分期问题》，《安徽文学·下半月》2008年第2期。
⑤ 见高天佑《杜甫陇蜀纪行诗注析》（甘肃民族出版社2002年版）及其《杜甫同谷诗"佳主人"新考》（收入张全新主编《陇南文史》第7辑，甘肃人民出版社2012年版）。
⑥ 见刘雁翔《杜甫陇上萍踪》，甘肃教育出版社2014年版，第112页。
⑦ 复旦大学中国语言文学系古典文学教研室：《中国古典文学丛考》第一辑，复旦大学出版社1985年版，第179页；收入陈尚君《唐代文学丛考》，中国社会科学出版社1997年版，第333页。

形成》亦云："明确将李白、杜甫拉到一起顶礼膜拜的是任华。"① 而吴光兴《李杜独尊与八世纪诗歌的价值重估》(《文学遗产》1994年第3期)则认为："这种推断是不可靠的，李杜齐名应是指其作为一种诗歌理想的代表被发现而受尊崇，他们没有被作为普通诗人而齐名的可能。作为一种新诗歌观念的重要主张，独尊李杜的理论论证，它的基本条件是：(1)诗歌风气需要改变，成为一种时代性的要求；(2)李杜具备被阅读的条件，李杜集开始行世；(3)论证这一主张的理论基础已经成熟。这些条件的具备，时间在八九十年代。所以，任华的评论最多只能被视为可能有过的并尊李杜的现存最早的个人尝试。"李杜作为一种诗歌典范是宋元以后的事，而李杜齐名并非出自某人（包括杜甫本人）一厢情愿的臆构，实际上来自任华以降，元白和韩愈等中唐时期重量级诗人的评说。

四　李杜之差异

李杜齐名并称的前提，即二者存在共性，但共性在这里或有偶然，而差异则是必然的。任华之后，经过元稹、白居易对李杜的评说，以及权德舆、孟郊、皇甫湜、张祜、杨凭、窦牟等人的称引，李杜齐名与优劣之争始终交织未定，至韩愈《调张籍》等，并尊李杜的意见得以定调。"当李杜作为共同的风格被宣扬时，这表明一种诗歌观念和理想还处在建立之中；而当论者开始分析李杜的不同特点时，其前提乃是：作为典范，李杜独尊的局面已最终完全形成。这不仅事关李杜二位诗人的被接受史和研究史，也不仅局限于唐诗学术史，在这一重大事件背后，影响诗史至巨的诗歌观念正在完成其历史性的转变。八世纪的两个普通诗人李白、杜甫，从八、九世纪之交开始被推崇，至十一世纪成为神圣权威，其间历时约三百年。"② 李杜在世之际，就皆不普通，但也均没能真正地成仙为圣，从八、九世纪之交迄今，关于李杜的差异，前人之说，涵盖思想个性、哲学取径、时代条件、生活理想、人生轨迹、际遇交游，涉及文学思想、诗歌风貌、创作方法、艺术风格、表现手法、后世影响，等等。概言之，李杜分

---

① 《岭南学报》复刊号第一、二辑合刊，上海古籍出版社2015年版。
② 吴光兴：《李杜独尊与八世纪诗歌的价值重估》，《文学遗产》1994年第3期。

别代表着中华民族两个不同地域的文化系统。而在学术史上，从着眼李杜之同，转到辨析李杜之异，意义重大。

巴蜀文化滋养下的李白（701—762），祖籍陇西成纪（今甘肃天水附近），先世于隋末移居中亚碎叶城，李白就生在碎叶。李白的父亲可能是一个富商。李白五岁时随父迁居绵州（今四川江油）。李白幼时最原始的记忆就在这里。其少年时代所受教育是多方面的，他"五岁诵六甲，十岁观百家"，"十五好剑术"，"十五游神仙"，"十五观奇书，作赋凌相如"。20岁前后游历成都、峨眉山等地，与隐士东岩子共同在青城山隐居若干年。这些生活对李白思想性格的形成有着深刻的影响。李白实际上是以胡地的风气、胡化的气质和长江文明的气象，改造了盛唐的诗坛。李白一方面接受传统的儒家思想，热衷用世，追求功名，想要"济苍生""安社稷"；另一方面又具有浓厚的道家思想，浮云富贵，粪土王侯，隐逸求仙。这两种思想结合起来，形成一种功成身退的处世态度。[①]

而中原文化抚育下的杜甫（712—770），祖籍襄阳（今属湖北），后迁居巩县（今属河南），杜甫即生于此。杜甫基本上是中原文明或黄河文明的一个代表。杜甫的家庭有两个特点：一是"奉儒守官"[②]，二是"立功立言"。[③] 这种家风对杜甫有很深的影响。他的父亲杜闲，曾任朝议大夫、兖州司马，终奉天令。祖父杜审言是修文馆学士，是闻名当时的大诗人，在格律诗成熟中起到关键性作用，所以杜甫说："诗是吾家事"（《宗武生日》），又自我夸耀："吾祖诗冠古"（《赠蜀僧闾丘师兄》）。加上杜甫的远祖杜预是"左传癖"，远祖长于史，近祖长于诗，杜氏家族与中原地域的文化基因，一远一近，一史一诗，构成纵横开阖的双轴，深深植入杜甫的早期记忆，印记于杜甫诗性思维的深处，并深刻影响了他的终生，而李白则是用胡地的气质和长江的气质，来丰富和改造中原文坛。

宋人葛立方（1098—1164）《韵语阳秋》卷一云："杜甫、李白以诗

---

① 正如李白在《代寿山答孟少府移文书》中所说："奋其智能，愿为辅弼，使寰区大定，海县清一。事君之道成，荣亲之义毕，然后与陶朱、留侯，浮五湖、戏沧洲，不足为难矣！"
② 杜甫：《进雕赋表》，《全唐文》卷三百五十九，中华书局1960年版。
③ 杜甫十三世祖杜预，明代佚名《韬略世法存·新编八十六朝名将》卷一载其语曰："（杜）预博学明废兴之道，尝言：'立德不可企及，立功立言，其庶几也。'"（明崇祯刻本）

齐名，韩退之云：'李杜文章在，光焰万丈长。'似未易以优劣也。然杜诗思苦而语奇，李诗思疾而语豪。"① 韩国学者金万重（1637—1692）《西浦漫笔》云："李、杜齐名，而唐以来文人左右袒者，杜居七、八。白乐天、元微之、王介甫及江西一派并尊杜。欧阳永叔、朱晦庵、杨用修右李。韩退之、苏子瞻并尊者也。若明弘、嘉诸公，固亦并尊，而观其旨意，率皆偏向少陵耳。诗道至少陵而大成，古今推而为大家无异论，李固不得与也。然物到盛便有衰意，邵子曰：'看花须看未开时'。李如花之始开，杜如尽开。"② 清人齐召南《李太白集辑注序》亦云："至李杜，齐名方驾，一如飞行绝迹，乘云取风之仙，一如万象不同，化工肖物之圣。"③ 皆道出李、杜齐名但各有所长。明代杨慎（1488—1559）《升庵诗话》卷十一云："杨诚斋云：'李太白之诗，列子之御风也。杜少陵之诗，灵均之乘桂舟驾玉车也。无待者，神于诗者与？有待而未尝有待者，圣于诗者与？宋则东坡似太白，山谷似少陵。'徐仲车云：'太白之诗，神鹰瞥汉；少陵之诗，骏马绝尘。'二公之评，意同而语亦相近。余谓太白诗，仙翁剑客之语；少陵诗，雅士骚人之词。比之文，太白则《史记》，少陵则《汉书》也。"④ 这一见解也很独到，并无轩轾，值得重视。近人曾毅（1879—1950）《中国文学史》还分析说：

> 李杜二人，时同境同，交情颇密，而其性行、其思想、其文章，则各擅其胜，亦一奇也。李受南方感化，杜受北方感化。李之品如仙，杜之品如圣。李出世，杜入世。李理想派也，杜实际派也。李受道家之影响，杜本儒教之见地。李如李广，杜如孙吴。李以才胜，杜以学胜。李豪于情，杜笃于生。李斗酒百篇，有挥洒自如之概；杜读书万卷，极沉郁顿挫之观。彼海阔天空而乐自然，此每饭不忘而泣时

---

① （清）何文焕辑：《历代诗话》，中华书局1981年版，第486页。
② 邝健行、陈永明、吴淑钿选编：《韩国诗话中论中国诗资料选粹》，中华书局2002年版，第149页。
③ （清）王琦注：《李太白全集》，中华书局1977年版，第1681页。
④ 丁福保：《历代诗话续编》，中华书局2010年版，第850页。杨诚斋语，见杨万里《诚斋集》卷八十《江西宗派诗序》。徐积，字仲车，其《节孝先生集》卷一《李太白杂言》诗有"人生胡用自缧绁，当须莘莘不可羁。乃知公是真英物，万叠秋山耸清骨。当时杜甫亦能诗，恰如老骥追霜鹘"等论李杜之语。升庵所引，不见今存本其集。"神鹰"，仇兆鳌《杜诗详注》卷一《春日忆李白》诗注引作"饥鹰"。

事。彼为智者乐水，此为仁者乐山。二者殆不易轩轾也。①

剖析李杜差异，所言大致切当。而《订正中国文学史》又将"李如李广，杜如孙吴"改为"李如李广，杜如程不识。"溯其源，即清人乔亿《剑溪说诗》所云"太白诗法，齐尚父、淮阴之兵法也；少陵诗法，孙吴之兵法也。以同时将略论，在汉，李则飞将军，杜则程不识；在唐，李则汾阳王，杜则李临淮。然则李愈与？曰：杜犹节制之师，百世之常法"②。而再溯其始，则为严羽《沧浪诗话·诗评》所云"少陵诗法如孙吴，太白诗法如李广，少陵如节制之师"③。

《订正中国文学史》又补充道："杜集中赠李白诗最多，而李集之与杜者较少，后人袒比之不同，遂生李杜相轻之说，谓李有'饭颗山头'之句，乃讥杜之苦吟，杜有'重与细论文'之言，亦消李之疏失，皆所谓臆逞也。'无敌'之称，何如其推服，'凉风'之什，'死别'之篇，何如其伤惋。而李于杜之怀想，亦极浓，至《沙丘城下寄杜甫》云：'我来竟何事，高卧沙丘城。城边有古树，月夕运秋声。鲁酒不可醉，齐歌空复清。思君若汶水，浩荡寄南征。'又《尧祠赠杜补阙》云：'我觉秋兴逸，谁言秋气悲。山将落日去，水与晴空宜。云归沧海少，雁度青天迟。相失各万里，茫然空尔思。'此首宋洪驹父《诗话》称引之，审此，足知浅人之为妄庸矣。"④ 在以上辨析李杜并无相轻的前提下，又从李杜在后代接受的角度提出："后代诗人，多自其渊源以出，其居文学上之位置，

---

① 曾毅：《中国文学史》，上海泰东图书局1915年版，第154页。
② （清）乔亿：《剑溪说诗》卷下，《清诗话续编》，上海古籍出版社1983年版，第1118页。
③ （宋）严羽：《沧浪诗话·诗评》，郭绍虞《沧浪诗话校释》，人民文学出版社1998年版，第170页。
④ 按，段成式《酉阳杂俎》前集卷一二："众言李白唯戏杜考功'饭颗山头'之句，成式偶见李白《祠亭上宴别杜考功》诗，今录首尾曰……"虽误称杜工部为"杜考功"，而诗即《尧祠赠杜补阙》，唯李、杜同游齐鲁时，杜尚未仕，后亦未官补阙，故仇兆鳌《杜诗详注》卷一云："段成式《酉阳杂俎》谓杜补阙即杜子美，公此诗用李诗迟字以和之。其说非也。公遇李时尚为布衣，其授拾遗，在至德、乾元间。且补阙、拾遗，官衔不同，岂可强作附会耶。"（《杜诗详注》，中华书局1979年版，第51页。）郭沫若《李白与杜甫》则云："诗题应该是《秋日鲁郡尧祠亭上宴别杜甫兼示范侍御》。'兼示'二字，抄本或刊本或缺，后人注以'阙'字，其后窜入正文，妄作聪明者乃益'甫'为'补'而成'补阙'。"可备一说。

较李尤极要也。"①

尽管李、杜二人的年龄只相差十二岁，他们也都经历过唐王朝的全盛时代和由盛入衰的安史之乱，但李白崇道，杜甫尊儒，李诗的主导风格，形成于大唐帝国最为辉煌的年代，以抒发个人情怀为中心，咏唱对自由人生的渴望与追求，成为其显著特征。而杜诗的主导风格，却是在安史之乱的前夕开始形成，而滋长于其后数十年天下瓦解、遍地哀号的苦难之中。因此，流响于刚刚过去的年代中的充满自信、富于浪漫色彩的诗歌情调，到了杜甫这里便戛然而止。在飘零的旅途上，杜甫背负着对于国家和民族命运的沉重责任感，凝视着流血流泪的大地，忠实地描绘出时代的面貌和内心的悲哀。这种深入社会、关切政治和民生疾苦、重视写实的创作倾向，和由此带来的表现形式方面的变化，不仅标志着唐诗内容与风格的重大转折，也对中唐以后直至宋代诗歌的发展产生了深刻影响。

李杜诗歌上的差异，是由各自取法的对象造成的，他们的诗歌虽然都是荟萃前人之成就，但取径和渊源各自不同。宋人张戒《岁寒堂诗话》卷下谓："杜子美、李太白，才气虽不相上下，而子美独得圣人删诗之本旨，与《三百五篇》无异，此则太白所无也。"② 严羽《沧浪诗话·诗评》则云："少陵诗，宪章汉魏而取材于六朝。至其自得之妙，则前辈所谓集大成者也。"③ 元人傅若金（1303—1342）《诗法正论》云：

> 唐海宇一，而文运兴，于是李、杜出焉。太白曰："大雅久不作"，子美曰："恐与齐梁作后尘"，其感慨之意深矣。太白天才放逸，故其诗自为一家；子美学优才赡，故其诗兼备众体，而述纲常、系风教之作为多；《三百篇》以后之诗，而子美为其大成者也。④

明人于慎行（1545—1608）《谷山笔麈》云：

> 李诗放而实谨严，不失矩矱；杜诗似严而实跌宕，不拘绳尺，细读之可知也。然皆从学问中来：杜出六经、班汉、《文选》而能变

---

① 曾毅：《订正中国文学史》，上海泰东图书局1930年版，第30页。
② 丁福保：《历代诗话续编》，中华书局2010年版，第469页。
③ 郭绍虞：《沧浪诗话校释》，人民文学出版社1998年版，第171页。
④ 胡文焕辑：《格致丛书》，《诗法正论》明万历三十一年刊本。

化，不露斧痕；李出《离骚》、古乐府而未免依傍耳。①

明人刘世教《合刻李杜分体全集序》则云：

> 自《三百篇》后，学士大夫称诗之盛，前无逾汉，而后宜莫唐。若开元、天宝间陇西、襄阳二先生出，遂穷诗律之能事，观于是止矣。是二先生者，其雄材命世同，其横绝来祀同，弗得志又无弗同。顾千载而下，使人披其编，想见其为人，若陇西不胜乐，而襄阳不胜忧者，何也？陇西趋《风》，《风》故荡轶，出于情之极，而以辞群者也；襄阳趋《雅》，《雅》故沉郁，入于情之极，而以辞怨者也。趋若异而轨无勿同，故无有能轩轾之者。②

清人乔亿（1701—1788）《剑溪说诗》又云：

> 杜子美原本经史，诗体专是赋，故多切实之语；李太白枕藉《庄》《骚》，长于比兴，故多惝恍之词。③

清代四库馆臣所撰《御选唐宋诗醇》提要断曰：

> 盖李白源出《离骚》，而才华超妙，为唐人第一；杜甫源出于《国风》、二雅，而性情真挚，亦为唐人第一。自是而外。④

以上宋元明清几代评家追源之议，皆已搔到痒处，然犹可细论。在文学史上，以《诗经》为代表的诗歌传统，注重写实，多写日常感受；以《楚辞》为代表的诗歌传统，则注重想象，展开虚构情境。诚如上引《御选唐宋诗醇》提要所云，李杜分承风骚，正自有日常与风流之异，李白更侧重感发情兴，杜甫则侧重描绘家常。李白以《庄子》和《楚辞》为源头，《文选》亦为李白诗歌的重要渊源，李白三拟《文选》，朱熹云：

---

① （明）于慎行：《谷山笔麈》卷八，吕景琳点校本，中华书局1984年版，第87页。
② （清）王琦注：《李太白全集》，中华书局1977年版，第1516页。
③ （清）乔亿：《剑溪说诗》卷下，《清诗话续编》，第1087页。
④ 《四库全书总目》卷一百九十集部四十三，清乾隆武英殿刻本。

"李太白始终学《选》诗,所以好;杜子美诗好者亦多是效《选》诗,渐放手,夔州诸诗则不然也。"① 杜甫诗所谓"集大成"者,不偏取一家,而是博采兼取,深求其理而不师其貌,往往浑成无迹,"如蜂采百花以酿蜜,不能别蜜味为某花也。如秦人销天下兵器为金人十二,不能别金人之头面手足为某兵器也;合众体以成一子美,要亦得其自体而已"。② 但细按之,《诗经》、汉魏乐府的表现手法,如对话、比兴、叠字、民谣、叙事等,时见继承和学习的痕迹。而齐梁之华美细致,也不偏废,既别裁伪体,又取其清词丽句;既能学习阴铿、何逊山水诗的苦心构思,又能从庾信的暮年诗赋中找到表现悲凉萧瑟心境的知音,最终形成了其博大精深的特色。③

李杜这两座并峙的高峰,同时也构成唐诗的分野。两人都融会了盛唐诗的表现艺术,擅长各种诗体,但个性、取向和风格迥异,代表着中国诗歌史上两种互成对照的审美取向,交相辉映,难分轩轾。李白写愁,白发被变长:"白发三千丈,缘愁似个长",一派前盛唐的文采风流,精神自由,意气风发。愁亦愁得匪夷所思,愁得有前盛唐之魄力。杜甫写愁,白发被变短:"白头搔更短,浑欲不胜簪",一派后盛唐的沉痛婉转,锤炼精纯,顿现王朝盛极而衰造成沉郁和深刻的命运感,正前人所谓"杜诗锤炼精纯,李诗潇洒落拓"④。李诗不假人工,如行云流水,飘逸豪放,壮浪纵恣,是后人可慕而不可学的天才美、自然美;而杜诗沉郁顿挫、深刻悲壮、高大深神、气势磅礴,却已经严格收纳在工整的音律节奏中,抑扬开阖、起伏呼照,都合于规矩绳墨,是人人可学而至的人工美、艺术美。⑤ 正如严羽《沧浪诗话》所说:"子美不能为太白之飘逸,太白不能为子美之沉郁"⑥,明代胡应麟《诗薮》所云:"李杜二家,其才本无优劣,但工部体裁明密,有法可寻;青莲兴会标举,非学可至"⑦,"李声价

---

① (宋)黎靖德编:《朱子语类》卷一百四十,中华书局1986年版,第8册,第3324页。
② (清)贺贻孙:《诗筏》,《清诗话续编》,第179页。
③ 参见蒋寅主编《中国古代文学通论·隋唐五代卷》,辽宁人民出版社2005年版,第71页。
④ (清)沈复(1763—1822后):《浮生六记》,俞平伯点校本,人民文学出版社1980年版,第4页,又见王蕴章(1884—1942)《然脂馀韵》卷一,《民国诗话丛编》第五册,第14页。
⑤ 参见拙作《杜甫诗歌的审美品格》,《沈阳师范学院学报》(社会科学版)1997年第1期。
⑥ (清)何文焕辑:《历代诗话》,中华书局1981年版,第697页。
⑦ 清人李少白(1777—1836)《竹溪诗话》(光绪三年冬家刊巾箱本)论李杜诗各取其长,亦引胡应麟此言,谓李杜二家分言之则一高一大,合言之则高者必大,大者必高,偏李偏杜,俱在所不必。

重生前，杜誉望隆身后"，①　王穉登《合刻李杜诗集序》所曰："闻诸言诗者，有云供奉之诗仙，拾遗之诗圣，圣可学，仙不可学，亦犹禅人所谓顿渐，李顿而杜乃渐也"②，其《李翰林分体全集序》亦云："李盖天授，杜由人力，轨辙合迹，鞍辔异趋，如禅宗有顿有渐。"③ 清代仇兆鳌（1638—1717）《杜诗详注·进书表》则云："至开、宝右文之时，蔚起人材，挺生李、杜。李豪放而才由天授，杜混茫而性以学成。"④ 黄子云（1691—1754）《野鸿诗的》亦称："太白以天资胜，下笔敏速，时有神来之句，而粗略浅率处亦在此。少陵以学力胜，下笔精详，无非情挚之词。"⑤ 故李白诗风在歌行中达到极致，杜甫诗风在律诗中臻于佳境。李白笔力变化在声调和辞藻，杜甫笔力变化在立意和格式；李白诗语清浅自然，杜甫诗语凝重精深。性格浪漫的人，羡太白之洒脱超俗，多推崇李白；性格沉稳的人，慕子美之学深品正，故推尊杜甫。

"至唐以李杜鸣，然李以气韵雄，杜以研深胜。"⑥ 李诗集中体现了盛唐清新和豪放这两大类风格，其诗境既具有"天与俱高，青且无际"的美感，⑦ 又有"清水出芙蓉，天然去雕饰"那种明丽与天然的风格。杜甫则"尽得古今之体势，而兼人人所独专"⑧，且"穷高妙之格，极豪迈之气，包冲澹之趣，兼峻洁之姿，备藻丽之态，而诸家之作，所不及焉"⑨。若从诗歌形式的完备以及对后世的影响而论，杜诗海涵地负，千汇万状，确实略胜一筹。杜诗不仅包有盛唐豪放和清新两类风格，也不仅集六朝盛唐之大成，更兼备古今各种体势。除了沉郁顿挫，杜诗还有多种风格，

---

① （明）胡应麟：《诗薮》外编卷四，王国安校补本《诗薮》，第 190 页。

② （清）王琦注：《李太白全集》，中华书局 1977 年版，第 1514 页。潘德舆《养一斋李杜诗话》卷一引王百穀（即王穉登）语略云："李诗仙，杜诗圣；圣可学，仙不可学矣。"（《清诗话续编》，第 2169 页）

③ 《合刻分体李杜全集》卷首，明万历四十年刘世教刻本。

④ 《杜诗详注》，第 2351 页。

⑤ （清）黄子云：《野鸿诗的》，《清诗话》，第 863 页。

⑥ （清）魏宪：《百名家诗选》卷三十六傅为霖小引。

⑦ （宋）计有功《唐诗纪事》卷四十五："（张）碧，字太碧，贞元中人。自序其诗云：碧尝读李长吉集，谓春拆红翠，霹开蛰户，其奇峭者不可及也。及览李太白词，天与俱高，青且无际，鹏触巨海，澜涛怒翻。"（王仲镛《唐诗纪事校笺》，中华书局 2017 年版，第 1543 页）

⑧ （唐）元稹：《唐故工部员外郎杜君墓系铭》，《元氏长庆集》卷五十六。

⑨ （宋）秦观：《韩愈论》，《淮海集》卷二十二。

"或清新，或奔放、或恬淡，或华赡，或古朴，或质拙，并不总是一副面孔，一种格调"①。笔者曾论杜诗具有壮美沉郁、慷慨悲歌、高大深神等审美品格，认为杜诗从心所欲不逾矩，内容与形式严格结合统一，保留了一个盛唐时代那种雄豪壮伟的磅礴气势，只是加上了形式上的约束规范，开辟并确立了崭新的盛唐美学风貌。②可以补充的是，李白和杜甫以各自不同的文化基因，及各自不同的个性风采，代表着中国诗歌的两大美学形态，树立起两座千古共仰的诗歌高峰。正如胡应麟《诗薮》所云：

> 李、杜才气格调，古体歌行，大概相埒。李偏工独至者绝句，杜穷变极化者律诗。言体格，则绝句不若律诗之大；论结撰，则律诗倍于绝句之难。然李近体足自名家，杜诸绝殊寡入彀。截长补短，盖亦相当。惟长篇叙事，古今子美。故元、白论咸主此，第非究竟公案。③

以李白为代表的盛唐诗人，善于生发对大自然的妙悟与兴会，描绘和表现世上可视可听、可用常情来理解的事物。其后登上诗坛的杜甫，则意识到诗歌要向前发展，必须超出这种常理，去探索那些"不可名言之理，不可施见之事，不可径达之情"④。他的景物描写往往超出可视可听的界限，捕捉潜意识和直觉印象，寄托朦胧的预感，表现更深一层的内心感觉。盛唐诗人的艺术表现虽然丰富，但技巧手法服从于浑然一体的艺术境界。杜甫则在大量抒写日常生活情趣的小诗中，非常注重构思、立意及技巧的变化，为后人开出不少表现艺术的法门。⑤明人蔡献臣《读李杜诗放歌》所云："天仙吐出自超超，呼吸沆瀣凌紫霄。眼前光景口头话，尽是诗家白描画。君不见青莲一斗百篇俱，杜陵光芒万丈余。"⑥其中"天仙

---

① 陈贻焮：《不废江河万古流——纪念伟大诗人杜甫诞生1270周年》，收入其《论诗杂著》，北京大学出版社1989年版，第202—210页。
② 陈才智：《杜甫诗歌的审美品格》，《沈阳师范学院学报》（社会科学版）1997年第1期。
③ （明）胡应麟：《诗薮》内编卷四"近体"上，王国安校补本《诗薮》，第69页；参见《唐音癸签》卷六"评汇"二，周本淳校点本，上海古籍出版社1981年版，第56页。
④ （清）叶燮：《原诗·内篇下》，《清诗话》，上海古籍出版社1978年版，第587页。
⑤ 参见蒋寅主编《中国古代文学通论·隋唐五代卷》，第74页。
⑥ （明）蔡献臣：《清白堂稿》卷十二上，明崇祯刻本。

吐出自超超，呼吸沆瀣凌紫霄"，正是诗仙式样的妙悟与兴会，而"眼前光景口头话，尽是诗家白描画"则从风流转向了日常，从天上转向了人间。因此，李杜从齐名而至异同之辨的意义就在于，在中华诗坛之上，继李白的风流之后，杜甫开辟出日常的新天地，由此在诗歌史上树立起后世学习的典范。

五 垂范之意义

李白和杜甫皆有各自垂范后世的影响史和接受史，这里要谈的是从李杜齐名至优劣之争、再到后世异同之辨，在诗歌史上的垂范意义。常言道，天无二日，而文无第一，但异同之辨，倒是哲学的根本性命题。先来看冯班（1602—1671）的两则议论，其《钝吟杂录》卷五"严氏纠谬·元和体"条云："大历之时，李、杜诗格未行，至元和、长庆始变，此亦文字一大关也。"① 其《钝吟杂录》卷七"诫子帖·与瞿邻凫"条又曰：

> 诗至贞元、长庆，古今一大变，李、杜始重。元、白，学杜者也。元相时有学太白处。韩门诸君兼学李、杜。韦左司自是古诗，与一时文体迥异。大略六朝旧格，至此尽矣。李玉溪全法杜，文字血脉却与齐梁人相接。温全学太白，五言律多名句，亦李法也。②

此前，钱谦益（1582—1664）《周元亮赖古堂合刻序》亦曾云："唐之李、杜，光芒万丈，放而为昌黎，达而为乐天，丽而为义山，谲而为长吉，穷而为昭谏，诡诙奡兀而为卢仝、刘叉，莫不有物焉。"③ 可见，从垂范后世的角度来看，李杜之同，在界划中唐之变；李杜之异，则在影

---

① （清）冯班：《钝吟杂录》卷五"严氏纠谬"，《丛书集成初编》第223册，第68页；参见郭绍虞《沧浪诗话校释》，人民文学出版社1998年版，第286页；胡才甫《沧浪诗话笺注》，上海中华书局1937年版，第45页。
② （清）冯班：《钝吟杂录》卷七"诫子帖"，《丛书集成初编》第223册，第93页。
③ （清）周元亮：《赖古堂集》，黄曙辉编，李花蕾点校，华东师范大学出版社2014年版，第7页。

响元和时代以后中晚唐诗歌的不同取径。"李杜文章已不同,元和体格竟争雄。"① 与唐代其他一时齐名者不同,从垂范后世的角度讲,李杜之异远大于李杜之同,此即清人贺贻孙(1605—1688)《诗筏》所云:

> 同时齐名者,往往同调。如沈宋、高岑、王孟、钱刘、元白、温李之类,不独习尚切劘使然,而气运所致,亦有不期同而同者。独李、杜两人,分道扬镳,并驱中原,而音调相去远甚。盖一代英绝,领袖群豪,坛坫设施,各有不同,即气运且不得转移升降之,区区习尚,何足云乎!②

确实,同代齐名往往源自习尚切劘,出于气运所致,唯李杜之坛坫设施,各有不同,难以并称。王士禛(1634—1711)亦云:"钟退谷惺论高、岑云:'唐人如沈宋、王孟、李杜、钱刘,虽两人并称,皆有不能强同处,惟高、岑心手如出一人。'此语谬矣。所举数家,惟李、杜门庭判然,其他皆不甚相远。推而至于元白、张王、温李、皮陆之流,莫不皆然。"③ 田雯(1635—1704)《论诗》亦云:"自苏、李以来,古之诗人各有匹耦。然李、杜并称,其境大异。王、孟则同矣,皮、陆又同矣,韦、柳又同矣,刘、许又同矣。"④

今天看来,在群星灿烂的盛唐诗坛上,李白和杜甫是被后人并尊的最耀眼的两颗巨星。李白和杜甫各自以其鲜明的艺术个性和巨大的创造力发展了唐诗,难辨日月,共辉大唐,因此宋代即有李杜之合祠。⑤ 世人熟知的四川绵阳之李杜祠,今存者为清光绪二十六年(1900)绵州拔贡吴朝品修建,或云乃国内唯一的李、杜合祀一祠之纪念地。其实,甘肃天水亦有李杜祠,在西北天靖山上的玉泉观内,又称大雅堂,明嘉靖时始

---

① (清)惠周惕(?—1696):《题江东册子唐礼部实君》,见其《砚溪先生集·呓语集》,《续修四库全书》影印清康熙惠氏红豆斋刻本。
② 《清诗话续编》,第142页。
③ 《文渊阁四库全书》本卷二十一《居易录》,又见《带经堂诗话》卷一品藻,戴鸿森校点本,人民文学出版社1963年版,第39页。
④ (清)田雯:《论诗》,《文渊阁四库全书》本,《古欢堂集杂著》卷一。
⑤ (宋)祝穆撰,(宋)祝洙增订:《方舆胜览》,施和金点校,中华书局2003年版,第1168页。

建，惜于20世纪60年代损毁。所幸尚有清人诗咏，聊可怀思。① 杨恩《李杜祠》诗云："吁嗟天水一抔土，两贤遗迹留今古。磊落崎嵚千载人，流离奔走一生苦。淋漓醉墨帝王前，怨起《清平》第二篇。言路岂能留暗相，覆师不见涛斜川。祸福自掇宁自保，当时无乃惑草草。失脚千重云雾深，去国一日乾坤老。蜀道崎岖走欲僵，何日金鸡下夜郎。耒阳县外船难进，采石江头事可伤。当时不得一日乐，后世徒瞻万丈光。秦川城下聊回步，手拂尘埃开像塑。安知天靖山头今日祠，不是二贤昔日经行处。并袂联榻俨若生，安得杯酒一相赓？瓣香拜罢高回首，满目山川无限情。"② 正如陇山之分水岭地位，乾元二年（759）的陇右之行，亦老杜人生与诗境之拐点，而杜诗言及李白凡十四处，其中秦州所作尤夥，包括《梦李白二首》《天末怀李白》《寄李十二白二十韵》，这是除二人相见同游之外，杜甫最为集中的交游性创作。这不能不令人才想起，李白即陇西成纪（今天水秦安）人也，杜甫从李白的祖籍秦州开始，经同谷入川，经行的很可能也是李白当年随家人入蜀的路线，此正清人蒋薰《李杜祠》诗所谓："陇西旧是翰林地，工部诗篇流寓多。天靖山头共颜色，屋梁落月夜如何。"③ 李杜在天水的交叉叠合，提醒我们，第一，李杜齐名，与杜甫以秦州诗为重心的对好兄长李白的怀思、追慕、推尊和全方位叙写有着密切的关系。第二，万丈文焰与千秋诗光，不会因为后世的人为建构而黯淡或走样。清人卢紘（1604—?）《选李杜诗集漫题》说得好：

> 李杜原齐驾，难将伯仲评。清狂凭酒寄，牢壮本忧生。固是仙才绝，应推诗史精。少陵兼古律，供奉妙歌行。诸体咸遵胜，奇光总善惊。居然高气格，何止备声情。千载骚坛重，当时禄秩轻。漫云诗选士，偏此漏科名。④

说到"千载骚坛重，当时禄秩轻"，确实如此，又不仅如此。在当

---

① 清顺治年间，李杜祠堂旁，还有诗人宋琬驻节秦州时，于顺治十二年（1655）主持刊刻的二妙轩碑，集王羲之、王献之诸家之法书，刊杜甫陇右诗60首。今已重建于南郭寺的杜少陵祠。
② （清）王琦注：《李太白全集》，中华书局1977年版，第1678页。
③ （清）蒋薰：《留素堂诗删》卷一塞翁编，清康熙刻本。
④ （清）卢紘：《四照堂诗集》卷4，清康熙汲古阁刻本。

时，尽管李白诗名显于盛唐，但王维才是盛唐主流诗坛的代表。① 低调一些的说法，也是李白差可与王维齐名盛唐。而杜甫成名则较晚，盛唐时不显，安史之乱入蜀后，方受到有限的赞赏，在读者数量和接受地域方面，还远达不到与李白齐名。在这一意义上讲，李杜齐名带有偶然性，但从诗史上看，李杜之争所代表的才气与学力之别、风流与日常之转折，却具有深刻的必然性。因为诗歌史兼含创作史与接受史，与创作史不同，接受史更多与后世之建构相关，其"吊诡"之处在于，有时会将明明差别很大、难以同日而语者，如年差十二岁的李、杜，在放大和放远的诗歌史平台之上加以并称，建构起新的审美意义上的齐名和同尊。其因缘，即一方来自江陵的墓志，与一封来自江州的书信，偶然开启了李杜优劣之辨。而后世文献中，常见的元白与李杜对仗或联称，却绝非偶然，元白能与李杜并肩而立，绝非沾了李杜的光，其实与元白所建构的李杜齐名并称密切相关。另一个契机，或者说幸运的是，在中唐时代，因为韩愈与元白诗派在诗学观念上的差异和竞争，引发论争李杜优劣的公案，这一契机才成就了中国诗歌史上的由齐名至互争到互补的两大新典范，也直接导致诗坛谱序的重新书写。从此，在诗歌创作上，后世诗人根据自己的诗学志趣、时代需要、个性爱好，在李白那种飞扬的自由、杜甫那样精严的规矩之间，做出自己的选择。而诗歌批评史和接受史这一边，评论者和接受者逐渐由抑扬或优劣，走向调和与并尊，认识到：从发展的、整体的立场上看，与其扬此抑彼，轩轾偏爱，不如合而观之，兼容并包，从二者不同诗学方式的比较中，以更为开阔的文化视野，寻绎中国诗歌美学的兼融广大之道。

　　总之，今日看来，李杜宜辨异同，而难争高下。同者，李杜诗歌均集中体现出盛唐诗人心胸宽广、积极进取的精神面貌和时代性格，表达了同时代诗人济苍生、安社稷、以天下为己任的共同理想，在追求功业的现实中所产生的不平之气。他们通过各自的遭际加深了对现实的认识，在天宝至安史之乱以后的诗坛上，揭示严重的政治危机，反映安史之乱前后广阔的社会生活和历史背景，以深刻博大的内容提高了盛唐诗的思想境界。异者，李白诗的主导风格，形成于大唐帝国最为辉煌的年代，以抒发个人情怀为中心，咏唱对自由人生的渴望与追求，气度风流，一泻千里，成为其显著特征。而杜甫诗的主导风格，却是在安史之乱的前夕开始形成，而滋

---

① 参见陈才智《历史选择了王维》，载《博览群书》2018年第8期。

长于其后数十年天下瓦解、遍地哀号的苦难之中，在艺术上千汇万状，笔触更加走向日常。两人虽然都是荟萃前人，但渊源不同。两座并峙的高峰，同时也构成唐诗的分野，在风流与日常的不同流脉下，对后世产生不同的垂范意义。

编后记

中华文学史料学学会从1989年成立以来已有33年的历史，会刊《中华文学史料》从1990年第一辑出版以来也历经了32年，在历任会长、学会负责人和全体学会会员的共同努力下，学会已经形成了涵盖古代、近现代与民族文学三个分会的学术共同体。每年总会和各个分会都定期举办学术年会，积极开展文学史料的搜集、考证、整理与研究，以不断丰富的学会活动形式持续推进中华文学史料学研究的发展。2019年、2020年，时值学会创办30周年、会刊创刊30周年之际，我们从这两年召开的学会年会中精选了部分论文，编辑为《中华文学史料》（第七辑），作为对两个三十年的纪念。

2019年、2020年，中华文学史料学学会先后于2019年6月22日至23日在宁夏银川召开"第三届民族文学史料学学术研讨会"、2019年8月24日至27日在江苏徐州召开"中华文学史料学学会古代分会2019年年会暨古代文学史料研究新视野学术研讨会"、2019年9月21日至22日在陕西榆林召开"大夏与北魏文化史暨统万城考古国际学术论坛"、2019年9月28日至29日在河南新乡召开"文献与阐释：中华文学史料学学会近现代史料学分会第四届学术年会"、2019年10月13日至14日在甘肃兰州召开"先唐文学观念与文学史研究学术研讨会"、2020年9月23日至25日在甘肃兰州召开"中华文学史料学学会民族文学史料研究分会2020年年会暨第四届民族文学史料学学术研讨会"、2020年11月13日至14日在浙江绍兴召开"爱国诗人陆游与浙江诗路文化国际学术研讨会"、2020年11月20日至22日在四川绵阳召开"中国现当代文学文献学的理论与实践学术研讨会"等八次学术研讨会。这几次会议，共收到了近三百篇论文，讨论的主题除传统的古代文学、近现代文学文献外，还包括了多民族文学史料、早期文明史料、出土文献史料、域外汉籍研究、海外华文文学等多个方面，反映了近年来文学史料学研究的新趋势，丰富了"中华文学史料"的范畴，也共同推动着近年来本学会所倡导的"中华文学研究"的发展。

根据参会作者的意见和论文的实际情况，我们从这几次召开的会议中精选了20篇论文，编为《中华文学史料》（第七辑）予以出版，共分为四个主题，包括史料述论5篇、史料新证8篇、史料辑考5篇、史料批判2篇。这些论文，或论及对域外汉籍宏观思考，或涉及文学史料的阐释，或考证文学作品的成书、作者及传播过程，或梳理辑考文学史料，或考订文学家的生平，或对既往文学史料的辨正和反思，论题广泛，视野开阔，充分展现了本学会一直以来所倡导弘扬的"求真求实"的优良传统，也反映了中华文学史料学研究的新境界。

《中华文学史料》（第七辑）的编选，主要由孙少华、陈才智负责征集论文、编排目录，后期由孙少华、朱曦林负责统编工作，刘跃进先生统筹全稿。感谢为组织召开这几次会议付出辛劳的各位老师以及所有参与这几次学术会议的会务人员。感谢为《中华文学史料》（第七辑）顺利出版给予大力支持的郭晓鸿老师！同时，还要感谢中华文学史料学学会全体会员的长期支持，感谢中国社会科学院科研局、中国社会科学院文学研究所对中华文学史料学学会的鼎力相助！